Das Buch

Nach mehr als zwanzig Jahren soll Rob Westerfield, Sohn einer reichen und äußerst einflussreichen Familie, auf Bewährung aus dem Gefängnis entlassen werden. Bis zum heutigen Tag schwört er, den Mord an der jungen Nachbarin, dessen man ihn bezichtigt hatte, nicht begangen zu haben.

Doch außer der Staatsanwaltschaft war und ist noch jemand fest von Robs Schuld überzeugt: Ellie Cavanaugh, die Schwester des Opfers, die damals die Leiche in einem Wald unweit des gemeinsamen Elternhauses fand. *Ihre* Aussage im Prozess war es, die entscheidend zur Verurteilung von Rob Westerfield beigetragen hatte. Ihr Hass auf den Mann, der für das Zerbrechen der Familie und den Selbstmord der Mutter verantwortlich ist, ist ungebrochen.

Im Zuge ihrer neuerlichen Auseinandersetzung mit dem Fall kommen Ellie jedoch plötzlich Zweifel. Ist es möglich, dass ihre kindliche Wahrnehmung sie getäuscht hatte und Rob tatsächlich unschuldig war? Um ihren Erinnerungen und den Umständen von Andreas Tod nachzuspüren und der Wahrheit auf den Grund zu gehen, besucht Ellie den Ort ihrer Kindheit. Doch die Suche entpuppt sich für die junge Frau – und nicht nur für sie – als lebensgefährliches Unterfangen.

Die Autorin

Die Amerikanerin Mary Higgins Clark ist eine der erfolgreichsten Spannungsautorinnen der Welt. Ihre Romane erobern regelmäßig die vorderen Plätze der Bestsellerlisten und bestätigen ihren Ruf als »Meisterin des sanften Schreckens«. Mary Higgins Clark lebt in Saddle River, New Jersey.

Im Heyne Verlag erscheinen: *Das Anastasia-Syndrom*, *Du entkommst mir nicht*, *Schrei in der Nacht*, *Das Haus am Potomac*, *Wintersturm*, *Die Gnadenfrist*, *Schlangen im Paradies*, *Wo waren Sie, Dr. Highley?*, *Daß du ewig denkst an mich*, *Das fremde Gesicht*, *Ein Gesicht so schön und kalt*, *Stille Nacht*, *Mondlicht steht dir gut*, *Sieh dich nicht um*, *Nimm dich in acht*, *Wenn wir uns wieder sehen*, *In einer Winternacht*, *Vergiss die Toten nicht* und mehrere Storybände.

MARY HIGGINS CLARK

Denn vergeben wird dir nie

Roman

Aus dem Amerikanischen
von Andreas Gressmann

WILHELM HEYNE VERLAG
MÜNCHEN

Titel der Originalausgabe
DADDY'S LITTLE GIRL

Umwelthinweis:
Dieses Buch wurde auf chlor- und säurefreiem Papier gedruckt.

Taschenbuchausgabe 10/2004

Printed in Germany 2004
Umschlagillustration: ZEFA Visual Media/Scheibe, Düsseldorf
Umschlaggestaltung: Hauptmann und Kampa Werbeagentur, München–Zürich
Satz: Franzis print & media, München
Druck und Bindung: GGP Media GmbH, Pößneck

ISBN 3-453-72037-7

http://www.heyne.de

Meinem Vater
Luke Joseph Higgins
in liebender Erinnerung

Erster Teil

I

ALS ELLIE AN JENEM Morgen aufwachte, hatte sie das Gefühl, dass etwas Schreckliches passiert war.

Instinktiv griff sie nach Bones, ihrem weichen Schmusehund, mit dem sie, soweit sie zurückdenken konnte, das Kopfkissen geteilt hatte. Als sie im letzten Monat sieben Jahre alt geworden war, hatte ihre fünfzehnjährige Schwester Andrea sie deswegen gehänselt und gemeint, es sei an der Zeit, dass sie Bones zum alten Eisen werfe.

Dann fiel Ellie ein, was nicht stimmte: Andrea war gestern Abend nicht nach Hause gekommen. Nach dem Abendessen war sie zu ihrer besten Freundin Joan gegangen, um für eine Mathearbeit zu lernen. Sie hatte versprochen, um neun Uhr wieder zu Hause zu sein. Um Viertel vor neun war Mommy zu Joans Haus gegangen, um Andrea abzuholen, aber sie hatten ihr gesagt, dass Andrea schon um acht Uhr aus dem Haus gegangen sei.

Mommy war besorgt und den Tränen nahe zurückgekehrt, und fast im gleichen Augenblick war Daddy von der Arbeit gekommen. Daddy war Lieutenant bei der New York State Police. Sofort hatten er und Mommy bei sämtlichen Freundinnen von Andrea angerufen, aber niemand hatte etwas von ihr gehört. Dann hatte Daddy gesagt, er wolle zur Bowlingbahn und zur Eisdiele fahren, vielleicht sei Andrea dorthin gegangen.

»Wenn sie gelogen hat und gar nicht bis neun Uhr Hausaufgaben machen wollte, dann lass ich sie das nächste halbe Jahr nicht mehr ausgehen«, hatte er mit grimmiger Miene gesagt und sich dann an Mommy gewandt: »Ich hab es schon tausendmal gesagt: Ich möchte nicht, dass sie alleine draußen herumläuft, wenn es dunkel wird.«

Daddys Stimme war laut geworden, aber Ellie spürte, dass er mehr besorgt als wütend war.

»Ich bitte dich, Ted, sie ist um sieben Uhr aus dem Haus gegangen und wollte nur zu Joan. Sie wollte um neun wieder zu Hause sein, und ich bin sogar hingegangen, um sie abzuholen.«

»Aber wo steckt sie dann, zum Teufel?«

Sie hatten Ellie ins Bett geschickt, und nach einiger Zeit war sie schließlich eingeschlafen. Vielleicht ist Andrea inzwischen wieder zu Hause, dachte sie beim Aufwachen in banger Hoffnung. Sie schlüpfte aus dem Bett, rannte zur Tür und den Flur entlang zu Andreas Zimmer. Sei da, flehte sie. *Bitte,* sei da. Sie öffnete die Tür. Andreas Bett war unbenutzt.

Ihre Schritte waren kaum zu hören, als Ellie mit bloßen Füßen die Treppe hinunterlief. Die Nachbarin, Mrs. Hilmer, saß mit Mommy in der Küche. Mommy hatte dieselben Sachen wie gestern Abend an, und sie sah aus, als ob sie sehr lange geweint hätte.

Ellie lief zu ihr. »Mommy.«

Mommy umarmte sie und fing zu schluchzen an. Ellie spürte die Hand ihrer Mutter, die ihre Schulter umklammerte, so fest, dass es beinahe wehtat.

»Mommy, wo ist Andrea?«

»Wir ... wissen ... es nicht. Daddy und die Polizei suchen nach ihr.«

»Komm, Ellie, zieh dich schon mal an, dann mach ich dir inzwischen Frühstück«, sagte Mrs. Hilmer.

Niemand hatte ihr gesagt, sie solle sich beeilen, weil der Schulbus bald käme. Ohne zu fragen, wusste Ellie, dass sie heute nicht zur Schule gehen musste.

Sie wusch sich pflichtschuldig Gesicht und Hände, putzte ihre Zähne, bürstete sich die Haare, zog dann ihre Spielkleider an – ein T-Shirt und ihre blaue Lieblingshose – und ging wieder hinunter.

Gerade als sie sich an den Tisch gesetzt hatte, auf den Mrs. Hilmer Saft und Cornflakes gestellt hatte, kam Daddy zur Tür herein. »Keine Spur von ihr«, sagte er. »Wir haben überall gesucht. Es gibt einen Typen, der gestern in der Stadt von Tür zu Tür gegangen ist, um für irgendeinen blöden Zweck Geld zu sammeln. Er war am Abend im Imbisslokal und ist gegen acht Uhr wieder gegangen. Auf dem Weg zum Highway müsste er an Joans Haus vorbeigekommen sein, ungefähr um die Zeit, als Andrea es verlassen hat. Sie sind auf der Suche nach ihm.«

Ellie bemerkte, dass Daddy den Tränen nahe war. Er hatte überhaupt keine Notiz von ihr genommen, aber das machte ihr in diesem Moment nichts aus. Es kam manchmal vor, dass Daddy in trüber Stimmung nach Hause kam, weil ihn etwas in seiner Arbeit mitgenommen hatte, und dann sagte er eine Weile fast nichts. Jetzt hatte er denselben Gesichtsausdruck.

Andrea hatte sich versteckt, dessen war sich Ellie sicher. Wahrscheinlich war sie absichtlich so früh von Joan weggegangen, weil sie sich mit Rob Westerfield im Versteck treffen wollte, dann war es vielleicht spät geworden, und sie hatte Angst gehabt, nach Hause zu gehen. Daddy hatte ihr gedroht, wenn sie ihn auf die Frage, wo sie gewesen sei, noch einmal anlügen würde, dann würde er ihr verbieten, im Schulorchester mitzuspielen. Das hatte er gesagt, als er herausbekommen hatte, dass sie mit Rob Westerfield eine Runde in dessen Auto gedreht hatte, statt in der Bücherei zu sitzen, wie sie behauptet hatte.

Andrea wollte unbedingt in das Orchester. Im letzten Jahr war sie als Einzige aus der ersten Highschoolklasse bei den Flöten aufgenommen worden. Aber wenn sie vorzeitig von Joan weggegangen und Rob im Versteck getroffen hatte und Daddy würde davon erfahren, dann konnte sie sich die Sache an den Hut stecken. Mommy sagte zwar immer, Andrea könne Daddy um den Finger wickeln, aber letzten Monat hatte sie das nicht gesagt. Da hatte ein Polizist Daddy nämlich gesteckt, dass er Rob Westerfield wegen zu schnellen Fahrens angehalten hätte und dass Andrea mit ihm im Auto gewesen sei.

Daddy hatte bis nach dem Essen gewartet. Dann hatte er Andrea gefragt, wie lange sie in der Bücherei gewesen sei.

Sie hatte nicht geantwortet.

Darauf hatte er gesagt: »Du bist also schlau genug, um zu kapieren, dass der Kollege, der Westerfield angehalten hat, mir erzählen würde, dass du mit ihm zusammen warst. Andrea, dieser Kerl ist nicht nur reich und verzogen, er ist durch und durch verdorben. Wenn er sich im Rausch der Geschwindigkeit umbringen will, dann soll er das meinetwegen tun, aber du wirst jedenfalls nicht im gleichen Auto sitzen. Ich verbiete dir *ein für alle Mal*, noch irgendetwas mit ihm zu tun zu haben.«

Das Versteck befand sich in der Garage hinter dem riesigen Haus, das die alte Mrs. Westerfield, Robs Großmutter, den Sommer über bewohnte. Die Tür war nie abgeschlossen, und manchmal schlichen sich Andrea und ihre Freundinnen hier ein und rauchten Zigaretten. Andrea hatte Ellie ein paar Mal mitgenommen, als sie auf sie aufpassen sollte.

Ihre Freundinnen waren sauer auf Andrea gewesen, weil sie sie mitgebracht hatte, aber sie hatte gesagt: »Ellie ist in Ordnung. Sie wird uns nicht verpetzen.« Ellie war richtig stolz gewesen, als Andrea das gesagt hatte. Andererseits hatte sie Ellie kein einziges Mal an der Zigarette ziehen lassen.

Ellie war sicher, dass Andrea gestern Abend früher von Joan weggegangen war, weil sie sich mit Rob Westerfield treffen wollte. Ellie hatte gehört, wie sie vorher mit ihm telefoniert hatte, und als sie auflegte, hatte sie fast geweint. »Ich hab Rob erzählt, dass ich mit Paulie auf die Fete gehe«, sagte sie, »und jetzt ist er stinksauer auf mich.«

Ellie musste an dieses Gespräch denken, während sie ihre Cornflakes zu Ende aß. Daddy stand am Herd. Er hielt eine Tasse Kaffee in der Hand. Mommy hatte wieder angefangen zu weinen, aber fast lautlos.

Plötzlich schien Daddy überhaupt erst aufzufallen, dass Ellie auch in der Küche war: »Ellie, ich glaube, es wäre besser, wenn du in die Schule gehst. Ich bringe dich in der Mittagspause hin.«

»Darf ich jetzt rausgehen?«

»Ja. Aber bleib in der Nähe vom Haus.«

Ellie holte ihre Jacke und schlüpfte schnell zur Tür hinaus. Es war der fünfzehnte November, und die Blätter waren feucht und glitschig unter den Füßen. Am Himmel hingen schwere Wolken, und es sah wieder nach Regen aus. Ellie wünschte, sie würden zurück nach Irvington ziehen, wo sie früher gewohnt hatten. Hier war es so einsam. Ihr Haus und das von Mrs. Hilmer waren die beiden einzigen in ihrer Straße.

Daddy hatte gerne in Irvington gewohnt, aber sie waren hierher gezogen, fünf Ortschaften weiter, weil Mommy ein größeres Haus mit einem größeren Garten haben wollte. Das konnten sie sich leisten, als sie weiter in den Norden von Westchester County zogen, in eine Stadt, die noch nicht zu einem Vorort von New York geworden war.

Wenn Daddy sagte, dass er Irvington vermisse, wo er aufgewachsen war und wo sie bis vor zwei Jahren gewohnt hatten, dann hielt ihm Mommy immer entgegen, wie groß das neue Haus sei. Darauf pflegte er zu erwidern, dass sie in Irvington einen unbezahlbaren Blick auf den Hudson und die Tappan-Zee-Brücke gehabt hätten und dass er nicht fünf Meilen fahren musste, um eine Zeitung oder ein Brot zu kaufen.

Das Grundstück war ringsum von Wald umgeben. Das große Haus von Mrs. Westerfield befand sich direkt hinter dem von Ellies Eltern, aber dazwischen war der Wald. Ellie blickte zum Küchenfenster, um sicherzugehen, dass niemand sie gesehen hatte, und rannte los.

Fünf Minuten später war sie am anderen Ende des Waldes angelangt und lief über die Wiese zum Eingang des Westerfieldschen Anwesens. Mit einem beklommenen Gefühl rannte sie die lange Auffahrt entlang und um die Villa herum – eine winzige Figur, die in der zunehmenden Düsterkeit des herannahenden Sturms zu verschwinden schien.

Es gab einen seitlichen Eingang zur Garage, der nie abgesperrt war. Trotzdem konnte Ellie die Klinke nur mit Mühe hinunterdrücken. Schließlich schaffte sie es und betrat den dämmrigen Raum. Die Garage bot Platz für vier Autos, aber das einzige, das Mrs. Westerfield nach dem letzten Sommer zurückgelassen hatte, war der Van. Andrea und ihre Freundinnen hatten sich ein paar alte Decken zum Sitzen mitgenommen. Sie saßen immer an der gleichen Stelle, ganz hinten, hinter dem Van, sodass sie nicht gesehen werden konnten, wenn jemand zufällig durch das

Fenster schaute. Ellie wusste, dass Andrea sich dort verstecken würde, falls sie hier war.

Sie wusste nicht, warum, aber plötzlich hatte sie Angst. Sie musste sich praktisch zwingen, einen Fuß vor den andern zu setzen und sich dem hinteren Teil der Garage zu nähern. Aber dann sah sie hinter dem Van ein Stück Decke hervorschauen. Andrea *musste* hier sein! Die Mädchen hätten niemals die Decken auf dem Boden liegen gelassen; sie legten sie immer zusammen und versteckten sie im Schrank mit den Putzsachen, bevor sie die Garage verließen.

»Andrea ...« Leise rief sie ihren Namen, damit Andrea nicht erschrak. Wahrscheinlich schlief sie, dachte Ellie.

Ja, sie schlief. Obwohl es in der Garage dämmrig war, konnte Ellie Andreas lange Haare erkennen, die unter der Decke hervorschauten.

»Andrea, ich bin's.« Ellie kniete sich neben Andrea und zog die Decke von ihrem Gesicht.

Andrea trug eine Maske, eine schreckliche Gespenstermaske, die ganz verschmiert und klebrig aussah. Ellie beugte sich vor, um sie wegzuziehen, und ihre Finger berührten eine eingedrückte Stelle in Andreas Stirn. Als sie zurückzuckte, bemerkte sie die Blutlache, in der sie kniete.

Und dann, von irgendwo her in dem großen Raum, hörte sie ganz deutlich jemanden atmen – heftige, schwere, tiefe Atemzüge, die mit einer Art Gekicher endeten.

In panischer Angst versuchte sie aufzustehen, aber sie rutschte auf dem Blut aus und fiel vornüber auf Andreas Brust. Ihre Lippen berührten etwas Glattes und Kühles – Andreas goldenen Anhänger. Dann rappelte sie sich hoch, drehte sich um und rannte los.

Ihr war nicht bewusst, dass sie den ganzen Weg über schrie, bis sie schon fast zu Hause angelangt war und Ted und Genine Cavanaugh in den Garten hinausliefen und ihre jüngere Tochter sahen, die mit ausgestreckten Armen aus dem Wald gerannt kam, eine zarte Gestalt, über und über bedeckt vom Blut ihrer Schwester.

2

Abgesehen von der Baseballsaison, wenn sein Team trainierte oder ein Spiel bestritt, arbeitete der sechzehnjährige Paulie Stroebel nach der Schule und an den Samstagen in Hillwoods Tankstelle. Ansonsten hätte er im Feinkostgeschäft seiner Eltern einen Block weiter in der Main Street ausgeholfen, etwas, was er schon immer getan hatte, seit er sieben Jahre alt war.

In der Schule lernte er nur langsam, war aber in technischen Dingen geschickt und liebte es, Autos zu reparieren. Seine Eltern hatten Verständnis, dass er lieber für jemand anderen arbeiten wollte. Mit seinen strubbeligen blonden Haaren, blauen Augen, runden Backen und seinen stämmigen eins dreiundsiebzig galt Paulie bei seinem Boss in der Tankstelle als ruhiger, hart arbeitender Angestellter und bei seinen Mitschülern an der Delano Highschool als ziemlich schwachköpfiger Trottel. Sein einziger Erfolg in der Schule bestand darin, dass er in die Footballmannschaft aufgenommen wurde.

Als am Freitag die Nachricht vom Mord an Andrea Cavanaugh die Schule erreichte, wurden Beratungslehrer in alle Klassen geschickt, um den Schülern die furchtbare Neuigkeit mitzuteilen. Paul war gerade in eine Aufgabe vertieft, als Miss Watkins eintrat, kurz mit dem Lehrer flüsterte und dann auf den Schreibtisch klopfte, um sich Aufmerksamkeit zu verschaffen.

»Ich muss euch etwas sehr Trauriges mitteilen«, begann sie. »Soeben haben wir erfahren …« In stockenden Sätzen klärte sie die Schüler darüber auf, dass ihre Mitschülerin Andrea Cavanaugh ermordet worden war, Opfer eines brutalen Verbrechens. Es erfolgte ein Chor aus schockierten Ausrufen und ungläubigem Protest.

Doch ein lautes »Nein!« übertönte alles andere. Der stille, ruhige Paulie Stroebel war mit schmerzverzerrtem Gesicht aufgesprungen. Während seine Klassenkameraden ihn anstarrten, begannen seine Schultern zu zucken. Heftiges Schluchzen entrang sich seiner Brust, und er stürzte aus dem Klassenzimmer. Bevor sich die Tür hinter ihm schloss, sagte er noch etwas, aber seine Stimme war so erstickt, dass die meisten es nicht verstanden. Nur der Schüler, der am nächsten zur Tür saß, hätte später schwören können, dass Paulie gesagt hatte: »Ich kann nicht glauben, dass sie tot ist!«

Emma Watkins, die Beratungslehrerin, die selbst noch ganz benommen von der schrecklichen Nachricht war, hatte das Gefühl, ein Messer hätte sie durchbohrt. Sie mochte Paulie sehr und konnte sich in die Lage des sich unermüdlich abrackernden Schülers einfühlen, der sich so verzweifelt um die Gunst der anderen bemühte.

Sie war sicher, dass die gequälten Worte, die er hervorgestoßen hatte, gelautet hatten: »Ich hab nicht geglaubt, dass sie tot ist!«

An jenem Nachmittag erschien Paulie zum ersten Mal nicht zur Arbeit auf der Tankstelle und rief auch nicht seinen Boss an, um seine Abwesenheit zu erklären. Als seine Eltern an jenem Abend nach Hause kamen, fanden sie ihn auf seinem Bett liegend, den Blick an die Decke gerichtet, Fotos von Andrea verstreut neben ihm.

Hans und Anja Wagner-Stroebel waren beide in Deutschland geboren und als Kinder mit ihren Eltern in die Vereinigten Staaten gekommen. Sie hatten sich erst kennen gelernt und geheiratet, als sie schon auf die vierzig zugingen, und mit ihren zusammengelegten Ersparnissen das Feinkostgeschäft eröffnet. Sie waren von Natur aus eher zurückhaltend und kümmerten sich mit größter Fürsorge um ihren einzigen Sohn.

Jeder, der den Laden betrat, sprach über den Mord, alle fragten sich, wer um alles in der Welt solch ein furchtbares Verbrechen begehen konnte. Die Cavanaughs gehörten zu den Stammkunden des Ladens, und die Stroebels beteiligten sich an den aufgeregten Diskussionen, ob Andrea vielleicht mit jemandem in der Garage auf dem Westerfield-Besitz verabredet gewesen sei.

Alle waren sich einig, dass sie hübsch, aber ein bisschen eigensinnig gewesen war. Am Abend ihrer Ermordung sollte sie zusammen mit Joan Lashley bis neun Uhr Hausaufgaben machen, war aber schon früher wieder fortgegangen. Wollte sie sich noch mit jemandem treffen, oder war sie auf dem Nachhauseweg überfallen worden?

Als Anja Stroebel die Fotos auf dem Bett ihres Sohnes sah, sammelte sie sie eilig auf und steckte sie in ihre Handtasche. Als ihr Gatte sie fragend anblickte, schüttelte sie den Kopf, um ihm zu bedeuten, dass er keine Fragen stellen solle. Dann setzte sie sich neben Paulie und nahm ihn in die Arme.

»Andrea war so ein hübsches Mädchen«, sagte sie mit sanfter Stimme, aus der man, wie immer, wenn sie aufgeregt war, den deutschen Akzent deutlich heraushörte. »Ich sehe sie noch vor mir, wie sie dir gratuliert hat, als du im letzten Frühjahr so großartig den Ball gefangen und das Spiel gerettet hast. Wie alle ihre Freunde bist du natürlich sehr, sehr traurig.«

Zuerst kam es Paulie so vor, als ob seine Mutter aus weiter Entfernung zu ihm spräche. Wie alle ihre Freunde. Was wollte sie damit nur sagen?

»Die Polizei wird sich zunächst alle vornehmen, mit denen Andrea besonders eng befreundet war, Paulie«, sagte sie langsam, aber bestimmt.

»Ich habe sie auf eine Fete eingeladen«, sagte er stockend. »Sie hat gesagt, dass sie mit mir hingehen würde.«

Anja war sicher, dass ihr Sohn sich noch nie zuvor mit einem Mädchen verabredet hatte. Letztes Jahr hatte er sich geweigert, auf das Fest der zweiten Klasse zu gehen.

»Dann mochtest du sie also gerne, Paulie?«

Paulie Stroebel fing an zu weinen. »Mama, ich habe sie so wahnsinnig geliebt.«

»Du *mochtest* sie, Paul«, sagte Anja unbeirrt. »Merk dir das genau.«

Am Samstag meldete sich Paulie Stroebel auf der Tankstelle zur Arbeit und entschuldigte sich ruhig und gefasst dafür, dass er am Freitag nicht erschienen war.

Am frühen Samstagnachmittag lieferte Hans Stroebel persönlich einen Virginiaschinken und Salate am Haus der Cavanaughs ab und bat ihre Nachbarin Mrs. Hilmer, welche die Tür öffnete, der Familie sein herzliches Beileid zu übermitteln.

3

»Es ist dumm, dass Ted und Genine beide Einzelkinder sind«, hörte Ellie Mrs. Hilmer am Samstag mehrfach sagen. »Es macht die Sache leichter, wenn man in einer solchen Zeit viele Verwandte um sich hat.«

Ellie wollte gar nicht, dass mehr Verwandte um sie herum waren. Sie wollte nur, dass Andrea wieder da wäre, und sie wollte, dass Mommy zu weinen aufhörte, und sie wollte, dass Daddy mit ihr redete. Er hatte fast kein Wort mehr mit ihr gesprochen, seitdem sie ihm von ihrer schrecklichen Entdeckung in der Garage erzählt hatte.

Später, nachdem er beim Versteck gewesen war und Andrea gesehen hatte und all die Polizisten gekommen waren, hatte er gesagt: »Ellie, du hast doch gestern Abend schon geahnt, dass sie zur Garage gegangen war. Warum hast du uns denn nichts gesagt?«

»Du hast mich nicht gefragt und mich gleich zu Bett geschickt.«

»Ja, das stimmt«, gab er zu. Aber später hörte sie, wie er zu einem der Beamten sagte: »Wenn ich nur gewusst hätte, dass Andrea dort war. Vielleicht wäre sie um neun Uhr noch am Leben gewesen. Vielleicht hätte ich sie noch rechtzeitig gefunden.«

Jemand von der Polizei stellte Ellie Fragen über das Versteck und wer sonst noch dort hingegangen sei. In ihrem Kopf hörte sie Andrea sagen: »Ellie ist in Ordnung. Sie wird uns nicht verpetzen.«

Ellie musste an Andrea denken und dass sie nie mehr zurückkommen würde, und fing so heftig zu weinen an, dass die Polizisten aufhörten, sie zu befragen.

Am Samstagnachmittag stand ein Mann vor der Tür, der sich als Detective Marcus Longo vorstellte. Er führte Ellie in das Esszimmer und schloss die Tür hinter ihnen. Er machte einen freundlichen Eindruck. Er sagte, er hätte einen kleinen Jungen, der genauso alt sei wie sie, und dass sie sich richtig ähnlich sähen. »Er hat auch so blaue Augen wie du«, sagte er. »Und genau die gleiche Haarfarbe. So wie Sand, wenn die Sonne draufscheint.«

Dann sagte er, dass vier von Andreas Freundinnen zugegeben hätten, öfter mit ihr im Versteck gewesen zu sein, aber keine von ihnen sei an jenem Abend dort gewesen. Er nannte die Mädchen und fragte: »Ellie, kennst du noch irgendein anderes Mädchen, das sich mit deiner Schwester dort getroffen haben könnte?«

Wenn die Mädchen es schon selbst zugegeben hatten, würde sie wohl niemanden verpetzen. »Nein«, flüsterte sie. »Mehr waren es nicht.«

»Gibt es noch irgendeinen anderen, den Andrea im Versteck getroffen haben könnte?«

Sie zögerte. Sie konnte ihm unmöglich von Rob Westerfield erzählen. Damit würde sie wirklich Verrat an Andrea begehen.

Detective Longo sagte: »Ellie, jemand hat Andrea so schlimm geschlagen, dass sie jetzt nicht mehr lebt. Du darfst diesen Menschen nicht schützen. Andrea würde bestimmt wollen, dass du uns alles erzählst, was du weißt.«

Ellie schaute auf ihre Hände. In dem großen alten Farmhaus war dieser Raum ihr Lieblingszimmer. Früher waren die Wände mit einer hässlichen Tapete beklebt gewesen, aber jetzt waren sie in einem freundlichen Gelb gestrichen, und über dem Tisch hing ein neuer Kronleuchter, dessen Glühbirnen wie Kerzen aussahen. Mommy hatte den Kronleuchter auf einem kleinen Flohmarkt gefunden und gesagt, er sei ein wahres Schmuckstück. Sie hatte eine Ewigkeit gebraucht, um ihn zu putzen, aber jetzt wurde er von allen Besuchern bewundert.

Sie aßen immer im Esszimmer zu Abend, obwohl Daddy es blödsinnig fand, so viel Umstände zu machen. Mommy besaß ein Buch mit Anleitungen, wie der Tisch für ein offizielles Essen zu decken war. Andrea hatte die Aufgabe, jeden Sonntag den Tisch nach diesen Anleitungen zu decken, auch wenn sie keine Gäste erwarteten. Ellie hatte ihr immer dabei geholfen, und es hatte ihnen Spaß gemacht, das gute Silber und Porzellan aufzulegen.

»Der heutige Ehrengast ist Lord Malcolm Bigbottom«, hatte Andrea gesagt. Dann hatte sie im Benimmbuch nachgeschaut und ihn auf den Stuhl zur Rechten von Mommy platziert. »Oh nein, Gabrielle, das Wasserglas muss rechts oberhalb vom Messer stehen.«

Ellies richtiger Name war Gabrielle, aber sie wurde nie so genannt, außer im Scherz von Andrea. Sie fragte sich, ob es ab jetzt ihre Aufgabe sein würde, jeden Sonntag den Tisch zu decken. Hoffentlich nicht. Ohne Andrea würde es nicht so lustig sein.

Es war ein komisches Gefühl, so zu denken. Auf der einen Seite wusste sie, dass Andrea tot war und am Dienstagmorgen auf dem Friedhof von Tarrytown in Anwesenheit von Grandma und Grandpa Cavanaugh begraben werden würde. Auf der anderen Seite erwartete sie immer noch, dass Andrea jeden Augenblick ins Haus treten, sie beiseite nehmen und ihr irgendein Geheimnis anvertrauen würde.

Ein Geheimnis. Manchmal hatte sich Andrea mit Rob Westerfield in dem Versteck getroffen. Aber Ellie hatte ihr hoch und heilig versprochen, es niemals zu verraten.

»Ellie, wer auch immer Andrea das angetan hat, er könnte auch anderen etwas antun, wenn man ihn nicht aufhält«, sagte Detective Longo. Seine Stimme war ruhig und freundlich.

»Glauben Sie, dass es meine Schuld ist, dass Andrea tot ist? Daddy glaubt das.«

»Nein, Ellie, das glaubt er nicht«, sagte Detective Longo. »Aber alles, was du uns jetzt erzählen kannst über irgendwelche Geheimnisse zwischen dir und Andrea, wird uns weiterhelfen.«

Rob Westerfield, dachte Ellie. Vielleicht würde sie ihr Versprechen nicht wirklich brechen, wenn sie Detective Longo von ihm erzählte. Wenn Rob derjenige war, der Andrea getötet hatte, dann sollte es jeder wissen. Sie schaute auf ihre Hände. »Manchmal hat sie sich mit Rob Westerfield im Versteck getroffen«, flüsterte sie.

Detective Longo lehnte sich vor. »Weißt du, ob sie sich an jenem Abend treffen wollten?«, fragte er.

Ellie merkte ihm an, dass ihn die Erwähnung von Rob in äußerste Spannung versetzt hatte. »Ich glaube, ja. Paulie Stroebel hat sie gefragt, ob sie mit ihm zur Thanksgiving-Fete gehen will, und sie hat eingewilligt. Eigentlich wollte sie gar nicht mit ihm hingehen, aber Paulie hatte ihr gesagt, er weiß, dass sie sich heimlich mit Rob Westerfield trifft, und sie hatte Angst, dass er es Daddy weitererzählt, wenn sie nicht mit ihm hingeht. Aber dann war Rob wütend auf sie, und sie wollte ihm erklären, dass sie Paulie nur zugesagt hatte, damit er Daddy nichts verrät. Vielleicht ist sie deshalb früher von Joan weggegangen.«

»Woher wusste Paulie, dass sich Andrea mit Rob Westerfield traf?«

»Andrea hat gemeint, dass er ihr ein paar Mal heimlich auf dem Weg zum Versteck gefolgt ist. Paulie wollte, dass sie *seine* Freundin wird.«

4

JEMAND HATTE DIE WASCHMASCHINE benutzt.

»Was war denn so dringend, dass es nicht warten konnte, bis ich wieder da bin, Mrs. Westerfield?«, fragte Rosita leicht besorgt, als ob sie befürchtete, ihre Pflichten vernachlässigt zu haben. Sie war am Donnerstag weggefahren, um ihre kränkelnde Tante zu besuchen. Jetzt war es Samstagmorgen, und sie war soeben zurückgekehrt. »Sie sollten sich nicht um die Wäsche kümmern, Sie haben doch ohnehin schon so viel Arbeit.«

Linda Westerfield wusste nicht, warum plötzlich eine Alarmglocke in ihrem Kopf schrillte. Aus irgendeiner Vorahnung heraus antwortete sie ausweichend auf Rositas Bemerkung.

»Ach, wissen Sie, wenn ich einen Anstrich überprüfe und versehentlich mit der Farbe in Berührung komme, dann ist es manchmal am einfachsten, die Kleider sofort in die Maschine zu stecken«, sagte sie.

»Also, wenn ich mir die Menge an Waschmittel ansehe, die Sie verbraucht haben, dann müssen Sie ganz ordentlich mit der Farbe in Berührung gekommen sein. Und, Mrs. Westerfield, ich hab gestern in den Nachrichten das mit dem Cavanaugh-Mädchen gehört. Ich muss die ganze Zeit daran denken. Wer hätte es für möglich gehalten, dass so etwas in einer kleinen Stadt wie der unsrigen passieren kann? Es bricht einem das Herz.«

»Ja, es ist schrecklich.« Es musste Rob gewesen sein, der die Maschine benutzt hatte, dachte Linda. Vince, ihr Ehemann, wäre nie auf die Idee gekommen, so etwas zu machen. Er hätte wahrscheinlich nicht einmal gewusst, wie er das Gerät überhaupt bedienen sollte.

Rositas Augen waren glänzend geworden, und sie wischte sich mit der Hand übers Gesicht. »Die arme Mutter.«

Rob? Was sollte er denn so Wichtiges zu waschen haben?

Früher, mit elf, hatte er mal versucht, den Zigarettengeruch aus seinen Kleidern zu waschen.

»Andrea Cavanaugh war so ein hübsches Ding. Und ihr Vater ist Lieutenant bei der Polizei! Eigentlich sollte man meinen, dass so ein Mann in der Lage sein müsste, seine Tochter zu beschützen.«

»Ja, sollte man meinen.« Linda saß an der Küchentheke und überflog Entwürfe von Fenstern, die sie für das neue Haus eines Kunden angefertigt hatte.

»Dass jemand dazu fähig ist, so einem Mädchen den Kopf einzuschlagen. Muss ein Monster sein. Ich hoffe nur, dass sie ihn gleich aufhängen, wenn sie ihn finden.«

Rosita redete weiter vor sich hin und schien keine Antwort zu erwarten. Linda legte die Entwürfe zurück in die Mappe. »Mr. Westerfield und ich sind heute mit ein paar Freunden zum Abendessen im Restaurant verabredet, Rosita«, sagte sie, als sie sich von ihrem Hocker gleiten ließ.

»Und Rob, ist er zu Hause?«

Gute Frage, dachte Linda. »Er ist joggen gegangen und wird jeden Augenblick zurück sein. Fragen Sie ihn dann selbst.« Das kurze Zittern ihrer Stimme war Linda nicht entgangen. Rob war gestern den ganzen Tag unruhig und schlecht gelaunt gewesen. Als sich die Nachricht von Andrea Cavanaughs Tod wie ein Lauffeuer in der Stadt verbreitete, hatte sie erwartet, dass er bestürzt reagieren würde. Stattdessen tat er das Ganze ab. »Ich hab sie kaum gekannt, Mom«, sagte er.

War es vielleicht so, dass Rob, wie viele Neunzehnjährige, den Gedanken an den Tod eines jungen Menschen nicht ertragen konnte? Dass er davon in unerträglicher Weise an seine eigene Sterblichkeit erinnert wurde?

Linda stieg langsam die Treppe hinauf, wie beschwert von der plötzlichen Ahnung einer drohenden Katastrophe. Vor sechs Jahren waren sie aus ihrem Haus in der East Seventieth Street in Manhattan in diese Residenz aus dem achtzehnten Jahrhundert gezogen. Rob war damals aufs Internat gegangen. Sie und ihr Mann hatten beide den Wunsch gehabt, ständig in dieser Stadt zu leben, in der sie schon seit jeher den Sommer im Haus von Vinces Mutter verbracht hatten. Vince hatte gemeint, es gebe hier großartige Möglichkeiten, Geld zu verdienen, und er hatte angefangen, in Grundbesitz zu investieren.

Das Haus, in dem die Zeit stillgestanden zu sein schien, verschaffte ihr immer wieder ein angenehmes Gefühl von Ruhe und Geborgenheit. Heute aber hielt Linda weder inne, um das polierte Holz des Geländers unter ihrer Hand zu spüren, noch blieb sie stehen, um den Blick vom Fenster im Flur auf das Tal zu genießen.

Sie lief direkt zu Robs Zimmer. Die Tür war geschlossen. Da sie ihn jede Minute zurückerwartete, öffnete sie hastig die Tür und trat ein. Das Bett war nicht gemacht, aber das übrige Zimmer war ungewöhnlich ordentlich aufgeräumt. Rob war pingelig, was seine Kleidung betraf; manchmal bügelte er Hosen nach, die frisch aus der Reinigung gekommen waren, um die Bügelfalte noch schärfer zu machen, aber mit den getragenen Sachen ging er völlig sorglos um. Eigentlich hatte sie erwartet, die Kleider, die er gestern und am Donnerstag getragen hatte, auf dem Fußboden vorzufinden, wo sie auf die Rückkehr Rositas warteten.

Rasch durchquerte sie das Zimmer und schaute in seinem Bad im Wäschekorb nach. Auch der war leer.

Irgendwann zwischen Donnerstagmorgen, als Rosita aus dem Haus gegangen war, und heute früh hatte Rob die Kleider, die er gestern und am Donnerstag getragen hatte, gewaschen und getrocknet. *Warum?*

Linda hätte gerne noch in seinem Schrank nachgesehen, aber sie befürchtete, dass er sie dabei überraschen könnte. Sie fühlte sich in diesem Augenblick einer Auseinandersetzung nicht gewachsen. Sie verließ das Zimmer, achtete darauf, die Tür wieder zu schließen, und lief über den Flur hinunter in den Neuanbau, den sie und Vince hatten machen lassen, um das Haus zu vergrößern.

Mit einem Mal meinte sie, die ersten Anzeichen einer Migräne zu verspüren, ließ die Mappe im Wohnzimmer auf das Sofa fallen, ging ins Badezimmer und öffnete den Arzneischrank. Sie schluckte zwei Tabletten, und als sie dabei in den Spiegel sah, erschrak sie beim Anblick ihres Gesichtes, das blass und voller Angst war.

Sie trug ihren Jogginganzug, weil sie vorgehabt hatte, nach der Arbeit an den Entwürfen eine Runde zu laufen. Ihr kurz geschnittenes kastanienbraunes Haar wurde von einem Band gehalten. Ihr Gesicht war ungeschminkt. Unter ihrem prüfenden, kritischen Blick kam sie sich mit den verräterischen Fältchen, die sich um Augen und Mundwinkel gebildet hatten, älter als vierundvierzig vor.

Das Badezimmerfenster ging auf den Vorgarten und die Auffahrt hinaus. Als sie einen Blick hinauswarf, sah sie ein unbekanntes Auto auf das Haus zufahren. Einen Augenblick später ging die Klingel. Sie wartete darauf, dass Rosita ihr über die Gegensprechanlage mitteilen würde, wer gekommen sei, aber stattdessen kam Rosita die Treppe herauf und überreichte ihr eine Visitenkarte.

»Er möchte mit Rob sprechen, Mrs. Westerfield. Ich habe ihm gesagt, dass Rob beim Joggen ist, und er hat gesagt, er würde warten.«

Linda war fast zwanzig Zentimeter größer als Rosita, die nur knapp einen Meter fünfundfünfzig maß, aber sie musste sich fast an der kleinen Frau festhalten, als sie den Namen auf der Karte las: Detective Marcus Longo.

5

Ellie hatte das Gefühl, überall nur im Weg zu stehen. Als der nette Polizeibeamte gegangen war, wollte sie zu ihrer Mutter, aber Mrs. Hilmer sagte, der Doktor habe ihr etwas gegeben, damit sie schlafen könne. Daddy blieb fast die ganze Zeit in seinem kleinen Zimmer hinter geschlossener Tür. Er sagte, er wolle allein sein.

Grandma Reid, die in Florida wohnte, traf am späten Samstagnachmittag ein, aber sie weinte die ganze Zeit nur.

Mrs. Hilmer und einige von Mommys Freundinnen aus dem Bridge-Club saßen in der Küche. Ellie hörte, wie eine von ihnen, Mrs. Storey, sagte: »Ich komme mir so überflüssig vor, aber gleichzeitig habe ich das Gefühl, dass Genine und Ted sich vielleicht weniger allein gelassen fühlen, wenn wir in ihrer Nähe sind.«

Ellie ging nach draußen und kletterte auf die Schaukel. Sie holte kräftig Schwung, bis die Schaukel immer höher und höher schwang. Am liebsten wollte sie sich mit der Schaukel überschlagen. Am liebsten wollte sie von ganz oben hinunterfallen und auf dem Boden aufschlagen und sich wehtun. Vielleicht würde es in ihr drinnen dann nicht mehr so wehtun.

Es hatte aufgehört zu regnen, aber die Sonne ließ sich nicht blicken, und es war kühl. Nach einer Weile gab Ellie auf; die Schaukel wollte sich nicht überschlagen. Sie ging ins Haus zurück und trat in den schmalen Gang vor der Küche. Sie hörte die Stimme von Joans Mutter. Sie saß bei den anderen Damen, und Ellie hörte, dass sie weinte. »Ich war überrascht, dass Andrea so früh wieder gehen wollte. Es war schon dunkel draußen, und ich habe kurz überlegt, sie nach Hause zu fahren. Wenn …«

Ellie hörte Mrs. Lewis sagen: »Wenn Ellie ihnen bloß erzählt hätte, dass Andrea manchmal zu dieser Garage ging, in dieses ›Versteck‹, wie die Mädchen es nennen. Vielleicht wäre Ted noch rechtzeitig dort gewesen.«

»Wenn Ellie bloß …«

Ellie schlich mit vorsichtigen Schritten die Treppe hoch, um nicht gehört zu werden. Grandmas Koffer lag auf ihrem Bett. Das war merkwürdig. Schlief Grandma denn nicht in Andreas Zimmer? Es war jetzt leer.

Vielleicht sollte sie selbst in Andreas Zimmer schlafen. Dann könnte sie, falls sie heute Nacht aufwachte, so tun, als ob Andrea jeden Augenblick zurückkommen würde.

Die Tür zu Andreas Zimmer war geschlossen. Sie öffnete sie so leise, wie sie es immer am Samstagmorgen getan hatte, wenn sie hineinspähte, um nachzuschauen, ob Andrea noch schlief.

Daddy stand an Andreas Schreibtisch. Er hielt ein gerahmtes Foto in der Hand. Ellie wusste, dass es das Babyfoto von Andrea war, das mit dem Silberrahmen, auf dem oben »Daddys kleiner Schatz« eingraviert war.

Sie beobachtete, wie er den Deckel der Spieldose öffnete. Das war auch ein Geschenk, das er für Andrea gekauft hatte, gleich nach der Geburt. Als Baby wollte Andrea nie ins Bett – aber wenn Daddy die Spieldose aufzog und mit Andrea im Arm durch das Zimmer tanzte und leise den Text des Liedes mitsang, sank sie jedes Mal schnell in den Schlaf.

Ellie hatte gefragt, ob Daddy sie auf die gleiche Art zum Schlafen gebracht hatte, aber Mommy hatte gesagt, dass das nie nötig gewesen sei. Vom Tag ihrer Geburt an sei Ellie unkompliziert gewesen und von allein eingeschlafen.

Einige Worte aus dem Lied gingen Ellie durch den Kopf, als die Melodie durch den Raum klang. »... Du bist Daddys kleiner Schatz, wirst es immer sein ... Du bist mein Weihnachtsengel, mein Christbaumstern ... Und du bist Daddys kleiner Schatz.«

Sie sah, wie Daddy sich auf die Kante von Andreas Bett setzte und zu schluchzen anfing.

Ellie schlich aus dem Zimmer und schloss die Tür so leise, wie sie sie geöffnet hatte.

Zweiter Teil

Dreiundzwanzig Jahre später

6

Fast dreiundzwanzig Jahre ist es her, dass meine Schwester Andrea ermordet wurde, und doch kommt es mir immer noch so vor, als sei es erst gestern geschehen.

Rob Westerfield wurde zwei Tage nach der Beerdigung verhaftet und des Mordes angeklagt. Praktisch allein aufgrund der Informationen, die ich ihnen gegeben hatte, konnte die Polizei einen Durchsuchungsbefehl für das Haus der Westerfields und für Robs Auto erwirken. Sie fanden die Kleider, die er in der Tatnacht getragen hatte, und obwohl sie gründlich gereinigt waren, konnten im Labor Blutflecken darauf identifiziert werden. Der Wagenheber, der als Tatwaffe gedient hatte, wurde im Kofferraum seines Wagens gefunden. Zwar hatte er versucht, ihn abzuwaschen, aber einige Haare von Andrea hatten noch an ihm geklebt.

Rob sagte aus, er sei an dem Abend, an dem Andrea ermordet wurde, ins Kino gegangen. Der Parkplatz beim Kino sei voll gewesen, und er habe sein Auto an der Tankstelle direkt daneben abgestellt. Die Tankstelle sei geschlossen gewesen, aber er habe Paulie Stroebel angetroffen, der noch in der Autowerkstatt gearbeitet habe. Er habe kurz zu Paulie hineingeschaut und ihm gesagt, dass er sein Auto dort stehen lassen und es gleich nach dem Kino wieder holen würde.

Er behauptete, dass Paulie, während er selbst im Kino saß, mit seinem Wagen zum Versteck gefahren sein müsse, Andrea umgebracht und dann das Auto wieder an der Tankstelle abgestellt haben müsse. Rob gab an, dass er das Auto mindestens ein halbes Dutzend Mal in die Werkstatt gebracht habe, um Beulen und Dellen reparieren zu lassen, und dass Paulie bei jeder dieser Gelegenheiten einen Nachschlüssel hätte machen lassen können.

Die Blutspuren an seinen Kleidern und an den Nähten seiner Schuhe versuchte er damit zu erklären, dass Andrea ihn angeblich um ein Treffen im Versteck gebeten habe. Er sagte, sie habe ihn mit ständigen Anrufen belästigt und ihn am Tatabend zur Essenszeit angerufen. Sie habe ihm erzählt, dass sie mit Paulie Stroebel zu einer Fete gehen würde und dass sie nicht wolle, dass er deswegen auf sie böse sei.

»Es war mir egal, mit wem sie ausgehen wollte«, erklärte Rob bei seiner Aussage vor Gericht. »Sie war verknallt in mich, nicht umgekehrt. Sie ist mir überallhin gefolgt. Wenn ich in der Stadt war, dann kam sie zufällig vorbeigelaufen. Wenn ich zum Bowling ging, dann spielte sie auf einmal auf der Bahn neben mir. Einmal habe ich sie und ihre Freundinnen erwischt, als sie in der Garage meiner Großmutter herumsaßen und Zigaretten rauchten. Ich wollte nett sein, deshalb habe ich ihr gesagt, es ginge schon in Ordnung. Sie hat ständig darum gebettelt, dass ich sie auf eine Spritztour im Auto mitnehme. Sie hat mich andauernd angerufen.«

Er hatte auch eine Erklärung dafür parat, warum er in der Tatnacht zum Versteck in der Garage gefahren sei. »Ich kam aus dem Kino«, sagte er aus, »und wollte nach Hause fahren. Aber dann habe ich mir irgendwie Sorgen um sie gemacht. Zwar hatte ich ihr klar gesagt, dass ich mich nicht mit ihr treffen wollte, aber sie wollte trotzdem auf jeden Fall dort auf mich warten. Ich dachte, ich sollte vielleicht kurz vorbeischauen und dafür sorgen, dass sie nach Hause geht, bevor ihr Vater wütend wird. Das Licht in der Garage ging nicht. Ich hab mich durch den Raum getastet und bin um den Van herumgegangen. Das war die Stelle, wo Andrea und ihre Freundinnen manchmal auf Decken saßen und rauchten.

Dann spürte ich die Decke unter meinem Fuß. Ich konnte lediglich erkennen, dass jemand dort lag, und natürlich dachte ich, dass Andrea auf mich gewartet hatte und dabei eingeschlafen war. Also habe ich mich hingekniet, nach ihr getastet, und plötzlich spürte ich das Blut auf ihrem Gesicht. Dann bin ich weggerannt.«

Er wurde gefragt, warum er weggelaufen sei. »Weil ich Angst hatte, jemand könnte auf den Gedanken kommen, dass ich es war.«

»Was, haben Sie geglaubt, war ihr zugestoßen?«

»Ich hatte keine Ahnung. Ich hatte Angst. Aber als ich sah, dass der Wagenheber in meinem Kofferraum voller Blut war, wusste ich, dass es Paulie gewesen sein musste, der sie getötet hat.«

Er verhielt sich sehr geschickt, und seine Aussage war gut einstudiert. Ein blendend aussehender junger Mann, der einen starken Eindruck hinterließ. Aber dann wurde ich Rob Westerfield zum Verhängnis. Ich erinnere mich, wie man mich in den Zeugenstand rief und ich die Fragen des Staatsanwalts beantwortete.

»Ellie, hat Andrea Rob Westerfield angerufen, bevor sie zu Joan gegangen ist, um Hausaufgaben zu machen?«

»Ja.«

»Gab es auch Anrufe von ihm?«

»Manchmal hat er angerufen, aber wenn Daddy oder Mommy ans Telefon gegangen sind, hat er sofort aufgelegt. Er wollte immer, dass Andrea ihn anruft, weil er ein eigenes Telefon in seinem Zimmer hatte.«

»Gab es einen besonderen Grund, warum Andrea ihn am Abend, bevor sie starb, angerufen hat?«

»Ja.«

»Hast du das Gespräch mit angehört?«

»Nur einen kleinen Teil davon. Ich bin in ihr Zimmer gegangen. Sie weinte fast. Sie hat Rob am Telefon gesagt, sie kann nichts dafür, dass sie mit Paulie zu der Fete geht, sie muss es tun. Sie wollte nicht, dass Paulie Daddy erzählt, dass sie sich manchmal mit Rob im Versteck trifft.«

»Was geschah dann?«

»Sie hat Rob gesagt, sie würde zu Joan gehen, um Hausaufgaben zu machen, und er hat ihr gesagt, sie soll sich mit ihm im Versteck treffen.«

»Hast du gehört, wie er das gesagt hat?«

»Nein, aber ich habe gehört, wie sie gesagt hat: ›Ich werd's versuchen, Rob.‹ Dann hat sie aufgelegt und gesagt: ›Rob möchte, dass ich früher von Joanie weggehe und wir uns im Versteck treffen. Er ist wütend auf mich. Er hat gesagt, es kommt überhaupt nicht infrage, dass ich mit einem anderen ausgehe.‹«

»Hat Andrea das zu dir gesagt?«

»Ja.«

»Was geschah dann weiter?«

Und dann gab ich im Zeugenstand Andreas letztes Geheimnis preis und brach das heilige Ehrenwort, das ich ihr gegeben hatte, das Versprechen »auf Ehre und Leben«, dass ich niemandem etwas über den Anhänger erzählen würde, den ihr Rob geschenkt hatte. Er war vergoldet und hatte die Form eines Herzens mit kleinen blauen Edelsteinen. Auf der Rückseite hatte Rob ihre Initialen eingravieren lassen. Zu diesem Zeitpunkt war ich bereits in Tränen ausgebrochen, weil ich meine Schwester so sehr vermisste und es wehtat, über sie zu sprechen. Und daher fügte ich hinzu, ohne danach gefragt worden zu sein: »Sie hat das Kettchen mit dem Anhänger angelegt, bevor sie gegangen ist, deshalb war ich sicher, dass sie sich mit ihm treffen wollte.«

»Ein Anhänger?«

»Rob hat ihr den Anhänger geschenkt. Andrea hat ihn unter der Bluse getragen, damit niemand ihn sehen konnte. Aber ich habe ihn gespürt, als ich sie in der Garage gefunden habe.«

Ich erinnere mich, wie ich im Zeugenstand saß. Ich erinnere mich, dass ich versuchte, nicht in Rob Westerfields Richtung zu schauen. Er starrte mich die ganze Zeit über an; ich konnte den Hass spüren, der von ihm ausging.

Und ich könnte schwören, dass ich die Gedanken meiner Eltern lesen konnte, die hinter dem Staatsanwalt saßen: Ellie, du hättest es uns sagen müssen; du hättest es uns sagen müssen.

Die Verteidiger versuchten, meine Aussage niederzumachen. Sie führten aus, Andrea habe oft einen Anhänger getragen, den mein Vater ihr geschenkt hatte, und dieser habe sich auf ihrem Schminktisch befunden, als die Leiche gefunden wurde. Sie sagten, ich würde Geschichten erfinden oder Geschichten wiedergeben, die mir Andrea über Rob erzählt hätte.

»Andrea hat den Anhänger getragen, als ich sie gefunden habe«, beharrte ich. »Ich konnte ihn spüren.« Dann brach es aus mir heraus: »Deshalb bin ich auch sicher, dass es Rob Westerfield gewesen sein muss, der in der Garage war, als ich Andrea fand. Er ist zurückgekommen wegen des Anhängers.«

Robs Anwälte erhoben wütend Einspruch, und diese Bemerkung wurde aus dem Protokoll gestrichen. Der Richter forderte die Geschworenen auf, die letzte Aussage in keiner Weise zu berücksichtigen.

Hat irgendeiner der Anwesenden geglaubt, was ich damals über den Anhänger, den Rob Andrea geschenkt hatte, erzählt habe? Ich weiß es nicht. Der Fall ging an die Geschworenen, und diese berieten sich fast eine Woche lang. Wir erfuhren, dass ein paar der Geschworenen zunächst eher dazu neigten, auf Totschlag zu erkennen, der Rest aber auf einer Verurteilung wegen Mordes bestand. Die Mehrheit war davon überzeugt, dass Rob den Wagenheber in die Garage mitgenommen hatte, weil er von vornherein die Absicht hatte, Andrea zu töten.

Als Westerfield die ersten Gesuche für eine vorzeitige Haftentlassung auf Bewährung einreichte, hatte ich das Prozessprotokoll studiert und mit vehementen Briefen gegen seine Freilassung protestiert. Da er jedoch mittlerweile fast zweiundzwanzig Jahre abgesessen hatte, war mir klar, dass dem Gesuch diesmal stattgegeben werden könnte, und aus diesem Grund war ich nach Oldham-on-the-Hudson zurückgekehrt.

Ich bin dreissig Jahre alt, lebe in Atlanta und arbeite als Reporterin bei den *Atlanta News*. Der Chefredakteur, Pete Lawlor, hält es bereits für eine persönliche Beleidigung, wenn einer der Angestellten seinen Jahresurlaub nimmt. Daher hatte ich mit einem handfesten Wutausbruch gerechnet, als ich ihm sagte, dass ich sofort ein paar freie Tage benötigte und später vielleicht noch ein paar mehr.

»Wollen Sie heiraten?«

Ich sagte, das sei das Letzte, was ich im Sinn hätte.

»Worum geht es dann?«

Ich hatte niemandem bei der Zeitung etwas über mich und meine Geschichte erzählt, aber Pete Lawlor war einer dieser Menschen, die immer alles über alle Leute zu wissen scheinen. Er war einundreißig Jahre alt, litt unter fortgeschrittener Glatzenbildung, kämpfte ständig mit seinen zehn überschüssigen Pfunden und war vermutlich der klügste Mann, dem ich je begegnet bin. Ich war erst ein halbes Jahr bei den *News* und hatte gerade eine Story über den Mord an einem Teenager beendet, als er beiläufig zu mir sagte: »Das muss nicht leicht für Sie gewesen sein, diesen Artikel zu schreiben. Ich weiß Bescheid über die Geschichte mit Ihrer Schwester.«

Er hatte keine Antwort erwartet, und ich hatte ihm auch keine gegeben, aber dennoch hatte er mich sein Mitgefühl spüren lassen. Das war ein wirklicher Trost gewesen, denn der Auftrag hatte mich in der Tat sehr aufgewühlt.

»Andreas Mörder hat Haftentlassung beantragt. Ich fürchte, dass sie ihm diesmal gewährt wird, und ich möchte versuchen, irgendetwas dagegen zu unternehmen.«

Pete lehnte sich zurück. Er trug stets ein Hemd mit offenem Kragen und Pullover. Ich hatte mich schon gefragt, ob er überhaupt ein einziges Sakko sein Eigen nannte. »Wie lange sitzt er schon?«

»Fast zweiundzwanzig Jahre.«

»Wie oft hat er schon Haftentlassung beantragt?«

»Zweimal.«

»Irgendwelche Probleme während der Haft?«

Ich fühlte mich wie eine Schülerin, die gerade abgefragt wird. »Nicht dass ich wüsste.«

»Dann wird er wahrscheinlich rauskommen.«

»Das glaube ich auch.«

»Warum dann der ganze Aufstand?«

»Ich kann nicht anders.«

Pete Lawlor hält nicht viel davon, Zeit oder Worte zu verschwenden. Er stellte keine weiteren Fragen. Er nickte nur. »Okay. Wann ist die Anhörung?«

»Die Anhörung ist nächste Woche. Am Montag soll ich mit jemandem von der Bewährungskommission sprechen.«

Er wandte sich wieder den Papieren auf seinem Schreibtisch zu, womit er mir zu verstehen gab, dass die Unterredung beendet war. »Geht in Ordnung«, sagte er. Aber als ich mich umdrehte, fügte er noch hinzu: »Ellie, Sie sind nicht so hart im Nehmen, wie Sie glauben.«

»Doch, das bin ich.« Ich hielt es nicht für nötig, ihm für den Urlaub zu danken.

Bereits am folgenden Tag, es war ein Samstag, flog ich von Atlanta zum Westchester County Airport und mietete ein Auto.

Ich hätte über Nacht in einem Motel in Ossining bleiben können, nicht weit von Sing Sing, dem Gefängnis, in dem Andreas Mörder einsaß. Stattdessen fuhr ich fünfzehn Meilen weiter nach Oldham-on-the-Hudson, wo wir damals gewohnt hatten, suchte und fand das idyllische Gasthaus Parkinson Inn, in das wir, wie ich mich erinnerte, manchmal mittags oder abends zum Essen gegangen waren.

Das Gasthaus lief allem Anschein nach sehr gut. An diesem kühlen Samstagmittag im Oktober war der Speisesaal voll besetzt mit leger gekleideten Gästen, überwiegend Paare und Familien. Für einen Augenblick überkam mich eine Welle der Nostalgie. Genauso hatte ich meine frühe Kindheit in Erinnerung, unsere Familie, wie sie am Samstag hier zum Mittagessen an einem Tisch versammelt war. Danach hatte Dad Andrea und mich manchmal am Kino abgesetzt. Sie traf sich dort mit ihren Freundinnen, aber es machte ihr nichts aus, wenn ich dabei war.

»Ellie ist in Ordnung, sie wird uns nicht verpetzen«, hatte sie gesagt. Wenn der Film früh genug zu Ende war, liefen wir alle zum Garagenversteck, wo Andrea und Joan und Margy und Dottie gemeinsam auf die Schnelle noch eine Zigarette rauchten, bevor wir nach Hause gingen.

Andrea hatte sich eine Ausrede zurechtgelegt, als Daddy einmal eine Bemerkung gemacht hatte, weil ihre Kleider nach Rauch rochen. »Ich kann nichts dafür. Nach dem

Kino haben wir Pizza gegessen, und dort haben so viele Leute geraucht.« Und dann hatte sie mir zugezwinkert.

Das Gasthaus hatte nur acht Gästezimmer, aber eines davon war noch frei, ein spartanisch eingerichteter Raum, in dem lediglich ein Bett mit eisernem Kopfende, ein kleiner Schreibtisch, ein Nachttischchen und ein Stuhl standen. Das Fenster ging nach Osten hinaus, in die Richtung, in der das Haus lag, in dem wir gewohnt hatten. Die Sonne war unbeständig an diesem Nachmittag, bald tauchte sie auf, bald verschwand sie wieder hinter Wolken, mal schien sie grell, dann wieder war sie vollkommen verdeckt.

Ich stand am Fenster und schaute hinaus, und ich fühlte mich wieder wie das siebenjährige Mädchen, das seinen Vater beobachtet hatte, als er die Spieldose in der Hand hielt.

7

In meiner Erinnerung prägte jener Nachmittag mein ganzes weiteres Leben. Der heilige Ignatius von Loyola hat einmal gesagt: »Zeigt mir ein Kind bis zu seinem siebenten Lebensjahr, und ich zeige euch den Mann.«

Ich nehme an, dass das auch für die Frauen gelten sollte. Wie zur Salzsäule erstarrt hatte ich dagestanden, mucksmäuschenstill, und meinem Vater, den ich anbetete, zugesehen, wie er schluchzend das Bildnis meiner toten Schwester an seine Brust drückte, während die zarten Töne aus der Spieldose durch die Stille klangen.

Wenn ich heute daran zurückdenke, frage ich mich, ob ich damals überhaupt keinen Drang verspürte, zu ihm zu laufen, meine Arme um ihn zu schlingen, seine Trauer aufzusaugen und sie mit der meinigen zu vermischen. Tatsache ist, dass ich schon damals begriff, dass er in seiner Trauer für mich unerreichbar war und dass ich niemals seinen Schmerz würde lindern können.

Lieutenant Edward Cavanaugh, mit Auszeichnungen versehener Beamter der New York State Police, der sich in einem Dutzend lebensgefährlicher Situationen heldenhaft bewährt hatte, war nicht in der Lage gewesen, den Mord an seiner schönen, eigensinnigen, fünfzehnjährigen Tochter zu verhindern, und sein tiefes Leid konnte nicht mit einem weiteren Trauernden geteilt werden, wie eng auch immer die Blutsbande zwischen ihnen sein mochten.

Aber eines habe ich im Lauf der Jahre begriffen: Wenn die Trauer nicht gemeinsam getragen wird, dann schiebt man sich die Schuld gegenseitig zu wie eine heiße Kartoffel, die vom einen zum andern geworfen wird und am Ende bei demjenigen hängen bleibt, der am wenigsten in der Lage ist, sie wegzuschleudern.

In diesem Fall war ich diejenige.

Detective Longo hatte keine Zeit verloren, nachdem ich ihm Andreas Geheimnis verraten hatte. Ich hatte ihm zwei Spuren, zwei mögliche Verdächtige geliefert: Rob Westerfield, der seine überwältigende Ausstrahlung als heißblütiger, reicher Playboy eingesetzt hatte, um Andrea den Kopf zu verdrehen, und Paul Stroebel, der scheue, zurückgezogene Junge, der sich in das bildhübsche Orchestermitglied verliebt hatte, das ihm bei seinen spielentscheidenden Leistungen auf dem Footballfeld begeistert zugejubelt hatte.

Die Heimmannschaft anfeuern – niemand konnte das besser als Andrea!

Während sich die Experten über die Ergebnisse der Autopsie beugten und die Vorbereitungen für Andreas Beerdigung im Gate-of-Heaven-Friedhof liefen, hatte Detective Longo sowohl Rob Westerfield als auch Paul Stroebel verhört. Beide hatten behauptet, Andrea am Donnerstagabend nicht gesehen zu haben und auch keine Absicht gehabt zu haben, sich mit ihr zu treffen.

Paul hatte in der Tankstelle gearbeitet, und obwohl diese um sieben Uhr schloss, war er noch länger in der Werkstatt geblieben, um ein paar kleinere Reparaturen zu erledigen. Rob Westerfield hatte geschworen, das örtliche Kino aufgesucht zu haben, und er hatte sogar eine entwertete Eintrittskarte vorweisen können.

Ich erinnere mich, dass ich an Andreas Grab stand, eine

einzelne langstielige Rose in der Hand, und dass man mir, nachdem die Gebete gesprochen waren, bedeutete, ich solle sie auf Andreas Sarg legen. Ich erinnere mich auch, dass ich mich innerlich wie tot fühlte, so tot und reglos, wie Andrea gewesen war, als ich mich im Versteck über sie gebeugt hatte.

Ich wollte ihr sagen, wie Leid es mir tat, dass ich das Geheimnis über ihre Treffen mit Rob am Ende doch noch verraten hatte, und aus derselben Verzweiflung heraus wollte ich ihr sagen, wie Leid es mir tat, dass ich nicht sofort alles mitgeteilt hatte, was ich wusste, als sie abends nicht nach Hause gekommen war. Aber natürlich sagte ich gar nichts. Ich legte die Rose auf den Sarg, sie rutschte jedoch ab, und bevor ich sie aufheben konnte, schritt meine Großmutter an mir vorbei, um ihre Blume auf den Sarg zu legen, und ihr Schuh trat meine Rose in den schlammigen Boden.

Wenig später verließen wir den Friedhof, und aus der Reihe von feierlichen Gesichtern, an denen ich vorbeiging, fing ich zornige Blicke auf, die auf mich gerichtet waren. Die Westerfields waren ferngeblieben, aber die Stroebels waren erschienen, sie hatten Paulie fest in die Mitte genommen, sodass ihre Schultern sich berührten. Ich erinnere mich, dass ich einen stillen Vorwurf spürte, der mir aus der Menge entgegenschlug, mich überwältigte und fast erstickte. Es war ein Gefühl, das mich nie mehr ganz losgelassen hat.

Ich hatte versucht, meine Eltern davon zu überzeugen, dass ich jemanden atmen gehört hatte, als ich neben Andreas Leiche kniete, aber sie waren skeptisch geblieben, weil ich so panisch und verängstigt gewesen war. Als ich aus dem Wald gerannt kam, war mein Atem so schwer und rasselnd gegangen wie bei den Anfällen von Pseudokrupp, unter denen ich als Kind zuweilen litt. Doch über all die

Jahre hinweg wurde ich immer wieder von demselben Albtraum aus dem Schlaf geschreckt: Ich knie vor Andreas Leiche, gleite auf ihrem Blut aus und höre das schwere, raubtierhafte Atmen und dieses hohe Gekicher.

Aus jenem Angstinstinkt heraus, der die Menschheit vor dem Aussterben bewahrt hat, weiß ich, dass Rob Westerfield eine Bestie in seinem Innern beherbergt und dass er, falls man ihn freilässt, irgendwann erneut zuschlagen wird.

8

ALS ICH TRÄNEN aufkommen spürte, wandte ich mich vom Fenster ab, hob meinen Rucksack auf und stellte ihn auf das Bett. Ich musste beinahe lächeln, als ich meine Sachen auspackte und mir dabei durch den Kopf ging, dass ich Pete Lawlor, wenn auch nur im Geiste, wegen seiner nachlässigen Art, sich zu kleiden, getadelt hatte. Ich trug Jeans und einen Rollkragenpulli. Eingepackt hatte ich, abgesehen von Nachthemd und Unterwäsche, nur einen langen wollenen Rock und zwei weitere Pullis. Meine Lieblingsschuhe sind Clogs, allein schon wegen meiner eins fünfundsiebzig Körperlänge. Meine Haare haben ihre sandähnliche Farbe behalten. Ich lasse sie lang wachsen und trage sie entweder hochgesteckt oder binde sie zum Pferdeschwanz.

Andrea war hübsch und feminin, sie war meiner Mutter sehr ähnlich. Ich dagegen habe die kräftigen Züge meines Vaters geerbt, die einem Mann besser stehen als einer Frau. Niemand würde auf den Gedanken kommen, mich seinen Christbaumstern zu nennen.

Verlockende Düfte stiegen vom Speisesaal auf, und ich stellte fest, dass ich Hunger hatte. Ich hatte einen frühen Flug aus Atlanta erwischt und musste, wie üblich, geraume Zeit vor dem Abflug am Flughafen sein. Das im Flugzeug servierte »Frühstück« hatte aus einer Tasse schlechten Kaffees bestanden.

Als ich in den Speisesaal hinunterging, war es halb zwei, und viele Gäste waren schon wieder gegangen. Ich bekam sofort einen freien Tisch in einer kleinen Nische beim offenen Kaminfeuer. Ich hatte nicht bemerkt, wie durchgefroren ich war, bis ich die wohltuende Wärme an Händen und Füßen verspürte.

»Kann ich Ihnen etwas zu trinken bringen?«, fragte die Bedienung, eine lächelnde grauhaarige Frau, auf deren Namensschild »Liz« stand.

Warum nicht?, dachte ich und bestellte ein Glas Rotwein.

Als sie wiederkam, sagte ich, ich hätte mich für die Zwiebelsuppe entschieden, und sie meinte, das sei eine gute Wahl.

»Arbeiten Sie schon lange hier, Liz?«, fragte ich.

»Fünfundzwanzig Jahre. Ich kann es selbst kaum glauben.«

Möglicherweise hatte sie uns vor Jahren schon bedient. »Gibt es immer noch die Sandwiches mit Erdnussbutter und Marmelade?«

»Ja, natürlich. Haben Sie die früher immer bestellt?«

»Ja.« Ich bereute sofort, sie darauf angesprochen zu haben. Das Letzte, was ich mir wünschte, war, von den Einheimischen als »die Schwester des Mädchens, das vor dreiundzwanzig Jahren ermordet worden ist« identifiziert zu werden.

Aber Liz war es offensichtlich gewohnt, von Durchreisenden darauf angesprochen zu werden, dass sie vor Jahren schon in diesem Gasthaus gegessen hätten, und sie verließ den Tisch ohne weiteren Kommentar.

Ich nippte an meinem Wein und erinnerte mich nach und nach an bestimmte Anlässe, an denen wir als Familie hier gewesen waren, zu der Zeit, als wir noch eine Familie waren. Für gewöhnlich kehrten wir an Geburtstagen hier ein, manchmal auch auf dem Rückweg von einem Ausflug. Der letzte Anlass war, glaube ich, der Besuch meiner Großmutter gewesen, nachdem sie schon fast ein Jahr in Florida lebte. Ich erinnere mich noch, dass mein Vater sie am Flughafen abholte und wir hier verabredet waren. Wir hatten eine Torte für sie besorgt. Die rosa Inschrift auf der weißen Glasur lautete: »Willkommen daheim, Grandma.«

Sie hatte angefangen zu weinen. Glückliche Tränen. Die letzten glücklichen Tränen, die in unserer Familie vergossen wurden. Und dieser Gedanke brachte mich wieder auf die Tränen, die am Tag von Andreas Beerdigung vergossen wurden, und auf den schrecklichen öffentlichen Streit zwischen meinen Eltern.

9

Nach der Beerdigung waren wir alle nach Hause gegangen. Die Frauen aus der Nachbarschaft hatten einen Imbiss vorbereitet, und eine Menge Leute waren gekommen: unsere ehemaligen Nachbarn aus Irvington, die neuen Freundinnen meiner Mutter von der Kirchengemeinde, die Mitglieder ihres Bridge-Clubs und die Kolleginnen, die mit ihr als freiwillige Helferinnen am Krankenhaus arbeiteten. Viele langjährige Freunde und Kollegen meines Vaters waren ebenfalls gekommen, darunter einige in Uniform, die im Dienst waren und nur auf einen Sprung vorbeischauen konnten, um ihre Anteilnahme zu zeigen.

Die fünf Mädchen, die Andreas spezielle Freundinnen gewesen waren, standen mit verweinten Augen in einer Ecke zusammen. Besonders Joan, bei der Andrea am letzten Abend Hausaufgaben gemacht hatte, war vollkommen aufgelöst und wurde von den vier anderen getröstet.

Ich fühlte mich von all dem ausgeschlossen. Meine Mutter sah sehr traurig aus in ihrem schwarzen Kostüm. Sie saß im Wohnzimmer auf dem Sofa, von allen Seiten von Freundinnen umgeben, die ihre Hand hielten oder ihr eine Tasse Tee reichten. »Es wird dir gut tun, Genine. Deine Hände sind so kalt.« Sie war gefasst, auch wenn ihr immer wieder Tränen in die Augen stiegen, und ich hörte sie mehrfach sagen: »Ich kann es einfach nicht glauben, dass sie nicht mehr da ist.«

Sie und mein Vater hatten einander am Grab festgehalten, aber jetzt saßen sie in verschiedenen Zimmern, sie im Wohnzimmer, er in der abgetrennten hinteren Veranda, die er zu einer Art persönlichem Refugium umgewandelt hatte. Meine Großmutter saß in der Küche mit einigen ihrer alten Freundinnen aus Irvington, die mit Erinnerungen an glücklichere Zeiten in ihrem Leben die trübe Stimmung zu bekämpfen suchten.

Ich lief zwischen den Leuten umher, und obwohl mich manche ansprachen und mir sagten, was für ein tapferes kleines Mädchen ich sei, fühlte ich mich einsam und verlassen. Ich hatte Sehnsucht nach Andrea. Ich sehnte mich danach, hinauf in das Zimmer meiner Schwester zu gehen und mich auf ihrem Bett an sie zu kuscheln, während sie am Telefon endlos mit ihren Freundinnen oder mit Rob Westerfield schwatzte.

Bevor sie ihn anrief, hatte sie immer gesagt: »Kann ich dir auch vertrauen, Ellie?«

Natürlich konnte sie das. Er rief sie fast nie zu Hause an, weil man ihr jeden weiteren Kontakt mit ihm verboten hatte, und sie, selbst wenn sie oben in ihrem Zimmer das Gespräch annahm, immer befürchten mussten, dass im Erdgeschoss meine Mutter oder mein Vater den Hörer aufnehmen und seine Stimme hören würde.

Meine Mutter oder mein Vater? Oder ging es nur um meinen Vater? Hätte sich meine Mutter auch darüber aufgeregt? Immerhin war Rob ein Westerfield, und beide Damen Westerfield, senior und junior, besuchten gelegentlich die Versammlungen des Women's Club, in dem meine Mutter Mitglied war.

Um zwölf Uhr waren wir von der Beerdigung gekommen. Um zwei begannen einige Leute Sätze fallen zu lassen wie: »Nach allem, was ihr durchgemacht habt, braucht ihr jetzt ein bisschen Ruhe.«

Das sollte wohl heißen, dass sie jetzt aufbrechen wollten, nachdem sie den Hinterbliebenen ihr Mitgefühl ausgedrückt und aufrichtig mitgetrauert hatten. Dennoch zögerten manche, unser Haus zu verlassen, weil sie gleichzeitig begierig darauf waren, dabei zu sein, falls irgendetwas Neues über die Suche nach dem Mörder von Andrea bekannt würde.

In der Zwischenzeit hatten alle von Paulie Stroebels Ausbruch in der Schule gehört, und sie wussten, dass Andrea in Rob Westerfields Auto gesessen hatte, als er letzten Monat auf der Schnellstraße wegen zu schnellen Fahrens angehalten worden war.

Paulie Stroebel. Wer hätte gedacht, dass sich dieser stille, introvertierte Junge in ein Mädchen wie Andrea verlieben würde oder dass sie bereit gewesen wäre, mit ihm auf die Thanksgiving-Fete zu gehen?

Rob Westerfield. Er hatte ein Jahr am College hinter sich, und er war mit Sicherheit kein Dummkopf, so viel konnte man auf Anhieb sehen. Aber es ging das Gerücht um, dass man ihn dort wieder loswerden wollte. Offenbar hatte er das gesamte erste Jahr vertrödelt. Er war neunzehn Jahre alt, als er auf meine Schwester aufmerksam wurde. Warum in aller Welt hatte er sich mit Andrea abgegeben, die gerade einmal die zweite Klasse der Highschool besuchte?

»Soll er nicht auch in die Sache mit dem Überfall auf seine Großmutter verwickelt gewesen sein?«

Gerade hatte ich diese Bemerkung mitbekommen, als es klingelte. Mrs. Storey vom Bridge-Club, die eben aufbrechen wollte, öffnete die Haustür. Unter dem Vordach stand Mrs. Dorothy Westerfield, Robs Großmutter und die Besitzerin des Anwesens mit der Garage, in der Andrea den Tod erlitten hatte.

Sie war eine gut aussehende, beeindruckende Frau mit breiten Schultern und vollem Busen. Sie hielt sich kerzengerade, was sie größer erscheinen ließ, als sie war. Ihre grauen Haare, von Natur gewellt, hatte sie straff zurückgebürstet. Mit ihren gut siebzig Jahren hatte sie immer noch dunkle Augenbrauen, welche die Aufmerksamkeit auf den intelligenten Ausdruck der hellbraunen Augen lenkten. Mit den allzu kräftigen Konturen ihres Unterkiefers wäre sie auch in jüngeren Jahren nicht als ausgesprochen hübsch bezeichnet worden; auf der anderen Seite trug dies zu dem allgemeinen Eindruck von Willensstärke bei, der von ihr ausging.

Sie war ohne Kopfbedeckung und trug einen elegant geschnittenen, grauen Wintermantel. Sie trat in den Flur und ließ ihre Blicke über die Anwesenden gleiten auf der Suche nach meiner Mutter, die ihre Hände aus der Umklammerung ihrer Freundinnen gelöst und sich erhoben hatte.

Mrs. Westerfield ging direkt auf sie zu. »Ich war in Kalifornien und konnte nicht früher kommen, aber ich möchte Ihnen sagen, Genine, wie sehr es mir für Sie und Ihre Familie Leid tut. Vor vielen Jahren habe ich durch einen Skiunfall einen Sohn verloren, daher weiß ich sehr gut, was Sie jetzt durchmachen.«

Meine Mutter nickte dankbar, aber da tönte die Stimme meines Vaters durch den Raum. »Es war aber kein Unfall, Mrs. Westerfield«, sagte er. »Meine Tochter wurde ermordet. Sie wurde erschlagen, und Ihr Enkel könnte derjenige gewesen sein, der das getan hat. Sie wissen ebenso gut wie ich, dass er angesichts seines Rufs sogar als der Hauptverdächtige gilt. Ich möchte Sie deshalb bitten, mein Haus sofort zu verlassen. Sie können von Glück reden, dass Sie selbst noch am Leben sind. Wahrscheinlich glauben Sie immer noch nicht, dass er in den Überfall verwickelt war, bei dem man Sie fast erschossen hätte?«

»Ted, wie kannst du so etwas sagen?«, rief meine Mutter gequält. »Mrs. Westerfield, verzeihen Sie. Mein Mann …«

Das mit Menschen angefüllte Haus hätte ebenso gut leer sein können. Alle Anwesenden verharrten in vollkommener Erstarrung, wie bei dem Spiel ›Versteinert‹, das ich als Kind gern spielte.

Mein Vater sah aus wie eine Figur aus dem Alten Testament. Er hatte seine Krawatte abgenommen und seinen Kragen geöffnet. Sein Gesicht war weiß wie sein Hemd, seine blauen Augen waren fast schwarz. Er hatte dichtes, dunkelbraunes Haar, aber in diesem Augenblick schien es noch dichter zu sein, als ob es elektrisch aufgeladen sei.

»Was fällt dir ein, dich für mich zu entschuldigen, Genine«, schrie er laut. »Es gibt nicht einen Polizisten in diesem Haus, der nicht davon überzeugt ist, dass Rob Westerfield durch und durch verdorben ist. Meine Tochter – *unsere* Tochter – ist tot. Und Sie« – er ging auf Mrs. Westerfield zu – »Sie verlassen jetzt mein Haus, und Ihre Krokodilstränen können Sie für sich behalten.«

Mrs. Westerfield war genauso bleich wie mein Vater geworden. Sie antwortete nicht, sondern drückte meiner Mutter wortlos die Hand und wandte sich dann ohne Hast zur Tür.

Jetzt war es meine Mutter, die anfing zu reden. Sie erhob die Stimme kaum, aber ihre Worte kamen wie Peitschenhiebe. »Du möchtest wohl gerne, dass Rob Westerfield derjenige ist, der Andrea ermordet hat, stimmt's, Ted? Du weißt, dass Andrea verrückt nach ihm war, und das hast du nicht ertragen. Weißt du, was ich glaube? Du warst eifersüchtig! Wenn du vernünftig gewesen wärst und ihr erlaubt hättest, mit ihm auszugehen oder überhaupt mit irgendeinem anderen Jungen, dann hätte sie sich nicht heimlich verabreden müssen …«

Sie ahmte die Sprechweise meines Vaters nach: »Andrea,

du darfst nur mit einem Jungen aus deiner Schule auf Schulfeiern gehen. Ich verbiete dir, mit ihm zu fahren. Ich werde dich abholen und hinbringen.«

Die Wangen meines Vaters hatten sich gerötet, ob aus Scham oder aus Wut, darüber bin ich mir bis heute nicht im Klaren. »Wenn sie mir gehorcht hätte, wäre sie noch am Leben«, sagte er mit leiser, aber bitterer Stimme. »Aber du warst ja geradezu darauf aus, mit diesen Westerfields …«

»Zum Glück bist es nicht du, der diesen Fall zu untersuchen hat«, unterbrach ihn meine Mutter. »Was ist mit dem jungen Stroebel? Was ist mit diesem Will Nebels? Und was ist mit diesem Vertreter? Haben sie den endlich ausfindig gemacht?«

»Und was ist mit dem Weihnachtsmann?« Jetzt war es mein Vater, der die Worte voller Verachtung ausspie. Er drehte sich auf dem Absatz um und ging zurück in sein Zimmer zu seinen Freunden. Hinter sich schloss er die Tür. Eine geraume Weile blieb es vollkommen still.

10

MEINE GROSSMUTTER hatte eigentlich bei uns übernachten wollen, aber nun hatte sie das Gefühl, es wäre besser, wenn meine Eltern alleine wären. Deshalb packte sie ihren Koffer und fuhr mit einer Freundin aus Irvington mit. Sie wollte dort schlafen, und ihre Freundin bot ihr an, sie am nächsten Morgen zum Flughafen zu bringen.

Ihre Hoffnung, dass sich meine Mutter und mein Vater nach dem bitteren Wortgefecht wieder versöhnen würden, sollte sich nicht erfüllen.

Meine Mutter schlief in jener Nacht in Andreas Zimmer und tat dies auch in allen weiteren Nächten der darauf folgenden zehn Monate, bis nach dem Prozess, bei dem nicht einmal das viele Geld der Westerfields und ein hochkarätiges Verteidigerteam Rob Westerfield davor bewahren konnten, des Mordes an Andrea für schuldig befunden zu werden.

Danach wurde das Haus verkauft. Mein Vater zog zurück nach Irvington, meine Mutter und ich begannen ein Nomadenleben, das in Florida in der Nähe meiner Großmutter begann. Meine Mutter, die vor ihrer Heirat eine Weile als Sekretärin gearbeitet hatte, bekam einen Job bei einer landesweiten Hotelkette. Sie war nicht nur attraktiv, sondern auch klug und tüchtig, und stieg daher rasch zu einer Art Krisenmanagerin auf. Das hatte wiederum zur Folge, dass wir etwa alle achtzehn Monate in eine andere Stadt mit einem anderen Hotel zogen.

Leider gelang es ihr auch, ebenso erfolgreich vor jedermann – außer vor mir – zu verbergen, dass sie Alkoholikerin geworden war. Sie trank regelmäßig jeden Tag, sobald sie von der Arbeit kam. Jahrelang gelang es ihr, genug Kontrolle über sich zu behalten, um ihren Job zu machen, nur gelegentlich täuschte sie »Erkältungen« vor, wenn sie mehrere Tage benötigte, um wieder nüchtern zu werden.

Das Trinken machte sie zuweilen schweigsam und trübsinnig. Dann wieder wurde sie redselig, und an solchen Tagen wurde mir klar, wie leidenschaftlich sie meinen Vater geliebt haben musste.

»Ellie, von dem Augenblick an, als ich ihn zum ersten Mal sah, war ich verrückt nach ihm. Hab ich dir schon erzählt, wie wir uns kennen gelernt haben?«

Immer wieder und wieder, Mutter.

»Ich war neunzehn und arbeitete seit einem halben Jahr in meinem ersten Job als Sekretärin. Ich hatte mir ein Auto gekauft, eine orangefarbene Kiste auf Rädern. Einmal wollte ich auf der Schnellstraße ausprobieren, was der Karren an Geschwindigkeit hergibt. Plötzlich hörte ich eine Sirene und sah im Rückspiegel die roten Lichter blitzen, und dann befahl mir eine Stimme aus dem Lautsprecher, rechts ranzufahren. Dein Vater verpasste mir einen Strafzettel und hielt mir eine gehörige Standpauke. Aber als er bei meinem Gerichtstermin auftauchte, sagte er mir, er würde mir gerne ein paar Fahrstunden geben.«

Bei einem anderen Mal klagte sie: »In so vielen Dingen war er einfach furchtbar. Er hat das College absolviert, er sieht gut aus und hat außerdem noch Köpfchen. Aber trotzdem fühlte er sich nur wohl mit seinen alten Freunden und wollte nicht, dass sich irgendetwas ändert. Deshalb wollte er auch nicht nach Oldham ziehen. Aber das größte Problem war nicht, wo wir wohnen sollten. Das Problem war, dass er einfach zu streng mit Andrea war. Selbst wenn wir in Irvington geblieben wären, hätte sie sich heimlich verabreden müssen.«

Diese Erinnerungsorgien endeten fast immer mit dem Satz: »Wenn wir nur gewusst hätten, wo wir sie suchen sollten, als sie nicht nach Hause kam.« Was natürlich bedeutete: Wenn ich ihnen nur von dem Versteck erzählt hätte.

Die dritte Klasse in Florida. Die vierte und fünfte in Louisiana. Die sechste in Colorado. Die siebte in Kalifornien. Die achte in New Mexico.

An jedem Monatsersten kam zuverlässig ein Scheck meines Vaters für meinen Unterhalt, aber ihn selbst sah ich nur wenige Male in den ersten Jahren, und dann überhaupt nicht mehr. Andrea, sein Goldkind, war tot. Zwischen ihm und meiner Mutter war nichts mehr geblieben außer bitterem Zurückblicken und eingefrorener Liebe, und was er für mich empfand, war nicht genug, um ihn meine Nähe suchen zu lassen. Jedes Zusammensein mit mir barg die Gefahr, dass seine nur mühsam vernarbte Wunde wieder aufbrach. Wenn ich ihm nur von dem Versteck erzählt hätte.

Als ich älter wurde, trat an die Stelle der Verehrung, die ich für meinen Vater empfunden hatte, ein abgrundtiefer Groll. Wie wäre es, wenn du dich selbst einmal fragen würdest: Wenn ich doch bloß mit Ellie geredet hätte, statt sie ins Bett zu schicken? Stellst du dir jemals diese Frage, Daddy?

Zum Glück waren wir, als ich aufs College gehen sollte, lange genug in Kalifornien, um dort unseren ersten Wohnsitz anzumelden. So konnte ich an die University of California in Los Angeles gehen, um Journalistik zu studieren.

Ein halbes Jahr, nachdem ich mein Master-Diplom erhalten hatte, starb meine Mutter an Leberversagen, und weil ich noch einmal an einem neuen Ort beginnen wollte, bewarb ich mich mit Erfolg für den Job in Atlanta.

Rob Westerfield hatte in jener Novembernacht vor dreiundzwanzig Jahren mehr getan, als meine Schwester umzubringen. Während ich in dem Gasthaus saß und Liz dabei zuschaute, wie sie den Teller mit der dampfenden Zwiebelsuppe servierte, begann ich mich zu fragen, was wohl aus unserem Leben geworden wäre, wenn Andrea noch am Leben wäre.

Meine Mutter und mein Vater wären immer noch zusammen, sie würden immer noch hier wohnen. Meine Mutter hatte große Pläne, wie sie das Haus weiter herrichten wollte, und mein Vater hätte sich mit der Zeit gewiss eingelebt. Als ich durch die Stadt fuhr, fiel mir auf, wie stark das ländliche Dorf, das ich in Erinnerung hatte, mittlerweile angewachsen war. Es hatte jetzt das Aussehen eines mittleren Städtchens, genau wie meine Mutter vorausgesagt hatte. Mein Vater würde nicht mehr fünf Meilen für einen Liter Milch fahren müssen.

Ob wir hier geblieben wären oder nicht, in jedem Fall würde meine Mutter noch leben, wenn Andrea nicht ermordet worden wäre. Sie hätte nicht das Bedürfnis gehabt, Erleichterung und Trost im Alkohol zu suchen.

Mein Vater hätte irgendwann vielleicht sogar von meiner Heldenverehrung Notiz genommen, und mit der Zeit, vielleicht wenn Andrea aufs College gegangen wäre, hätte er mir auch ein wenig der Aufmerksamkeit geschenkt, die ich mir so heftig von ihm ersehnt hatte.

Ich kostete vorsichtig von der Suppe.

Sie schmeckte genauso, wie ich sie in Erinnerung hatte.

11

Liz war mit einem Körbchen voll knusprigen Brotes zurückgekommen. Sie blieb an meinem Tisch stehen. »Nachdem Sie nach den Sandwiches mit Erdnussbutter und Marmelade gefragt haben, nehme ich an, dass Sie früher öfter hierher gekommen sind.«

Ich hatte ihre Neugier erregt.

»Das ist lange her«, sagte ich so beiläufig wie möglich. »Wir sind weggezogen, als ich noch ein Kind war. Jetzt lebe ich in Atlanta.«

»Da war ich auch schon. Eine schöne Stadt.« Sie ging wieder.

Atlanta, das Tor zum Süden. Für mich erwies es sich als gute Wahl. Die meisten meiner Mitstudenten hatten nur eine Karriere beim Fernsehen im Sinn, während mich schon immer das gedruckte Wort stärker angezogen hatte. Und zuletzt hatte ich sogar begonnen, mich etwas sesshafter zu fühlen.

Frisch von der Universität kommende Mitarbeiter werden bei den Zeitungen nicht sonderlich gut bezahlt, aber meine Mutter hatte eine bescheidene Lebensversicherung abgeschlossen, die es mir ermöglicht hatte, eine kleine Dreizimmerwohnung einzurichten. Ich hatte meine Möbel preisbewusst in Gebrauchtmöbelgeschäften und bei Räumungsverkäufen erstanden. Als die Wohnung fertig eingerichtet war, stellte ich zu meiner nicht geringen Bestürzung fest, dass ich unbewusst die Grundstimmung des Wohnzimmers in unserem Haus in Oldham nachempfunden hatte: blaue und rote Töne im Teppich. Ein blaues Polstersofa und Sessel. Sogar eine Ottomane, obwohl für sie kaum genug Platz vorhanden war.

So viele Erinnerungen wurden wach: Einmal war mein Vater im Sessel eingedöst, die langen Beine auf der Ottomane ausgestreckt. Andrea hatte sie ohne viel Federlesens zur Seite geschoben und sich selbst darauf niedergelassen. Daraufhin hatte mein Vater die Augen geöffnet und sein süßes, hübsches, goldenes Töchterchen lächelnd betrachtet …

Ich dagegen lief immer auf Zehenspitzen um ihn herum, wenn er eingenickt war, um seinen Schlaf nicht zu stören. Wenn Andrea und ich nach dem Abendessen den Tisch abräumten, hörte ich genau hin. Bei der zweiten Tasse Kaffee begann er, sich zu entspannen und meiner Mutter zu erzählen, was er an jenem Tag bei der Arbeit so alles erlebt hatte. Mein Vater, so prahlte ich vor mir selbst, rettete anderen Leuten das Leben.

Drei Jahre nach der Scheidung heiratete er erneut. Aber da lag schon mein zweiter und letzter Besuch bei ihm in Irvington hinter mir. Zu seiner Hochzeit wollte ich nicht kommen, und ich kümmerte mich auch nicht weiter darum, als er mir mit einer Karte mitteilte, dass ich einen kleinen Bruder bekommen hätte. Seine zweite Ehe hatte den Sohn hervorgebracht, den er sich bereits bei meiner Geburt gewünscht hatte. Edward James Cavanaugh Jr. ist mittlerweile ungefähr siebzehn Jahre alt.

Der letzte Kontakt mit meinem Vater bestand darin, dass ich ihm schrieb, um ihm mitzuteilen, dass meine Mutter gestorben sei und ich den Wunsch hätte, ihre Urne möge in den Gate-of-Heaven-Friedhof überführt und in Andreas Grab bestattet werden. Wenn er damit nicht einverstanden sei, würde ich sie im Grab ihrer Eltern bestatten lassen.

Er schrieb zurück, drückte mir sein Mitgefühl aus und teilte mir mit, dass er ganz in meinem Sinne alles Nötige veranlasst habe. Er lud mich auch ein, ihn in Irvington zu besuchen.

Ich schickte die Urne und lehnte die Einladung dankend ab.

Die Zwiebelsuppe hatte mich aufgewärmt, doch die Erinnerungen hatten mir die Ruhe genommen. Ich beschloss, auf mein Zimmer zu gehen, meine Jacke zu holen und ein bisschen durch die Stadt zu fahren. Es war erst halb drei, und ich begann mich bereits zu fragen, warum ich nicht erst morgen hierher gekommen war. Ich hatte am Montagmorgen um zehn Uhr einen Termin mit einem gewissen Martin Brand im Büro der Bewährungskommission. Ich würde mein Bestes tun, ihn davon zu überzeugen, dass Rob Westerfield nicht freigelassen werden sollte, aber wie mir schon Pete Lawlor gesagt hatte, würde es vermutlich ein nutzloses Unterfangen sein.

In meinem Zimmer blinkte das Nachrichtenlämpchen am Telefon. Ich sollte Pete Lawlor dringend zurückrufen. Er nahm beim ersten Läuten ab. »Sie scheinen ein Talent dafür zu haben, zur rechten Zeit am rechten Ort zu sein, Ellie«, sagte er. »Gerade kommt eine Meldung über den Nachrichtenticker. In einer Viertelstunde werden die Westerfields eine Pressekonferenz abhalten. CNN wird sie übertragen. Will Nebels, dieser Handwerker, der im Mordfall Ihrer Schwester verhört worden ist, hat eben die Erklärung abgegeben, dass er in der Tatnacht Paul Stroebel in Rob Westerfields Wagen gesehen hätte. Er behauptet, beobachtet zu haben, wie Paul in die Garage ging und dabei etwas in der Hand hatte, dann zehn Minuten später wieder herausrannte, in den Wagen sprang und wegfuhr.«

»Warum hat Nebels diese Geschichte nicht schon vor Jahren erzählt?«

»Er behauptet, er habe befürchtet, dass jemand versuchen würde, ihm den Mord an Ihrer Schwester in die Schuhe zu schieben.«

»Wie kam es, dass er all das beobachtet hat?«

»Er war im Haus der Großmutter. Er hatte dort früher Reparaturen erledigt und kannte den Code der Alarmanlage. Er wusste, dass die Großmutter die Gewohnheit hatte, Bargeld in irgendwelchen Schubladen im Haus aufzuheben. Er war pleite und brauchte Geld. Er war in ihrem Schlafzimmer, von dessen Fenstern aus man das Gelände mit der Garage überblicken kann, und als sich die Wagentür öffnete, hat er Stroebel deutlich erkannt.«

»Er lügt«, sagte ich ungerührt.

»Schauen Sie sich die Pressekonferenz an«, sagte Pete, »und dann hängen Sie sich an diese Geschichte dran. Schließlich sind Sie investigative Reporterin.« Er machte eine Pause. »Es sei denn, die Sache geht Ihnen zu nahe.«

»Tut sie nicht«, sagte ich. »Ich werde Sie auf dem Laufenden halten.«

12

Die Pressekonferenz fand in White Plains im Büro von William Hamilton, Esq., statt, dem Anwalt, den die Westerfields beauftragt hatten, die Unschuld von Robson Parke Westerfield zu beweisen.

Hamilton eröffnete die Konferenz, indem er sich zunächst selbst vorstellte. Er stand zwischen zwei Männern. Einen davon erkannte ich von Fotos her als Robs Vater, Vincent Westerfield. Er war eine vornehme Erscheinung, um die fünfundsechzig Jahre alt, mit silbernem Haar und großbürgerlichem Auftreten. Auf der anderen Seite von Hamilton stand ein sichtlich nervöser, aus trüben Augen blickender Mann von schwer abzuschätzendem Alter, der ständig mit seinen Händen spielte.

Er wurde als Will Nebels vorgestellt. Hamilton umriss mit einigen Sätzen seinen Werdegang. »Will Nebels arbeitet seit vielen Jahren in Oldham als Allround-Handwerker. Er hat öfter für Mrs. Dorothy Westerfield in ihrem Landhaus gearbeitet, jenes Haus, in dessen Garage Andrea Cavanaughs Leiche gefunden wurde. Wie viele andere Personen ist Mr. Nebels damals befragt worden, wo er sich an jenem Donnerstagabend befand, an dem Andrea ihr Leben verlor. Mr. Nebels hat damals ausgesagt, er habe im örtlichen Imbisslokal zu Abend gegessen und sei danach gleich nach Hause gegangen. Er wurde in dem Lokal gesehen, und es gab keinen Grund, seine Aussage anzuzweifeln.

Als jedoch der bekannte Sachbuchautor Jake Bern, der gerade an einem Buch über Andrea Cavanaughs Tod und Rob Westerfields Unschuld arbeitet, mit Mr. Nebels sprach, kamen neue Fakten ans Tageslicht.«

Hamilton wandte sich an Will Nebels. »Will, darf ich Sie bitten, vor der Öffentlichkeit genau das zu wiederholen, was Sie Mr. Bern gesagt haben?«

Nebels trat nervös von einem Fuß auf den andern. Er fühlte sich sichtlich unwohl in Anzug, Hemd und Krawatte, die man ihm sicher speziell für diesen Auftritt aufgenötigt hatte. Es ist ein uralter Trick der Verteidigung, den ich schon hunderte von Malen vor Gericht beobachtet habe. Sorge dafür, dass der Angeklagte gut angezogen ist, lass ihn vorher zum Friseur gehen, kontrolliere, ob er frisch rasiert ist, zwinge ihn zu Hemd und Schlips, auch wenn er noch nie in seinem Leben einen Kragen zugeknöpft hat. Dasselbe gilt häufig auch für die Zeugen der Verteidigung.

»Ich fühle mich schuldig«, begann Nebels mit heiserer Stimme. Mir fiel auf, wie dünn und bleich er war, und ich fragte mich, ob er nicht krank sei. Ich hatte nur eine vage Erinnerung an ihn. Er hatte ein paar Mal Arbeiten in unserem Haus erledigt, aber damals war er ziemlich korpulent gewesen.

»Ich habe so lange Zeit mit dieser Geschichte gelebt, und als dieser Autor mit mir über den Fall zu reden anfing, habe ich gespürt, dass ich die Sache endlich loswerden muss.«

Darauf erzählte er dieselbe Geschichte, die von den Agenturen verbreitet worden war. Er habe gesehen, wie Paul Stroebel mit Rob Westerfields Auto die Auffahrt hinaufgefahren und dann mit einem schweren Gegenstand in der Hand in der Garage verschwunden sei. Natürlich sollte damit unterstellt werden, dass es sich um den Wagenheber handelte, mit dem Andrea erschlagen wurde und der im Kofferraum von Rob Westerfields Auto gefunden wurde.

Anschließend wurde das Wort an Vincent Westerfield übergeben. »Zweiundzwanzig Jahre lang war mein Sohn in einer Gefängniszelle eingesperrt, umgeben von Schwerverbrechern. Stets hat er seine Unschuld an diesem schrecklichen Verbrechen beteuert. Er ist an diesem Abend im Kino gewesen. Er hat den Wagen auf dem Gelände der Tankstelle neben dem Kino abgestellt, wo alle Autos der Familie regelmäßig gewartet werden und wo der Autoschlüssel problemlos nachgemacht werden konnte. Sein Wagen war in den vorausgegangenen Monaten mindestens dreimal wegen kleinerer Schäden in der Werkstatt gewesen.

Paul Stroebel hat an diesem Abend dort gearbeitet. Die Tankstelle machte um sieben Uhr zu, aber er war noch in der Werkstatt, um Reparaturarbeiten an einem Auto zu Ende zu führen. Rob hat Paul angesprochen und ihm gesagt, er würde sein Auto auf dem Gelände stehen lassen, während er im Kino sei. Wie Ihnen bekannt sein dürfte, hat Paul diesem Ablauf der Ereignisse immer widersprochen, doch nun haben wir den Beweis, dass er gelogen hat. Während mein Sohn im Kino saß, hat Stroebel sein Auto genommen, ist zu diesem ›Versteck‹, wie sie es nannten, gefahren und hat das Mädchen umgebracht.«

Er richtete sich auf, seine Stimme wurde tiefer und lauter. »Mein Sohn hat ein Gesuch um Haftentlassung auf Bewährung eingereicht. Nach unserem jetzigen Kenntnisstand wird er freigelassen werden. Aber das ist nicht genug. Mit dem jetzt bekannt gewordenen Beweismaterial werden wir einen neuen Prozess beantragen, und wir sind davon überzeugt, dass Rob dieses Mal freigesprochen werden wird. Wir können nur hoffen, dass dem wahren Mörder, Paul Stroebel, der Prozess gemacht wird und dass er für den Rest seines Lebens hinter Gitter kommt.«

Um die Pressekonferenz im Fernsehen zu sehen, hatte ich mich in den kleinen Aufenthaltsraum im Erdgeschoss des Gasthauses gesetzt. Ich war so wütend, dass ich am liebsten irgendetwas auf den Bildschirm geschleudert hätte. Rob Westerfield konnte beim jetzigen Stand der Dinge nur gewinnen. Selbst wenn er erneut schuldig gesprochen würde, müsste er nicht zurück ins Gefängnis. Er hatte seine Strafe bereits abgesessen. Und falls er freigesprochen werden sollte, dann würde die Staatsanwaltschaft niemals aufgrund der Aussage eines so unglaubwürdigen Zeugen wie Will Nebels einen Prozess gegen Paul Stroebel anstrengen. Dennoch würde er vor aller Welt als der wahre Mörder dastehen.

Wahrscheinlich hatten auch andere von der Pressekonferenz gehört, denn sobald ich das Gerät eingeschaltet hatte, begannen die Leute in den Raum zu strömen. Als Erster gab der Empfangschef einen Kommentar ab: »Paulie Stroebel. Also wirklich, dieser arme Kerl könnte nicht mal einer Fliege etwas zuleide tun.«

»Eine Menge Leute trauen ihm aber zu, noch mehr getan zu haben, als bloß eine Fliege zu erschlagen«, sagte eine von den Bedienungen, die ich im Speisesaal gesehen hatte. »Ich war zwar noch nicht hier, als es passierte, aber ich habe eine ganze Menge darüber gehört. Es ist erstaunlich, wie viele Leute glauben, dass Rob Westerfield unschuldig ist.«

Die Pressevertreter auf der Konferenz hatten angefangen, Will Nebels mit Fragen zu bedrängen. »Ist Ihnen klar, dass Sie wegen Einbruchs und Meineids verurteilt werden könnten?«, hörte ich einen Reporter fragen.

»Lassen Sie mich das beantworten«, sagte Hamilton. »Die Verjährungsfrist ist abgelaufen. Es besteht keine Gefahr für Mr. Nebels, vor Gericht gestellt zu werden. Er hat sich zu der Sache geäußert, um ein bestehendes Unrecht auszuräumen. Er hatte, als er die Szene beobachtete, weder Kenntnis davon, dass Andrea Cavanaugh in der Garage war, noch wusste er zu jenem Zeitpunkt, was mit ihr geschehen war. Bedauerlicherweise ist er in Panik geraten, als ihm aufgegangen ist, dass eine Aussage ihn direkt mit dem Tatort eines Mordes in Verbindung bringen würde. Deshalb hat er geschwiegen.«

»Ist Ihnen für diese Aussage Geld angeboten worden, Mr. Nebels?«, fragte ein anderer Journalist.

Genau, was ich auch gefragt hätte, dachte ich.

Wieder übernahm Hamilton: »Klares Nein.«

Wird Mr. Nebels noch einmal selbst zu Wort kommen?, fragte ich mich.

»Hat Mr. Nebels eine Aussage gegenüber dem Staatsanwalt gemacht?«

»Noch nicht. Wir wollten die unvoreingenommene Öffentlichkeit zuerst auf seine Aussagen aufmerksam machen, bevor der Staatsanwalt sie womöglich in gefärbter Art und Weise wiedergibt. Der Punkt ist der – es ist schrecklich, das sagen zu müssen, aber Tatsache ist: Wenn Andrea Cavanaugh sexuell missbraucht worden wäre, dann wäre Rob Westerfield schon vor langer Zeit aufgrund eines DNS-Beweises freigesprochen worden. Man könnte sagen, dass es gerade seine Besorgnis war, die ihn in die Falle hat laufen lassen. Andrea hatte ihn angefleht, zu ihr in das Versteck zu kommen. Am Telefon hatte sie ihm gesagt, dass sie sich nur mit Paul Stroebel verabredet hätte, weil sie glaubte, er sei die letzte Person, auf die ein junger Mann wie Rob Westerfield eifersüchtig sein würde.

Tatsache ist, dass Andrea Cavanaugh hinter Rob Westerfield her war. Sie hat ihn häufig angerufen. Ihm war es gleichgültig, mit wem sie sich verabredete. Sie flirtete gern, sie war verrückt nach Jungen, ein Mädchen mit vielen Bekanntschaften.«

Ich zuckte bei dieser Anspielung zusammen.

»Robs einziger Fehler war, dass er in Panik geraten ist, als er Andreas Leiche fand. Er fuhr nach Hause, ohne zu wissen, dass er die Mordwaffe in seinem Wagen transportierte und dass Andreas Blut bereits den Kofferraum befleckt hatte. Er hat in dieser Nacht seine Hosen, sein Hemd und seine Jacke in der Waschmaschine gereinigt, weil er Angst hatte.«

Nicht so viel Angst, um nicht die gesamte Farbe aus ihnen herauszubleichen bei seinem Bemühen, die Blutflecken verschwinden zu lassen, dachte ich.

Im Fernsehen war jetzt der CNN-Moderator zu sehen. »Zugeschaltet ist uns jetzt in seinem Haus in Oldham-on-the-Hudson Marcus Longo, Detective im Ruhestand, der mit uns das Interview verfolgt hat. Mr. Longo, was halten Sie von Mr. Nebels' Aussage?«

»Ich halte sie für frei erfunden. Robson Westerfield wurde wegen Mordes verurteilt, weil er schuldig ist. Ich habe ein gewisses Verständnis für das Leid seiner Familie, aber der Versuch, die Schuld einem unschuldigen, dazu noch emotional labilen Menschen zuzuschieben, ist wirklich unter aller Kritik.«

Bravo, dachte ich. Die Szene mit Detective Longo vor vielen Jahren stand mir wieder vor Augen, als er mit mir im Esszimmer saß und mir versicherte, dass es in Ordnung sei, Andreas Geheimnisse preiszugeben. Longo war jetzt um die sechzig, in seinem langen Gesicht stachen die dichten dunklen Augenbrauen und die römische Nase hervor. Die verbliebenen grau melierten Haare bildeten einen Kranz um seinen Schädel. Aber er besaß eine angeborene

Würde, die seinen kaum verhüllten Abscheu vor dem gerade erlebten Lügentheater noch stärker wirken ließ.

Er lebte immer noch in Oldham. Ich beschloss, irgendwann mit ihm Kontakt aufzunehmen.

Die Pressekonferenz war vorüber, und die Leute verließen nach und nach den Raum. Der Empfangschef, ein eifrig wirkender junger Mann, der so aussah, als ob er gerade frisch vom College käme, näherte sich mir. »Ist alles in Ordnung mit Ihrem Zimmer, Miss Cavanaugh?«

Die Bedienung ging gerade an dem Sofa vorbei, auf dem ich saß. Sie wandte sich um und fasste mich scharf ins Auge, und es war deutlich zu sehen, dass sie mich gerne gefragt hätte, ob ich mit dem Mädchen, das im Fall Westerfield ermordet wurde, verwandt sei.

Es war der erste Hinweis darauf, dass ich die Anonymität, nach der ich mich gesehnt hatte, über kurz oder lang würde aufgeben müssen, wenn ich in Oldham blieb.

Was soll's, dachte ich. Ich muss es tun, koste es, was es wolle.

13

Mrs. Hilmer lebte immer noch in demselben Haus an unserer alten Straße, doch mittlerweile standen vier neue Häuser zwischen dem ihrigen und dem Haus, das wir in diesen wenigen Jahren bewohnt hatten. Die neuen Besitzer hatten den Traum meiner Mutter in die Tat umgesetzt. Auf beiden Seiten sowie an der Rückseite war das Haus erweitert worden. Es war schon zuvor ein geräumiges Farmhaus gewesen, aber nun war aus ihm ein wirklich bezauberndes Anwesen geworden, großzügig, aber nicht protzig, mit glänzend weißen Schindeln und dunkelgrünen Fensterläden.

Ich verlangsamte die Fahrt, als ich mich näherte, und weil ich an diesem ruhigen Sonntagmorgen nicht damit rechnete, dass jemand auf mich aufmerksam würde, hielt ich an.

Die Bäume waren natürlich ein ganzes Stück gewachsen. In diesem Jahr war der Herbst im Nordosten warm gewesen, und obwohl es inzwischen recht frostig geworden war, waren die Zweige noch voller golden und purpurn leuchtender Blätter.

Das Wohnzimmer war offenbar vergrößert worden. Und das Esszimmer? Für einen Moment sah ich mich mit dem Silberbesteck in den Händen dort stehen, während

Andrea sorgfältig die Gedecke arrangierte. *»Heute werden wir Lord Malcolm Bigbottom zu Gast haben.«*

Mrs. Hilmer hatte nach mir Ausschau gehalten. Ich war noch nicht aus dem Auto gestiegen, als sich die Haustür öffnete. Einen Augenblick später spürte ich schon ihre feste Umarmung. Sie war eher klein und von einer gemütlichen Rundlichkeit, mit einem mütterlichen Gesicht und lebhaften braunen Augen. Ihr ehemals mittelbraunes Haar war jetzt durchgehend silbergrau, und Falten hatten sich um Mund und Augen eingegraben. Aber im Großen und Ganzen war sie genau so, wie ich sie in Erinnerung behalten hatte. Jahrelang hatte sie Mutter eine dicht beschriebene Weihnachtskarte geschickt, und Mutter, die keine Karten versandte, hatte ihr zurückgeschrieben, dass unser letzter Umzug ein Erfolg gewesen sei und dass ich gute Fortschritte in der Schule machte.

Als Mutter starb, hatte ich ihr das brieflich mitgeteilt und von ihr einen warmherzigen und tröstenden Antwortbrief erhalten. Bei meinem Umzug nach Atlanta hatte ich ihr dann allerdings keine Karte geschickt, sodass ihre Urlaubsgrüße oder Briefe vermutlich wieder an sie zurückgeschickt wurden. Die Post wird einem heutzutage nur noch für kurze Zeit nachgesandt.

»Meine Güte, sind Sie groß, Ellie«, sagte sie mit einem Mittelding zwischen Lächeln und Lachen. »Sie waren damals so ein niedliches kleines Mädchen.«

»Irgendwann zwischen den ersten und den letzten Jahren an der Highschool ist es passiert«, gab ich zur Antwort.

Der Kaffee dampfte auf dem Herd, und es gab Blaubeermuffins frisch aus dem Backofen. Auf meine Bitte blieben wir in der Küche und setzten uns auf die Bank. Zunächst berichtete sie von ihrer Familie. Ihren Sohn und ihre Tochter hatte ich kaum gekannt. Beide waren schon verheiratet, als wir nach Oldham zogen. »Acht Enkel«, sagte sie stolz. »Leider wohnen sie alle nicht in der Nähe, aber ich sehe sie trotzdem ziemlich oft.« Ich wusste, dass sie schon seit vielen Jahren verwitwet war. »Meine Kinder sagen, dies Haus sei zu groß für mich, aber es ist mein Zuhause, und ich fühle mich hier wohl. Wenn ich nicht mehr allein zurechtkomme, werde ich es wahrscheinlich verkaufen, aber jetzt noch nicht.«

Ich erzählte ihr kurz von meiner Arbeit als Reporterin, und dann begannen wir über den Grund meiner Rückkehr nach Oldham zu sprechen. »Ellie, seit dem Tag, an dem Rob in Handschellen aus dem Gerichtssaal abgeführt wurde, haben die Westerfields unablässig auf seiner Unschuld bestanden und dafür gekämpft, dass er freigelassen wird. Und sie haben in dieser Zeit eine ganze Menge Leute überzeugt.« Ihr Blick wurde etwas bekümmert. »Und ich muss zugeben, Ellie, dass ich mich inzwischen langsam selbst frage, ob Rob Westerfield nicht teilweise nur wegen seines schlechten Rufs verurteilt worden ist. Jeder hielt ihn für einen üblen Kerl und war nur allzu schnell bereit zu glauben, dass er zum Schlimmsten fähig ist.«

Sie hatte die Pressekonferenz verfolgt. »In der Aussage von Will Nebels fand ich eine Sache glaubwürdig«, sagte sie, »nämlich, dass er in das Haus der alten Mrs. Westerfield gegangen ist, um nach Geld zu suchen. Ob er an genau jenem Abend dort war? Möglich ist es. Auf der einen Seite frage ich mich, wie viel sie ihm gegeben haben, damit er diese Geschichte erzählt, auf der anderen Seite denke ich auch an Paulies Reaktion in der Klasse, als ihnen gesagt wurde, dass Andrea tot ist. Ich habe die Lehrerin beim Prozess beobachtet, als sie im Zeugenstand war. Man sah ihr an, wie sehr es ihr widerstrebte und wie sehr sie Paulie schützen wollte, aber dann musste sie doch einräumen, dass Paulie ihrer Meinung nach gesagt hatte, als er aus der Klasse rannte: ›Ich hab nicht geglaubt, dass sie tot ist.‹«

»Wie geht es Paulie Stroebel inzwischen?«, fragte ich.

»Eigentlich sehr gut. Nach dem Prozess hat er sich zehn oder zwölf Jahre lang völlig zurückgezogen. Er wusste, dass einige Leute davon überzeugt waren, dass er der Mörder von Andrea wäre, und das hat ihn fast kaputtgemacht. Er hat angefangen, mit seinen Eltern im Geschäft zu arbeiten, und nach allem, was ich mitbekommen habe, ist er kaum unter die Leute gegangen. Aber seit sein Vater gestorben ist und er mehr und mehr Verantwortung übernehmen musste, ist er richtig aufgeblüht. Ich hoffe, dass die Geschichte mit Will Nebels ihn nicht wieder zurückwirft.«

»Falls Rob Westerfield einen neuen Prozess bekommt und man ihn freispricht, wird das gleichzeitig wie ein Schuldspruch für Paulie sein«, sagte ich.

»Wird er dann verhaftet und vor Gericht gestellt?«

»Ich bin kein Anwalt, aber ich glaube, nein. Vielleicht wird die Aussage von Will Nebels ausreichen, um Rob Westerfield einen neuen Prozess und einen Freispruch zu besorgen, doch man wird ihn kaum für glaubwürdig genug halten, um Paulie Stroebel zu verurteilen. Der Schaden wird dennoch da sein, und Paulie würde zu einem weiteren Opfer von Westerfield werden.«

»Vielleicht – vielleicht auch nicht. Das macht es so schwer.« Mrs. Hilmer zögerte, dann fuhr sie fort: »Ellie, dieser Mensch, der ein Buch über den Fall schreibt, hat mich aufgesucht. Irgendjemand hat ihm erzählt, ich sei mit Ihrer Familie gut bekannt gewesen.«

Ich spürte eine Warnung in ihren Worten. »Was ist das für ein Typ?«

»Höflich. Stellte eine Menge Fragen. Ich hab mir genau

überlegen müssen, was ich ihm darauf antworte. Aber eines sage ich Ihnen: Dieser Bern hat eine vorgefertigte Meinung und wird dafür sorgen, dass die Fakten da hineinpassen. Er hat mich gefragt, ob Ihr Vater deswegen so streng zu Andrea gewesen ist, weil sie sich öfters von zu Hause fortstahl, um sich mit einer Reihe verschiedener Jungs zu treffen.«

»Das ist nicht wahr.«

»Er wird es so aussehen lassen, als ob es wahr sei.«

»Sie war wirklich in Rob Westerfield verliebt, aber am Schluss hatte sie auch Angst vor ihm.« Meine Worte waren spontan gefallen, so deutlich war mir der Gedanke vorher noch nicht gekommen, aber jetzt war ich mir dessen sicher. »Und ich hatte Angst um sie«, flüsterte ich. »Er war so wütend auf sie wegen Paulie.«

»Ellie, ich war in Ihrem Haus. Ich war dabei, als Sie vor Gericht ausgesagt haben. Nie haben Sie gesagt, dass Sie oder Andrea Angst vor Rob Westerfield gehabt haben.«

Wollte sie damit unterstellen, dass ich mir eine unaufrichtige Erinnerung zurechtgelegt hatte, um meine Zeugenaussage als Kind zu rechtfertigen? Aber dann fuhr sie fort: »Ellie, Sie müssen vorsichtig sein. Dieser Schriftsteller hat mir gegenüber angedeutet, Sie seien ein emotional labiles Kind gewesen. Das ist etwas, was er Ihnen in seinem Buch unterschieben wird.«

Also darauf lief es hinaus, dachte ich: Andrea war eine Schlampe, ich war emotional labil, und Paulie Stroebel war ein Killer. Wenn ich mir nicht schon vorher über meine Absichten im Klaren gewesen wäre, dann hätte ich spätestens jetzt meine Aufgabe deutlich erkannt.

»Möglicherweise wird Rob Westerfield aus dem Gefängnis entlassen, Mrs. Hilmer«, sagte ich mit fester Stimme, »aber ich werde jedes schmutzige Detail seines verkommenen Lebens herausfinden und veröffentlichen, und dann wird es keinen mehr geben, der freiwillig nur das Geringste mit ihm zu tun haben will. Und selbst wenn er einen zweiten Prozess bekommt, wird es keine Geschworenen geben, die ihn freisprechen werden.«

14

Am Montagmorgen um zehn Uhr hatte ich meinen Termin in Albany bei Martin Brand, der zu den Mitarbeitern der Bewährungskommission gehörte. Er war ein müde aussehender Mann um die sechzig, mit Tränensäcken unter den Augen und einem üppig wuchernden grauen Haarschopf, der dringend einmal wieder der Bearbeitung durch einen Friseur bedurft hätte. Er hatte den obersten Kragenknopf seines Hemdes geöffnet und den Krawattenknoten ein paar Zentimeter nach unten gezogen. Seine glührote Gesichtsfarbe ließ auf ein Bluthochdruckproblem schließen.

Ohne Zweifel hatte er meine Argumentation über die Jahre schon tausendmal in den verschiedensten Versionen gehört.

»Miss Cavanaugh, zweimal wurde Westerfield bereits eine vorzeitige Entlassung verweigert. Dieses Mal wird die Entscheidung wohl dahingehend lauten, ihn freizulassen.«

»Er wird rückfällig werden.«

»Das ist nicht sicher.«

»Es ist nicht sicher, dass er nicht wieder rückfällig wird.«

»Vor zwei Jahren wurde ihm Haftentlassung angeboten, wenn er den Mord an Ihrer Schwester zugeben, die Verantwortung auf sich nehmen und Reue bekennen würde. Er hat das Angebot nicht angenommen.«

»Ich bitte Sie, Mr. Brand. Er hatte zu viel zu verlieren, wenn er die Wahrheit gesagt hätte. Ihm war klar, dass man ihn nicht mehr lange in Haft behalten könnte.«

Er zuckte die Achseln. »Ich vergaß, dass Sie Reporterin sind.«

»Außerdem bin ich die Schwester des fünfzehnjährigen Mädchens, das so grausam aus der Mitte des Lebens gerissen wurde.«

Der lebensüberdrüssige Ausdruck wich einen Moment aus seinem Blick. »Miss Cavanaugh, ich habe keinerlei Zweifel an der Schuld Rob Westerfields, aber ich glaube, Sie werden sich damit abfinden müssen, dass er seine Zeit abgesessen hat und dass er sich, abgesehen von ein paar Zwischenfällen während der ersten Jahre, gut aufgeführt hat.«

Ich hätte brennend gern erfahren, worin diese paar Zwischenfälle bestanden hatten, aber ich war mir sicher, dass Martin Brand sie mir nicht mitteilen würde.

»Und noch etwas«, fuhr er fort. »Auch wenn er schuldig ist, so hat er doch das Verbrechen an Ihrer Schwester im Affekt begangen, und die Wahrscheinlichkeit, dass er ein solches Verbrechen noch einmal begehen wird, ist verschwindend gering. Darüber gibt es Statistiken. Die Rückfälligkeit sinkt nach dem dreißigsten Lebensjahr und verschwindet fast ganz nach dem vierzigsten.«

»Es gibt aber auch Menschen, die von Geburt an kein Gewissen kennen und, wenn sie frei herumlaufen, zu lebenden Zeitbomben werden.«

Ich rückte den Stuhl zurück und stand auf. Brand erhob sich ebenfalls. »Miss Cavanaugh, ich gebe Ihnen einen guten Rat, auch wenn er nicht willkommen ist. Ich habe den Eindruck, dass Sie Ihr ganzes Leben mit der Erinnerung an den brutalen Mord an Ihrer Schwester gelebt haben. Aber genauso wenig, wie Sie Ihre Schwester ins Leben zurückholen können, genauso wenig können Sie Rob Westerfield noch länger im Gefängnis halten. Und falls er einen neuen Prozess bekommt und freigesprochen wird, dann müssen Sie sich damit abfinden. Sie sind jung. Gehen Sie zurück nach Atlanta und versuchen Sie, diese Tragödie hinter sich zu lassen.«

»Das ist ein guter Rat, Mr. Brand, und ich werde ihn wahrscheinlich eines Tages befolgen«, gab ich zurück. »Aber jetzt noch nicht.«

15

Als ich vor drei Jahren eine Reihe von Artikeln über Jason Lambert schrieb, einen Serienkiller aus Atlanta, bekam ich einen Anruf von Maggie Reynolds, einer New Yorker Lektorin, die ich bei einer Diskussionsrunde kennen gelernt hatte. Sie bot mir einen Vertrag an, falls ich aus meinen Artikeln ein Buch machen wollte.

Lambert war ein Killer von der Sorte eines Ted Bundy. Er trieb sich auf dem Campus herum, gab sich als Student aus und überredete junge Frauen, zu ihm ins Auto zu steigen. Wie Bundys Opfer verschwanden die Mädchen einfach spurlos. Zum Glück hatte er nicht mehr die Gelegenheit gehabt, die Leiche seines letzten Opfers loszuwerden, als er geschnappt wurde. Zurzeit saß er in Georgia ein, er hatte noch einhundertneunundvierzig Jahre abzusitzen und keinerlei Chance auf vorzeitige Haftentlassung.

Das Buch hatte sich erstaunlich gut verkauft, einige Wochen lang hatte es sich sogar im Schlussfeld der Bestsellerliste in der *New York Times* gehalten.

Kurz nachdem ich Brands Büro verlassen hatte, rief ich Maggie an. Als ich ihr den Fall auseinander setzte und ohne Umschweife meine Pläne für das weitere Vorgehen schilderte, war sie sofort bereit, mir einen Vertrag für ein Buch über den Mord an Andrea zu geben, ein Buch, in dem ich, wie ich ihr versicherte, Rob Westerfields Schuld einwandfrei belegen würde.

»Es wird viel Tamtam gemacht über das Buch, das Jake Bern gerade schreibt«, sagte Maggie. »Deshalb würde ich gerne ein Buch von Ihnen dagegensetzen. Bern hat seinen Vertrag mit uns gekündigt, und das, nachdem wir ein Vermögen für die Werbung für sein letztes Buch ausgegeben haben, weil wir ihn aufbauen wollten.«

Ich rechnete damit, dass das Projekt drei Monate intensiver Recherche und Schreibens in Anspruch nehmen würde, und falls Rob Westerfield seinen neuen Prozess bekäme, noch einmal mehrere Monate. Das Zimmer im Gasthaus würde mir über längere Zeit zu beengt und zu teuer werden, deshalb fragte ich Mrs. Hilmer, ob es in der Gegend Wohnungen zu mieten gäbe. Sie wies mein Ansinnen ab und bestand darauf, dass ich zu ihr in die Gästewohnung über ihrer Garage ziehen solle.

»Ich hab sie vor ein paar Jahren einbauen lassen für den Fall, dass ich einmal jemanden brauche, der immer in der Nähe ist«, erklärte sie. »Ellie, es ist bequem, es ist ruhig, und ich werde eine gute Nachbarin sein und Ihnen nicht andauernd auf die Nerven gehen.«

»Sie waren immer eine gute Nachbarin.« Es war eine großartige Lösung, vielleicht mit der Einschränkung, dass ich regelmäßig an unserem alten Haus würde vorbeifahren müssen. Aber ich sagte mir, dass sich der Schmerz, der mich kurz durchzuckt hatte, als ich an unserem Grundstück gehalten hatte, mit der Zeit verflüchtigen würde.

»Gottes kleiner Garten.« Mutter hatte ihn lachend so genannt. Es machte ihr Freude, so viel Grund zu besitzen, und sie hatte sich fest vorgenommen, einen Garten zu gestalten, der einmal zu den Höhepunkten der Frühjahrstour des Oldham Garden Clubs gehören würde.

Ich zahlte meine Rechnung im Gasthaus und brachte meine Sachen in Mrs. Hilmers Gästewohnung. Am Mittwoch flog ich nach Atlanta zurück und war abends um Viertel vor sechs im Büro. Wie erwartet, traf ich Pete dort noch an. Er war mit dem Job verheiratet.

Er schaute auf, sah mich an, grinste kurz und sagte: »Wie wär's, wollen wir einen Teller Spaghetti essen gehen?«

»Und was ist mit den zehn Pfund, die Sie loswerden wollten?«

»Ich habe soeben beschlossen, in den nächsten Stunden nicht daran zu denken.«

Pete strahlt eine Intensität aus, die elektrisierend auf die Leute in seiner Umgebung wirkt. Gleich nach dem Ende des Studiums war er zu den *News* gegangen, einer Tageszeitung in Privatbesitz, und innerhalb von zwei Jahren hatte er es zum Redakteur gebracht. Mit achtundzwanzig Jahren hatte er die Doppelfunktion als Chefredakteur und Herausgeber inne, und das »sterbende Tageblatt«, wie es bereits genannt wurde, war mit einem Mal zu neuem Leben erblüht.

Eine seiner Ideen zur Steigerung der Auflage hatte darin bestanden, einen Kriminalreporter einzustellen, und dass ich den Job bekam, war eine Riesenchance für mich. Ich hatte gerade erst als Nachwuchsreporterin angefangen. Als der Typ, den Pete für die Stelle auserkoren hatte, in letzter Minute zurücktrat, sollte ich einspringen, aber nur so lange, bis er einen dauerhaften Ersatz gefunden hätte. Und dann hörte Pete, ohne weiter ein Wort darüber zu verlieren, eines Tages auf, nach diesem Ersatz zu suchen. Ich hatte den Job.

Napoli's ist genau wie eines von diesen vielen kleinen, stimmungsvollen Restaurants, die man in ganz Italien findet. Pete bestellte eine Flasche Chianti und nahm sich ein Stück von dem warmen Brot, das man vor uns auf den

Tisch gestellt hatte. Ich musste an das Semester zurückdenken, das ich während meines Studiums in Rom verbracht hatte. Es war eine der wenigen wirklich glücklichen Zeiten meines Erwachsenenlebens gewesen.

Meine Mutter versuchte damals, vom Trinken loszukommen, und es ging ihr dabei recht gut. Sie besuchte mich während der Ferien im Frühjahr, und wir verlebten eine wunderbare Zeit miteinander. Wir erkundeten Rom und verbrachten eine Woche in Florenz und den kleinen Städten der Toskana. Als krönenden Abschluss fuhren wir noch nach Venedig. Mutter war immer eine gut aussehende Frau gewesen, und wenn sie lächelte, erschien sie mir auf dieser Reise fast wieder wie in früheren Tagen. Als ob es eine stille Abmachung zwischen uns gegeben hätte, wurden Andrea und mein Vater kein einziges Mal erwähnt.

Ich bin froh, dass ich diese Erinnerung an sie besitze.

Der Wein kam, wurde von Pete für gut befunden und entkorkt. Ich nippte an meinem Glas und stürzte mich kopfüber in meinen Bericht. »Ich hab eine ganze Menge Hausaufgaben erledigt. Die Bemühungen um die Seligsprechung von Rob Westerfield sind schon weit fortgeschritten. Jake Bern ist ein guter Schriftsteller. Er hat bereits einen Artikel über den Fall verfasst, der nächsten Monat in *Vanity Fair* veröffentlicht wird.«

Pete nahm sich noch ein Stück warmes Brot. »Was können Sie dagegen tun?«

»Ich werde ein Buch schreiben, das im Frühjahr herauskommen wird, in derselben Woche wie das von Bern.« Ich erzählte ihm von meinem Gespräch mit Maggie Reynolds. Pete hatte sie auf der Buchpremiere kennen gelernt, die sie für mich in Atlanta auf die Beine gestellt hatte. »Maggie will es herausbringen, und zwar im Schnellverfahren. Aber in der Zwischenzeit muss ich auf Berns Artikel und die Presseerklärungen der Westerfield-Familie reagieren.«

Pete wartete. Auch das war typisch: Er beeilte sich nicht, sein Einverständnis zu signalisieren. Und er bemühte sich nicht, tote Punkte in einem Gespräch zu überwinden.

»Pete, mir ist vollkommen klar, dass eine Serie von Artikeln über ein Verbrechen, das vor zweiundzwanzig Jahren in Westchester County, New York, verübt worden ist, bei der Leserschaft in Georgia auf kein besonders großes Interesse stoßen wird. Georgia ist wohl überhaupt nicht der geeignete Ort, um diese Artikel zu veröffentlichen. Die Westerfields werden mit New York identifiziert.«

»Das sehe ich auch so. Was schlagen Sie also vor?«

»Unbezahlten Urlaub nehmen, falls das möglich ist. Oder, falls nicht, kündigen, das Buch schreiben und dann hinterher wieder neu anfangen.«

Der Kellner kam an unseren Tisch. Wir bestellten beide Cannelloni und grünen Salat. Pete überlegte eine ganze Weile hin und her, um sich schließlich für Gorgonzoladressing zu entscheiden.

»Ellie, ich werde die Stelle für Sie offen halten, solange es in meiner Macht steht, das zu tun.«

»Was soll das denn heißen?«

»Möglicherweise bin ich selber nicht mehr lange hier. Ich habe eine Reihe interessanter Angebote bekommen, die ich in Erwägung ziehe.«

Ich war schockiert. »Aber die *News* sind doch Ihr Ein und Alles.«

»Wir werden allmählich zu groß für die Konkurrenz. Es gibt ernst zu nehmende Gerüchte, dass wir für eine große Summe verkauft werden sollen. Die Familie ist daran interessiert. Dieser Generation ist die Zeitung völlig schnurz, die denken nur an die Gewinne.«

»Wohin wollen Sie gehen?«

»Wahrscheinlich wird mir die *L. A. Times* ein Angebot machen. Die andere Möglichkeit wäre Houston.«

»Und wohin würden Sie lieber gehen?«

»Bis ein konkretes Angebot auf dem Tisch liegt, verschwende ich meine Zeit nicht mit Überlegungen, die vielleicht zu nichts führen.«

Pete wartete nicht auf meine Antwort, sondern fuhr fort: »Ellie, ich habe mich selber ein bisschen über Ihren Fall kundig gemacht. Die Westerfields haben anscheinend, was die Verteidigungsstrategie betrifft, noch einiges dazugelernt. Sie haben eine beeindruckende Riege von Anwälten aufgeboten, die nur darauf wartet, das große Geld mit dem Fall zu machen. Sie haben sich diesen Nebels geholt, und der mag noch so schmierig wirken, manche Leute werden seine Geschichte trotzdem glauben. Tun Sie, was Sie nicht lassen können, aber falls Westerfield seinen Prozess bekommt und freigesprochen wird, dann tun Sie sich bitte selbst einen großen Gefallen und lassen Sie die ganze Sache sausen.«

Er sah mir direkt in die Augen. »Ellie, ich sehe Ihnen an, dass Sie denken, nie und nimmer. Aber bedenken Sie doch bitte Folgendes: Egal, wie viele Bücher Sie oder Bern schreiben, manche Leute werden dennoch bis an ihr Lebensende glauben, dass Westerfield zu Unrecht verurteilt worden ist, während andere immer von seiner Schuld überzeugt bleiben werden.«

Petes Rat war gut gemeint, aber als ich am späten Abend meine Sachen für einen längeren Aufenthalt in Oldham packte, ging mir durch den Kopf, dass er wohl auch der Meinung war, dass Rob Westerfield, ob schuldig oder nicht, seine Zeit abgesessen hätte, dass die Leute sowieso über das Für und Wider denken würden, was sie wollten, und dass es an der Zeit für mich sei, die Sache fallen zu lassen.

Gegen gerechten Zorn hat niemand etwas einzuwenden, dachte ich. Es sei denn, man trägt ihn zu lange mit sich herum.

Ich fuhr nach Oldham zurück. Eine Woche später war die Verhandlung über Rob Westerfields Gesuch um Haftentlassung. Wie erwartet, wurde dem Gesuch stattgegeben und seine Freilassung für den einunddreißigsten Oktober angekündigt.

Halloween, dachte ich. Wie passend. Die Nacht, in der die Dämonen auf Erden wandeln.

16

PAULIE STROEBEL stand hinter dem Ladentisch, als ich die Tür zum Delikatessengeschäft öffnete und dabei das mit ihr verbundene Glöckchen ertönen ließ.

Meine undeutliche Erinnerung an ihn war mit der Tankstelle verbunden, in der er vor Jahren gearbeitet hatte. Er hatte unser Auto voll getankt und dann die Windschutzscheibe eingesprüht und poliert, bis sie glänzte. Ich erinnere mich, wie meine Mutter sagte: »Dieser Paulie ist wirklich ein netter Junge«, eine Äußerung, die sie nie mehr wiederholte, nachdem er zu einem der Verdächtigen bei Andreas Mord geworden war.

Ich glaube, dass meine Erinnerung an sein Aussehen zum Teil – vielleicht sogar einzig und allein – auf den Fotos gründete, die ich in den von meiner Mutter aufgehobenen Zeitungsartikeln gesehen hatte, Artikel, die über jedes Detail von dem Mord an Andrea und dem Prozess berichteten. Es gibt nichts, was größeres Interesse beim lesenden Publikum hervorruft als der Fall eines gut aussehenden Sohnes aus reicher und prominenter Familie, der des Mordes an einem hübschen jungen Mädchen angeklagt ist.

Natürlich hatte es Fotos zu diesen Artikeln gegeben: wie Andreas Leiche aus dem Versteck in der Garage geborgen wird; wie ihr Sarg aus der Kirche getragen wird; meine

Mutter, mit fest gefalteten Händen, das Gesicht vom Schmerz verzerrt; mein Vater mit trostlosem Gesichtsausdruck; ich selbst, klein und verloren; Paulie Stroebel, verschreckt und nervös; Rob Westerfield, arrogant, gut aussehend, grinsend; Will Nebels, mit einem unpassenden, anbiedernden Lächeln.

Für jene Fotografen, die darauf versessen sind, unverfälschte menschliche Gefühle einzufangen, war es ein gefundenes Fressen gewesen.

Mutter hatte mir nie erzählt, dass sie diese Artikel und das Protokoll des Prozesses aufgehoben hatte. Nach ihrem Tod musste ich bestürzt feststellen, dass der prall gefüllte Koffer, der uns bei allen Umzügen begleitet hatte, in Wirklichkeit eine Pandorabüchse des Elends war. Heute kann ich mir vorstellen, dass meine Mutter an manchen Tagen, wenn der Alkohol sie in einen depressiven Dämmerzustand versetzt hatte, diesen Koffer geöffnet hat, um ihr persönliches Martyrium noch einmal zu durchleben.

Paulie Stroebel und seine Mutter hatten sicher schon davon gehört, dass ich in der Stadt war. Als er aufblickte und mich sah, erschrak er zunächst, dann jedoch erschien ein wachsamer Ausdruck auf seinem Gesicht. Ich sog den wunderbaren Duft nach Schinken und Gewürzen ein, der wohl unabdingbar zu einem guten deutschen Feinkostgeschäft gehört, und für einen Augenblick standen wir uns wortlos gegenüber und musterten uns gegenseitig.

Paulies massiger Körper wirkte bei einem ausgewachsenen Mann angemessener als bei dem Teenager, den ich von den Fotos her kannte. Die ehemals dicken Backen waren dünner geworden, und er hatte nicht mehr diesen verschreckten Blick wie vor dreiundzwanzig Jahren. Es war kurz vor Ladenschluss, sechs Uhr, und es befanden sich, wie ich gehofft hatte, keine verspäteten Kunden im Laden, die noch schnell etwas besorgen wollten.

»Paulie, ich bin Ellie Cavanaugh.« Ich trat mit ausgestreckter Hand an den Ladentisch. Sein Händedruck war fest, sogar ein bisschen zu fest.

»Ich hab gehört, dass du wieder hier bist. Will Nebels lügt. Ich bin nicht in der Garage gewesen, damals.« Seine Stimme klang verletzt und entrüstet.

»Ich weiß, dass du nicht dort gewesen bist.«

»Es ist nicht fair von ihm, so etwas zu behaupten.«

Die Tür, die vom Laden nach hinten zur Küche führte, öffnete sich, und Mrs. Stroebel trat ein. Ich hatte sofort den Eindruck, dass sie stets wachsam auf das leiseste Anzeichen achtete, dass etwas mit ihrem Sohn nicht in Ordnung sein könnte.

Sie war natürlich gealtert, nicht mehr die apfelbäckige Frau, die ich in Erinnerung hatte. Sie war insgesamt magerer. Ihre Haare waren grau, das frühere Blond erschien nur noch als leichte Schattierung, und beim Gehen hinkte sie leicht. Als sie mich erblickte, fragte sie: »Ellie?«, und als ich nickte, hellte sich ihre besorgte Miene zu einem Willkommenslächeln auf. Sie eilte um den Ladentisch, um mich zu umarmen.

Nach meiner Zeugenaussage vor Gericht war Mrs. Stroebel auf mich zugegangen, hatte meine beiden Hände ergriffen und mir, den Tränen nahe, gedankt. Der Verteidiger hatte versucht, mir die Aussage zu entlocken, Andrea habe Angst vor Paulie gehabt, aber ich hatte das mit deutlichen Worten von mir gewiesen. »Ich habe *nicht* gesagt, dass Andrea Angst vor Paulie hatte. Sie hatte keine Angst vor ihm. Sie hatte Angst, dass Paulie meinem Vater erzählen würde, dass sie sich manchmal mit Rob im Versteck trifft.«

»Wie schön, Sie zu sehen, Ellie. Sie sind inzwischen eine junge Dame geworden, und ich eine alte Dame«, sagte Mrs. Stroebel, während sie mich flüchtig auf die Wangen küsste. Der Akzent ihres Heimatlandes floss wie Honig durch ihre Worte.

»Nein, nein, das sind Sie nicht«, protestierte ich. Die Herzlichkeit, mit der sie mich willkommen hieß, war genau wie die Herzlichkeit von Mrs. Hilmers Empfang wie ein Lichtblick in der unwandelbaren Traurigkeit, die als Grundstimmung jede wache Stunde meines Lebens durchzog. Es war ein Gefühl, zu den Menschen heimzukehren, denen ich etwas bedeutete. Hier, in ihrer Nähe, selbst nach so langer Zeit, war ich keine Fremde, war ich nicht allein.

»Häng das Schild an die Tür und sperr zu, Paulie«, sagte Mrs. Stroebel. »Ellie, wollen Sie nicht mitkommen und mit uns zu Abend essen?«

»Sehr gerne.«

Ich folgte ihnen mit meinem Auto. Sie wohnten etwa eine Meile entfernt in einem der älteren Teile der Stadt. Die Häuser stammten alle vom Ende des neunzehnten Jahrhunderts und waren relativ klein. Aber sie wirkten gemütlich und waren gepflegt, und in meiner Vorstellung sah ich Generationen von Familien, die im Sommer auf den vorderen Verandas gesessen hatten.

Der Hund der Stroebels, ein blonder Labrador, empfing uns mit überschwänglicher Freude, und Paulie holte sofort die Leine und führte ihn zu einem Spaziergang aus.

Ihr Haus war genau, wie ich erwartet hatte: einladend, peinlich sauber und gemütlich. Mrs. Stroebel wollte mich dazu überreden, mich in einen der tiefen Polstersessel im Wohnzimmer zu setzen und die Nachrichten im Fernsehen anzuschauen, während sie das Abendessen zubereitete, aber ich lehnte höflich ab. Stattdessen folgte ich ihr in die Küche, setzte mich auf einen Hocker an die Theke und schaute ihr bei der Arbeit zu. Ich bot meine Hilfe an, in der Gewissheit, dass sie abgelehnt werden würde.

»Nur ein einfaches Essen«, wiegelte sie ab. »Gestern

habe ich einen Rindereintopf gekocht. Wir essen ihn immer erst am nächsten Tag, dann schmeckt er viel besser.«

Ihre Hände arbeiteten wieselflink, putzten Gemüse, das erst zum Schluss in den Eintopf kommen sollte, rollten Teig für Brötchen aus, zerpflückten Blätter für den Salat. Ich schaute schweigend zu, weil ich vermutete, dass sie zuerst das Essen fertig vorbereiten wollte, um dann zu reden.

Genauso war es.

Nach etwa einer Viertelstunde nickte sie befriedigt und sagte: »Gut, das hätten wir. Jetzt müssen Sie mir eines sagen, bevor Paulie zurückkommt: Können die Westerfields das machen? Werden sie, nach zweiundzwanzig Jahren, wieder versuchen, meinen Sohn zum Mörder abzustempeln?«

»Sie werden es versuchen, aber es wird ihnen nicht gelingen.«

Mrs. Stroebel ließ die Schultern hängen. »Ellie, Paul hat schon so viel durchmachen müssen. Sie wissen, wie schwer er es als Junge hatte. Das Lernen in der Schule fiel ihm schwer. Diese Art von Wissen ist nichts für ihn. Sein Vater und ich, wir haben uns immer große Sorgen gemacht. Paulie ist so ein lieber, guter Mensch. Er war sehr einsam auf der Schule, außer wenn er Football spielte. Das waren die einzigen Momente, in denen er das Gefühl hatte, dass man ihn mochte.«

Man sah ihr an, dass es ihr schwer fiel, fortzufahren. »Paulie war in der zweiten Mannschaft, deshalb spielte er nicht so oft. Aber dann, eines Tages, wurde er aufgestellt, und die andere Mannschaft hat gepunktet, und dann – ich verstehe überhaupt nichts von diesem Spiel; wenn sein Vater noch leben würde, der könnte es Ihnen erklären – dann hat Paulie in der letzten Minute den Ball bekommen und den entscheidenden Touchdown gemacht, mit dem sie das Spiel gewonnen haben.

Ihre Schwester spielte im Orchester, in meinen Augen war sie die hübscheste von allen. Sie schnappte sich das Megafon und rannte aufs Spielfeld. Paulie hat es mir immer wieder und wieder erzählt – wie Andrea den Lobgesang auf ihn anstimmte.«

Mrs. Stroebel machte eine Pause, legte den Kopf etwas schief, als ob sie in sich hineinhörte, und begann dann mit leiser, aber begeisterter Stimme zu singen: *»Ein Hoch auf Paulie Stroebel, den Besten der Besten. Kämpfen kann er, siegen kann er, und wir lieben ihn dafür, ein Hoch auf Paulie Stroebel, den Besten der Besten.«*

Ihre Augen glänzten, als sie hinzufügte: »Ellie, das war der schönste Augenblick in Paulies Leben. Sie können sich nicht vorstellen, wie es für ihn war, als Andrea tot war und die Westerfields versuchten, den Verdacht auf ihn zu lenken. Ich glaube, er hätte sein Leben hergegeben, um sie zu retten. Unser Arzt war in Sorge, dass er sich etwas antun könnte. Wenn man ein bisschen anders ist als die andern, ein bisschen langsamer, dann kann man sehr schnell verzweifeln.

In den letzten Jahren ging es ihm so gut. Immer öfter ist er es, der die Entscheidungen für den Laden trifft. Sie wissen, was ich meine. Letztes Jahr zum Beispiel hat er vorgeschlagen, wir sollten ein paar Tische aufstellen und ein Mädchen als Bedienung anstellen. Nur ein einfaches Frühstück und nachmittags Sandwiches. Es läuft sehr gut.«

»Mir sind die Tische schon aufgefallen.«

»Paulie wird es nie leicht haben im Leben. Er wird immer härter arbeiten müssen als andere. Aber er wird es schaffen, es sei denn …«

»Es sei denn, die Leute fangen wieder an, mit dem Finger auf ihn zu zeigen und sich zu fragen, ob er nicht derjenige sei, der zweiundzwanzig Jahre im Gefängnis hätte verbringen sollen«, unterbrach ich sie.

Sie nickte. »Ja. Genau das wollte ich sagen.«

Wir hörten, wie die Haustür ging. Paulies Tritte und ein kurzes Bellen des Hundes kündigten ihre Rückkehr an.

Paulie betrat die Küche. »Es ist gemein von diesem Mann, zu behaupten, ich hätte Andrea etwas angetan«, sagte er, dann wandte er sich abrupt ab und ging die Treppe hinauf.

»Es fängt wieder an, in ihm zu arbeiten«, sagte Mrs. Stroebel mit tonloser Stimme.

17

Am Tag nach meinem Besuch bei den Stroebels versuchte ich, Marcus Longo zu erreichen, den Kriminalbeamten, der die Untersuchung beim Mord an Andrea geleitet hatte. Der Anrufbeantworter schaltete sich ein, und ich hinterließ eine Nachricht und meine Handynummer. Einige Tage lang hörte ich nichts.

Ich war furchtbar enttäuscht. Nachdem ich mit angesehen hatte, wie entschieden sich Longo im Fernsehen in Bezug auf Rob Westerfields Schuld geäußert hatte, war ich davon ausgegangen, dass er sich sofort auf das Telefon stürzen würde, um mich zurückzurufen. Ich war gerade dabei, die Hoffnung aufzugeben, als am dreißigsten Oktober mein Handy klingelte. Ich hörte seine ruhige Stimme am anderen Ende: »Ellie, hat Ihr Haar immer noch die Farbe von Sand, wenn die Sonne draufscheint?«

»Hallo, Mr. Longo.«

»Ich bin gerade erst aus Colorado zurückgekommen, deshalb habe ich nicht eher anrufen können«, sagte er. »Am Dienstag ist unser erstes Enkelkind zur Welt gekommen. Meine Frau ist dort geblieben. Wollen wir heute zusammen zu Abend essen?«

»Sehr gern.« Ich teilte ihm mit, dass ich in der Gästewohnung von Mrs. Hilmer wohnte.

»Ich weiß, wo Mrs. Hilmer wohnt.«

Natürlich wusste er das – es war nur einen Katzensprung von unserem alten Haus entfernt.

»Ich hole Sie um sieben Uhr ab, Ellie.«

Ich hielt nach seinem Wagen Ausschau und eilte die Treppe hinunter, als ich ihn von der Straße in die lange Auffahrt abbiegen sah. Nach einer gewissen Strecke gabelte sich die Auffahrt, die Garage mit der Gästewohnung lag am Ende der rechten Abzweigung. In früheren Zeiten war das Gebäude ein Stall gewesen, daher lag es ein ganzes Stück vom Haus entfernt. Ich wollte verhindern, dass er die falsche Abzweigung nahm.

Es gibt Menschen auf dieser Welt, in deren Nähe man sich sofort wohl fühlt. Genauso erging es mir mit Marcus Longo, als ich mich auf den Beifahrersitz geschwungen hatte.

»Ich habe im Lauf der Jahre oft an Sie gedacht«, sagte er, als er den Wagen wendete. »Waren Sie schon in Cold Spring, seit Sie wieder hier sind?«

»Ich bin neulich durchgefahren, aber nicht aus dem Auto gestiegen. Als Kind war ich manchmal dort. Meine Mutter liebte es, in Antiquitätengeschäften herumzuschnuppern.«

»Nun, die gibt es immer noch, aber inzwischen gibt es da auch ein paar gute Restaurants.«

Oldham ist die nördlichste Stadt am Hudson in Westchester County. Cold-Spring-on-the-Hudson liegt gleich über die Grenze in Putnam County, direkt gegenüber von West Point. Es ist eine besonders schöne Stadt mit einer Main Street, die in ihrer Erscheinung und Stimmung noch ganz vom neunzehnten Jahrhundert geprägt ist.

Ich hatte tatsächlich noch gut in Erinnerung, öfter mit meiner Mutter dort gewesen zu sein. Auch in späterer Zeit hatte sie manchmal von Cold Springs gesprochen.

»Weißt du noch, wie wir an Samstagen die Main Street hinuntergefahren sind und all die Antikläden abgeklappert haben? Ich wollte euch Mädchen dazu bringen, ein Auge für die schönen Dinge zu entwickeln. War das falsch von mir?«

Das Schwelgen in den Erinnerungen begann normalerweise beim zweiten oder dritten Scotch. Mit ungefähr zehn Jahren fing ich an, heimlich Wasser in die Flasche nachzufüllen, in der Hoffnung, es würde ihr Trinken bremsen. Es hat wohl nie wirklich geholfen.

Longo hatte einen Tisch bei Cathryn's reserviert, einem kleinen Lokal im Toskana-Stil an einem Hof abseits der Main Street. Wir setzten uns an einen Ecktisch und nahmen einander genauer in Augenschein. Merkwürdigerweise wirkte er jetzt, wo er leibhaftig vor mir saß, älter als im Fernsehen. Um Augen und Mund waren tiefe Falten, und obwohl er breite Schultern hatte, erschien er physisch nicht besonders stark. Ich fragte mich, ob er krank gewesen war.

»Ich weiß nicht, warum, aber ich habe mir vorgestellt, Sie wären um die eins sechzig groß«, sagte er. »Sie waren damals wohl eher klein für Ihr Alter.«

»Auf der Highschool bin ich ein ganzes Stück nachgewachsen.«

»Sie sehen Ihrem Vater ähnlich, wissen Sie das? Haben Sie ihn schon besucht?«

Die Frage überraschte mich. »Nein. Und ich habe auch nicht die Absicht, es zu tun.« Ich wollte zuerst nicht fragen, aber meine Neugier gewann die Oberhand. »Sehen Sie ihn manchmal, Mr. Longo?«

»Bitte nennen Sie mich Marcus. Ich habe ihn seit Jahren nicht gesehen, aber sein Sohn, Ihr Halbbruder, ist ein toller Allround-Sportler. In den Lokalblättern wird eine ganze Menge über ihn geschrieben. Ihr Vater ist vor acht Jahren mit neunundfünfzig in Rente gegangen. Es gab ein paar sehr wohlwollende Berichte über ihn in der hiesigen Presse. Seine Laufbahn als Polizist ist beeindruckend.«

»Bestimmt wurde auch Andreas Tod erwähnt?«

»Ja, und es war auch eine Reihe von Bildern dabei, sowohl neueren als auch älteren Datums. Deshalb fiel mir auf, wie ähnlich Sie ihm heute sind.«

Ich gab keine Antwort, und Longos Augenbrauen hoben sich. »Das sollte eigentlich ein Kompliment sein. Wie auch immer, meine Mutter pflegte in solchen Fällen zu sagen: ›Sie sind auf schöne Art erwachsen geworden.‹« Er wechselte abrupt das Thema. »Ellie, ich habe Ihr Buch gelesen, und es hat mir sehr gut gefallen. Sie haben darin den heillosen Schmerz, den die Angehörigen der Opfer erleiden, so packend beschrieben, wie ich es noch nirgendwo gelesen habe. Mir ist natürlich klar, woher das kommt.«

»Ja.«

»Ellie, warum sind Sie hier?«

»Ich bin hergekommen, weil ich Protest gegen die Haftentlassung von Rob Westerfield einlegen musste.«

»Obwohl Ihnen klar gewesen sein muss, dass Sie ihre Vielflieger-Meilen verschwenden«, sagte er ruhig.

»Mir war klar, dass es keinen Sinn hat.«

»Haben Sie das dringende Bedürfnis, ein einsamer Rufer in der Wüste zu sein?«

»Es geht hier nicht darum, unserem Herrgott den Weg zu bereiten. Meine Botschaft lautet: ›Seht euch vor! Ihr lasst einen Mörder frei.‹«

»Trotzdem ist es eine Stimme in der Wüste. Morgen werden sich die Tore für Rob Westerfield öffnen, und er wird aus dem Gefängnis freikommen. Hören Sie mir genau zu, Ellie. Es gibt nicht den leisesten Zweifel daran, dass er einen neuen Prozess bekommen wird. Die Aussage von Nebels wird wahrscheinlich ausreichen, dass die Geschworenen Westerfield freisprechen. Sein Strafregister wird gelöscht werden, und die Westerfields werden in Zukunft glücklich und zufrieden weiterleben.«

»Das darf nicht geschehen.«

»Ellie, eines müssen Sie begreifen: Die Westerfields werden alles daransetzen, dass es geschieht. Robson Parke Westerfield ist der jüngste Spross einer hochangesehenen und respektierten Familie. Lassen Sie sich nicht durch das öffentliche Auftreten seines Vaters täuschen. Hinter seiner philanthropischen Fassade ist Vincent Westerfield, Robs Vater, ein gieriger Geldhai, aber er setzt alles daran, Ehre und Ansehen seines Sohnes wiederherzustellen. Und die alte Mrs. Westerfield verlangt es kategorisch.«

»Was heißt das?«

»Das heißt, dass sie mit ihren zweiundneunzig Jahren immer noch sehr hell im Kopf ist und die Verfügungsgewalt über das Vermögen der Familie besitzt. Falls Robs Name nicht reingewaschen wird, will sie alles für wohltätige Zwecke stiften.«

»Bestimmt hat Vincent Westerfield eine Menge eigenes Geld auf der hohen Kante.«

»Natürlich. Aber das ist nichts, verglichen mit dem Vermögen seiner Mutter. Mrs. Dorothy Westerfield ist wirklich eine Frau von Format, und sie glaubt nicht mehr blind an die Unschuld ihres Enkels. Hat nicht Ihr Vater sie am Tag des Begräbnisses aus dem Haus geworfen?«

»Ja, das stimmt. Meine Mutter ist nie über die Scham hinweggekommen, die sie deswegen empfunden hat.«

»Mrs. Dorothy Westerfield anscheinend auch nicht. Ihr Vater hat sie vor allen Anwesenden mit der Tatsache konfrontiert, dass der Kerl, von dem sie beraubt und fast erschossen wurde, behauptet hat, mit Rob unter einer Decke zu stecken.«

»Ja, ich kann mich erinnern, dass er ihr das an den Kopf geworfen hat.«

»Und anscheinend kann sich Mrs. Westerfield auch sehr gut daran erinnern. Natürlich hätte sie nur zu gern geglaubt, dass Rob zu Unrecht verurteilt wurde, aber ich kann mir denken, dass es immer leise Zweifel bei ihr gegeben hat, die über die Jahre nur noch stärker geworden sind. Jetzt, wo ihr Lebensende allmählich näher rückt, hat sie seinem Vater das Messer auf die Brust gesetzt: Wenn Rob unschuldig ist, dann möge er zusehen, dass er rehabilitiert und der gute Ruf der Familie wiederhergestellt wird. Andernfalls wird ihr Geld, das Vermögen der Westerfields, an eine wohltätige Stiftung gehen.«

»Es überrascht mich, dass sie die gesamte Verfügungsgewalt darüber besitzt.«

»Vielleicht hat ihr Ehemann, Vincents Vater, etwas in seinem Sohn gesehen, das ihn dazu veranlasst hat, eine entsprechende Bestimmung in sein Testament aufzunehmen. Zum Glück für ihn hat er nicht mehr miterleben müssen, dass sein Enkel wegen Mordes verurteilt wurde.«

»Der Vater muss demnach Robs Unschuld beweisen, und wie von ungefähr taucht ein Augenzeuge auf, der gesehen hat, wie Paulie Stroebel in die Garage gegangen ist. Kauft ihm die alte Mrs. Westerfield das ab?«

»Ellie, alles, was sie verlangt, ist ein neues Gerichtsverfahren und ein Urteil, das in ihrem Sinne ausfällt.«

»Und Vincent Westerfield wird dafür sorgen, dass dieses Urteil so und nicht anders ausfällt.«

»Dieser Vincent Westerfield geht über Leichen. Seit Jahren verfolgt er nur ein einziges Ziel, nämlich den gesamten Charakter des Hudson Valley zu zerstören, indem er aus reinen Wohngebieten überall Gewerbezonen macht. Er würde eine Shopping Mall mitten in den Hudson setzen, wenn er einen Weg wüsste, wie man das anstellen könnte. Sie müssen nicht glauben, dass er auch nur einen Gedanken daran verschwendet, was mit Paulie Stroebel passieren könnte.«

Die Speisekarten wurden gebracht. Ich entschied mich für eine der Spezialitäten, Lammbraten. Marcus bestellte Lachs.

Als der Salat serviert wurde, erzählte ich ihm von meinen Plänen. »Als ich das Pressegespräch mit Will Nebels im Fernsehen sah, fasste ich den Entschluss, meinerseits zu versuchen, mit Artikeln an die Öffentlichkeit zu gehen. Was ich bisher erreicht habe, ist ein Vertrag für ein Buch, das dasjenige von Jake Bern widerlegen soll.«

»Sie haben nicht nur Bern damit beauftragt, ein Buch zu schreiben, sie haben eine ganze Werbemaschinerie in Gang gesetzt, um die Medien zu bombardieren. Was Sie im Fernsehen gesehen haben, ist erst der Anfang«, warnte Longo. »Ich würde mich nicht wundern, wenn nächstens ein Foto von Rob in Pfadfinderuniform veröffentlicht wird.«

»Ich weiß noch, wie mein Vater sagte, er sei durch und durch verdorben. Was hat es mit dieser Geschichte von dem Einbruch bei seiner Großmutter auf sich?«

Marcus hatte ein Polizistengedächtnis, was Verbrechen betraf. »Die Großmutter befand sich in ihrem Haus in Oldham. Mitten in der Nacht wurde sie von Geräuschen geweckt. Es gab zwar noch ein Dienstmädchen im Haus, aber die war in einem getrennten Flügel untergebracht. Als Mrs. Westerfield die Tür ihres Schlafzimmers öffnete, wurde aus kürzester Entfernung auf sie geschossen. Sie hat den Angreifer nicht gesehen, aber er wurde ein paar Tage später gefasst. Er behauptete, Rob habe ihn angestiftet und ihm zehntausend Dollar geboten, wenn er sie erledigen würde.

Natürlich gab es keinerlei Beweis. Das Wort eines einundzwanzigjährigen Schulabbrechers mit einem langen Katalog von Jugendstrafen stand gegen dasjenige eines Westerfield.«

»Was könnte das Motiv von Rob gewesen sein?«

»Geld. Seine Großmutter wollte ihm hunderttausend Dollar für den Fall ihres Todes direkt hinterlassen. Sie war der Auffassung, mit sechzehn sei man nicht mehr zu jung, um zu lernen, mit Geld umzugehen und es klug zu investieren. Sie wusste nicht, dass Rob ein Drogenproblem hatte.«

»Hat sie ihm geglaubt, dass er nichts mit dem Überfall zu tun hatte?«

»Ja. Dennoch hat sie danach ihr Testament geändert, und jenes Vermächtnis wurde gestrichen.«

»Demnach hatte sie doch auch damals schon ihre Zweifel, was ihn betraf?«

Longo nickte. »Und diese Zweifel, zusammen mit den Zweifeln über den Mord an Andrea, haben schließlich zu ihrem Entschluss geführt. Letzten Endes stellt sie ihren Sohn und Enkel vor die Wahl, entweder glasklare Fakten vorzulegen oder zu verzichten.«

»Was ist mit der Mutter von Rob Westerfield?«

»Ebenfalls eine sehr nette Dame. Sie verbringt fast die gesamte Zeit in Florida. Sie besitzt eine Innenarchitekturfirma in Palm Beach. Unter ihrem Mädchennamen, wohlgemerkt. Sie ist sehr erfolgreich. Sie können sie im Internet finden.«

»Ich habe eine Website aufgemacht«, sagte ich.

Longo hob fragend die Augenbrauen.

»Es ist die schnellste Möglichkeit, Informationen zu verbreiten. Von morgen an werde ich tagtäglich etwas über den Mord an Andrea und Rob Westerfields Schuld auf meine Website setzen. Ich werde jedem einzelnen Gerücht über ihn nachgehen und versuchen, Beweise zu finden. Ich werde seine Lehrer und Mitschüler von den beiden Privatschulen und von seinem Jahr am Willow College befragen. Man fliegt nicht ohne Grund aus der Schule. Es wird nicht leicht sein, aber ich werde auch versuchen, eine Spur von dem Anhänger zu finden, den er Andrea geschenkt hat.«

»Wie gut können Sie sich an ihn erinnern?«

»Nicht mehr so deutlich, natürlich. Aber beim Prozess habe ich ihn genau beschrieben. Ich habe das Prozessprotokoll, ich kann also genau nachlesen, was ich damals gesagt habe: dass er golden war, herzförmig, in der Mitte drei blaue Steine hatte und dass auf der Rückseite die Buchstaben R und A eingraviert waren.«

»Ich war im Gerichtssaal, als Sie ihn beschrieben haben. Ich entsinne mich, dass ich dachte: Das klingt teuer, aber in Wirklichkeit war es wahrscheinlich eines dieser Fünfundzwanzig-Dollar-Dinger, die man in jeder Shopping Mall bei fliegenden Händlern bekommt. Für ein paar Dollar gravieren sie einem auch die Initialen hinein.«

»Aber Sie haben nicht geglaubt, dass ich ihn tatsächlich berührt habe, als ich Andreas Leiche in der Garage fand, oder dass ich jemanden in meiner Nähe atmen hörte und dass der Anhänger verschwunden ist, bevor die Polizei da war?«

»Ellie, Sie waren damals völlig durcheinander und standen unter Schock. Sie haben ausgesagt, dass Sie sich hingekniet haben, dann ausgerutscht und auf Andreas Leiche gefallen sind. Ich glaube nicht, dass Sie im Dunkeln und mit allem, was Ihnen durch den Kopf gegangen sein muss, genau diesen Anhänger zweifelsfrei gefühlt haben können. Sie haben selbst gesagt, dass sie ihn immer unter der Bluse oder dem Pullover trug.«

»Sie hat ihn an diesem Abend getragen. Dessen bin ich mir ganz sicher. Warum war er nicht mehr da, als die Polizei kam?«

»Eine vernünftige Erklärung wäre, dass er ihn mitgenommen hat, nachdem er sie getötet hat. Seine Verteidigung baute ganz auf seiner Behauptung auf, sie sei nur ein kleines Mädchen gewesen, das in ihn verknallt gewesen sei, und er selbst hätte nicht das geringste Interesse an ihr gehabt.«

»Lassen wir es im Moment dabei bewenden«, sagte ich. »Ich möchte über etwas anderes reden. Erzählen Sie mir von ihrem frisch gebackenen Enkel. Er ist bestimmt das süßeste Baby, das je geboren wurde.«

»Ganz sicher ist er das.« Marcus Longo schien genauso froh wie ich zu sein, das Thema zu wechseln. Das Essen wurde serviert, und er erzählte mir von seiner Familie. »Mark ist in Ihrem Alter. Er ist Anwalt. Er hat ein Mädchen aus Colorado geheiratet und hat dort unten einen Job bekommen. Es geht ihm großartig. Ich selbst bin vor ein paar Jahren in Rente gegangen und wurde letzten Winter am Herzen operiert. Wir verbringen inzwischen die kalte Jahreszeit größtenteils in Florida, und wir überlegen, ob wir nicht unser Haus hier verkaufen und uns ein Häuschen in der Gegend von Denver kaufen sollen, damit wir die Kinder besuchen können, ohne ihnen zur Last zu fallen.«

»Meine Mutter und ich waren ungefähr ein Jahr in Denver.«

»Sie leben jetzt schon eine Weile in Atlanta, Ellie. Fühlen Sie sich inzwischen dort zu Hause?«

»Es ist eine prima Stadt. Ich habe eine Menge gute Freunde dort. Ich mache meinen Job gerne, aber wenn das Blatt, für das ich arbeite, verkauft wird, wie es gerüchteweise heißt, dann bin ich nicht sicher, ob ich dort bleiben werde. Vielleicht werde ich eines schönen Tages ja auch einmal das angenehme Gefühl genießen, irgendwo Wurzeln zu schlagen. Bisher hatte ich es noch nicht. Ich habe immer das Gefühl, dass irgendetwas noch nicht erledigt ist. Sind Sie als Kind manchmal ins Kino gegangen, obwohl Ihre Hausaufgaben noch nicht gemacht waren?«

»Sicher.«

»Und Sie haben bestimmt den Film nicht richtig genießen können, stimmt's?«

»Es ist lange her, aber Sie haben wahrscheinlich Recht.«

»Ich habe noch Hausaufgaben zu erledigen, bevor ich den Film genießen kann«, sagte ich.

ICH HATTE KEIN LICHT eingeschaltet, bevor ich weggegangen war, und als wir über das Anwesen von Mrs. Hilmer fuhren, lag die Wohnung über der Garage dunkel und verlassen da. Marcus Longo ignorierte meinen Protest und bestand darauf, mich bis nach oben zu bringen. Er wartete, während ich nach dem Schlüssel suchte, und als ich aufsperrte und in die Wohnung trat, sagte er bestimmt: »Schließen Sie zweimal ab.«

»Irgendein besonderer Grund?«, fragte ich.

»›Seht euch vor! Ihr lasst einen Mörder frei.‹ Ihre Worte, Ellie.«

»Das stimmt.«

»Dann hören Sie auf Ihre Stimme. Ich rate Ihnen nicht, Westerfield in Ruhe zu lassen, aber ich rate Ihnen sehr wohl, vorsichtig zu sein.«

Ich war gerade noch rechtzeitig nach Hause gekommen, um die Zehn-Uhr-Nachrichten zu sehen. Der Aufmacher war, dass Rob Westerfield am Morgen aus dem Gefängnis entlassen werden sollte und dass es um zwölf Uhr mittags ein Pressegespräch im Haus der Familie in Oldham geben würde.

Um nichts in der Welt möchte ich das verpassen, dachte ich.

18

Es fiel mir nicht leicht, in dieser Nacht Schlaf zu finden. Ich dämmerte vor mich hin, wachte dann wieder auf mit dem Gedanken, dass mit jeder Sekunde der Augenblick näher rückte, in dem Rob Westerfield aus dem Gefängnis entlassen werden würde.

Ich konnte meine Gedanken nicht von ihm und dem Ereignis lösen, das ihn für zweiundzwanzig Jahre hinter Gitter gebracht hatte. Im Gegenteil, je näher seine Freilassung rückte, desto lebendiger standen mir Andrea und meine Mutter vor Augen. Wenn doch … wenn … wenn …

Hör auf, schrie eine innere Stimme. Lass es hinter dir. Es ist Vergangenheit. Du weißt, was du deinem Leben antust, und es ist nicht das, wonach du dich sehnst. Gegen zwei Uhr morgens stand ich auf und machte mir eine Tasse Kakao. Ich setzte mich damit ans Fenster. Der Wald zwischen unserem Haus und dem Anwesen der alten Mrs. Westerfield erstreckte sich auch hinter Mrs. Hilmers Grundstück. Er war immer noch da, eine Pufferzone für ihre Privatsphäre. Ich hätte, wie Andrea damals, den Wald durchqueren und auf der anderen Seite zum Garagenversteck schleichen können.

In der Zwischenzeit war ein hoher Zaun errichtet worden, der das mehrere Hektar umfassende Grundstück umschloss. Sicherlich war auch eine Alarmanlage installiert worden, die jeden Eindringling, auch ein fünfzehnjähriges Kind, signalisiert hätte. Mit zweiundneunzig Jahren braucht man nicht mehr viel Schlaf. Ich fragte mich, ob Mrs. Westerfield ebenfalls wach war, froh darüber, dass man ihren Enkel aus dem Gefängnis entließ, aber schaudernd bei dem Gedanken an all das Aufsehen, das dadurch verursacht würde. Ihr Bedürfnis, die Schmach der Familie zu tilgen, war ebenso mächtig wie mein Wunsch, dafür zu sorgen, dass Paulie Stroebels Leben nicht zerstört und Andreas Name nicht in den Schmutz gezogen wurde.

Sie war ein unschuldiges, junges Mädchen, der Rob den Kopf verdreht hatte; aber dann hatte sich ihre Schwärmerei für ihn in Angst verwandelt, und nur deswegen war sie an jenem Abend zum Versteck gegangen. Sie hatte Angst davor gehabt, sich nicht dort blicken zu lassen, nachdem er ihr befohlen hatte, sich mit ihm zu treffen.

Während ich in den Stunden vor Tagesanbruch dasaß, wurde mein zunächst unbestimmtes Gefühl, dass sie Angst vor ihm gehabt haben musste, immer mehr zu einer Gewissheit. Ich sah Andrea vor mir, wie sie sich gefühlt haben musste an diesem Abend, im Dunkeln, den Anhänger umklammernd, mit Mühe die Tränen zurückhaltend. Sie wollte sich nicht mit ihm treffen, aber sie saß in der Zwickmühle. Und so setzte ich ein weiteres »Wenn« auf die Liste. Wenn sie doch nur zu meinen Eltern gegangen wäre und ihnen gebeichtet hätte, dass sie sich weiter mit Rob treffe.

In diesem Augenblick hatte ich unsere Rollen vertauscht und war zu ihrer großen Schwester geworden. Ich legte mich wieder ins Bett und fiel in einen unruhigen Schlaf, aus dem ich um sieben Uhr erwachte. Ich saß vor dem Fernseher, als Rob Westerfield aus dem Sing-Sing-Gefängnis trat und in eine Limousine stieg, die am Tor auf ihn gewartet hatte. Der Reporter vor Ort betonte in seinem Kommentar, dass Rob Westerfield stets geschworen habe, an dem ihm zur Last gelegten Verbrechen unschuldig zu sein.

Um zwölf Uhr saß ich wieder vor dem Gerät, um dabei zu sein, wenn sich Rob Westerfield vor der versammelten Öffentlichkeit präsentierte.

Das Interview fand in der Bibliothek des Familiensitzes in Oldham statt. Man hatte das Sofa, auf dem er saß, vor eine Wand mit ledergebundenen Bänden platziert, vermutlich um seine Bildung hervorzuheben.

Rob trug ein hellbraunes Kaschmirjackett, ein Polohemd mit offenem Kragen, dunkle Hosen und Halbschuhe. Er hatte immer gut ausgesehen, aber als reiferer Mann sah er noch besser aus. Er besaß die vornehmen Gesichtszüge seines Vaters und hatte gelernt, das herablassende Grinsen zu unterdrücken, das auf allen früheren Fotos zu sehen war. Seine dunklen Haare zeigten nur eine winzige Spur von Grau an den Schläfen. Er hielt seine Hände fest gefaltet und saß etwas nach vorne gebeugt in einer entspannten, aber aufmerksamen Haltung.

»Nicht schlecht als Inszenierung«, sagte ich laut. »Eigentlich fehlt nur ein Hund zu seinen Füßen.« Ich spürte, wie mir bei seinem Anblick die Galle hochkam.

Die Fragen stellte Corinne Sommers, Moderatorin von *The Real Story*, dem beliebten Freitagabendprogramm. Sie sprach zunächst ein paar einführende Sätze: »Soeben freigelassen nach zweiundzwanzig Jahren Gefängnis ... immer seine Unschuld beteuert ... wird jetzt für seine Rehabilitierung kämpfen ...«

Nun macht schon, dachte ich.

»Rob Westerfield, die Frage ist nahe liegend, aber wie fühlt man sich, wenn man wieder ein freier Mann ist?«

Sein Lächeln war warm. Die dunklen Augen unter den wohlgeformten Augenbrauen schauten fast amüsiert. »Unglaublich, wundervoll. Eigentlich könnte ich vor

Freude weinen. Ich bin nur im Haus herumgelaufen, und es ist einfach wunderbar, ganz normale Dinge tun zu können, wie zum Beispiel in die Küche zu gehen und eine zweite Tasse Kaffee zu bekommen.«

»Dann werden Sie hier eine Weile wohnen bleiben?«

»Ja, genau. Mein Vater hat mir eine wundervolle Wohnung in der Nähe besorgt, und ich möchte gleich mit unseren Anwälten darangehen, so bald wie möglich einen Prozess zu bekommen.« Jetzt blickte er mit ernstem Gesicht in die Kamera. »Corinne, ich hätte schon vor zwei Jahren eine Haftentlassung auf Bewährung erreichen können, wenn ich bereit gewesen wäre zu sagen, ich hätte Andrea Cavanaugh getötet und würde die Tat bereuen.«

»Haben Sie nicht daran gedacht, das zu tun?«

»Zu keiner Zeit«, antwortete er prompt. »Ich habe immer auf meiner Unschuld bestanden, und jetzt, nachdem sich Will Nebels öffentlich geäußert hat, werde ich endlich die Chance erhalten, sie zu beweisen.«

Du konntest es nicht zugeben, weil du zu viel zu verlieren hattest, dachte ich. Deine Großmutter hätte dich enterbt.

»Sie sind ins Kino gegangen an dem Abend, an dem Andrea Cavanaugh ermordet wurde.«

»Ja. Und ich bin dort geblieben, bis der Film zu Ende war, gegen halb zehn. Mein Auto stand über zwei Stunden lang auf dem Gelände der Tankstelle. Es sind nur zwölf Minuten Fahrt vom Stadtzentrum bis zum Haus meiner Großmutter. Paulie Stroebel hatte Zugang zu meinem Auto, und er war hinter Andrea her. Sogar ihre Schwester hat das vor Gericht zugegeben.«

»Der Platzanweiser vom Kino hat sich daran erinnert, dass Sie eine Eintrittskarte gekauft haben.«

»Das ist richtig. Und ich konnte es mithilfe der abgerissenen Karte beweisen.«

»Aber es hat Sie niemand am Ende des Films aus dem Kino gehen sehen?«

»Niemand konnte sich daran *erinnern*, mich gesehen zu haben«, korrigierte er. »Das ist ein Unterschied.«

Für einen kurzen Moment entdeckte ich ein Aufflackern von Ärger hinter dem freundlichen Lächeln und beugte mich vor.

Die restlichen Fragen hätte man jedoch genauso gut jemandem stellen können, der gerade aus einer längeren Geiselhaft befreit worden war. »Abgesehen von Ihrer Rehabilitierung, worauf freuen Sie sich besonders?«

»Nach New York fahren. Essen gehen in Restaurants, die es vor zweiundzwanzig Jahren vermutlich noch nicht gegeben hat. Später dann reisen. Einen neuen Job suchen.« Er lächelte breit. »Die Frau meines Lebens kennen lernen. Heiraten. Kinder kriegen.«

Heiraten. Kinder kriegen. Alles Dinge, die Andrea niemals hatte erleben dürfen.

»Was werden Sie heute zu Abend essen, und wer wird alles dabei sein?«

»Nur wir vier – meine Mutter, mein Vater, meine Großmutter und ich. Wir wollen heute als wiedervereinte Familie unter uns sein. Ich habe mir ein ziemlich einfaches Essen gewünscht: Krabbencocktail, Rinderbraten, gebackene Kartoffeln, Broccoli und Salat.«

Wie wär's mit Apfelkuchen?, dachte ich.

»Und Apfelkuchen«, schloss er die Aufzählung.

»Und Champagner, nehme ich an.«

»Selbstverständlich.«

»Wie es scheint, haben Sie schon recht genaue Pläne für die Zukunft, Rob Westerfield. Wir wünschen Ihnen viel Glück und hoffen, dass Sie bei einem zweiten Prozess Ihre Unschuld beweisen können.«

Und so was schimpft sich Journalistin. Ich drückte ärgerlich auf den Einschaltknopf und ging zum Esstisch, auf dem mein Laptop bereitstand. Ich lud meine Website auf den Bildschirm und begann zu schreiben.

»Robson Westerfield, der verurteilte Mörder der fünfzehnjährigen Andrea Cavanaugh, wurde heute aus dem Gefängnis entlassen und darf sich auf Rinderbraten und Apfelkuchen freuen. Die Seligsprechung dieses Mörders wurde soeben eingeleitet, und sie wird auf Kosten seines jugendlichen Opfers und von Paulie Stroebel vollzogen werden, einem ruhigen, hart arbeitenden Menschen, der in seinem bisherigen Leben schon viele Schwierigkeiten zu überwinden hatte.

Man sollte ihm ersparen, auch diese noch überwinden zu müssen.«

Nicht schlecht für den Anfang, dachte ich.

19

Tagtäglich verlassen Strafgefangene das Sing-Sing-Gefängnis, die entweder ihre Strafe abgesessen haben oder auf Bewährung entlassen werden. Sie erhalten Jeans, Arbeitsschuhe, eine Jacke, vierzig Dollar, und falls sie nicht von Familienangehörigen oder Freunden abgeholt werden, bringt man sie zum Busbahnhof oder löst ihnen eine Zugfahrkarte.

Der Bahnhof befindet sich etwa vier Häuserblocks vom Gefängnis entfernt. Der entlassene Häftling läuft zum Bahnhof und nimmt einen Zug nach Norden oder einen nach Süden.

Der nach Süden fahrende Zug endet in Manhattan. Der nach Norden fahrende durchquert den ganzen Staat New York bis Buffalo.

Ich hatte die Überlegung angestellt, dass fast jeder, der zurzeit aus Sing Sing freikäme, etwas über Rob Westerfield wissen müsse.

Aus diesem Grund zog ich mich am nächsten Morgen warm an, ließ den Wagen am Bahnhof stehen und ging zu Fuß zum Gefängnis. Am Tor herrschte ein ständiges Kommen und Gehen. Ich hatte einige Zahlen nachgeschaut und wusste, dass an die zweitausenddreihundert Häftlinge dort untergebracht waren. Jeans, Arbeitsschuhe und eine Jacke sind keine besonders auffälligen Kleidungsstücke. Würde ich überhaupt zwischen einem Angestellten, dessen Dienst gerade zu Ende gegangen war, und einem frisch entlassenen Gefangenen unterscheiden können?

Da ich dieses Problem voraussah, hatte ich mir ein großes Schild aus Karton gebastelt. Ich stellte mich neben dem Gefängnistor auf und hielt es vor die Brust. Zu lesen stand darauf: »Journalistin sucht gegen angemessene Belohnung Informationen über den soeben entlassenen Gefangenen Robson Westerfield.«

In der Zwischenzeit war mir eingefallen, dass jemand, der im Auto oder im Taxi aus dem Gefängnis fuhr, oder aber jemand, der nicht gesehen werden wollte, wenn er mit mir sprach, eventuell mit mir telefonisch Kontakt aufnehmen würde. Im letzten Augenblick hatte ich daher meine Handynummer – 917-555-1261 – in großen, weithin lesbaren Ziffern hinzugefügt.

Es war ein kalter, windiger Morgen. Der erste November. Allerheiligen. Seit dem Tod meiner Mutter hatte ich die Messe nur an Feiertagen wie Weihnachten und Ostern besucht, wenn selbst vom Glauben abgefallene Katholiken wie ich die Glocken einer nahe gelegenen Kirche hören und widerstrebend ihre Schritte dorthin lenken.

Ich fühle mich wie ein Roboter, wenn ich in der Kirche bin. Ich knie nieder und stehe auf wie alle anderen, ohne an den Gebeten teilzunehmen. Ich singe gern, und ich spüre ein Kribbeln in der Kehle, wenn die Gemeinde in den Chorgesang einfällt. An Weihnachten sind es fröhliche Lieder: »Höret der Engel Gesang« oder »Dort in der Krippe liegend«. An Ostern ist der Gesang triumphierend: »Christus ist heut erstanden«. Aber meine Lippen bleiben immer verschlossen. Den Jubelgesang überlasse ich den anderen.

Früher war ich voller Wut; jetzt spüre ich nur noch Überdruss. *Auf die eine oder andere Weise hast du sie mir alle genommen, o Herr. Bist du jetzt zufrieden?* Wenn ich im Fernsehen von ganzen Familien erfahre, die im Bombenhagel umgekommen sind, oder mit Bildern von hungernden Menschen in Flüchtlingslagern konfrontiert werde, dann ist mir zwar bewusst, um wie vieles besser es mir ergangen ist. Intellektuell kann ich es begreifen, aber es hilft mir letztlich nicht weiter. *Lass uns eine Vereinbarung treffen, Gott. Lass uns beschließen, uns gegenseitig in Ruhe zu lassen.*

Zwei Stunden lang stand ich mit dem Schild am Tor. Die meisten Menschen, die ein- oder ausgingen, starrten voller Neugier darauf. Einige sprachen mich an. Ein dicker Mann um die fünfzig, der die Ohrenklappen seiner Mütze wegen der Kälte herabgelassen hatte, fuhr mich an: »Junge Frau, haben Sie nichts Besseres zu tun, als sich mit diesem Dreckskerl zu befassen?« Er verriet nur so viel, dass er im Gefängnis arbeite, wollte mir aber seinen Namen nicht nennen.

Immerhin fielen mir ein paar Leute auf, darunter auch solche, die wie Angestellte aussahen, die das Schild betrachteten, als ob sie sich die Nummer einprägen wollten.

Um zehn war ich bis auf die Knochen durchgefroren, ließ es gut sein und lief zum Parkplatz vor dem Bahnhof zurück. Gerade wollte ich die Tür zu meinem Wagen öffnen, als ein Mann auf mich zukam. Er schien um die dreißig zu sein, knochig, mit unangenehmem Blick und schmalen Lippen. »Warum hacken Sie auf Westerfield herum?«, fragte er. »Was hat er Ihnen getan?«

Er trug Jeans, eine Jacke und Arbeitsschuhe. War er gerade entlassen worden und mir gefolgt? »Sind Sie ein Freund von ihm?«, fragte ich.

»Was geht Sie das an?«

Wenn einem jemand zu nahe kommt, sich direkt vor einem aufpflanzt, tritt man instinktiv einen Schritt zurück.

Ich stand mit dem Rücken an die Fahrertür gelehnt, und der Kerl bedrängte mich. Aus den Augenwinkeln bemerkte ich zu meiner Erleichterung, wie ein Auto auf den Parkplatz einbog. Mir fuhr durch den Kopf, dass zumindest jemand in der Nähe sein würde, falls ich Hilfe bräuchte.

»Ich möchte jetzt in mein Auto steigen, und Sie stehen mir im Weg«, sagte ich.

»Rob Westerfield war ein vorbildlicher Gefangener. Wir haben alle zu ihm aufgeschaut. Er war ein großes Vorbild für uns. Na, was ist Ihnen diese Information wert?«

»Dafür können Sie sich Ihr Geld bei ihm selbst abholen.« Ich drehte mich um und drängte dabei den Kerl von mir ab, drückte auf die Fernbedienung, um das Schloss zu öffnen, und zog die Tür auf.

Er versuchte nicht, mich aufzuhalten, aber bevor ich die Tür zuschlagen konnte, sagte er noch: »Ich gebe Ihnen einen guten Rat, und zwar gratis: Verbrennen Sie dieses Schild.«

20

ZURÜCK IN MRS. HILMERS Wohnung, begann ich die alten Zeitungen, die meine Mutter aufgehoben hatte, zu durchforsten. Für meine Recherche über Rob Westerfields Leben waren sie ein Geschenk des Himmels. In mehreren von ihnen wurden die beiden Privatschulen erwähnt, die er besucht hatte. Die erste, Arbinger Preparatory School in Massachusetts, ist eine der angesehensten des ganzen Landes. Interessanterweise war er dort nur anderthalb Jahre geblieben und dann nach Carrington in Rhode Island gewechselt.

Ich wusste nichts über Carrington und sah im Internet nach. Auf der Website der Carrington Academy konnte man den Eindruck gewinnen, es handle sich um ein Landgut, auf dem durch das Zusammenwirken von Lernen, Sport und Kameradschaft wahrhaft paradiesische Zustände herrschten. Doch hinter den Lobpreisungen der großartigen Dinge, die dort geboten wurden, zeichnete sich der Kern der Sache ab: Es war eine Anstalt für »Schüler, die ihr Lernpotenzial oder ihre sozialen Fähigkeiten noch nicht genügend ausgeschöpft haben«, für »Schüler, deren Fähigkeit zu diszipliniertem Lernen noch ausgebaut werden muss«.

Mit anderen Worten, es war eine Einrichtung für verhaltensgestörte Kinder.

Ich beschloss, vorerst noch keine Anzeige auf meine Website zu platzieren, auf der ich ehemalige Mitschüler oder Angestellte um Informationen über Rob Westerfields Schulzeit bitten würde, sondern zunächst beide Anstalten selbst in Augenschein zu nehmen. Ich rief die Schulen an und erklärte, ich sei Journalistin und bereite ein Buch über Robson Westerfield vor, der ihre Schule besucht habe. Bei Arbinger wurde ich sofort an Craig Parshall weitergeleitet, der für Öffentlichkeitsarbeit zuständig war.

Mr. Parshall teilte mir mit, die Schule verfolge die strikte Politik, sich gegenüber der Presse nicht über Schüler, seien es ehemalige oder gegenwärtige, zu äußern.

Auf gut Glück sagte ich: »Wenn ich richtig informiert bin, haben Sie aber Jake Bern ein Interview über Robson Westerfield gewährt.«

Es folgte eine lange Pause, die mir anzeigte, dass ich einen Volltreffer gelandet hatte.

»Es wurde ein Interview genehmigt«, sagte Parshall in steifem und herablassendem Ton. »Wenn die Familie eines jetzigen oder ehemaligen Schülers ihr Einverständnis für ein Interview gibt, dann können wir unter bestimmten Umständen einem solchen Gesuch nachkommen. Sie müssen sich vor Augen führen, Miss Cavanaugh, dass unsere Schüler aus prominenten Familien stammen, manche sind Söhne von Präsidenten oder Angehörige von königlichen Familien. In gewissen Fällen kann es daher angemessen sein, den Medien einen begrenzten Zugang zu gewähren.«

»Und natürlich dient diese Art von Medienpräsenz dem guten Ruf und dem Ansehen der Schule«, ergänzte ich. »Andererseits, wenn auf einer Website täglich die Tatsache verbreitet würde, dass der Mörder eines fünfzehnjährigen Mädchens die Schulbank zusammen mit einigen dieser vornehmen Schüler gedrückt hat, dann wären diese und ihre Familien vielleicht nicht allzu begeistert darüber. Und andere Familien würden sich vielleicht zweimal überlegen, ob sie ihre Söhne und Erben zu Ihnen schicken sollen. Hab ich Recht, Mr. Parshall?«

Ich gab ihm keine Gelegenheit zu antworten. »Alles in allem könnte es für die Schule viel nützlicher sein, sich kooperativ zu verhalten, meinen Sie nicht?«

Als Mr. Parshall nach längerem Schweigen antwortete, war deutlich herauszuhören, dass ihm nicht wohl bei der Sache war. »Miss Cavanaugh, ich werde Ihrem Gesuch für ein Gespräch stattgeben. Ich möchte Sie aber darauf hinweisen, dass man Sie einzig und allein darüber informieren wird, wie lange Robson Westerfield hier Schüler gewesen ist, und über die Tatsache, dass er den Wechsel auf eine andere Schule beantragt und erhalten hat.«

»Oh, ich erwarte nicht, dass Sie mir gegenüber zugeben, ihn rausgeworfen zu haben«, sagte ich mit genüsslichem Spott. »Aber ich bin sicher, dass Sie für Mr. Bern ein paar Details mehr auf Lager gehabt haben.«

Wir kamen überein, dass ich ihn am nächsten Morgen um elf in seinem Büro aufsuchen würde.

Arbinger liegt ungefähr vierzig Meilen nördlich von Boston. Ich fand die Stadt auf der Karte, überlegte mir den besten Weg dorthin und berechnete, wie viel Zeit ich brauchen würde.

Dann rief ich die Carrington Academy an und wurde an Jane Bostrom weitergeleitet, die für die Aufnahme der Schüler zuständig war. Sie bestätigte, dass Jake Bern auf Gesuch der Westerfield-Familie ein Interview genehmigt worden war, und fügte hinzu, dass sie mir ohne Erlaubnis der Familie kein Interview gewähren könne.

»Miss Bostrom, Carrington scheint mir als Privatschule so eine Art letzte Instanz zu sein«, versetzte ich mit Nachdruck. »Ich möchte nicht unfair erscheinen, aber der

Hauptzweck der Schule scheint doch wohl darin zu liegen, dass sie Problemkinder aufnimmt und versucht, sie wieder hinzubiegen. Richtig?«

Es gefiel mir, dass sie von Gleich zu Gleich mit mir sprach. »Es gibt eine Menge Ursachen, weshalb Kinder Probleme haben können, Miss Cavanaugh. Die weitaus meisten dieser Ursachen haben mit der Familie zu tun. Es gibt Scheidungskinder, Kinder mit viel beschäftigten Eltern, die keine Zeit für sie haben, Kinder, die Einzelgänger sind oder von den andern Kindern gehänselt werden. Das bedeutet nicht unbedingt, dass ihre intellektuellen und sozialen Fähigkeiten geringer sind. Es bedeutet lediglich, dass sie überfordert sind und Hilfe benötigen.«

»Eine Hilfe, die in manchen Fällen, trotz aller Bemühungen, nicht von Erfolg gekrönt wird?«

»Ich kann Ihnen eine Liste von Schulabgängern zukommen lassen, die später gesellschaftlich sehr erfolgreich waren.«

»Und ich kann Ihnen einen nennen, der gleich bei seinem ersten Mord erfolgreich war – zumindest bei dem ersten, den man ihm nachweisen konnte.« Nach einer Pause fügte ich hinzu: »Es liegt mir nichts daran, auf Carrington herumzuhacken. Ich will nur so viel wie möglich herausfinden über den Werdegang von Rob Westerfield in den Jahren, bevor er meine Schwester ermordet hat. Ich nehme an, dass Sie Jake Bern eine Menge an Informationen gegeben haben, woraus er sich die guten Dinge herauspicken und den Rest weglassen wird. Ich möchte, dass man mir den gleichen Zugang gewährt.«

Da ich am nächsten Tag, einem Freitag, in Arbinger sein würde, verabredete ich mit Miss Bostrom für den Montagmorgen einen Termin in Carrington. Ich überlegte, ob ich mich vor diesen Terminen in der näheren Umgebung der beiden Schulen ein bisschen umsehen sollte. Nach meinem Eindruck befanden sich beide in kleineren Städtchen. Das würde bedeuten, dass es dort Lokale wie eine Pizzeria oder einen Fastfood-Imbiss geben musste, an denen die Kids regelmäßig zusammenkamen. Ich hatte schon früher einmal erfolgreich an einem Schülertreffpunkt recherchiert, als ich an einem Artikel über einen Jugendlichen arbeitete, der versucht hatte, seine Eltern umzubringen.

Ich war Mrs. Hilmer schon einige Tage nicht mehr begegnet. Am späten Nachmittag rief sie an. »Ellie, dies ist mehr eine Anfrage als eine Einladung. Ich habe heute wieder mal das dringende Bedürfnis gespürt zu kochen, und jetzt habe ich ein Huhn im Backofen. Falls Sie noch keine Pläne haben: Hätten Sie Lust, zum Abendessen zu kommen? Aber bitte fühlen Sie sich nicht genötigt, wenn Sie lieber Ihre Ruhe haben wollen.«

Ich war an diesem Vormittag nicht zum Einkaufen gefahren und war daher darauf gefasst, am Abend die Wahl zu haben zwischen einem Käse-Sandwich und einem Käse-Sandwich. Und ich erinnerte mich, dass Mrs. Hilmer eine gute Köchin war.

»Um wie viel Uhr?«, fragte ich.

»Oh, so um sieben.«

»Ich werde eher zu früh als zu spät da sein.«

»Prima.«

Nachdem ich aufgelegt hatte, ging mir durch den Kopf, dass Mrs. Hilmer mich für eine eingefleischte Einzelgängerin halten musste. Zum Teil hat sie damit nicht Unrecht. Aber trotz meiner inneren Einsamkeit, oder vielleicht gerade wegen ihr, gehe ich im Grunde ziemlich viel aus. Ich bin gerne unter Leuten, und nach einem anstrengenden Tag in der Zeitung treffe ich mich oft mit Freunden. Wenn ich zu später Stunde noch im Büro bin, endet der Tag meistens bei Pasta oder einem Hamburger mit den jeweils gerade Anwesenden. Es gab immer zwei oder drei, die nicht sofort nach Hause zu Ehegatten oder fester Beziehung eilten, sobald sie ihre Story abgespeichert oder ihre Spalten beendet hatten.

Ich gehörte regelmäßig zu dieser Clique, genau wie Pete. Während ich mein Gesicht wusch, meine Haare bürstete und im Nacken zusammendrehte, fragte ich mich, wann er mir wohl mitteilen würde, für welchen Job er sich entschieden hatte. Ich war mir sicher, dass er nicht bei der Zeitung bleiben wollte, auch wenn sie nicht sofort verkauft würde. Die Tatsache, dass die Familie die Absicht hatte, sie zu verkaufen, war für ihn Grund genug auszusteigen. Wohin würde es ihn verschlagen? Houston? Los Angeles? Die Wahrscheinlichkeit war groß, dass sich unsere Wege nach seinem Wechsel nicht mehr häufig kreuzen würden.

Der plötzliche Gedanke daran machte mich unruhig.

Mrs. Hilmers gemütliche Gästewohnung bestand aus einem großen Wohnzimmer mit einer Küchenecke sowie einem mittelgroßen Schlafzimmer. Zum Bad gelangte man über einen kurzen Gang zwischen den beiden Zimmern. Ich hatte meinen Computer und Drucker auf dem Esstisch in der Nähe der Küchenzeile installiert. Ich bin kein besonders ordentlicher Mensch, und als ich gerade meinen Mantel anziehen wollte, warf ich einen prüfenden Blick auf das Zimmer, als ob ich es mit Mrs. Hilmers Augen sehen würde.

Die Zeitungen, die ich durchgesehen hatte, lagen in einem Halbkreis um meinen Stuhl herum verstreut auf dem Boden. Die dekorative Obstschale und die Messingleuchter, die sich akkurat ausgerichtet auf dem Kolonialstil-Tisch befunden hatten, standen jetzt zusammengerückt auf der Anrichte. Mein Terminkalender lag aufgeschlagen auf der einen Seite des Computers, mein Füller obendrauf. Die dicke gebundene Kopie des Prozessprotokolls lag, zusammen mit leuchtend gelben Markierstiften, neben dem Drucker.

Und wenn mich Mrs. Hilmer aus irgendeinem Grund zurückbegleiten würde und diese Unordnung sähe?, dachte ich. Wie würde sie reagieren? Über die Antwort auf diese Frage war ich mir ziemlich sicher, da es in ihrem Haus buchstäblich nichts gab, was nicht an seinem Platz stand.

Ich bückte mich nach den Zeitungen und ordnete sie mehr schlecht als recht zu einem Stapel. Dann holte ich nach weiterer Überlegung die große Reisetasche hervor, in der ich sie transportiert hatte, und stopfte sie hinein.

Das Prozessprotokoll folgte. Was Terminkalender, Füller, Laptop und Drucker betraf, gelangte ich zu der Überzeugung, dass sie ästhetisch nicht allzu abstoßend wirkten. Die Obstschale und die Kerzenhalter schob ich wieder in ihre dekorativen Ausgangspositionen auf dem Tisch zurück. Ich wollte die Reisetasche gerade im Schrank verstauen, als mir der Gedanke durch den Kopf ging, dass all dieses Material verloren wäre, falls in der Wohnung Feuer ausbrechen würde. Ich tat diese Möglichkeit zwar im nächsten Augenblick als äußerst unwahrscheinlich ab, beschloss aber dennoch, die Tasche mitzunehmen. Ich weiß nicht, warum ich das getan habe, ich tat es einfach. Sagen wir, es war eine Vorahnung, oder, wie meine Großmutter immer sagte, so ein »komisches Gefühl«, das man plötzlich bekommt.

Draußen war es immer noch kalt, aber zumindest hatte sich der Wind gelegt.

Dennoch erschien mir der Weg von der Wohnung bis zum Haus ziemlich weit. Mrs. Hilmer hatte mir erzählt, dass sie nach dem Tod ihres Mannes eine Garage an das Haus habe anbauen lassen, weil sie nicht immer bis zu der alten Garage habe laufen wollen. Jetzt stand die alte Garage unter der Gästewohnung leer bis auf Gartengeräte und -möbel.

Als ich in der stillen Dunkelheit zum Haus ging, konnte ich gut verstehen, dass sie den Weg nachts nicht mehr alleine gehen wollte.

»Bitte denken Sie nicht, dass ich hier auch noch einziehen möchte«, sagte ich zu Mrs. Hilmer, als sie die Tür öffnete und meine Reisetasche sah. »Neuerdings gehe ich nie ohne Tasche aus dem Haus.«

Bei einem Glas Sherry erzählte ich ihr, was die Tasche enthielt, und dabei kam mir eine Idee. Mrs. Hilmer wohnte seit fast fünfzig Jahren in Oldham. Sie war in der Kirchengemeinde und bei städtischen Veranstaltungen aktiv – das bedeutete, dass sie praktisch jeden kannte. In den Zeitungsartikeln wurden Leute aus dem Ort erwähnt, deren Namen mir nichts sagten, ihr aber sicherlich geläufig waren.

»Ich möchte Sie fragen, ob Sie eventuell bereit wären, diese Artikel mit mir durchzugehen«, bat ich. »Es werden dort Leute erwähnt, mit denen ich sehr gerne sprechen würde, falls es sie noch gibt. Zum Beispiel einige von Andreas Freundinnen aus der Schule, die damaligen Nachbarn von Will Nebels, einige von den Typen, mit denen sich Rob Westerfield damals herumgetrieben hat. Sicherlich haben die meisten von Andreas Klassenkameraden inzwischen geheiratet, und vermutlich sind viele weggezogen. Ich weiß nicht, ob es zu viel verlangt wäre, wenn ich Sie bitte, einmal diese alten Artikel durchzugehen und vielleicht eine Liste von den Leuten aufzustellen, die damals mit Reportern geredet haben und immer noch in der Gegend wohnen. Ich habe die Hoffnung, dass vielleicht der eine oder andere noch irgendetwas weiß, was damals nicht bekannt wurde.«

»Über eine von ihnen kann ich Ihnen sofort etwas erzählen«, sagte Mrs. Hilmer. »Joan Lashley. Ihre Eltern sind in Rente, aber sie selbst hat Leo St. Martin geheiratet. Sie wohnt in Garrison.«

Joan Lashley war das Mädchen, mit dem Andrea an ihrem letzten Abend Hausaufgaben gemacht hatte! Garrison lag in der Nähe von Cold Spring, nur eine Viertelstunde Fahrt von hier. Es war klar, dass Mrs. Hilmer für mich eine wahre Fundgrube war für Informationen über die Leute, mit denen ich eventuell noch reden wollte.

Als wir beim Kaffee angelangt waren, öffnete ich die Reisetasche und legte einige der Zeitungen auf den Tisch. Ich bemerkte, wie Mrs. Hilmers Gesichtsausdruck wechselte, als sie die erste aufnahm. Die Schlagzeile lautete: »Fünfzehnjährige brutal erschlagen«. Ein Bild von Andrea füllte die Titelseite. Sie trug die Uniform des Orchesters: eine rote Jacke mit Messingknöpfen und ein dazu passender kurzer Rock. Ihre langen Haare fielen offen auf ihre Schultern, und sie lächelte. Sie wirkte glücklich, jung und lebenslustig.

Das Foto war beim ersten Spiel der Saison Ende September aufgenommen worden. Ein paar Wochen später war Rob Westerfield auf sie aufmerksam geworden, als sie mit Freundinnen beim Bowling im Sportzentrum der Stadt war. In der Woche darauf hatte sie die Spritztour in seinem Auto gemacht, bei der er von der Polizei wegen zu schnellen Fahrens angehalten worden war.

»Mrs. Hilmer, ich muss Sie warnen«, sagte ich. »Es ist nicht ganz leicht, sich auf all das einzulassen, und wenn Sie das Gefühl haben, es könnte zu viel für Sie sein …«

Sie unterbrach mich. »Nein, Ellie, ich möchte es tun.«

»Gut.« Ich holte den Rest der Zeitungen hervor. Das Prozessprotokoll lag noch in der Tasche. Ich nahm es heraus. »Dies hier ist ziemlich unangenehm zu lesen.«

»Lassen Sie es da«, sagte sie entschlossen.

Mrs. Hilmer bestand darauf, mir eine kleine Taschenlampe für den Rückweg zu leihen, und im Nachhinein war ich froh, sie mitgenommen zu haben. Der Himmel hatte noch weiter aufgeklart, sodass jetzt eine schmale Mondsichel zu sehen war. Ich war in einer merkwürdigen Stimmung, immerzu musste ich an Halloween und Bilder von Katzen denken, die grinsend auf Mondsicheln sitzen, als ob sie Träger eines geheimen Wissens seien.

Ich hatte nur ein kleines Nachtlicht im Treppenhaus brennen lassen – wiederum aus Rücksicht auf meine Gastgeberin, deren Stromrechnung ich nicht unnötig vergrößern wollte. Als ich die Treppe hinaufstieg, war ich mir nicht mehr so sicher, ob dieser Anfall von übertriebener Sparsamkeit der Weisheit letzter Schluss gewesen war. Das Treppenhaus war fast dunkel, die Stufen lagen im Schatten und knarzten unter meinen Tritten. Der Gedanke schoss mir durch den Kopf, dass Andrea in einer ganz ähnlichen Garage ermordet worden war. Beide Gebäude waren ursprünglich Scheunen gewesen. Der ehemalige Heuboden war hier in eine Wohnung umgewandelt worden, aber ansonsten ähnelten sie sich wie ein Ei dem andern.

Als ich das obere Ende der Treppe erreicht hatte, hielt ich den Schlüssel schon in der Hand, sperrte rasch auf, schlüpfte in die Wohnung und verriegelte die Tür hinter mir. Ich hörte augenblicklich auf, mir über Stromrechnungen Gedanken zu machen, und schaltete alle Lichter ein, die ich finden konnte: die Lampen zu beiden Seiten der Couch, den Kronleuchter über dem Esstisch, das Licht im Gang und die Lampen im Schlafzimmer. Schließlich atmete ich erleichtert auf und versuchte, das Angstgefühl, von dem ich gepackt worden war, wieder abzuschütteln.

Der Tisch sah merkwürdig ordentlich aus: Laptop und

Drucker, Terminkalender und Füller an einem Ende, Obstschale und Kerzenhalter in der Mitte. Plötzlich fiel mir auf, dass etwas verändert war. Ich hatte meinen Füller rechts neben den Terminkalender gelegt, gleich neben den Computer. Jetzt befand er sich auf der linken Seite des Kalenders, auf der dem Computer abgewandten Seite. Ein Schauder lief mir über den Rücken. Es musste jemand hier gewesen sein und ihn in der Hand gehabt haben. Aber warum? Um in meinem Terminkalender zu blättern und einen Einblick über meine Aktivitäten zu bekommen – einen anderen Grund konnte es nicht geben. Wonach hatte er noch gesucht?

Ich schaltete den Computer ein und schaute hastig in der Datei nach, in der ich meine Notizen über Rob Westerfield sammelte. Gerade an diesem Nachmittag hatte ich eine kurze Beschreibung des Mannes eingegeben, der mich auf dem Parkplatz am Bahnhof aufgehalten hatte. Sie stand immer noch da, aber ein Satz war hinzugefügt worden. Ich hatte den Kerl als mittelgroß, hager, mit bösartigen Augen und Mund beschrieben. Der hinzugefügte Satz lautete: »Als gefährlich eingestuft, Annäherung nur mit äußerster Vorsicht.«

Meine Knie wurden weich. Es war schlimm genug, dass jemand eingebrochen war, während ich bei Mrs. Hilmer war, aber dass er sein Eindringen offen zur Schau stellte, war wirklich beängstigend. Ich war absolut sicher, dass ich die Wohnungstür beim Weggehen zugesperrt hatte, aber sie wies nur ein einfaches, billiges Schloss auf, das wohl kein großes Hindernis für einen professionellen Einbrecher darstellte. Fehlte irgendetwas? Ich hastete ins Schlafzimmer und bemerkte, dass die Schranktür, die ich geschlossen hatte, jetzt leicht geöffnet war. Meine Kleider und meine Schuhe schienen jedoch genauso angeordnet zu sein, wie ich sie zurückgelassen hatte. In die oberste

Schublade der Kommode hatte ich ein Lederköfferchen mit meinem Schmuck gelegt. Ohrringe, eine Goldkette und eine einfache Perlenkette sind so ungefähr alles, was ich im tagtäglichen Leben trage, aber das Köfferchen enthielt auch Verlobungs- und Trauring meiner Mutter und die Diamantohrringe, die mein Vater ihr zum fünfzehnten Hochzeitstag geschenkt hatte, ein Jahr, bevor Andrea starb.

Von dem Schmuck fehlte nichts, was dafür sprach, dass es sich bei dem Eindringling nicht um einen gewöhnlichen Dieb handelte. Er war hinter Informationen her gewesen, und ich dachte erleichtert, was für ein Segen es war, dass ich das Prozessprotokoll und die alten Zeitungen mitgenommen hatte. Mit Sicherheit wären sie vernichtet worden. Das Prozessprotokoll hätte ich mir wieder beschaffen können, aber es hätte mich eine Menge Zeit gekostet, und die Zeitungen waren unersetzlich. Die Artikel enthielten nicht nur Berichte aus dem Gerichtssaal, sondern auch viele Interviews und wertvolle Hintergrundinformationen, die mit ihnen verloren gegangen wären.

Ich rief Mrs. Hilmer nicht sofort an. Sicherlich würde sie kein Auge mehr zutun, wenn sie erführe, dass jemand in der Wohnung gewesen sei. Ich beschloss, am nächsten Vormittag die Zeitungen und das Protokoll zu holen und Kopien von dem ganzen Material machen zu lassen. Trotz des großen Aufwands war es die Sache wert. Ich konnte einfach nicht riskieren, etwas davon zu verlieren.

Noch einmal prüfte ich die Haustür. Sie war verriegelt, aber dennoch keilte ich einen schweren Stuhl dagegen. Dann schloss ich sämtliche Fenster bis auf dasjenige im Schlafzimmer, das ich wegen der Frischluftzufuhr ein wenig offen ließ. Im Schlafzimmer habe ich es gerne kühl, und diese Annehmlichkeit wollte ich mir nicht durch den unbekannten Besucher nehmen lassen. Außerdem befand sich die Wohnung im ersten Stock, und ohne Leiter konnte man zu keinem der Fenster gelangen. Und wenn jemand mir etwas antun wollte, würde er ganz sicher ein einfacheres Mittel finden, als eine Leiter anzuschleppen, die mich womöglich aufwecken würde. Dennoch lag ich lange wach, und auch als ich schließlich einschlummerte, wurde ich immer wieder ruckartig aus dem Schlaf gerissen und lauschte dann angestrengt in die Nacht hinein. Aber was ich vernahm, war nur das Geräusch des Windes, der durch die wenigen an den Bäumen verbliebenen Blätter fuhr.

Erst im Morgengrauen, als ich zum vierten oder fünften Mal aufwachte, kam mir in den Sinn, woran ich sofort hätte denken müssen: Wer auch immer meinen Terminkalender durchgeblättert hatte, war jetzt darüber im Bilde, dass ich an diesem Morgen einen Termin in Arbinger und am Montag einen weiteren bei der Carrington Academy hatte.

Ich wollte um sieben Uhr nach Arbinger aufbrechen. Ich wusste, dass Mrs. Hilmer Frühaufsteherin war, und rief sie um zehn vor sieben an, um zu fragen, ob ich kurz bei ihr vorbeikommen könnte. Bei einer Tasse hervorragendem Kaffee erzählte ich ihr von dem Einbrecher und dass ich das Protokoll und die Zeitungsausschnitte mitnehmen wollte, um Kopien machen zu lassen.

»Nein, das brauchen Sie nicht«, sagte sie. »Ich habe heute sowieso nichts Besseres zu tun. Ich bin ehrenamtliche Mitarbeiterin in der Bücherei und arbeite dort die ganze Zeit mit den Kopierern. Ich werde den Kopierer im Büro benutzen. Auf diese Weise wird niemand etwas davon erfahren. Außer Rudy Schell, natürlich. Aber er arbeitet schon seit einer Ewigkeit dort und wird niemandem etwas verraten.«

Sie zögerte einen Augenblick und sagte dann: »Ellie, ich möchte, dass Sie zu mir ziehen. Ich will nicht, dass Sie allein in der Wohnung sind. Wer auch immer gestern Abend dort war, er könnte wiederkommen, und ich meine, wir sollten auf jeden Fall die Polizei verständigen.«

»Kommt nicht infrage, dass ich bei Ihnen einziehe«, antwortete ich. »Wenn überhaupt, dann würde ich ganz woanders hin ziehen.« Sie schüttelte sofort den Kopf, und ich sagte: »Aber ich werde hier bleiben, denn in Ihrer Nähe fühle ich mich geborgen. Ich habe daran gedacht, die Polizei zu verständigen, und mich dagegen entschieden. Es gibt keine Anzeichen für einen Einbruch. Mein Schmuck wurde nicht angerührt. Was, glauben Sie, wird ein Polizeibeamter davon halten, wenn ich ihm erzähle, es sei nichts weiter geschehen, als dass jemand meinen Füller verlegt und einige Wörter auf meinem Computer geschrieben hätte?« Ich wartete nicht auf ihre Antwort. »Die Westerfields basteln schon eifrig an dem Bild, ich sei ein gestörtes Kind mit einer überschäumenden Fantasie gewesen, und daher sei meine Zeugenaussage bei Gericht unglaubwürdig. Können Sie sich vorstellen, was sie aus einer Geschichte wie dieser machen würden? Es würde sich so anhören, als sei ich jemand, der Drohbriefe an sich selbst verschickt, nur um öffentliche Aufmerksamkeit zu bekommen.«

Ich kippte den letzten Schluck Kaffee hinunter. »Es gibt aber etwas, das Sie für mich tun könnten, wenn es Ihnen nichts ausmacht. Bitte rufen Sie Joan Lashley an und fragen Sie, ob ich sie morgen besuchen könnte.«

Es tat gut, als Mrs. Hilmer mir zum Abschied »Fahren Sie vorsichtig« sagte und mich rasch auf die Wange küsste.

Unterwegs geriet ich in der Umgebung von Boston in den Berufsverkehr, sodass es fast schon elf Uhr war, als ich das sorgfältig bewachte Tor der Arbinger Preparatory School passierte. Der Eindruck, den die Schule von den Fotos auf der Website her auf mich gemacht hatte, wurde von der Wirklichkeit noch übertroffen. Die gepflegten Ziegelgebäude strahlten unter der Novembersonne eine heitere und gelassene Atmosphäre aus. Die lange Allee, die über den Campus führte, war gesäumt von alten Bäumen, deren Kronen in der schönen Jahreszeit ein dichtes Blättergewölbe formen mussten. Es fiel nicht besonders schwer, sich vorzustellen, dass die meisten Kinder, die aus einer Anstalt wie dieser hervorgingen, zusammen mit ihrem Abschlusszeugnis ein Gefühl des Auserwähltseins erwarben, ein Gefühl, zu etwas Besonderem geformt worden zu sein, ein Stück über dem Rest der Menschheit zu schweben.

Während ich den Wagen auf den Besucherparkplatz lenkte, rief ich mir die Liste der Highschools in Erinnerung, die ich besucht hatte. Erstes Jahr in Louisville. Zweite Hälfte des zweiten Jahres in Los Angeles. Nein, dort blieb ich bis zur Mitte des dritten Jahres. Wo war ich danach? Ach ja, Portland, Oregon. Und schließlich zurück nach Los Angeles, das mir während meines vierten Jahres und der vier Jahre am College ein erstes Gefühl der Kontinuität gab. Mutter zog weiter innerhalb der Hotelkette von Stadt zu Stadt, bis ich mein letztes Jahr am College absolvierte. Das war die Zeit, in der sich der Schaden an ihrer Leber zu beschleunigen begann und wir uns bis zu ihrem Tod eine kleine Wohnung teilten.

Ich hab mir immer gewünscht, dass ihr beiden Mädchen lernt, wie man sich richtig verhält, Ellie. Wenn ihr dann jemanden aus sehr guter Familie kennen lernt, gibt es euch die nötige Sicherheit im Auftreten.

Ach Mutter, dachte ich, als ich ins Hauptgebäude eingelassen und zu Craig Parshalls Büro begleitet wurde. An den Wänden des Flurs reihten sich die Porträts von würdig blickenden Männern, und soweit ich im Vorübergehen feststellen konnte, handelte es sich bei den meisten um ehemalige Direktoren der Schule.

Craig Parshalls äußere Erscheinung war weniger beeindruckend, als seine vornehm klingende Stimme hatte vermuten lassen. Er ging auf die sechzig zu und trug noch immer das Schulabzeichen. Das ausgedünnte Haupthaar war übertrieben perfekt gekämmt – ein vergeblicher Versuch, die kahle Fläche auf dem Schädel zu bedecken –, und es gelang ihm nicht, die Tatsache zu verbergen, dass er äußerst nervös war.

Sein Zimmer war groß und sehr gediegen eingerichtet, mit holzvertäfelten Wänden, schweren Vorhängen, einem Perserteppich, der gerade so weit abgetreten war, dass sein antiquarischer Wert nicht in Zweifel gezogen werden konnte, bequemen Ledersesseln und einem Mahagonischreibtisch, hinter den er sich rasch zurückzog, nachdem er mich begrüßt hatte.

»Wie ich Ihnen schon am Telefon sagte, Miss Cavanaugh …«, begann er.

»Mr. Parshall, lassen Sie uns keine Zeit verschwenden«, unterbrach ich ihn. »Ich bin mir vollkommen bewusst über die Zwänge, denen Sie unterliegen, und ich habe vollstes Verständnis dafür. Beantworten Sie einfach nur ein paar Fragen, und dann werde ich Sie nicht weiter belästigen.«

»Ich werde Ihnen die Daten geben für die Zeit, in der Robson Westerfield an unserer Schule …«

»Die genauen Daten, wann er hier Schüler war, sind mir bekannt. Sie wurden im Prozess um den Mord an meiner Schwester festgehalten.«

Parshall zuckte zusammen.

»Mr. Parshall, die Westerfield-Familie verfolgt nur ein Ziel, nämlich Robson Westerfields Ruf reinzuwaschen, einen neuen Prozess zu erlangen und einen Freispruch zu erwirken. Falls sie damit Erfolg hat, würde das de facto bedeuten, dass vor der Welt ein anderer junger Mann als Mörder meiner Schwester dastünde – ein junger Mann, der in seinem Leben, wie ich hinzufügen möchte, weder über das nötige Geld noch über die intellektuellen Fähigkeiten verfügte, um eine Einrichtung wie diese zu besuchen. Mein Ziel ist es, dafür zu sorgen, dass das nicht geschieht.«

»Sie müssen verstehen …«, begann Parshall.

»Ich verstehe, dass ich Sie nicht namentlich zitieren darf. Aber Sie könnten mir in der Sache weiterhelfen. Was mir vorschwebt, ist eine Liste der Schüler, die mit Rob Westerfield in einer Klasse waren. Ich möchte wissen, ob einer von ihnen besonders mit ihm befreundet war, oder noch besser, ob es einen gab, der ihn nicht ausstehen konnte. Wer hat mit ihm das Zimmer geteilt? Und, ganz unter uns – ich werde Ihren Namen nicht erwähnen –, warum wurde er eigentlich rausgeworfen?«

Wir blickten uns einen langen Augenblick schweigend in die Augen, ohne dass einer den Blick abwendete.

»Ich könnte auf meiner Website problemlos über Robson Westerfields exklusive Privatschule schreiben, ohne dabei den Namen zu erwähnen«, sagte ich. »Ich könnte aber auch schreiben: Arbinger Preparatory School, Alma Mater von Seiner Königlichen Hoheit, Prinz Gregor von Belgien, Seiner Hoheit, Prinz …«

Er unterbrach mich: »Alles bleibt unter uns?«

»Absolut.«

»Weder der Name der Schule noch meiner werden erwähnt?«

»Absolut.«

Er seufzte, und ich hatte fast Mitleid mit ihm. »Kennen Sie die Redensart: ›Trau niemals einem Fürsten‹, Miss Cavanaugh?«

»Die ist mir sogar recht geläufig, nicht nur in der biblischen Version, sondern auch in einer Abwandlung, die man mir gegenüber schon gebraucht hat: ›Trau niemals einem investigativen Reporter.‹«

»Soll das eine Warnung sein, Miss Cavanaugh?«

»Wenn der betreffende Reporter persönlich integer ist, nein.«

»Ich nehme Sie beim Wort und vertraue Ihnen, in dem Sinne, dass ich mich auf Ihre Diskretion verlasse. Keine Namensnennung?«

»Absolut.«

»Der einzige Grund, weshalb man Robson Westerfield überhaupt bei uns aufgenommen hat, war, dass sein Vater angeboten hat, das naturwissenschaftliche Gebäude zu renovieren. Es sollte nicht an die große Glocke gehängt werden, wie ich hinzufügen möchte. Rob kam zu uns als gestörter Schüler, der sich unter seinen Mitschülern auf der Grundschule niemals wohl gefühlt hat.«

»Er ist acht Jahre in Baldwin auf Manhattan gewesen«, sagte ich. »Hat es dort Probleme gegeben?«

»Keine, über die uns berichtet worden wäre. Auffällig waren höchstens die fehlenden oder nichts sagenden Beurteilungen durch seine Lehrer.«

»Und das naturwissenschaftliche Gebäude hatte eine Renovierung nötig?«

Parshall blickte geschmerzt. »Westerfield stammte aus einer guten Familie. Seine Intelligenz ist in der obersten Kategorie anzusiedeln.«

»Gut«, sagte ich. »Dann gehen wir jetzt ans Eingemachte. Wie ist man mit einem solchen Typen in diesen heiligen Hallen zurechtgekommen?«

»Ich hatte gerade erst angefangen, hier zu unterrichten, bin also ein Zeuge aus erster Hand. Es war in etwa genauso schlimm, wie man es sich vorstellt«, sagte Parshall.

»Ich nehme an, Sie wissen, wie man einen Soziopathen definiert?« Er winkte sofort mit einer ungeduldigen Handbewegung ab. »Entschuldigung. Auch meine Frau muss mich immer wieder mal daran erinnern, dass ich nicht vor der Klasse stehe. Ich spreche von einem Soziopathen als einem Menschen, der ohne Gewissen geboren wurde, der nur Verachtung übrig hat für den sozialen Verhaltenskodex, wie Sie und ich ihn verstehen, und der sich in ständigem Konflikt mit ihm befindet. Robson Westerfield war geradezu ein Musterbeispiel für diese Art von Persönlichkeit.«

»Also hatten Sie von Anfang an Probleme mit ihm?«

»Wie so viele seinesgleichen ist er mit einem angenehmen Äußeren und hoher Intelligenz gesegnet. Dazu kommt, dass er aus vornehmer Familie stammt. Sein Großvater und sein Vater waren hier Schüler. Wir haben gehofft, dass wir die guten Eigenschaften wecken könnten, die vielleicht noch in ihm schlummerten.«

»Die Leute halten nicht viel von seinem Vater, Vincent Westerfield. Was hat er für einen Eindruck an der Schule hinterlassen?«

»Ich habe seine Akte nachgesehen. Von den Leistungen her mäßig. Nicht zu vergleichen mit dem Großvater, nach allem, was ich gehört habe. Pearson Westerfield hat es zum Senator der Vereinigten Staaten gebracht.«

»Warum ist Rob Westerfield mitten im zweiten Jahr von der Schule abgegangen?«

»Es gab einen ernsten Zwischenfall; der Anlass war, dass er nicht für die Footballmannschaft aufgestellt wurde. Er hat einen anderen Schüler angegriffen. Die Familie wurde überredet, keine Klage einzureichen, die Westerfields haben sämtliche Rechnungen bezahlt. Vielleicht auch mehr als das – dafür will ich nicht meine Hand ins Feuer legen.«

Allmählich dämmerte mir, dass Craig Parshall ungewöhnlich offen mit mir redete. Ich machte eine entsprechende Bemerkung.

»Ich habe es nicht gern, wenn man mir droht, Miss Cavanaugh.«

»Droht?«

»Heute Morgen, kurz bevor Sie gekommen sind, erhielt ich einen Anruf von einem gewissen Mr. Hamilton, einem Anwalt der Familie Westerfield. Man hat mich davor gewarnt, Ihnen irgendwelche negativen Informationen über Robson Westerfield zu liefern.«

Die arbeiten schnell, dachte ich. »Darf ich fragen, welche Art von Informationen Sie an Jake Bern über Westerfield weitergegeben haben?«

»Seine sportlichen Leistungen, die auch wirklich vorhanden waren. Robson war ein athletischer junger Mann, schon als Dreizehnjähriger war er fast ein Meter achtzig groß. Er spielte in der Squashmannschaft, in der Tennismannschaft und in der Footballmannschaft. Außerdem war er in der Theatergruppe. Ich habe Bern erzählt, dass er ein angeborenes Talent zum Schauspielen besaß. Das war die Art von Information, die Bern hören wollte. Er hat es fertig gebracht, mir ein paar Sätze zu entlocken, die sich gedruckt sehr günstig anhören werden.«

Ich konnte mir genau vorstellen, wie Bern das Kapitel über Rob in Arbinger angehen würde. Er würde ihn als vielseitig begabten Schüler in der seit drei Generationen von der Familie bevorzugten Privatschule herausbringen. »Wie werden Sie seinen Abgang von Arbinger erklären?«

»Das zweite Semester seines zweiten Jahres hat er im Ausland verbracht und sich dann für eine andere Schule entschieden.«

»Es ist mir klar, dass es schon dreißig Jahre zurückliegt, aber könnten Sie mir eine Liste seiner ehemaligen Klassenkameraden besorgen?«

»Natürlich haben Sie sie nicht von mir.«
»Darauf können Sie sich verlassen.«

Als ich Arbinger eine Stunde später verließ, war ich im Besitz einer Liste der Klassenkameraden Rob Westerfields aus den ersten beiden Jahren. Als er diese mit der Liste der aktiven Ehemaligen verglich, konnte mir Parshall zehn heraussuchen, die heute in der Gegend zwischen Massachusetts und Manhattan lebten. Einer von ihnen war Christopher Cassidy, der Football-Spieler, den Rob Westerfield zusammengeschlagen hatte. Er war inzwischen im Besitz einer eigenen Investmentfirma und wohnte in Boston.

»Chris war als Stipendiat bei uns«, hatte Parshall erläutert. »Und weil er Dankbarkeit dafür empfindet, dass es ihm vergönnt war, diese Schule zu besuchen, gehört er zu unseren größten Spendern. In seinem Fall hätte ich nichts dagegen, selbst anzurufen. Chris hat nie einen Hehl daraus gemacht, wie er über Westerfield dachte. Aber, noch einmal, die Tatsache, dass ich Sie mit ihm zusammenbringe, bleibt bitte unter uns.«

»Absolut.«

Parshall hatte mich bis zum Eingang begleitet. Es war gerade Pause zwischen zwei Stunden, und auf das sanfte Bimmeln einer Glocke strömten die Schüler in kleinen Gruppen aus den verschiedenen Klassenzimmern. Eine neue Generation von Arbinger-Schülern, dachte ich, während ich ihre jungen Gesichter betrachtete. Viele von ihnen waren in der Zukunft für führende Positionen ausersehen, aber konnte man ausschließen, dass innerhalb dieser privilegierten Mauern auch ein neuer Soziopath vom Schlag eines Robson Westerfield heranreifte?

Ich verließ das Schulgelände und fuhr die Hauptstraße der Stadt entlang, welche an der Schule beginnt. Auf dem

Plan konnte ich sehen, dass sie in gerader Linie von der Arbinger Prep am südlichen Ende der Stadt bis zur Jenna Calish Academy für Mädchen am nördlichen Ende verlief. New Cotswold war eines dieser bezaubernden Dörfer in Neuengland, welche rund um ihre Schulen entstanden waren. Es besaß eine große Buchhandlung, ein Kino, eine Bücherei, eine Reihe von Bekleidungsgeschäften und mehrere kleine Restaurants. Ich hatte die Idee aufgegeben, mich noch weiter umzuhören in der vagen Hoffnung, irgendetwas von Schülern zu erfahren. Craig Parshall hatte mir die Art von Information gegeben, nach der ich gesucht hatte, und ich tat sicherlich besser daran, mich an die Fersen von Rob Westerfields Klassengenossen zu heften, als weitere Zeit in der Umgebung von Arbinger zu vergeuden.

Es war schon fast Mittag, und ich spürte beginnende Kopfschmerzen, die teils darauf zurückzuführen waren, dass ich langsam Hunger bekam, und teils darauf, dass ich in der Nacht nicht viel geschlafen hatte.

Ungefähr drei Häuserblocks von der Schule entfernt war ich an einem Restaurant namens The Library vorbeigekommen. Das originelle handgemalte Schild war mir aufgefallen, und ich vermutete, dass es sich um die Art von Lokal handeln könnte, in der die Suppe noch vom Koch selbst zubereitet wird. Ich beschloss, es auf einen Versuch ankommen zu lassen, und bog auf einen nahe gelegenen Parkplatz ein.

Es war noch nicht Mittagszeit, daher war ich der erste Gast, und die Wirtin, eine fröhliche, lebhafte Endvierzigerin, ließ mir nicht nur freie Wahl unter dem Dutzend kleinerer Tische, sondern klärte mich auch gleich über die Geschichte des Lokals auf. »Es befindet sich seit fünfzig Jahren in unserem Familienbesitz«, versicherte sie mir. »Meine Mutter, Antoinette Duval, hat es eröffnet. Sie war schon immer eine wunderbare Köchin, und mein Vater hat ihr den Gefallen getan und das Ganze finanziert. Dann hatte sie so großen Erfolg, dass er schließlich seinen Job aufgab und sich um die Geschäfte hier kümmerte. Sie haben sich mittlerweile zur Ruhe gesetzt, und meine Schwestern und ich haben den Laden übernommen. Aber meine Mutter kommt immer noch ein paar Tage in der Woche, um eine ihrer Spezialitäten zuzubereiten. Sie steht auch heute in der Küche. Falls Sie Zwiebelsuppe mögen, die hat sie gerade fertig.«

Ich bestellte sie, und sie war in jeder Hinsicht so köstlich, wie ich erwartet hatte. Die Wirtin kam an meinen Tisch, um sich nach meinem Urteil zu erkundigen, und meine Versicherung, die Suppe schmecke göttlich, ließ sie vor Vergnügen strahlen. Weil erst wenig neue Gäste gekommen waren, blieb sie noch an meinem Tisch stehen und fragte, ob ich länger im Ort bleibe oder nur auf der Durchreise sei. Ich beschloss, vollkommen aufrichtig zu sein. »Ich bin Journalistin und arbeite an einer Geschichte über Rob Westerfield, der gerade aus Sing Sing entlassen worden ist. Wissen Sie, wer das ist?«

Ihre freundliche Miene verschwand von einer Sekunde auf die nächste. Sie drehte sich abrupt um und ging weg. Du lieber Himmel, dachte ich. Gut, dass ich meine Suppe beinahe fertig gegessen habe. Sie sah aus, als ob sie mich am liebsten rausgeworfen hätte.

Einen Augenblick später kam sie zurück, diesmal gefolgt von einer rundlichen weißhaarigen Frau. Die ältere Frau trug eine Kochschürze und trocknete ihre Hände an einem Zipfel, als sie an den Tisch trat. »Mom«, sagte die Wirtin, »diese Dame arbeitet an einer Geschichte über Rob Westerfield. Vielleicht kannst du ihr etwas über ihn erzählen.«

»Rob Westerfield.« Mrs. Duval spie den Namen aus.

»Ein übler Bursche. Warum haben sie ihn aus dem Gefängnis entlassen?«

Sie benötigte keinerlei Aufforderung, um ihre Geschichte zu erzählen. »Er kam hier rein mit seinen Eltern, während eines dieser Elternwochenenden. Wie alt wird er gewesen sein? Vielleicht fünfzehn. Er hatte irgendeinen Streit mit seinem Vater. Worum es auch immer ging, urplötzlich ist er aufgesprungen, um zu gehen. Die Bedienung ging gerade hinter ihm vorbei, und er stieß gegen das Tablett. Das ganze Essen ergoss sich auf ihn. Ich sage Ihnen, Miss, so etwas habe ich in meinem ganzen Leben nicht gesehen. Er griff das Mädchen beim Arm und verdrehte ihn so stark, dass sie vor Schmerz schrie. Der Typ ist absolut brutal!«

»Haben Sie die Polizei geholt?«

»Ich war drauf und dran, aber seine Mutter flehte mich an zu warten. Dann öffnete der Vater seinen Geldbeutel und überreichte der Bedienung fünfhundert Dollar. Sie war noch sehr jung. Sie hat das Geld angenommen und gesagt, dass sie keine Anzeige erstatten werde. Dann hat der Vater zu mir gesagt, ich möge den Betrag für das verschüttete Essen auf seine Rechnung setzen.«

»Was hat Rob Westerfield getan?«

»Er ist abgerauscht und hat es seinen Eltern überlassen, die ganze Chose wieder in Ordnung zu bringen. Der Mutter war es furchtbar peinlich. Nachdem der Vater der Bedienung das Geld gegeben hatte, sagte er zu mir, es sei alles ihre Schuld gewesen und dass sein Sohn nur auf diese Weise reagiert habe, weil er sich verbrüht habe. Er meinte, ich sollte die Bedienungen besser ausbilden, bevor ich sie Tabletts tragen ließe.«

»Und wie haben Sie reagiert?«

»Ich habe ihm gesagt, wir würden ihn nicht mehr bedienen und sie sollten mein Restaurant verlassen.«

»Sie können sich nicht vorstellen, wie Mama ist, wenn sie in Wut gerät«, sagte ihre Tochter. »Sie nahm die Teller mit dem Essen, das gerade serviert worden war, wieder an sich und trug sie zurück in die Küche.«

»Aber Mrs. Westerfield hat mir Leid getan«, sagte Mrs. Duval. »Sie war richtig verstört. Sie hat mir sogar ein paar sehr freundliche Zeilen zur Entschuldigung geschrieben. Ich muss sie noch irgendwo haben.«

Als ich The Library eine halbe Stunde später verließ, besaß ich das Einverständnis, diese Geschichte auf meiner Website publik zu machen, und das Versprechen, eine Kopie des Briefes zu erhalten, den Mrs. Westerfield an Mrs. Duval geschrieben hatte. Noch dazu befand ich mich bereits auf dem Weg zu Margaret Fisher, der jungen Bedienung, der Rob den Arm verdreht hatte. Mittlerweile war sie Psychologin und wohnte zwei Städte weiter. Sie hatte sich sofort bereit erklärt, mich zu empfangen. Natürlich konnte sie sich nur zu gut an Rob Westerfield erinnern.

»Ich habe Geld gespart, um aufs College gehen zu können«, sagte Dr. Fisher. »Die fünfhundert Dollar, die sein Vater mir gab, erschienen mir damals wie ein Vermögen. Wenn ich heute daran denke, bereue ich, dass ich nicht Anzeige erstattet habe. Der Kerl ist gewalttätig, und da ich mich ein bisschen mit der menschlichen Psyche auskenne, bin ich mir ziemlich sicher, dass ihn die zweiundzwanzig Jahre im Gefängnis kein bisschen verändert haben.«

Sie war eine attraktive Frau Anfang vierzig, mit vorzeitig ergrauten Haaren und einem jungen Gesicht. Sie erklärte mir, dass sie am Freitag nur bis Mittag Termine hätte und gerade nach Hause gehen wollte, als ich anrief. »Ich habe neulich abends im Fernsehen das Interview mit ihm gesehen«, sagte sie. »Man konnte diese unglaubliche innere

Kälte spüren. Es hat mich richtig angewidert, daher kann ich verstehen, wie Sie sich fühlen müssen.«

Ich erzählte ihr, was ich mit der Website vorhätte und dass ich mich mit einem Schild vor den Ausgang von Sing Sing postiert hätte, um etwas über Robs Verhalten im Gefängnis herauszubekommen.

»Es würde mich sehr wundern, wenn es dort nicht noch weitere Zwischenfälle gegeben hätte, über die man etwas erfahren könnte«, meinte sie. »Aber was ist mit den Jahren zwischen seiner Schulzeit hier und dem Zeitpunkt, an dem er verhaftet wurde? Wie alt war er, als er ins Gefängnis kam?«

»Zwanzig.«

»Angesichts seiner Vorgeschichte bezweifle ich, dass es nicht noch mehr Situationen gegeben hat, die vertuscht wurden beziehungsweise über die nie berichtet worden ist. Ellie, ist Ihnen eigentlich bewusst, dass Sie in seinen Augen zu einer ständigen Bedrohung geworden sind? Sie haben mir erzählt, dass seine Großmutter inzwischen sehr wachsam geworden ist. Nehmen wir an, sie erfährt von Ihrer Website und schaut hinein oder lässt jemand anderen täglich für sie hineinschauen. Wenn sie all die negativen Fakten über ihn liest, was soll sie dann eigentlich noch davon abhalten, ihr Testament sofort zu ändern, ohne den zweiten Prozess abzuwarten?«

»Das wäre absolut wundervoll!«, sagte ich. »Das wäre meine größte Genugtuung, wenn ich diejenige wäre, die dafür gesorgt hätte, dass das Vermögen der Familie an wohltätige Einrichtungen ginge.«

»An Ihrer Stelle würde ich sehr, sehr vorsichtig sein«, sagte Dr. Fisher mit leiser Stimme.

Ich musste über ihre Warnung nachdenken, während ich nach Oldham zurückfuhr. Jemand war in meine Wohnung eingedrungen und hatte etwas, was letztlich auf eine Drohung hinauslief, in meiner Computerdatei hinterlassen. Ich wendete die Frage hin und her, ob ich nicht doch die Polizei hätte verständigen sollen. Aber aus den Gründen, die ich schon Mrs. Hilmer genannt hatte, wusste ich, dass ich richtig gehandelt hatte. Ich durfte auf keinen Fall riskieren, als eine Art Spinnerin hingestellt zu werden. Auf der anderen Seite hatte ich nicht das Recht, Mrs. Hilmer in irgendeine Gefahr zu bringen. Und so fasste ich den Entschluss, mir eine andere Bleibe zu suchen.

Dr. Fisher hatte mir die Erlaubnis gegeben, sie mit Namen zu nennen, wenn ich über den Zwischenfall im Restaurant schreiben würde. Überdies hatte ich mir vorgenommen, einen Aufruf auf der Website zu platzieren, in dem ich diejenigen aufforderte, sich zu melden, die in den Jahren vor seiner Verurteilung irgendwelche Probleme mit Rob Westerfield gehabt hatten.

Es war später Nachmittag, als ich in die Einfahrt einbog und vor der Wohnung parkte. Ich hatte unterwegs beim Supermarkt in Oldham das Allernötigste eingekauft. Ich hatte vor, mir ein einfaches Abendessen zu kochen: Muschelsteak, Ofenkartoffel und Salat. Dann wollte ich fernsehen und anschließend früh zu Bett gehen. Ich musste anfangen, an meinem Buch über Westerfield zu schreiben. Zwar würde ich die Materialien von der Website verwenden können, aber ich würde sie anders präsentieren müssen.

Im Haus von Mrs. Hilmer brannte kein Licht, daher wusste ich nicht, ob sie zu Hause war. Ich vermutete, dass ihr Auto in der Garage war und sie noch kein Licht gemacht hatte. Deshalb rief ich sie von der Wohnung aus an. Sie nahm nach dem ersten Klingeln ab, und ich merkte sofort, dass ihre Stimme besorgt klang.

»Ellie, es klingt vielleicht komisch, aber ich glaube, jemand ist mir heute gefolgt, als ich zur Bücherei fuhr.«

»Warum glauben Sie das?«

»Sie wissen ja, wie wenig hier los ist. Aber ich war kaum in die Straße eingebogen, als ich schon ein Auto im Rückspiegel bemerkte. Es blieb die ganze Zeit in einem gewissen Abstand hinter mir, bis ich in den Parkplatz neben der Bücherei abgebogen bin. Und auf dem Rückweg ist mir, glaube ich, dasselbe Auto bis nach Hause gefolgt.«

»Ist es weitergefahren, als Sie abgebogen sind?«

»Ja.«

»Können Sie es beschreiben?«

»Es war von mittlerer Größe und von dunkler Farbe, entweder schwarz oder dunkelblau. Es hielt weit genug Abstand, sodass ich den Fahrer nicht sehen konnte, aber ich hatte den Eindruck, dass es sich um einen Mann handelte. Ellie, glauben Sie, dass derjenige, der gestern Abend in der Wohnung war, sich hier in der Gegend herumtreiben könnte?«

»Ich weiß es nicht.«

»Ich werde die Polizei verständigen, und das bedeutet, dass ich ihnen von gestern Abend erzählen muss.«

»Ja, natürlich.« Die Aufregung, die ich in Mrs. Hilmers Stimme spürte, flößte mir ein brennendes Schuldgefühl ein. Bis heute hatte sie sich in ihrem Haus immer sicher gefühlt. Ich konnte nur hoffen, dass die plötzliche Unruhe, die ich verursacht hatte, ihr Sicherheitsgefühl nicht dauerhaft vertrieben hatte.

Zehn Minuten später fuhr ein Streifenwagen auf das Haus zu, und nachdem ich einige Minuten hin und her überlegt hatte, beschloss ich, hinüberzugehen und selbst mit der Polizei zu reden. Der Beamte hatte offensichtlich schon zahlreiche Dienstjahre auf dem Buckel und schien nicht viel auf Mrs. Hilmers Verdacht zu geben. »Und der

Fahrer des Wagens hat keinerlei Versuche unternommen, Sie zu stoppen oder anzusprechen?«, fragte er, als ich hinzutrat.

»Nein.« Sie machte uns miteinander bekannt. »Ellie, ich kenne Officer White schon seit vielen Jahren.«

Der Beamte hatte ein kantiges Gesicht und machte insgesamt den Eindruck, als ob er einen großen Teil seiner Zeit im Freien verbrächte. »Und was hat es mit dieser Geschichte von einem Einbrecher auf sich, Miss Cavanaugh?«

Als ich ihm von dem Füller und dem Zusatz in meiner Datei berichtete, war seine Skepsis deutlich zu spüren. »Sie sagen also, Ihr Schmuck ist nicht angerührt worden, und der einzige Beweis, dass jemand in der Wohnung gewesen ist, besteht darin, dass Sie glauben, Ihr Füller sei von der einen Seite Ihres Terminkalenders auf die andere verlegt worden. Und es gibt einige Sätze in einer Datei in Ihrem Computer, die Sie sich nicht erinnern, geschrieben zu haben.«

»Die ich nicht geschrieben *habe*«, korrigierte ich ihn.

Er war höflich genug, mir nicht direkt zu widersprechen, sagte dann aber: »Mrs. Hilmer, wir werden Ihr Haus in den nächsten Tagen ein bisschen im Auge behalten, aber ich nehme doch an, dass Sie heute Morgen etwas nervös waren, als Sie die Geschichte von Miss Cavanaugh gehört haben, und dass Ihnen deshalb dieses Auto so aufgefallen ist. Vermutlich war da nichts.«

Meine »Geschichte«, dachte ich. Vielen Dank für die Blumen. Aber dann fügte er hinzu, dass er noch einen Blick auf das Türschloss an der Wohnung werfen wollte. Ich versprach Mrs. Hilmer, sie anzurufen, und ging mit ihm zur Wohnung zurück. Er besah sich das Schloss und kam zu dem gleichen Schluss wie ich: Es war in keiner Weise gewaltsam geöffnet worden.

Er stand noch eine Weile da, als ob ihm noch etwas durch den Kopf ginge, dann sagte er schließlich: »Wir haben gehört, dass Sie gestern am Tor von Sing Sing waren, Miss Cavanaugh.«

Ich wartete ab. Wir standen im Flur vor dem Eingang. Er hatte mich nicht gebeten, ihm die Computerdatei zu zeigen, was mir deutlich bestätigte, wie wenig er meiner »Geschichte« Glauben schenkte. Ich hatte keine Lust, ihm eine Gelegenheit zu bieten, sie noch weiter herunterzuspielen.

»Miss Cavanaugh, ich war schon hier im Dienst, als Ihre Schwester ermordet wurde, und ich weiß, was für einen großen Schmerz Ihre Familie erleiden musste. Aber wenn Rob Westerfield tatsächlich den Mord begangen hat, dann hat er inzwischen seine Strafe abgesessen, und ich muss Ihnen sagen, dass es eine Menge Leute in dieser Stadt gibt, die damals nicht das Geringste für ihn als jungen Rabauken übrig hatten, die aber dennoch glauben, dass er zu Unrecht gesessen hat.«

»Ist das auch Ihre Meinung, Officer?«

»Um ehrlich zu sein, ja. Ich habe immer geglaubt, dass Paulie Stroebel der Schuldige ist. Es gab eine ganze Menge Dinge, die im Prozess nicht zur Sprache kamen.«

»Wie zum Beispiel?«

»Er hat vor ein paar Schülern damit angegeben, dass Ihre Schwester mit ihm zur Thanksgiving-Party gehen würde. Wenn sie nun zum Beispiel zu einer ihrer engen Freundinnen gesagt hätte, sie würde es nur tun, weil Rob Westerfield nicht auf einen Typen wie Paulie eifersüchtig werden würde, und Paulie hätte davon Wind bekommen, dann könnte er ausgerastet sein. Rob Westerfields Wagen war auf dem Tankstellengelände abgestellt. Sie selbst haben vor Gericht ausgesagt, dass Paulie Andrea erzählt hat, er sei ihr zu dem Versteck gefolgt. Und dann war da noch diese Beratungslehrerin, die vor Gericht geschworen hat, sie habe gehört, wie Paulie auf die Nachricht, dass Andreas Leiche gefunden worden sei, gesagt habe: ›Ich hab nicht geglaubt, dass sie tot ist.‹«

»Es gab auch einen Schüler, der näher dran war und der geschworen hat, dass er gesagt hat: ›Ich kann nicht glauben, dass sie tot ist.‹ Ein kleiner Unterschied, Officer.«

»Wir werden uns wohl nicht einig werden, aber ich möchte Sie doch vor etwas warnen.« Er musste meine Abwehr gespürt haben, denn er fuhr fort: »Hören Sie bitte genau zu, was ich Ihnen zu sagen habe. Sie haben ganz schön Nerven, mit einem Schild vor Sing Sing spazieren zu gehen. Die Typen, die da rauskommen, sind knallharte Kriminelle. Und Sie stehen da, eine junge, sehr attraktive Frau mit einem Schild mit Ihrer Telefonnummer drauf und der Bitte, Sie anzurufen. Die Hälfte dieser Kerle wird in ein paar Jahren sowieso wieder hinter Gittern sitzen. Was, glauben Sie, geht denen durch den Kopf, wenn sie eine Frau wie Sie sehen, die geradezu darauf aus ist, sich selbst in Schwierigkeiten zu bringen?«

Ich sah ihm ins Gesicht. Seine Besorgnis wirkte aufrichtig. Und irgendwo hatte er Recht. »Officer White, es sind Leute wie Sie, die ich zu überzeugen versuche«, sagte ich. »Mir ist jetzt deutlich geworden, dass meine Schwester große Angst vor Rob Westerfield hatte, und nach allem, was ich gerade heute erst über ihn erfahren habe, verstehe ich auch, warum. Falls ich mich wirklich in Gefahr befinde, werde ich es bei den Leuten, die das Schild gesehen haben, darauf ankommen lassen – natürlich ausgenommen, sie stünden in irgendeiner Verbindung mit Rob Westerfield und seiner Familie.«

Dabei kam mir in den Sinn, den Mann zu beschreiben, der mich auf dem Parkplatz beim Bahnhof angesprochen hatte. Ich bat ihn, in Erfahrung zu bringen, ob ein Strafgefangener, auf den diese Beschreibung passte, gestern entlassen worden war.

»Was wollen Sie denn mit dieser Information anfangen?«, fragte er.

»Na schön, vergessen wir's, Officer«, sagte ich.

Mrs. Hilmer hatte wohl schon darauf gewartet, dass Officer White wegfahren würde. Sobald die Rücklichter seines Streifenwagens hinter der Einfahrt verschwunden waren, klingelte mein Handy.

»Ellie«, sagte sie, »ich habe die Zeitungen und das Prozessprotokoll fotokopiert. Brauchen Sie die Originale heute Abend? Ich bin mit ein paar Freunden zum Kino und Abendessen verabredet und werde nicht vor zehn Uhr zurück sein.«

Nach allem, was passiert war, war mir nicht wohl bei dem Gedanken, Original und Kopien an demselben Ort verwahrt zu wissen.

»Ich werde gleich rüberkommen«, sagte ich.

»Nein, ich rufe Sie an, wenn ich aufbreche. Dann fahre ich bei der Wohnung vorbei, und Sie können kurz runterkommen und die Reisetasche holen.«

Ein paar Minuten später fuhr ihr Auto vor. Es war erst halb fünf, aber draußen war es schon fast dunkel. Dennoch konnte ich die Anspannung in ihrem Gesicht erkennen, als sie das Fenster herunterließ, um mit mir zu sprechen.

»Ist irgendetwas passiert?«, fragte ich.

»Vor einer Minute habe ich einen Anruf bekommen. Ich weiß nicht, wer dran war, die Anruferkennung war blockiert.«

»Was hat er gesagt?«

»Ich weiß, es klingt verrückt, aber jemand sagte, ich solle mich davor hüten, eine psychisch Gestörte in meiner Nähe zu haben. Er behauptete, Sie seien in einer Anstalt gewesen, weil Sie ein Klassenzimmer in Brand gesteckt hätten.«

»Das ist von vorne bis hinten erlogen. Mein Gott, ich habe seit meiner Geburt nicht einen Tag in einem Krankenhaus verbracht, geschweige denn in einer Anstalt.«

Offenbar glaubte mir Mrs. Hilmer, denn ihre Züge glätteten sich erleichtert. Aber das hieß zugleich, dass sie die Behauptung des Anrufers nicht von vornherein in Zweifel gezogen hatte. Schließlich hatte sie bei meinem ersten Besuch auch angedeutet, dass Rob Westerfield unschuldig sein könne und Andreas Tod für mich zu einer Obsession geworden sei.

»Aber, Ellie, warum sollte jemand so etwas Schreckliches über Sie behaupten?«, entrüstete sie sich. »Und wie können Sie verhindern, dass er es anderen Leuten erzählt?«

»Jemand versucht, mich in Misskredit zu bringen, und ich fürchte, dagegen kann ich nichts tun.« Ich öffnete die Heckklappe des Wagens und nahm meine Reisetasche heraus. Ich versuchte, meine Worte vorsichtig zu wählen. »Mrs. Hilmer, ich glaube, es wird besser sein, wenn ich morgen früh wieder in das Gasthaus ziehe. Officer White glaubt, dass ich ziemlich schräge Leute anziehen könnte, nachdem ich mich mit einem Schild vor Sing Sing aufgestellt habe, und ich kann nicht zulassen, dass diese Typen mich bis hierher verfolgen. Im Gasthaus werde ich sicherer sein, und auf jeden Fall werden Sie wieder Ihre Ruhe haben.«

Sie war aufrichtig genug, um mir nicht zu widersprechen. Man konnte die Erleichterung heraushören, als sie antwortete: »Ich denke, es ist tatsächlich sicherer für Sie, Ellie.« Sie machte eine Pause, dann fügte sie in aller Offenheit hinzu: »Ich glaube, ich würde mich auch sicherer fühlen.« Danach fuhr sie ab.

Als ich mit der Reisetasche in der Hand zur Wohnung zurückging, fühlte ich mich wie von allen verlassen. In alten Zeiten wurden Aussätzige gezwungen, Glöckchen um den Hals zu tragen und »unrein, unrein« zu rufen, wenn jemand in ihre Nähe geriet. Und wahrlich, in diesem Moment fühlte ich mich wie eine Aussätzige.

Ich ließ die Tasche fallen und ging ins Schlafzimmer, um mich umzuziehen. Ich vertauschte meine Jacke mit einem weiten Pullover, stieß meine Schuhe von den Füßen und schlüpfte in meine alten gefütterten Hausschuhe. Dann ging ich zurück ins Wohnzimmer, goss mir ein Glas Wein ein, machte es mir in dem breiten Clubsessel bequem und legte die Füße hoch.

Der Pulli und die Hausschuhe spendeten mir Trost. Für einen flüchtigen Augenblick dachte ich an mein altes Schmusetier Bones, mit dem ich als Kind das Kopfkissen geteilt hatte. Es befand sich in einem Karton im obersten Fach eines Wandschranks in meiner Wohnung in Atlanta. In dem Karton waren noch andere Erinnerungsstücke, die meine Mutter aufgehoben hatte, darunter ihr Hochzeitsalbum, Fotos von unserer Familie, Babykleidung und, was uns immer am meisten berührte, die Orchesteruniform von Andrea. Einen Moment lang spürte ich ein kindliches Verlassensein, weil mein alter Bones nicht bei mir war.

Dann, als ich an dem Wein nippte, musste ich daran denken, wie oft ich nach der Arbeit mit Pete bei einem Glas Wein zusammengesessen hatten, bevor wir unser Essen bestellten.

Zwei Erinnerungen: meine Mutter, wie sie trinkt, um ihre Ruhe zu finden, und Pete und ich, wie wir uns entspannen und unsere Scherze machen über die manchmal nervtötenden und frustrierenden Dinge, die uns im Laufe eines harten Arbeitstags beschäftigt haben.

Ich hatte nichts von ihm gehört, seit wir vor zehn Tagen in Atlanta gemeinsam zu Abend gegessen hatten. Aus den Augen, aus dem Sinn, dachte ich. Auf der Suche nach einem neuen Job. »Verfolgt neue Interessen«, wie man im Businessjargon sagt, wenn jemand sein Büro räumen muss.

Oder wenn er die alten Verbindungen kappt. Sämtliche Verbindungen.

21

Eine Stunde später kündigte sich eine Wetteränderung an. Das leise Klappern einer losen Scheibe im Fenster über der Spüle war das erste Anzeichen, dass Wind aufgekommen war. Ich stand auf, stellte den Thermostat höher und ging zurück an meinen Computer. Als ich bemerkt hatte, dass mich ein akuter Anfall von Selbstmitleid zu übermannen drohte, hatte ich angefangen, am ersten Kapitel meines Buches zu arbeiten.

Nach einigen missglückten Anfängen war ich zu der Einsicht gelangt, dass ich mit meinen letzten Erinnerungen an Andrea beginnen sollte, und als ich mit dem Schreiben anfing, schien in meinem Gedächtnis alles schärfer zu werden. Ich sah ihr Zimmer mit dem weißen Organdy-Bettüberwurf und den Rüschenvorhängen vor mir. Ich erinnerte mich in allen Einzelheiten an die altmodische Kommode, die meine Mutter so sorgfältig auf antik gestrichen hatte. Ich sah die Bilder von Andrea und ihren Freundinnen, die sie in den Rahmen des Spiegels über dieser Kommode gesteckt hatte.

Ich sah Andrea vor mir, wie sie in Tränen aufgelöst mit Rob Westerfield am Telefon sprach, und ich sah, wie sie das Kettchen mit dem Anhänger anlegte. Während ich schrieb, wurde mir bewusst, dass es noch etwas mit diesem Anhänger auf sich hatte, was mir bisher entgangen war. Ich würde ihn nicht eindeutig wiedererkennen können, wenn ich ihn heute vor mir sähe, aber ich hatte damals der Polizei eine genaue Beschreibung geliefert – eine Beschreibung, die als kindliche Fantasie abgetan worden war.

Für mich stand jedoch fest, dass sie ihn trug, als ich sie fand, und ich war sicher, Rob Westerfield im Garagenversteck gehört zu haben. Mutter hatte mir später erzählt, dass sie und mein Vater zehn bis fünfzehn Minuten gebraucht hatten, bis sie mich so weit beruhigen konnten, dass ich überhaupt in der Lage war, ihnen zu sagen, wo ich Andreas Leiche gefunden hatte. Genug Zeit für Rob, um sich aus dem Staub zu machen. Und er hatte den Anhänger mitgenommen.

Vor Gericht hatte er behauptet, zu dieser Zeit beim Joggen und nicht in der Nähe der Garage gewesen zu sein. Dennoch hatte er die Sachen gewaschen und gebleicht, die er an diesem Morgen getragen hatte, zusammen mit den blutverschmierten Kleidern vom Abend zuvor.

Einmal mehr ließ mich das wahnsinnige Risiko, das er eingegangen war, als er noch einmal zur Garage zurückgekehrt war, stutzig werden. Warum musste er den Anhänger unbedingt zurückhaben? Befürchtete er, dass sein Fund ausreichen würde, um zu belegen, dass Andrea mehr gewesen war als nur ein junges Mädchen, das ihn mit ihrer Schwärmerei belästigt hatte? Allein schon bei dem Gedanken an diesen Morgen, an das heftige Atmen und das nervöse Kichergeräusch, das ich gehört hatte, als er auf der anderen Seite des Vans kauerte, spürte ich, wie meine Hände auf der Tastatur klamm wurden.

Wenn ich nun nicht alleine durch den Wald gekommen wäre, sondern meinen Vater mitgebracht hätte? Rob wäre in der Garage geschnappt worden. Hatte reine Panik ihn zurückkehren lassen? War es denkbar, dass er das unwiderstehliche Bedürfnis empfand, sich davon zu überzeugen, dass nicht alles ein Albtraum gewesen war? Oder, was am schlimmsten wäre, war er zurückgekehrt, um sich davon zu überzeugen, dass Andrea nicht mehr am Leben war?

Um sieben Uhr schaltete ich den Backofen ein und legte die Kartoffel hinein, dann ging ich zurück an die Arbeit. Kurz darauf klingelte das Handy. Es war Pete Lawlor.

»Hallo Ellie.«

Irgendetwas an seiner Stimme sagte mir, ich müsse mich auf etwas gefasst machen.

»Was ist los, Pete?«

»Wollen wir nicht lieber erst mal über dies und das reden?«

»Das tun wir doch nie, oder?«

»Sie haben Recht. Ellie, die Zeitung ist verkauft worden. Jetzt steht es fest. Am Montag wird es offiziell bekannt gegeben. Nur ein kleiner Teil der Mitarbeiter soll übernommen werden.«

»Und was ist mit Ihnen?«

»Sie haben mir eine Stelle angeboten. Ich habe abgelehnt.«

»Sie haben letztes Mal schon angekündigt, dass Sie das tun wollten.«

»Ich habe nachgefragt, was mit Ihnen passiert, und unter der Hand wurde mir gesagt, sie hätten die Absicht, die Serien mit investigativen Reportagen einzustellen.«

Ich hatte mich zwar auf eine solche Nachricht eingestellt, dennoch überkam mich das plötzliche Gefühl, meinen Rückhalt verloren zu haben. »Haben Sie sich schon entschieden, wohin Sie gehen werden, Pete?«

»Ich bin noch nicht sicher, aber ich werde vielleicht mit einigen Leuten in New York reden, bevor ich mich endgültig entscheide. Vielleicht werde ich dann einen Wagen mieten und zu Ihnen hinausfahren, oder aber wir treffen uns in der Stadt.«

»Das wäre schön. Ich hatte schon fast erwartet, eine Postkarte aus Houston oder L. A. zu bekommen.«

»Ich verschicke keine Postkarten. Ellie, ich hab mir Ihre Website angeschaut.«

»Es ist noch nicht viel drauf. Bisher ist es mehr wie ein Schild, das man aushängt, wenn man gerade einen Laden gemietet hat. Sie wissen schon, was ich meine: ›Demnächst Neueröffnung‹. Aber ich bin dabei, eine Menge übler Geschichten über Westerfield auszugraben. Falls Jake Bern versucht, ihn als amerikanischen Musterknaben darzustellen, dann wird er sein Machwerk nicht mehr als Sachbuch, sondern als Roman veröffentlichen müssen.«

»Ellie, es ist eigentlich nicht meine Art, irgendwelche ...«

Ich schnitt ihm das Wort ab. »Ach nein, ich bitte Sie, Pete. Sie wollen mich doch nicht etwa ermahnen, vorsichtig zu sein? Ich bin schon von meiner Nachbarin, einer Psychologin und einem Polizisten gewarnt worden. Und das war alles erst heute.«

»Dann lassen Sie mich in den Chor einstimmen.«

»Wechseln wir das Thema. Haben Sie schon ein paar von Ihren Pfunden abgenommen?«

»Ich hab was viel Besseres getan. Ich habe beschlossen, dass ich gut aussehe, so wie ich bin. Also gut, ich werde Sie anrufen, sobald ich Bescheid weiß, wann ich ankomme. Und übrigens, Sie können mich jederzeit anrufen. Ferngespräche sind abends gar nicht so teuer.«

Er legte auf, bevor ich mich verabschieden konnte.

Ich legte das Handy neben den Computer. Während ich Salat zubereitete, sickerte die Nachricht, dass ich meinen Job verloren hatte, langsam in mein Hirn. Der Vorschuss für mein Buch würde mich eine Weile über Wasser halten, aber was sollte ich danach tun, wenn ich das Buch abgeschlossen und mein Bestes gegeben hätte, um die Hochstilisierung von Rob Westerfield zum tragischen Helden zu torpedieren?

Zurück nach Atlanta gehen? Meine Freunde von der Zeitung würden sich in alle Richtungen verstreut haben. Und dann galt es zu bedenken, dass es heutzutage nicht so leicht war, einen Job bei einer Zeitung zu bekommen. Zu viele Zeitungen wurden geschluckt oder eingestellt. Außerdem, in welcher Stadt wollte ich eigentlich leben, wenn das Buch fertig war und ich all das hinter mich gebracht hatte? Während des ganzen Essens brütete ich über dieser Frage, selbst als ich versuchte, mich auf das Nachrichtenmagazin zu konzentrieren, das ich im Supermarkt gekauft hatte.

Das Handy klingelte erneut, als ich gerade den Tisch abräumte. »Sind Sie die Lady, die gestern mit einem Schild vor dem Knast stand?«, fragte eine raue männliche Stimme.

»Ja, die bin ich.« Sofort war ich aufs Äußerste gespannt. Die Anruferkennung meldete »kein Eintrag«.

»Ich hab vielleicht was für Sie über Westerfield. Wie viel wollen Sie dafür geben?«

»Das kommt darauf an, was Sie für Informationen haben.«

»Zuerst das Geld, dann kriegen Sie Ihre Information.«

»Wie viel?«

»Fünftausend Dollar.«

»So viel Geld habe ich nicht.«

»Dann vergessen Sie's. Aber ich könnte Ihnen was erzählen, was Westerfield für den Rest seines Lebens wieder nach Sing Sing bringen würde.«

War das ein Bluff? Ich war mir nicht sicher, aber ich konnte nicht riskieren, diese Chance verstreichen zu lassen. Ich dachte an meinen Vorschuss. »Ich erwarte Geld in ein, zwei Wochen. Geben Sie mir wenigstens einen Hinweis auf das, was Sie wissen.«

»Gut, wie wär's hiermit? Als Westerfield irgendwann im letzten Jahr total voll gekokst war, hat er mir erzählt, er hätte mit achtzehn einen Typen umgebracht. Ist Ihnen der Name dieses Typen fünftausend Dollar wert? Denken Sie darüber nach. Ich werde nächste Woche wieder anrufen.«

Ich hörte ein Klicken an meinem Ohr.

Margaret Fisher hatte mir erst am Nachmittag gesagt, ihrer Meinung nach müsse Rob Westerfield schon andere Verbrechen verübt haben, bevor er Andrea ermordete. Ich dachte an die Zwischenfälle in der Schule und im Restaurant, von denen ich am selben Tag erfahren hatte. Aber wenn es tatsächlich um einen weiteren Mord ging …

Es war, als ob die Karten noch einmal neu gemischt worden wären. Wenn der Kerl, der mich gerade angerufen hatte, wirklich etwas wusste und mir den Namen eines Mordopfers lieferte, dann dürfte es nicht allzu schwierig sein, die weiteren Fakten dieses Falles aufzuspüren. Natürlich konnte alles eine Ente sein, die willkommene Möglichkeit für einen Betrüger, auf die Schnelle fünftausend zu machen. Ich musste mich entscheiden, ob ich bereit war, dieses Risiko einzugehen.

Ich stand vor dem Computer und blickte auf den Bildschirm hinunter. Ich las noch einmal meine Beschreibung von Andrea in den letzten Momenten, die ich mit ihr verbracht hatte, und da wusste ich, dass es jeden Cent wert war, den ich je in meinem Leben verdienen würde, wenn Rob Westerfield dadurch wieder hinter Gitter käme.

Ich räumte die Küche auf und schaltete den Fernseher ein, um die Lokalnachrichten zu sehen. In den Sportnachrichten wurden Ausschnitte aus einem Basketballspiel gezeigt. Der entscheidende Korb wurde von Teddy Cavanaugh erzielt, und als ich hinstarrte, sah ich das Gesicht meines Halbbruders, den ich nicht kannte.

Er sah beinahe wie ein Spiegelbild von mir aus. Natürlich war er jünger, männlicher, aber unsere Augen, Nase, Mund und Wangenknochen waren die gleichen. Er schaute direkt in die Kamera, und ich hatte das Gefühl, als ob wir uns gegenseitig anstarrten.

Und noch bevor ich den Sender wechseln konnte, begannen die Cheerleader, als wollten sie sich über mich lustig machen, seinen Namen zu singen.

22

Mrs. Hilmer hatte mir gesagt, dass Joan Lashley St. Martin nicht weit hinter Graymoor wohne, wo sich ein Franziskanerkloster und ein diesem angeschlossenes Obdachlosenasyl befindet. Als ich am wunderschönen Anwesen von Graymoor vorbeifuhr, entsann ich mich vage, einige Male mit meinen Eltern und Andrea den gewundenen Weg hinaufgefahren zu sein, um in der Klosterkirche an der Messe teilzunehmen.

Mutter erzählte manchmal von dem letzten Mal, an dem wir dort gewesen waren; es war kurz vor Andreas Tod gewesen. Andrea sei an diesem Tag in alberner Laune gewesen und habe mir ständig Witze ins Ohr geflüstert; während der Predigt habe ich sogar einmal laut lachen müssen. Meine Mutter habe uns daraufhin auseinander gesetzt, und nach der Messe habe sie zu meinem Vater gesagt, wir sollten sofort nach Hause fahren, das Mittagessen im Bear Mountain Inn, auf das wir uns alle gefreut hatten, sei hiermit gestrichen.

»Nicht einmal Andrea konnte deinen Vater an diesem Tag umstimmen«, erinnerte sich Mutter. »Aber als ein paar Wochen später alles passiert ist, hat es mir Leid getan, dass wir nicht dieses letzte Mal glücklich beim Brunch zusammen gewesen sind.«

Am Tag, bevor … das letzte Mal glücklich zusammen … Ich fragte mich, ob mir diese Art von Bemerkungen je aus dem Kopf gehen würden. So bald jedenfalls noch nicht, dachte ich, als ich die Fahrt verlangsamte, um Joans Hausnummer nicht zu verpassen.

Sie wohnte in einem dreistöckigen Holzhaus in einer schönen, bewaldeten Umgebung. Die weißen Schindeln glänzten in der Sonne im Kontrast zu den dunkelgrünen Fensterläden, welche die Fenster rahmten. Ich ließ das Auto an der halbkreisförmigen Auffahrt stehen, stieg die Stufen zum Eingang hinauf und klingelte.

Joan öffnete die Haustür. Ich hatte sie als großes Mädchen in Erinnerung, aber jetzt hatte ich den Eindruck, dass sie in den zweiundzwanzig Jahren um keinen Zoll gewachsen war. Ihr ehedem langes braunes Haar reichte inzwischen nur noch bis zum Kragen, und ihre dünne Figur war etwas fülliger geworden. Ich hatte sie als sehr attraktiv in Erinnerung. Ich würde sagen, die Beschreibung war immer noch zutreffend, zumindest wenn sie lächelte. Sie war einer dieser Menschen, deren Lächeln so zauberhaft und herzlich ist, dass das ganze Gesicht als schön erscheint. Als wir einander anblickten, begannen Joans grüne Augen zu glänzen, und sie ergriff meine Hände.

»Kleine Ellie«, sagte sie. »Du lieber Gott, und ich hatte gedacht, ich wäre größer als du. Du warst so ein kleines Kind.«

Ich lachte. »Ich weiß. Alle reagieren so, die mich von früher kennen.«

Sie hakte meinen Arm unter. »Komm rein, ich habe Kaffee aufgesetzt und ein paar backfertige Muffins in den Ofen gesteckt. Es ist ein bisschen Glücksache. Manchmal werden sie prima, dann wieder schmecken sie grauenvoll.«

Wir gingen durch das Wohnzimmer, das von der Vorderbis zur Rückseite des Hauses reichte. Es war ein Raum, wie ich ihn liebte: gepolsterte Sofas, Clubsessel, eine Bücherwand, ein offener Kamin, große Fenster, die Ausblick auf die umliegenden Hügel gewährten.

Wir haben den gleichen Geschmack, dachte ich. Und dann fiel mir auf, dass das auch für die Kleidung galt. Beide waren wir leger angezogen, in Pullover und Jeans. Ich hatte eine große, elegant gekleidete Frau mit langen Haaren erwartet. Und sie hatte sich sicherlich nicht nur vorgestellt, ich sei klein, sondern auch, dass ich irgendetwas Romantisches mit Rüschen tragen würde. Meine Mutter hatte für Andrea und mich immer sehr mädchenhafte Kleider ausgewählt.

»Leo ist mit den Jungs weg«, sagte sie. »Wenn die drei beisammen sind, dann scheint das Leben ein einziges langes Basketballspiel zu sein.«

Der Tisch im Frühstückszimmer war bereits für zwei gedeckt. Die Kaffeemaschine auf der Anrichte war eingeschaltet. Durch das Fenster hatte man einen herrlichen Blick auf das Steilufer und den Hudson.

»An dieser Aussicht könnte ich mich nie satt sehen«, bemerkte ich, als wir uns setzten.

»Das geht mir genauso. Viele von den alten Bekannten sind runter in die Stadt gezogen, aber weißt du was? Immer mehr kommen wieder zurück. Die Fahrt nach Manhattan dauert nicht länger als eine Stunde, und das ist es ihnen wert.« Joan hatte Kaffee eingegossen, während sie sprach. Jetzt hielt sie jedoch abrupt inne und stellte die Kanne zurück auf die Anrichte. »O mein Gott, höchste Zeit, die Muffins rauszuholen.« Sie verschwand in der Küche.

Sie war vielleicht nicht genau so, wie ich sie mir vorgestellt hatte, dachte ich bei mir, aber in einer Hinsicht hatte sie sich überhaupt nicht verändert: Mit ihr ging es immer lustig zu. Sie war Andreas beste Freundin gewesen und war daher ständig in unserem Haus ein- und ausgegangen. Natürlich hatte ich meine eigenen Freundinnen, aber wenn gerade keine von ihnen bei mir war, hatten mich Andrea und Joan bei sich geduldet, und oft hörte ich mit ihnen in Andreas Zimmer Platten. Und wenn sie gemeinsam ihre Hausaufgaben machten, durfte ich mich mit meinen zu ihnen setzen, jedenfalls solange ich sie nicht nervte.

Joan kehrte triumphierend mit einem Tablett Corn-Muffins zurück. »Du darfst mir gratulieren, Ellie«, sagte sie. »Ich hab sie gerade noch erwischt, bevor sie angebrannt sind.«

Ich nahm mir einen. Joan setzte sich, schnitt ein Muffin auf, schmierte etwas Butter darauf, biss ab und rief aus: »Mein Gott, sie sind essbar!«

Wir lachten beide und gerieten dann sofort ins Reden. Sie wollte wissen, was ich so getrieben hätte, und ich berichtete ihr in aller Kürze über die Jahre zwischen meinem siebten Lebensjahr und der Gegenwart. Sie hatte vom Tod meiner Mutter gehört. »Dein Vater hatte eine Anzeige in die Lokalzeitung gesetzt«, erzählte sie. »Eine sehr liebevolle. Wusstest du das?«

»Er hat sie mir nicht geschickt.«

»Ich habe sie noch irgendwo. Wenn du sie sehen möchtest, kann ich sie raussuchen. Obwohl das natürlich ein bisschen Zeit in Anspruch nehmen wird. Im Aufbewahren und Einordnen von Dokumenten bin ich ungefähr genauso gut wie im Backen.«

Ich wollte eigentlich sagen, sie solle sich keine Umstände machen, aber ich war neugierig, was mein Vater geschrieben hatte. »Falls du darauf stößt, würde ich sie gerne sehen«, sagte ich möglichst beiläufig. »Aber bitte stell nicht deswegen das Haus auf den Kopf.«

Ich war mir sicher, dass Joan mich fragen wollte, ob ich

Kontakt zu meinem Vater aufgenommen hätte, aber sie musste gespürt haben, dass ich nicht über ihn sprechen wollte.

Stattdessen sagte sie: »Deine Mutter war so hübsch. Und auch dein Vater sah wirklich gut aus. Meiner Erinnerung nach hat er mich immer ziemlich eingeschüchtert, aber wahrscheinlich war ich in ihn verliebt. Es hat mir sehr Leid getan, als ich von ihrer Trennung nach dem Prozess gehört habe. Ihr habt als Familie immer so glücklich gewirkt, und ihr habt so viel zusammen unternommen. Ich hätte mir damals gewünscht, meine Familie würde auch am Sonntag zum Brunch ins Bear Mountain Inn gehen, so wie ihr es manchmal getan habt.«

»Gerade vor einer Stunde musste ich an das eine Mal denken, als wir nicht dorthin gegangen sind«, sagte ich und erzählte Joan, wie Andrea mich damals in der Kirche zum Lachen gebracht hatte.

Joan lächelte. »Das hat sie auch manchmal bei den Schulversammlungen mit mir gemacht. Andrea konnte einfach weiter mit unbewegtem Gesicht dastehen, und ich bekam den Ärger, weil ich während der Rede des Rektors gelacht hatte.«

Sie nippte nachdenklich an ihrem Kaffee und fuhr fort: »Meine Eltern sind in Ordnung, aber ehrlich gesagt war es nie wirklich lustig mit ihnen. Wir sind nie in ein Restaurant essen gegangen, weil mein Vater immer sagte, das Essen sei billiger und schmecke besser zu Hause. Zum Glück ist er etwas lockerer geworden, jetzt, wo sie sich in Florida zur Ruhe gesetzt haben.«

Sie lachte. »Aber wenn sie ausgehen, dann nur unter der Bedingung, dass sie schon um fünf Uhr im Lokal sind, damit sie die billigeren Preise für die frühen Gäste bekommen, und wenn sie beschließen, vorher einen Cocktail zu trinken, dann machen sie ihn zu Hause fertig und trinken ihn, bevor sie ins Restaurant gehen, im Auto auf dem Parkplatz. Was sagst du dazu?«

Nach einer Pause fügte sie hinzu: »Ich meine, es wäre etwas anderes, wenn er es sich nicht leisten könnte, aber natürlich kann er das. Dad ist einfach ein alter Geizkragen. Meine Mutter behauptet, er habe immer noch das Geld von seiner Erstkommunion.«

Sie schenkte eine zweite Tasse Kaffee ein. »Ellie, wie alle anderen hier in der Gegend habe ich das Interview mit Rob Westerfield im Fernsehen gesehen. Mein Cousin ist Richter. Er meint, es würde so viel Druck ausgeübt, um diesen zweiten Prozess durchzusetzen, dass er sich wundert, warum sie sich noch nicht mit der Auswahl der Geschworenen beschäftigen. Du machst dir keine Vorstellung davon, was der Vater alles in Bewegung gesetzt hat, und Dorothy Westerfield, die Großmutter, hat natürlich sehr große Summen an Krankenhäuser, Büchereien und Schulen in der Gegend gespendet. Sie will diesen zweiten Prozess für Rob, und sie wird alles daransetzen, dass er stattfindet.«

»Du wirst sicherlich als Zeugin geladen werden, Joan«, sagte ich.

»Ich weiß. Ich war die letzte Person, die Andrea lebend gesehen hat.« Sie zögerte, fügte dann hinzu: »Bis auf den Mörder, natürlich.«

Einen Augenblick lang blieb es still. Dann sagte ich: »Joan, ich möchte genau erfahren, an was du dich noch von diesem letzten Abend erinnerst. Ich habe das Prozessprotokoll immer wieder durchgelesen, und es fiel mir auf, dass deine Zeugenaussage sehr kurz ausgefallen ist.«

Sie stützte ihre Ellbogen auf den Tisch, faltete die Hände und legte ihr Kinn darauf. »Sie war tatsächlich kurz, weil weder der Staatsanwalt noch der Verteidiger mir die Fragen gestellt haben, die sie mir, wenn ich das von heute aus betrachte, hätten stellen müssen.«

»Welche Art von Fragen?«

»Über Will Nebels, zum Beispiel«, antwortete sie. »Du erinnerst dich, dieser Handwerker, der praktisch für jeden in der Stadt irgendwann mal etwas repariert hat. Er hat doch bei euch geholfen, das Vordach neu zu bauen, oder?«

»Ja.«

»Er hat unsere Garagentür repariert, als meine Mutter einmal beim Zurücksetzen dagegen gefahren ist. Mein Vater sagte immer, wenn Will nicht gerade blau wie ein Veilchen sei, dann sei er durchaus ein guter Zimmermann. Aber man konnte sich nie darauf verlassen, dass er wirklich aufkreuzte.«

»Daran erinnere ich mich dunkel.«

»Etwas, woran du dich bestimmt nicht erinnern kannst, ist, dass Andrea und ich uns darin einig waren, dass er ein bisschen *zu* freundlich war.«

»Zu freundlich?«

Joan zuckte die Achseln. »Aus heutiger Sicht würde ich sagen, er war nur einen Schritt davon entfernt, so einer zu sein, der andauernd Kinder betatscht. Ich meine, wir kannten ihn ja alle, weil er in jedem Haus schon mal gearbeitet hatte. Und jedes Mal, wenn wir ihn auf der Straße trafen, fing er an, uns aufdringlich zu umarmen – aber natürlich nie, wenn ein Erwachsener in der Nähe war.«

Ich war zunächst skeptisch. »Joan, ich bin sicher, dass ich auch in meinem damaligen Alter mitbekommen hätte, wenn sich Andrea bei meinem Vater über ihn beschwert hätte. Ich weiß zum Beispiel noch ganz genau, wie er Andrea befohlen hat, sich von Westerfield fern zu halten.«

»Ellie, vor zweiundzwanzig Jahren war uns Kindern einfach nicht bewusst, dass er unter Umständen mehr als nur lästig hätte sein können. In dieser Zeit erzählten wir uns gegenseitig, wie eklig es war, wenn Nebels uns umarmte und uns ›seine Mädchen‹ nannte. Er sagte dann so etwas wie: ›Wie gefällt dir das neue Vordach, das ich mit deinem Vater gebaut habe, Andrea?‹, immer mit diesem übertrieben freundlichen Lächeln, oder er sagte mit quengelnder Stimme: ›Habe ich eure Garage nicht gut in Ordnung gebracht, Joanie?‹

Versteh mich richtig, er hat uns nicht wirklich sexuell bedrängt. Rückblickend würde ich sagen, er war einfach ein versoffenes, schmieriges Ekel mit einer gehörigen Portion Unverfrorenheit, und für mich war sonnenklar, dass diejenige, auf die er es eigentlich abgesehen hatte, Andrea war. Ich entsinne mich, dass ich einmal aus Witz zu deinen Eltern gesagt habe, Andrea wolle Will Nebels an Weihnachten auf die Tanzfete einladen. Sie sind nicht auf die Idee gekommen, es könnte etwas Ernsteres hinter diesem Scherz stecken.«

»Das soll meinem Vater entgangen sein?«

»Andrea konnte großartig nachmachen, wie Will heimlich Bier aus seinem Werkzeugkasten holte und sich bei der Arbeit allmählich voll laufen ließ. Es gab keinen Grund für deinen Vater, nach einem anderen Problem hinter diesen Scherzen zu suchen.«

»Joan, ich verstehe nicht ganz, warum du mir das alles erzählst. Willst du damit sagen, dass die ganze Geschichte, die Will Nebels jetzt erzählt, für dich nichts als eine glatte Lüge ist und dass die Westerfields ihm dafür Geld gegeben haben?«

»Ellie, ich habe von Anfang an, seit ich Will Nebels in dem Interview gehört habe, meine Zweifel gehabt, ob in seiner Version auch nur ein Körnchen Wahrheit steckt. War er an jenem Abend wirklich im Haus der alten Mrs. Westerfield? Hat er tatsächlich Andrea in die Garage gehen sehen? Ich selbst habe mich erst eine Weile nach dem Geschehen gefragt, ob ich nicht jemanden die Straße hatte hinuntergehen sehen, als Andrea an jenem Abend unser

Haus verließ. Aber ich drückte mich gegenüber der Polizei und den Staatsanwälten so undeutlich aus, dass es mehr oder weniger als jugendliche Hysterie abgetan wurde.«

»Bei mir wurde vieles, was ich sagte, als kindliche Fantasie abgetan.«

»Ich weiß jedenfalls mit Sicherheit, dass Will Nebels in dieser Zeit seinen Führerschein abgeben musste und dass er sich die ganze Zeit in der Stadt herumgetrieben hat. Ich weiß auch, dass er es auf Andrea abgesehen hatte. Angenommen, sie wollte sich mit Rob Westerfield im Garagenversteck treffen und ist schon etwas früher dort gewesen. Angenommen, Will ist ihr dorthin gefolgt und wurde zudringlich. Angenommen, es hat einen Kampf gegeben und sie ist hintenüber gefallen? Der Boden war aus Zement. Sie hatte eine Verletzung am Hinterkopf, die darauf zurückgeführt wurde, dass sie gestürzt ist, nachdem sie vom Wagenheber getroffen wurde. Aber wäre es nicht möglich, dass sie gefallen ist, *bevor* sie mit dem Wagenheber erschlagen wurde?«

»Durch diesen Sturz auf den Hinterkopf wäre sie nur benommen gewesen«, sagte ich. »Ich weiß das aus den Akten.«

»Warte, lass mich ausreden. Lass uns nur für einen Augenblick, auch wenn es schwer fällt, davon ausgehen, dass Rob Westerfields Version wahr ist. Er ließ seinen Wagen an der Tankstelle stehen, ging ins Kino und fuhr, als der Film vorbei war, zum Versteck, nur für den Fall, dass Andrea noch auf ihn wartete.«

»Und sie war schon tot, als er kam?«

»Ja, und er geriet in Panik. Genau wie er behauptet hat.«

Ich wollte heftig protestieren, aber sie hob die Hand. »Bitte, Ellie, lass mich ausreden. Es ist denkbar, dass alle nur einen Teil der Wahrheit gesagt haben. Angenommen, Nebels hat mit Andrea gerungen und sie ist gestürzt und mit dem Kopf aufgeschlagen und war bewusstlos. Angenommen, er ist ins Haus von Mrs. Dorothy Westerfield zurückgerannt, um zu überlegen, was er tun soll. Er hatte dort früher Arbeiten erledigt und kannte den Alarmcode. Und dann hat er gesehen, wie Paulie vorfuhr.«

»Warum hätte Paulie den Wagenheber aus dem Auto nehmen sollen?«

»Vielleicht, um sich zu schützen, falls er auf Westerfield stoßen würde. Denk daran, dass Miss Watkins, die Beratungslehrerin, geschworen hat, Paulies Worte seien gewesen: ›Ich hab nicht gedacht, dass sie tot ist.‹«

»Joan, worauf willst du eigentlich hinaus?«

»Stell dir folgendes Szenario vor: Will Nebels folgt Andrea in die Garage und wird zudringlich. Es kommt zu einem Kampf. Sie stürzt und ist bewusstlos. Er geht in das Haus und sieht von dort, wie Paulie vorfährt, den Wagenheber holt und in der Garage verschwindet. Eine Minute später eilt Paulie zurück zum Wagen und braust davon. Nebels ist sich nicht sicher, ob Paulie die Polizei holt. Er geht zurück in die Garage. Er sieht den Wagenheber, den Paulie fallen gelassen hat. Will Nebels weiß, dass ihm eine Haftstrafe blüht, falls Andrea erzählt, was passiert ist. Er tötet sie, nimmt den Wagenheber mit und haut ab. Nach dem Kino fährt Rob zum Versteck raus, findet die ermordete Andrea und gerät in Panik.«

»Joan, hast du nicht etwas Entscheidendes vergessen?« Ich bemühte mich, nicht so ungeduldig zu klingen, wie mich ihre Theorie machte. »Wie soll der Wagenheber zurück in den Kofferraum von Rob Westerfields Auto gekommen sein?«

»Ellie, Andrea wurde am Donnerstagabend ermordet. Du hast ihre Leiche am Freitagmorgen entdeckt. Rob Westerfield wurde nicht vor Samstagnachmittag verhört. Es steht nicht im Prozessprotokoll, aber am Freitag war

Will Nebels bei den Westerfields und hat irgendwelche Arbeiten erledigt. Robs Auto stand an der Auffahrt. Er hat die Schlüssel immer stecken lassen. Will hatte an diesem Tag genügend Gelegenheit, den Wagenheber zurückzulegen.«

»Woher weißt du das alles, Joan?«

»Mein Cousin Andrew, der Richter, war früher im Büro des Bezirksstaatsanwalts. Er hat dort gearbeitet, als der Prozess gegen Rob Westerfield lief, und kannte alle Einzelheiten des Falls. Er hat Rob Westerfield immer als ein abstoßendes, aggressives, wertloses Exemplar der menschlichen Gattung angesehen, aber zugleich war er davon überzeugt, dass er an Andreas Tod unschuldig sei.«

Officer White glaubte, dass Paulie Andrea umgebracht hatte. Mrs. Hilmer hatte immer noch ihre Zweifel an Paulies Unschuld. Und jetzt war Joan auch noch überzeugt, dass Will Nebels der Mörder war.

Und doch war ich mir sicher, dass Rob Westerfield derjenige gewesen war, der meiner Schwester das Leben geraubt hatte.

»Ellie, du weist alles, was ich gesagt habe, ganz weit von dir.« Joan sprach mit leiser Stimme, im Ton des Bedauerns.

»Nein, ich weise es nicht von mir. Bitte glaub mir. Als hypothetische Situation passt es durchaus zusammen. Aber, Joan, Rob Westerfield war in der Garage an dem Morgen, als ich neben Andreas Leiche kniete. Ich habe seinen Atem gehört, und ich habe dieses andere Geräusch gehört – es ist so schwer zu beschreiben. Ein Kichern, das trifft es noch am ehesten. Ein merkwürdiges Geräusch beim Atemholen, und ich hatte es schon früher gehört, bei einer der Gelegenheiten, bei denen ich ihm begegnet bin.«

»Wie oft bist du ihm denn begegnet, Ellie?«

»Ein paar Mal, als Andrea und ich am Samstag nach der

Schule durch die Stadt liefen und er plötzlich auftauchte. Was hat dir Andrea alles über ihn erzählt?«

»Nur ganz wenig. Ich erinnere mich, dass ich ihn zum ersten Mal bei einem der Spiele der Highschoolmannschaft gesehen habe. Andrea spielte natürlich im Orchester, und sie fiel wirklich auf – sie sah toll aus. Nach einem Spiel Anfang Oktober hat sich Westerfield dann an sie rangemacht. Ich stand neben ihr. Er legte sich unheimlich ins Zeug, sagte, wie hübsch sie sei, dass er die ganze Zeit nur sie habe ansehen müssen – so in dieser Art. Er war älter und sah sehr gut aus, und sie fühlte sich natürlich geschmeichelt. Dazu kam, dass deine Mutter sicherlich viel davon geredet hat, was für wichtige Leute die Westerfields sind.«

»Ja.«

»Er wusste, dass wir heimlich in die Garage seiner Großmutter schlichen, um zu rauchen. Und zwar normale Zigaretten, kein Hasch. Wir bildeten uns weiß Gott was drauf ein, dabei haben wir gar nichts Illegales getan. Rob Westerfield meinte, wir dürften das Versteck als unser Klubhaus betrachten, aber wir sollten ihm vorher Bescheid sagen, wenn wir uns dort treffen wollten. Und als wir das taten, hat er irgendwann Andrea gebeten, früher dort zu sein. Du weißt ja, sie war erst rund einen Monat mit ihm befreundet – wenn man es so nennen kann –, bevor sie starb.«

»Hast du je das Gefühl gehabt, dass sie Angst vor ihm hatte?«

»Ich hatte das Gefühl, dass irgendetwas überhaupt nicht stimmte, aber sie hat mir nicht gesagt, was los war. An diesem letzten Abend hat sie angerufen und gefragt, ob sie rüberkommen könne, damit wir zusammen Hausaufgaben machen. Ehrlich gesagt war meine Mutter von der Idee nicht begeistert. Ich war nicht sehr gut in Mathe, und sie wollte, dass ich mich konzentrierte. Sie wusste, dass

Andrea und ich immer eine Menge Zeit mit Reden verschwendeten, wenn wir eigentlich lernen sollten. Dazu kam, dass Mom in ihren Bridge-Club gehen wollte, sodass sie nicht zu Hause sein würde, um aufzupassen, dass wir auch arbeiteten.«

»Wart ihr frühzeitig mit den Hausaufgaben fertig, oder glaubst du, dass Andrea dich nur benutzt hat, um aus dem Haus gehen zu können und sich mit Rob zu treffen?«

»Ich glaube, sie wollte von Anfang an früher weggehen. Daher glaube ich tatsächlich, dass ich ihr nur als Ausrede gedient habe.«

Und dann stellte ich die entscheidende Frage. »Weißt du etwas über einen Anhänger, den Rob Andrea geschenkt hat?«

»Nein, mir gegenüber hat sie so etwas nicht erwähnt, und wenn er ihr tatsächlich einen geschenkt hat, habe ich ihn nie gesehen. Aber dein Vater hat ihr einen Anhänger geschenkt, den hat sie ziemlich oft getragen.«

Andrea trug an jenem Abend einen dicken Pullover mit V-Ausschnitt. Deshalb war ich mir so sicher, gesehen zu haben, wie sie das Kettchen mit dem Anhänger anlegte. Das Kettchen war relativ lang, und der Anhänger hing mitten im Ausschnitt.

»Dann trug sie nach deiner Erinnerung überhaupt keinen Schmuck, als sie bei euch wegging?«

»Das habe ich nicht gesagt. Soweit ich mich erinnere, trug sie ein goldenes Kettchen. Es war kurz und ging ziemlich knapp um den Hals.«

Aber natürlich, das ist es, schoss es mir durch den Kopf, als ich mich plötzlich an einen anderen Augenblick desselben Abends erinnerte. Ihr Mantel befand sich unten, wo Mutter schon auf sie wartete. Bevor sie aus dem Zimmer gegangen war, hatte Andrea den Anhänger nach hinten gedreht und ihn auf den Rücken zwischen ihre Schulterblätter fallen lassen. Das Ergebnis war, dass es so aussah, als ob sie ein eng am Hals anliegendes Kettchen trage.

Ich hatte die Beschreibung der Kleidung, die Andrea beim Auffinden ihrer Leiche trug, sorgfältig durchgelesen. Ein Kettchen wurde nicht erwähnt.

Ein paar Minuten später verließ ich Joans Haus mit dem aufrichtigen Versprechen, sie bald anzurufen. Ich hatte nichts davon verlauten lassen, dass sie unbeabsichtigt meine Erinnerung bestätigt hatte, wonach Andrea den Anhänger getragen hatte.

Seinetwegen war Rob Westerfield am Morgen nach der Mordnacht zurückgekehrt. Ich war jetzt sicher, dass dieser Anhänger zu wichtig gewesen war, als dass er ihn an der Leiche hätte zurücklassen können. Morgen würde ich ihn auf der Website beschreiben, so wie ich ihn vor zweiundzwanzig Jahren Marcus Longo beschrieben hatte.

Das ist eine weitere Spur, die ich verfolgen muss, dachte ich, während ich erneut am Kloster Graymoor vorbeifuhr. Wenn für Rob Westerfield so viel auf dem Spiel gestanden hatte, dass er noch einmal zurückgekehrt war, um den Anhänger zu holen, dann gab es da draußen vielleicht jemanden, der an einer Belohnung interessiert war und mir sagen könnte, weshalb er so wichtig für ihn gewesen war.

Die Kirchenglocken von Graymoor hatten zu läuten begonnen. Es war Mittag.

Grundschule. Um zwölf Uhr das Angelus-Gebet. *Und der Engel des Herrn verkündete Maria…* Und Marias Antwort an Elisabeth. *Meine Seele erhebet den Herrn…. Und mein Geist frohlocket…*

Vielleicht wird mein Geist eines Tages wieder frohlocken, dachte ich und schaltete das Radio ein.

Aber noch ist es nicht so weit.

23

VON DER EMPFANGSTHEKE im Parkinson Inn konnte ich in den Speisesaal sehen und mich davon überzeugen, dass er, wie am Wochenende nicht anders zu erwarten, voll besetzt war. Die heutigen Gäste schienen in besonders guter Stimmung zu sein. Vielleicht hatte der sonnige Herbstnachmittag seine aufmunternde Wirkung getan, nach den eher trüben Tagen in der ersten Wochenhälfte.

»Es tut mir Leid, aber für das Wochenende sind schon alle acht Zimmer vergeben, Miss Cavanaugh«, sagte der Angestellte. »Das war schon so bei allen bisherigen Wochenenden in diesem Herbst, und bis Weihnachten wird sich daran nichts ändern.«

Damit hatte sich die Sache erledigt. Es hatte wenig Sinn, unter der Woche hier zu wohnen und dann jeweils zum Wochenende auszuziehen. Ich musste eine andere Bleibe finden. Die Aussicht allerdings, auf der Suche nach einem Zimmer von einem Gasthaus oder Motel zum nächsten zu fahren, war nicht gerade verlockend. Daher beschloss ich, zur Wohnung zurückzufahren und gleich für die nächsten paar Monate eine Unterkunft zu suchen, indem ich mir das Telefonbuch vornehmen und die nötigen Anrufe erledigen würde. Am besten suchte ich mir etwas, was mich nicht allzu teuer zu stehen käme.

Der backfertige Muffin, den ich am Morgen genießen durfte, war alles, was ich bisher an diesem Tag gegessen hatte. Es war mittlerweile zwanzig vor eins, und ich hatte keine besondere Lust auf ein Sandwich mit Käse, Tomaten und Salat, das Einzige, was ich meiner Erinnerung nach in der Wohnung vorfinden würde.

Ich ging in den Speisesaal und bekam prompt einen Platz zugewiesen. Im Prinzip handelte es sich um einen Tisch für zwei Leute, aber der andere Stuhl hätte höchstens Platz für einen äußerst zierlichen Menschen geboten. Er war völlig eingekeilt zwischen dem Tisch und einer spitzen Ecke der Nische, in die man mich platziert hatte. Neben mir befand sich ein Tisch für sechs Personen, auf dem ein Reservierungsschild neben Salz- und Pfefferstreuer stand.

Auf meinen nomadischen Wanderzügen war ich bisher nur ein einziges Mal in Boston gewesen, als ich an der Fortsetzung eines Artikels arbeitete. Dieser kurze Besuch hatte bei mir eine besondere Vorliebe geweckt für die Spezialität Neuenglands, Fischsuppe mit Muscheln, und auf der Karte war diese als Tagessuppe aufgeführt.

Ich bestellte sie, zusammen mit grünem Salat und einer Flasche Perrier. »Ich hätte die Suppe gern richtig heiß, bitte«, schärfte ich der Bedienung ein. Während ich auf das Essen wartete, knabberte ich knuspriges Brot und dachte darüber nach, warum ich mich so unruhig und sogar niedergeschlagen fühlte.

Es war nicht so schwer zu begreifen. Als ich vor ein paar Wochen hierher kam, war ich mir wie eine Art weiblicher Don Quichotte vorgekommen, der gegen Windmühlen anzukämpfen hatte. Aber die ernüchternde Wahrheit war, dass nicht einmal die wenigen Menschen, von denen ich gedacht hatte, sie seien ebenso fest wie ich von Rob Westerfields Schuld überzeugt, auf meiner Seite standen.

Sie kannten ihn. Sie wussten, was für ein Mensch er war. Und dennoch hielten sie es für absolut möglich, dass er über zwanzig Jahre als Unschuldiger im Gefängnis verbracht hatte, dass er ebenfalls ein Opfer dieses Verbrechens war. Obwohl sie Mitgefühl für mich empfanden, nahmen sie mich als die von ihren Erlebnissen traumatisierte Schwester des toten Mädchens wahr, im besten Fall hielten sie mich für fixiert und vernünftigen Argumenten nicht zugänglich, im schlimmsten Fall für manisch und nicht ganz normal.

Mir ist bewusst, dass ich in gewisser Weise arrogant bin. Wenn ich glaube, dass ich Recht habe, dann können auch alle Mächte dieser Erde mich nicht davon abbringen. Vielleicht bin ich aus diesem Grund eine gute investigative Journalistin. Ich besitze den Ruf, fähig zu sein, Vertuschungsversuche sofort zu durchschauen, klipp und klar zu erfassen, wo die Wahrheit liegt, und dann den Sachverhalt eindeutig zu beweisen. Und während ich die Stimmung dieses Speisesaals in mich aufnahm, in dem ich vor langer Zeit als die Jüngste einer glücklichen Familie gesessen hatte, versuchte ich, schonungslos ehrlich zu sein. War es möglich, bestand auch nur die *entfernte* Möglichkeit, dass derselbe Antrieb, der mich zu einer guten Reporterin machte, sich jetzt gegen mich selbst auswirkte? Tat ich nicht nur Menschen wie Mrs. Hilmer oder Joan Lashley Unrecht, sondern auch dem von mir verachteten Rob Westerfield?

Ich war so tief in meine Gedanken versunken, dass ich zusammenzuckte, als eine Hand in meinem Gesichtsfeld auftauchte. Es war die Bedienung mit der Muschelsuppe, aus der wunschgemäß Dampf aufstieg.

»Vorsicht«, warnte sie, »die Suppe ist wirklich sehr heiß.«

Mutter pflegte immer zu sagen, es gehöre sich nicht, einem Kellner oder einer Kellnerin zu danken, aber diese Regel habe ich nie eingesehen. »Danke schön« zu sagen, wenn das Gewünschte vor einem auf den Tisch gestellt wird, schien mir auf keinen Fall unangemessen zu sein, und das sehe ich heute noch genauso.

Ich nahm den Löffel in die Hand, doch bevor ich mit dem Essen anfangen konnte, erschien die Gesellschaft, die den Nebentisch reserviert hatte. Ich blickte auf, und mein Atem stockte – Rob Westerfield stand neben meinem Stuhl.

Ich legte den Löffel wieder hin. Er streckte mir die Hand entgegen, die ich jedoch ignorierte. Er war ein verblüffend gut aussehender Mann, in Wirklichkeit sogar noch mehr als auf dem Bildschirm. Es ging eine Art animalische Anziehungskraft von ihm aus, ein Suggerieren von Kraft und Selbstsicherheit, die das Kennzeichen vieler mächtiger Männer ist, die ich interviewt habe.

Seine Augen waren von einem überraschend intensiven Kobaltblau, das dunkle Haar war an den Schläfen von einem leichten Silberschimmer durchschossen, und seine Haut war erstaunlich tief gebräunt. Ich war auf die blasse Hautfarbe gefasst, die ich bei anderen entlassenen Strafgefangenen gesehen hatte, und kurz ging mir der Gedanke durch den Kopf, dass er seit seiner Entlassung mehrere Stunden unter der Höhensonne verbracht haben musste.

»Die Wirtin hat uns auf Sie aufmerksam gemacht, Ellie«, sagte er mit herzlicher Stimme, als ob wir alte Bekannte seien, die sich alle Nase lang träfen.

»Ach, tatsächlich?«

»Ihr war klar, wer Sie sind, und daher war sie etwas in Aufregung. Sie hatte keinen anderen Tisch für sechs Personen frei und dachte, ich hätte möglicherweise etwas dagegen, in Ihrer Nähe zu sitzen.«

Aus den Augenwinkeln sah ich den Rest der Gesellschaft ihre Plätze einnehmen. Zwei von ihnen erkannte ich vom Fernsehinterview her: seinen Vater, Vincent Westerfield, und seinen Anwalt, William Hamilton. Sie starrten mich feindselig an.

»Hat sie vielleicht auch daran gedacht, ich könnte etwas dagegen haben, in *Ihrer* Nähe zu sitzen?«, fragte ich ruhig.

»Ellie, Sie irren sich vollkommen, was mich betrifft. Ich will genau wie Sie, dass der Mörder Ihrer Schwester gefunden und bestraft wird. Können wir uns nicht treffen und in Ruhe miteinander reden?« Er zögerte und fügte dann mit einem Lächeln hinzu: »Bitte, Ellie.«

Im Speisesaal war es vollständig still geworden. Da offenbar alle Anwesenden unsere Auseinandersetzung mitbekommen wollten, erhob ich absichtlich meine Stimme, damit wenigstens ein Teil der Gäste meine Worte verstehen würde. »Aber mit Vergnügen, Rob«, sagte ich. »Wo sollen wir uns treffen? Im Garagenversteck vielleicht? Das war doch einer Ihrer Lieblingsorte, nicht wahr? Aber vielleicht ist die Tatsache, dass Sie dort einem fünfzehnjährigen Mädchen den Kopf eingeschlagen haben, doch etwas zu viel für Ihre Nerven, selbst für einen vollendeten Lügner wie Sie.«

Ich knallte einen Zwanzig-Dollar-Schein auf den Tisch und erhob mich von meinem Stuhl.

Als ob meine Worte ihn nicht im Geringsten berührt hätten, nahm Rob den Schein und steckte ihn in die Tasche meiner Jacke. »Wir haben hier ein Hauskonto, Ellie. Wann immer Sie kommen wollen, Sie sind unser Gast. Bringen Sie ruhig Ihre Freunde mit.« Wieder machte er eine Pause, aber diesmal verengten sich seine Augen. »Falls Sie welche haben«, setzte er leise hinzu.

Ich nahm den Zwanzig-Dollar-Schein aus der Tasche,

erblickte die Bedienung, überreichte ihn ihr und verließ den Saal.

Eine halbe Stunde später war ich zurück in der Wohnung. Der Teekessel summte, und ich war damit beschäftigt, das von mir zunächst abgelehnte Käse-Sandwich mit Salat und Tomate zuzubereiten. Mittlerweile war das große Zittern, das mich im Auto überfallen hatte, vorüber, nur meine kalten, klammen Hände erinnerten noch an den Schock, den mir die persönliche Begegnung mit Rob Westerfield versetzt hatte.

Immer wieder hatte sich in der letzten halben Stunde dieselbe Szene vor meinem inneren Auge wiederholt. *Ich stehe im Zeugenstand. Flankiert von seinen Anwälten, sitzt Rob Westerfield an dem für die Anklage vorgesehenen Tisch. Er starrt mich an, mit einem bösen und höhnischen Blick. Ich bin sicher, dass er im nächsten Moment aufspringen und sich auf mich stürzen wird.*

Als er im Restaurant in nächster Nähe neben mir stand, war die Intensität seiner Konzentration genauso groß gewesen wie damals beim Prozess, und hinter den kobaltblauen Augen und dem höflichen Ton hatte ich denselben unstillbaren Hass gespürt und gesehen.

Aber es gibt einen Unterschied, hatte ich mir unablässig in Erinnerung gerufen, bis ich mich allmählich beruhigte. Ich bin neunundzwanzig, nicht sieben. Und auf die eine oder andere Art werde ich heute mehr gegen ihn ausrichten können als damals. Nach dem Prozess hatte einer der Journalisten geschrieben: »Das traurige, ernste Mädchen, das vor Gericht ausgesagt hat, seine Schwester habe große Angst vor Rob Westerfield gehabt, machte einen tiefen Eindruck auf die Geschworenen.«

Ich trug Sandwich und Tee zum Tisch, holte das Telefonbuch aus dem Schränkchen und klappte mein Handy auf. Beim Essen wollte ich die Gelben Seiten durchgehen und die Nummern einkringeln, unter denen ich mich nach Unterkunftsmöglichkeiten erkundigen konnte.

Bevor ich damit anfangen konnte, rief Mrs. Hilmer an. Ich wollte ihr sagen, dass ich mich gerade nach einer neuen Unterkunft umsehen wollte, aber sie unterbrach mich. »Ellie, ich habe soeben einen Anruf von meiner ältesten Enkelin Janey bekommen. Erinnern Sie sich? Ich habe Ihnen erzählt, dass sie im letzten Monat ihr erstes Kind bekommen hat.«

Ich hörte Besorgnis in Mrs. Hilmers Stimme. »Mit dem Baby ist doch alles in Ordnung, oder?«, fragte ich rasch.

»Ja, ja, dem Baby geht es gut. Aber Janey hat sich das Handgelenk gebrochen und kann ein bisschen Hilfe gebrauchen. Ich fahre heute Nachmittag nach Long Island und bleibe ein paar Tage. Werden Sie ins Parkinson Inn ziehen? Nach allem, was passiert ist, würde ich mir Sorgen machen, wenn Sie hier alleine blieben.«

»Ich habe dort nachgefragt, aber für das Wochenende ist alles ausgebucht, und für die nächsten sechs, sieben Wochenenden sieht es genauso aus. Ich wollte gerade anfangen, mich bei anderen Gasthäusern und Pensionen zu erkundigen.«

»Ellie, bitte glauben Sie mir, dass ich mir nur um Sie selbst Sorgen mache. Bleiben Sie in der Wohnung, bis Sie etwas Passendes gefunden haben, aber schließen Sie bitte die Türen sorgfältig ab.«

»Das werde ich tun, ich versprech es Ihnen. Bitte machen Sie sich keine Sorgen um mich.«

»Ich nehme die Kopien von dem Prozessprotokoll und den Zeitungen mit. Ich werde sie durchsehen, während ich in Garden City bei Janey bin. Notieren Sie doch ihre Telefonnummer, falls Sie mich erreichen wollen.«

Ich notierte sie, und ein paar Minuten später hörte ich

Mrs. Hilmers Auto die Auffahrt hinunterfahren. Ich muss gestehen, nach dem Schock wegen des Auftritts von Rob Westerfield bedauerte ich sehr, dass sie wegfuhr.

»*Angsthase, Angsthase.*« So hatte mich Andrea immer gehänselt, wenn unsere Eltern ausgegangen waren und wir zusammen im Fernsehen Filme wie *Freitag, der 13.* anschauten. Bei den schlimmsten Stellen schloss ich immer fest die Augen und kuschelte mich an sie.

Ich weiß noch, dass ich mich eines Abends, um mich zu rächen, unter ihrem Bett versteckte, und als sie ins Zimmer kam, streckte ich meinen Arm aus und packte ihr Bein. »*Angsthase, Angsthase*«, krähte ich, als sie aufschrie.

Aber es war keine Andrea da, an die ich mich hätte ankuscheln können, und ich war ein großes Mädchen, das auf sich selbst aufpassen konnte. Ich gab mir einen Ruck und begann, die örtlichen Gasthäuser und Pensionen in den Gelben Seiten herauszusuchen.

Dann rief ich die mir am passendsten erschienenen Adressen der Reihe nach an. Es stellte sich bald als frustrierendes Unterfangen heraus. Die wenigen, auf die ich Hoffnungen gesetzt hatte, waren auf monatlicher Basis ziemlich teuer, besonders wenn ich noch die Mahlzeiten dazurechnete.

Nach fast zwei Stunden hatte ich eine kurze Liste von vier Adressen beisammen und schaute jetzt die Mietanzeigen in der Zeitung nach Ferienwohnungen durch. Oldham ist eher eine Gemeinde, in der die Einwohner ständig leben, doch immerhin konnte ich ein paar vernünftig erscheinende Mietangebote ausfindig machen.

Um halb vier war ich fertig; ich hatte sechs Adressen aufgelistet, die ich mir am nächsten Tag ansehen wollte. Ich war froh, die Sache hinter mich gebracht zu haben, weil ich mich an den Computer setzen wollte, um ein paar Zeilen über meine Begegnung mit Westerfield zu schreiben.

Es waren ein oder zwei Gasthäuser dabei gewesen, in denen ab sofort ein Zimmer frei war. Beide wären als Zwischenlösung infrage gekommen, aber sofort meine Sachen zu packen war das Letzte, wozu ich im Augenblick Lust verspürte. Ebenso wenig Lust hatte ich, den Kühlschrank zu leeren und die Wohnung gründlich zu putzen.

Mrs. Hilmer hatte deutlich zu verstehen gegeben, dass es ihr um meine Sicherheit ging und dass ich so lange bleiben konnte, bis ich etwas Passendes gefunden hätte. Ich wusste, dass sie mindestens drei oder vier Tage weg sein würde. Ich überlegte hin und her und kam dann zu einer Entscheidung: Ich würde zuerst einmal hier bleiben, mindestens über das Wochenende, wahrscheinlich bis Montag.

Ich schaltete den Computer ein, machte ein paar Notizen über das Treffen mit Westerfield, stellte aber irgendwann fest, dass ich mich nur schwer konzentrieren konnte. Daher beschloss ich, in eine Frühvorstellung zu gehen und hinterher in der Nähe etwas zu Abend zu essen.

Ich schaute die Kinoanzeigen durch und stellte nicht ohne Ironie fest, dass der Film, den ich ausgesucht hatte, im Globe Cinema gezeigt wurde.

Es war das Kino, in dem Rob Westerfield angeblich saß, als Andrea ermordet wurde.

Das Globe war offensichtlich seit meiner Kindheit vergrößert und renoviert worden. Es wurden jetzt sieben verschiedene Filme gezeigt. Der Vorraum wurde beherrscht von einer kreisförmigen Theke, an der sich die Besucher mit Süßigkeiten, Popcorn und Frischgetränken eindecken konnten.

Obwohl die ersten Frühbesucher gerade erst eintrafen, war der Boden bereits mit Popcornkrümeln übersät, die aus den überfüllten Tüten herabgerieselt waren.

Ich kaufte mir gebrannte Erdnüsse, meine Lieblingsnascherei, und begab mich in Kino 3, wo der von mir ausgewählte Film gezeigt wurde. Er stellte sich nicht einmal annähernd als die angepriesene Sensation (*»Jetzt! Endlich! Der Film, auf den Sie gewartet haben!«*) heraus, sondern als eine leidlich unterhaltsame Geschichte über eine Frau, die zunächst das Leben mit frischem Mut in Angriff nimmt, der dann aber übel mitgespielt wird und die natürlich am Ende alle Schwierigkeiten überwindet und wahre Liebe und Glück bei ihrem Ehemann findet, den sie drei Jahre zuvor rausgeschmissen hatte.

Wenn denen gar nichts mehr einfällt, könnte ich ihnen vielleicht meine Lebensgeschichte verkaufen, dachte ich, als meine Aufmerksamkeit sich mehr und mehr vom Geschehen auf der Leinwand zu lösen begann. Mein Leben ohne Liebesgeschichte, versteht sich.

Ich saß zwischen zwei Paaren, ältere Mitbürger zur Rechten, Teenies zur Linken. Das junge Paar ließ die Popcorntüte unablässig hin- und herwandern, und das Mädchen gab ständig Kommentare über den Film ab.

Früher war sie mal meine Lieblingsschauspielerin, aber jetzt finde ich, dass sie längst nicht so gut ist wie …

Ich gab die Bemühungen auf, mich noch weiter auf den Film zu konzentrieren. Es lag nicht nur an den Kids, dem Popcorn und den ständigen Bemerkungen, auch nicht an den leisen Schnarchtönen meines älteren Sitznachbarn, der inzwischen weggedöst war.

Ich wurde abgelenkt von dem Gedanken, dass vor zweiundzwanzig Jahren Rob Westerfield behauptet hatte, in diesem Kino gesessen zu haben, während Andrea ermordet wurde, und dass es niemanden gegeben hatte, der hätte bestätigen können, dass er tatsächlich dort gewesen war und den Film gesehen hatte. Selbst bei all dem Aufsehen, das der Fall hervorgerufen hatte, war kein einziger

Zeuge aufgetreten, der ausgesagt hatte: »Er saß neben mir.«

Oldham war damals eine ziemlich kleine Stadt, und die Westerfields waren sehr bekannt. Zumindest Rob Westerfield, der mit seinem Aussehen und seinem Auftreten als reicher Jüngling so weit herausstach, dass er in der ganzen Gegend bekannt sein musste. Während ich im dunklen Kinosaal saß, versuchte ich mir vorzustellen, wie er auf dem benachbarten Gelände der Tankstelle parkte.

Er hatte behauptet, mit Paulie Stroebel gesprochen zu haben, ihm gesagt zu haben, er würde seinen Wagen dort stehen lassen. Paulie hatte immer kategorisch abgestritten, dass Rob mit ihm gesprochen hätte.

Weiter hatte Rob hervorgehoben, er habe mit dem Angestellten an der Kasse und mit dem Platzanweiser gesprochen, er habe gesagt, dass er gespannt sei auf den Film, oder so ähnlich. »Wirklich freundlich«, hatten beide vor Gericht bezeugt, wobei ein wenig Verwunderung durchgeklungen hatte. Rob Westerfield galt nicht unbedingt als freundlich, besonders der arbeitenden Klasse gegenüber nicht.

Sich den Beweis für seine Anwesenheit im Kino zu verschaffen und dann wieder hinauszuschlüpfen wäre für ihn nicht weiter schwierig gewesen. Ich hatte mir den Film »*Guerilla im Dschungel*« ausgeliehen, den er an jenem Abend gesehen haben wollte. Es gab am Anfang genügend Szenen, in denen es so dunkel war, dass man, wenn man ganz außen saß, mit Leichtigkeit unbemerkt hätte verschwinden können. Ich schaute mich um, bemerkte die seitlichen Notausgänge und beschloss, die Sache auszuprobieren.

Ich stand auf, murmelte meinem schlafenden Nachbarn eine Entschuldigung zu, kletterte über seine Frau hinweg und ging zum Notausgang am hinteren Ende des Saals.

Die Tür öffnete sich geräuschlos, und ich fand mich in einer Art Durchgang zwischen dem Kinokomplex und einer Bank wieder. Vor Jahren hatte sich hier an Stelle der Bank die Tankstelle befunden. Ich besaß Kopien der Planskizzen und Fotografien, die während des Prozesses in den Zeitungen abgedruckt worden waren, und konnte mich daher an die genaue Lage der Tankstelle erinnern.

Die angeschlossene Werkstatt, in der Paulie gearbeitet hatte, befand sich hinter den Zapfsäulen an der Main Street. Der Parkplatz, auf dem damals die zu reparierenden Autos abgestellt wurden, grenzte an die ehemalige Tankstelle an. Er wurde jetzt als Besucherparkplatz für die Bankkunden genutzt.

Ich lief den Durchgang hinunter und ersetzte in meiner Vorstellung das Bankgebäude durch die Tankstelle. Ich konnte mir sogar vorstellen, wo Rob mutmaßlich sein Auto geparkt hatte und wo es angeblich bis zum Ende der Vorstellung um halb zehn gestanden hatte.

Ich versuchte, mich in ihn hineinzuversetzen, ich lief mit seinen Schritten – wütend, schlecht gelaunt, Verrat witternd, weil das Mädchen, das er fest am Wickel zu haben glaubte, ihm am Telefon mitgeteilt hatte, sie habe sich mit einem anderen verabredet.

Dass dieser andere Paulie Stroebel war, spielte keine Rolle.

Zu Andrea gehen. Ihr zeigen, wer hier der Herr ist.

Warum hatte er den Wagenheber genommen, bevor er in die Garage ging?

Es gab zwei Möglichkeiten. Die eine war, dass er befürchtete, mein Vater könnte davon erfahren haben, dass er sich mit Andrea treffen wollte. Ich bin sicher, dass mein Vater in Robs Vorstellung eine beängstigende und bedrohliche Gestalt darstellte.

Die andere Möglichkeit war, dass Rob den Wagenheber

mitgenommen hatte, weil er die Absicht hatte, Andrea umzubringen.

Angsthase, Angsthase. O Gott, was für ein furchtbarer Schreck muss es für das arme Kind gewesen sein, als sie ihn auf sich zukommen sah, als er seinen Arm hob, als er ausholte ...

Ich wandte mich um und rannte zurück, zum anderen Ende des Durchgangs, wo er auf die Straße mündete. Nach Luft ringend – weil mir für einen Augenblick buchstäblich der Atem gestockt war – beruhigte ich mich wieder und ging zu meinem Auto. Ich hatte es auf dem Kinoparkplatz auf der anderen Seite des Komplexes abgestellt.

Die Luft war immer noch klar, aber wie schon gestern Abend war ein scharfer Wind aufgekommen, der die Temperatur rasch fallen ließ. Fröstelnd beschleunigte ich meine Schritte.

Als ich die Kinoanzeigen durchgesehen hatte, war mir eine Werbung für ein Restaurant aufgefallen, die Villa Cesare, gleich in der Nähe des Kinos. Nach der Anzeige zu urteilen, schien es mir eines der Lokale zu sein, die ich bevorzugte, daher hatte ich beschlossen, es auf einen Versuch ankommen zu lassen. Ich wusste, dass ich Pasta essen wollte, je schärfer, desto besser. Vielleicht Spaghetti mit Garnelen *Fra Diavolo*, dachte ich.

Ich musste einfach dieses furchtbare innere Frösteln loswerden, das mich ergriffen hatte.

Um Viertel nach neun bog ich, satt und mich besser fühlend, in die Einfahrt zu Mrs. Hilmers Grundstück. Ihr Haus lag in völliger Dunkelheit, nur das Außenlicht an der Garagentür bot einen schwachen Willkommensgruß.

Ich brachte das Auto abrupt zum Stehen. Eine innere Stimme drängte mich umzukehren, in das nächstbeste Gasthaus oder Motel einzukehren und dort zu übernachten. Ich hatte mir einfach nicht klar gemacht, wie unsicher ich mich heute Nacht an diesem Ort fühlen würde. Ich werde morgen umziehen, dachte ich. Wird schon nicht so schlimm werden, nur für eine weitere Nacht. Sobald ich in der Wohnung bin, ist alles in Ordnung.

Natürlich war diese Rationalisierung völlig aus der Luft gegriffen. Während ich vor zwei Tagen mit Mrs. Hilmer zu Abend gegessen hatte, war jemand in der Wohnung gewesen. Aber irgendwie glaubte ich nicht, dass im Moment jemand dort auf mich warten würde. Mein ungutes Gefühl hing mehr mit der Aussicht zusammen, auszusteigen und draußen im Freien allein zu sein, so nahe am Wald, wenn auch nur für einen kurzen Augenblick.

Ich schaltete das Fernlicht ein und fuhr langsam die Auffahrt entlang. Ich hatte die Reisetasche mit dem Prozessprotokoll, den Zeitungen und dem Schmuckköfferchen meiner Mutter den ganzen Tag im Kofferraum spazieren gefahren. Als ich aus dem Restaurant gekommen war, hatte ich die Tasche bereits aus dem Kofferraum geholt und auf dem Beifahrersitz abgestellt, damit ich, einmal bei der Wohnung angekommen, nicht länger als unbedingt nötig im Freien würde stehen müssen.

Jetzt suchte ich mit dem Blick sorgfältig die Umgebung der Garage ab. Niemand war zu sehen.

Ich holte tief Atem, nahm die Reisetasche, stieg aus und hastete die wenigen Stufen zum Eingang hinauf.

Bevor ich den Schlüssel ins Schloss stecken konnte, jagte ein Auto die Auffahrt hinunter und blieb mit quietschenden Reifen stehen. Ein Mann sprang heraus und stürzte auf mich zu.

Wie gelähmt stand ich da und erwartete, Rob Westerfields Gesicht auftauchen zu sehen und das kicherähnliche Geräusch zu hören, das er gemacht hatte, als ich neben Andreas Leiche kniete.

Aber dann wurde ich von einem Lichtkegel angestrahlt, und als er näher kam, sah ich, dass der Mann eine Uniform trug und dass es Officer White war.

»Man hat mir gesagt, Sie seien ausgezogen, Miss Cavanaugh«, sagte er in unverhohlen unfreundlichem Ton. »Was machen Sie hier?«

24

Es folgten unangenehme Momente, als ich erklärte, warum ich noch nicht ausgezogen war, aber dann bestand ich darauf, dass Officer White mit in die Wohnung käme und Mrs. Hilmer bei ihrer Enkelin anriefe. Ich hatte die Nummer auf einem Blatt Papier neben dem Computer notiert. Er sprach mit Mrs. Hilmer und gab dann den Hörer an mich weiter.

»Es ist mir so peinlich, Ellie«, sagte sie. »Ich habe Officer White gefragt, ob die Polizei das Haus in meiner Abwesenheit etwas im Auge behalten könnte, und ich habe ihm auch gesagt, Sie würden ausziehen, aber selbstverständlich hätte er Ihnen aufs Wort glauben müssen, dass Sie noch länger dort bleiben durften.«

Da haben Sie vollkommen Recht, dachte ich, sagte aber: »Es war sicherlich richtig, dass er auf der Hut gewesen ist, Mrs. Hilmer.« Ich sagte auch nicht, dass ich im Grunde froh über sein Kommen gewesen war, denn dadurch hatte ich die Wohnung nicht allein betreten müssen, und sobald er gegangen war, würde ich die Tür verriegeln können.

Ich erkundigte mich nach ihrer Enkelin, verabschiedete mich und hängte auf.

»Dann werden Sie also morgen ausziehen, Miss Cavanaugh?«, fragte Officer White. Nach seinem Ton zu urteilen, hätte er ebenso gut sagen können: »Packen Sie Ihre sieben Sachen und machen Sie, dass Sie wegkommen.«

»Ja, Officer. Machen Sie sich keine Sorgen. Ich werde morgen ausziehen.«

»Haben Sie irgendeine Reaktion auf dieses Schild bekommen, dass Sie vor Sing Sing herumgezeigt haben?«

»Um ehrlich zu sein: ja«, sagte ich und lächelte mein von Pete Lawlor so genanntes geheimnisvolles, selbstzufriedenes Lächeln.

Er verzog das Gesicht. Ich hatte seine Neugier geweckt, was auch meine Absicht gewesen war.

»Die ganze Stadt spricht davon, dass Sie Rob Westerfield heute im Parkinson Inn ein paar ziemlich üble Dinge an den Kopf geworfen haben.«

»Es gibt kein Gesetz, das es einem verbietet, aufrichtig zu sein, und es gibt bestimmt keins, das einem vorschreibt, nett zu Mördern zu sein.«

Mit geröteten Wangen stand er an der Tür, die Klinke in der Hand. »Miss Cavanaugh, ich möchte Ihnen einen guten Rat geben. Ich weiß, dass es Rob Westerfield, mit dem ganzen Geld der Familie im Rücken, gelungen ist, sich einen ihm treu ergebenen Anhang im Gefängnis zu schaffen. Das ist eine Tatsache. Einige dieser Typen laufen jetzt wieder frei herum. Ohne überhaupt mit Westerfield darüber gesprochen zu haben, könnte einer von ihnen auf die Idee kommen, ihm einen Gefallen zu tun und eine gewisse lästige Person aus dem Weg zu räumen, natürlich mit der Aussicht, später dafür gebührend belohnt zu werden.«

»Wer befreit mich von diesem aufrührerischen Priester?«, fragte ich.

»Wovon sprechen Sie?«

»Eine rhetorische Frage, Officer. Im zwölften Jahrhundert ließ Heinrich der Zweite diese Bemerkung vor einigen seiner Gefolgsleute fallen, und kurz darauf wurde Erzbischof Thomas Becket in seiner Kathedrale ermordet. Wissen Sie was, Officer White? Ich kann nicht einmal sicher sein, ob Sie mich warnen wollen oder ob Sie mir drohen.«

»Eine investigative Reporterin sollte den Unterschied merken, Miss Cavanaugh.«

Mit diesen Worten ging er. Seine Tritte im Treppenhaus schienen mir unnötig laut zu sein, als ob er mir noch bedeuten wollte, dass er hiermit seinen endgültigen Abgang mache.

Ich riegelte die Tür ab, ging zum Fenster und sah zu, wie er in seinen Streifenwagen stieg und wegfuhr.

Normalerweise dusche ich morgens, und wenn es ein besonders anstrengender Tag gewesen ist, dusche ich noch mal, bevor ich zu Bett gehe. Ich finde, es ist eine angenehme Art, die Verspannungen in Schultern und Nacken zu lösen. An diesem Abend beschloss ich, noch einen Schritt weiterzugehen. Ich ließ heißes Wasser in die Badewanne ein und gab Badeöl dazu. Die Flasche war nach einem halben Jahr immer noch fast voll, ein Zeichen dafür, wie selten ich dazu komme, in die Wanne zu steigen. Aber heute Abend verlangte ich danach, und wirklich tat es mir gut, einfach nur dazuliegen und mich zu entspannen. Ich blieb so lange liegen, bis das Wasser anfing, kühl zu werden.

Es amüsiert mich immer, wenn ich Werbung für verführerische, aufreizende Negligés und Morgenmäntel sehe. Meine Nachtbekleidung besteht aus Nachthemden, die ich mir aus dem Versandhauskatalog heraussuche. Sie sind weit und bequem, und ihr Begleiter ist ein Flanell-Morgenmantel. Dieses exquisite Ensemble wird noch vervollständigt von gefütterten Hausschuhen.

Die zweitürige Spiegelkommode im Schlafzimmer erinnerte mich an diejenige, die meine Mutter für Andreas

Zimmer weiß gestrichen und wieder in Schuss gebracht hatte. Während ich meine Haare vor dem Spiegel bürstete, dachte ich vergeblich darüber nach, was aus dieser Kommode geworden war. Als Mutter und ich nach Florida gezogen waren, hatten wir vergleichsweise wenig Möbel mitgenommen. Ich bin sicher, dass nichts aus Andreas stimmungsvollem Zimmer dabei gewesen war. Mein damaliges Zimmer war auch schön, aber es war eher etwas für kleine Mädchen, mit einer Schneewittchen-Tapete.

Plötzlich entsann ich mich, dass ich einmal vorwurfsvoll zu meiner Mutter gesagt hatte, die Tapete sei etwas für Babys, und sie geantwortet hatte: »Aber es ist fast die gleiche wie diejenige, die Andrea in ihrem Zimmer hatte, als sie in deinem Alter war. Und sie hat die Tapete geliebt.«

Ich glaube, mir war schon damals bewusst, wie verschieden wir waren. Ich war nicht vernarrt in diese typischen Mädchensachen, und ich habe nie etwas darauf gegeben, mich schön anzuziehen und herauszuputzen. Andrea war, genau wie meine Mutter, betont weiblich.

»Du bist Daddys kleiner Schatz, wirst es immer sein … Du bist mein Weihnachtsengel, mein Christbaumstern … Und du bist Daddys kleiner Schatz.«

Ungebeten waren die Worte aus der Erinnerung aufgestiegen, und ich sah einmal mehr Daddy in Andreas Zimmer stehen, die Spieldose in der Hand und hilflos schluchzend.

Es war eine Erinnerung, die ich immer sofort wieder wegzuwischen suchte. »Bürste dir die Haare zu Ende und geh ins Bett, Mädchen«, sagte ich laut.

Mit kritischen Augen betrachtete ich mich im Spiegel. Normalerweise trug ich die Haare hochgesteckt, mit einem Kamm festgehalten, jetzt aber fiel mir auf, wie lang sie gewachsen waren. Im Sommer wurden sie immer von der

Sonne gebleicht; inzwischen waren sie wieder nachgedunkelt, aber einzelne hellblonde Strähnen mischten sich noch darunter.

Oft war mir die Bemerkung von Detective Longo durch den Kopf gegangen, als er mich zum ersten Mal befragt hatte, an dem Tag, an dem Andreas Leiche gefunden worden war. Er hatte gesagt, mein Haar würde ihn, wie das seines Sohnes, an die Farbe von Sand erinnern, auf den die Sonne scheint. Das war so eine liebevolle Beschreibung gewesen, und auch jetzt flößte mir die Erinnerung an seine Worte ein tröstendes Gefühl ein.

Ich sah mir einen Teil der Elf-Uhr-Nachrichten an, nur um mich davon zu überzeugen, dass die Welt außerhalb von Oldham noch mehr oder weniger in Ordnung war. Dann überprüfte ich, ob die Fenster im Wohnzimmer zugeriegelt waren, und ging ins Schlafzimmer. Der Wind wehte kräftig, daher öffnete ich die beiden Schlafzimmerfenster nur ein paar Zentimeter. Der kühle Luftzug ließ mich hastig den Morgenmantel über das Fußende werfen, unterwegs die Hausschuhe abstreifen und unter die Decke schlüpfen.

In meiner Wohnung in Atlanta fiel es mir nie schwer, einzuschlafen. Aber dort war natürlich alles anders. Dort hörte ich die fernen Straßengeräusche und manchmal Musik aus der Wohnung meines direkten Nachbarn, einem Liebhaber von Hard Rock, der nicht selten seine CDs in ohrenbetäubender Lautstärke abspielte.

Ein freundlich gemeintes Donnern mit der Faust gegen unsere gemeinsame Wand zeitigte immer ein promptes Resultat, aber auch so hatte ich mich daran gewöhnt, beim Wegdösen gelegentlich metallische Vibrationen wahrzunehmen.

Heute Abend hätte ich nichts gegen ein paar metallische Vibrationen einzuwenden als Zeichen, dass noch andere

Menschen in der Nähe sind, dachte ich, während ich das Kissen zurechtrückte. Mein gesamter Wahrnehmungsapparat schien auf höchste Bereitschaft eingestellt zu sein, wahrscheinlich immer noch eine Folge meiner heutigen Begegnung mit Westerfield.

Petes Schwester Jan wohnte nicht weit von Atlanta in einer kleinen Stadt namens Peachtree. Pete hatte mich schon ein paar Mal am Sonntag angerufen und vorgeschlagen: »Wie wär's mit einem kleinen Besuch bei Jan, Bill und den Kindern?« Sie besaßen einen deutschen Schäferhund namens Rocky, der ein ausgezeichneter Wachhund war. Sobald wir aus dem Auto gestiegen waren, hatte er jedes Mal die Familie mit wütendem Bellen von unserer Ankunft unterrichtet.

Ich würde etwas darum geben, wenn ich dich heute in meiner Nähe hätte, Rocky, alter Junge, dachte ich.

Endlich gelang es mir doch, in einen unruhigen Schlaf zu sinken, die Art von Schlaf, bei der man am liebsten sofort wieder aufwachen möchte. Ich träumte, ich müsse unbedingt an einen bestimmten Ort gehen. Ich musste jemanden finden, bevor es zu spät sei. Es war finster, und meine Taschenlampe funktionierte nicht.

Dann war ich im Wald, es roch nach einem Lagerfeuer. Ich musste einen Weg durch das Dickicht finden. Ich war mir sicher, dass es ihn gab, weil ich ihn schon einmal gegangen war.

Es war unerträglich heiß, und ich begann zu husten.

Es war kein Traum! Ich schlug die Augen auf. Das Zimmer war vollkommen finster, und überall war Rauch. Ich musste husten. Ich schob die Decke zurück und setzte mich auf. Ich spürte, wie die Hitze um mich herum immer stärker wurde. Wenn ich hier nicht sofort rauskomme, werde ich verbrennen. Wo war ich? Für einen Moment hatte ich jede Orientierung verloren.

Bevor ich meine Füße auf den Boden setzte, zwang ich mich zu denken. Ich war in Mrs. Hilmers Wohnung. Die Schlafzimmertür befand sich zu meiner Linken, in der Verlängerung des Kopfendes. Dahinter war der kurze Gang. Die Wohnungstür befand sich gleich hinter dem Gang, auf der linken Seite.

Ich brauchte vielleicht zehn Sekunden, um den Weg im Kopf durchzugehen. Dann sprang ich aus dem Bett. Ich hielt den Atem an, als meine Füße die heißen Dielen berührten. Ich hörte ein Prasseln über dem Kopf. Das Dach hatte Feuer gefangen. Ich wusste, dass mir nur noch Sekunden blieben, bis das ganze Gebäude einstürzen würde.

Ich stolperte vorwärts, tastete nach der Tür. Gott sei Dank hatte ich sie offen gelassen. Ich tastete mich an der Wand weiter durch den Gang, an der leeren Türöffnung des Badezimmers vorbei. Die Rauchschwaden waren hier nicht mehr so dicht, aber dann loderte im Wohnzimmer von der Küchenecke her eine Feuerwand auf. Die Flammen beleuchteten den Tisch, und ich sah Computer, Drucker und Handy. Die Reisetasche stand auf dem Boden neben dem Tisch.

Ich wollte sie nicht verlieren. Sekundenschnell schob ich den Riegel zurück und öffnete die Tür zum Treppenhaus. Von meinen versengten Füßen stieg brennender Schmerz auf. Ich biss die Zähne zusammen, rannte keuchend und hustend zum Tisch, nahm Computer, Drucker und Handy in die eine Hand, die Reisetasche in die andere, und floh zurück zur Haustür.

Hinter mir sprangen die Flammen auf die Möbel über, vor mir wallten dichte schwarze Rauchwolken das Treppenhaus hinauf. Zum Glück war es eine gerade Treppe, und ich schaffte es, irgendwie hinunterzustolpern. Zuerst schien die Klinke der Außentür zu klemmen. Ich stellte

Computer, Handy und Tasche ab und drückte und zog mit beiden Händen.

Ich muss raus, ich muss raus, dachte ich, als ich spürte, dass meine Haare allmählich angesengt wurden. Ich nahm meine allerletzte Kraft zusammen und drückte noch einmal verzweifelt, und endlich gab die Klinke nach. Ich stieß die Tür auf, bückte mich, nahm Computer, Handy, Drucker und Reisetasche und stolperte ins Freie.

Als ich aus dem Rauch auftauchte, kam ein Mann die Auffahrt heraufgerannt und konnte mich gerade noch auffangen, bevor ich umsank. »Ist noch jemand da drin?«, brüllte er.

Zitternd und zugleich brennend vor Hitze schüttelte ich den Kopf.

»Meine Frau hat die Feuerwehr angerufen«, sagte er, als er mich von dem mittlerweile in Flammen stehenden Gebäude wegzog.

Ein Auto kam uns auf der Auffahrt entgegen. Ich war nicht mehr voll bei Bewusstsein, dachte aber noch, es müsse seine Frau sein, weil ich hörte, wie er sagte: »Lynn, bring sie zu uns. Sie muss ins Warme. Ich werde auf die Feuerwehr warten.« Dann sagte er zu mir: »Gehen Sie mit meiner Frau. Wir wohnen gleich ein paar Häuser weiter.«

Fünf Minuten später saß ich zum ersten Mal seit mehr als zwanzig Jahren wieder in der Küche unseres alten Hauses, eingewickelt in eine Decke, vor mir eine Tasse Tee. Durch die Glastür zum Esszimmer konnte ich Mutters geliebten Kronleuchter sehen, der immer noch an seinem Platz hing.

Und ich sah Andrea und mich den Tisch für das Abendessen am Sonntag decken.

»Der heutige Ehrengast ist Lord Malcolm Bigbottom.«

Ich schloss die Augen.

»Kümmern Sie sich nicht um mich, weinen Sie ruhig«,

sagte Lynn, die Frau, die in unserem alten Haus wohnte, mit freundlicher Stimme. »Nach allem, was Sie gerade durchgemacht haben!«

Aber ich schaffte es, meine Tränen zu unterdrücken. Ich hatte das Gefühl, wenn ich einmal anfinge zu weinen, könnte ich nie mehr aufhören.

25

Ein Feuerwehrhauptmann kam in das Haus der Keltons und bestand darauf, einen Krankenwagen zu holen und mich ins Krankenhaus zu bringen. »Sie haben sicher eine Menge Rauch eingeatmet, Miss Cavanaugh«, sagte er. »Sie müssen dringend untersucht werden, selbst wenn es nur eine Vorsichtsmaßnahme ist.«

Im Oldham County Hospital behielt man mich über Nacht da, was mir nicht ungelegen kam, da ich nicht wusste, wo ich sonst hätte bleiben sollen. Als ich endlich im Bett lag – zuvor hatte man Gesicht und Körper von Ruß befreit und meine versengten Füße verbunden –, war ich froh über das Schlafmittel, das man mir anbot. Das Zimmer, in dem ich lag, war in der Nähe der Schwesternstation, und ich hörte das leise Stimmengemurmel und das Geräusch der Schritte.

Während ich wegdämmerte, dachte ich noch, dass ich mir nur wenige Stunden zuvor Gesellschaft gewünscht hatte. Ich hatte allerdings nicht erwartet, dass mein Wunsch auf diese Weise in Erfüllung gehen würde.

Als mich eine Schwesternhelferin um sieben in der Früh weckte, gab es praktisch keinen Teil meines Körpers, der nicht wehtat. Sie prüfte Puls und Blutdruck und verschwand wieder. Ich schlug die Decke zurück, schwang meine Beine zum Fußboden und versuchte, ohne recht zu wissen, was passieren würde, aufzustehen. Meine Füße waren dick verbunden, es fühlte sich fürchterlich unangenehm an, wenn man sie belastete, aber abgesehen davon konnte ich eigentlich nur feststellen, dass mit mir alles in Ordnung war.

Erst in diesem Augenblick wurde mir bewusst, wie viel Glück ich gehabt hatte. Nur ein paar Minuten länger, und ich wäre durch den vielen Rauch bewusstlos geworden. Bis die Keltons eingetroffen wären, wäre ich nicht mehr zu retten gewesen, selbst wenn sie gewusst hätten, dass ich mich noch im Haus befand.

War das Feuer ein Unfall? Ich war davon überzeugt, dass es nicht so war. Ich hatte zwar nie einen Blick in die Garage unter der Wohnung geworfen, aber Mrs. Hilmer hatte gesagt, dass dort praktisch nur Gartengeräte aufbewahrt würden. Gartengeräte gehen nicht in Flammen auf.

Officer White hatte mich vor ehemaligen Mitgefangenen von Rob Westerfield gewarnt, die versuchen könnten, mich zu beseitigen, um seine Gunst zu erlangen. White hatte nur die Reihenfolge umgekehrt. Ich hatte nicht den leisesten Zweifel, dass das Feuer von Westerfield bestellt worden war und dass er den Auftrag einem seiner ehemaligen Lakaien aus Sing Sing erteilt hatte. Es hätte mich überhaupt nicht gewundert, wenn sich herausstellen sollte, dass sein Handlanger der Typ war, der mich auf dem Parkplatz angesprochen hatte.

Sicherlich war Mrs. Hilmer inzwischen von dem Brand unterrichtet worden – ich hatte Officer White die Telefonnummer ihrer Enkelin auf Long Island gegeben. Ich konnte mir vorstellen, wie schlimm es für sie gewesen sein musste, als sie erfuhr, dass die Garage samt Wohnung abgebrannt war. Das Gebäude war eine ehemalige Scheune und besaß einigen historischen Wert.

Mrs. Hilmer war dreiundsiebzig Jahre alt. Die Wohnung über der Garage war für sie eine Art Versicherung gewesen: Falls sie einmal ständige Hilfe oder Pflege bräuchte, dann konnte sie eine separate Unterkunft anbieten.

Sicherlich war der Unfall ihrer Enkelin noch ein zusätzlicher Hinweis auf die Tatsache gewesen, wie schnell man in eine Situation geraten konnte, in der man auf solche Hilfe angewiesen war.

War sie ausreichend versichert, um das Gebäude wieder aufzubauen, und wollte sie sich die mit den Bauarbeiten verbundenen Umstände überhaupt antun? Bei alldem musste Mrs. Hilmer denken, dass eine gute Tat nie ungestraft bleibt, dachte ich bekümmert. Es war klar, dass ich sie anrufen musste, aber ich wollte lieber noch etwas damit warten. Wie sollte man sich für so etwas entschuldigen?

Dann kamen mir Reisetasche, Computer, Drucker und Handy in den Sinn. Ich hatte darauf bestanden, dass sie mich in mein Krankenzimmer begleiteten, und ich erinnerte mich, dass die Schwester gesagt hatte, sie wolle sie für mich wegräumen. Wo waren sie?

Im Zimmer befand sich ein abschließbarer Wandschrank. Ich humpelte zu ihm, hoffend und betend, sie dort zu finden. Zu meiner großen Erleichterung entdeckte ich, dass sie ordentlich auf dem Boden aufgestapelt worden waren.

Genauso entzückt war ich über einen vom Krankenhaus gestellten Chenille-Bademantel, den ich auf einem Bügel vorfand. Ich trug eines dieser grauenvollen Krankenhaushemden. Es war für jemanden von der Größe einer Barbie-Puppe gedacht, während ich einen Meter siebenundsiebzig maß.

Als Erstes öffnete ich die Reisetasche und warf einen Blick hinein. Die verknitterte erste Seite der *New York*

Post mit der Schlagzeile »SCHULDIG« lag obenauf, genau wie beim letzten Mal, als ich sie geöffnet hatte.

Dann langte ich mit einer Hand in die Tasche und fuhr an der Innenseite entlang. Meine Finger tasteten suchend umher. Ich tat einen Seufzer der Erleichterung, als ich das lederne Köfferchen spürte, das ich gesucht hatte.

Gestern Morgen, gerade als ich ins Auto stieg, um zu Joan zu fahren, war mir eingefallen, dass der nächste heimliche Besucher die Wohnung nach Wertsachen durchstöbern könnte. Ich war die Treppe wieder hinaufgelaufen, hatte das Köfferchen aus der Schublade geholt und es in die Reisetasche gesteckt, die bereits im Kofferraum war.

Jetzt zog ich das Köfferchen hervor und öffnete es. Alles war noch da: Mutters Verlobungs- und Ehering, ihre Diamantohrringe und meine bescheidene Schmucksammlung.

Mit einem dankbaren Gefühl legte ich das Köfferchen zurück in die Tasche, zog den Reißverschluss zu und nahm den Computer zur Hand. Ich humpelte damit zu dem einzigen Stuhl im Zimmer, der am Fenster stand. Egal, wie lange ich heute noch im Krankenhaus bleiben müsste, ich war fest entschlossen, sie auf diesem Stuhl zu verbringen.

Ich schaltete den Computer ein und hielt die Luft an, erst aufatmend, als das Piepsen ertönte, der Bildschirm aufleuchtete und ich feststellen konnte, dass nichts von dem gespeicherten Material verloren gegangen war.

Nachdem meine Seelenruhe einigermaßen wiederhergestellt war, humpelte ich zum Schrank zurück, nahm den Bademantel vom Bügel und ging in das Badezimmer. Auf der Ablage über dem Becken fand ich eine kleine Tube Zahnpasta, eine hygienisch verschweißte Zahnbürste und einen Kamm. Ich startete einen Versuch, mein Äußeres wieder in Ordnung zu bringen.

Unmittelbar nach dem Brand war ich in einem Schockzustand gewesen. Jetzt, wo sich meine Gedanken zunehmend klärten, begann ich erst zu erfassen, wie viel Glück ich gehabt hatte, nicht nur mit dem Leben, sondern auch ohne schwere Verbrennungen davongekommen zu sein. Gleichzeitig würde ich mich in Zukunft sehr viel mehr vor Angriffen in Acht nehmen müssen. Eine Sache war sicher: Ich musste an einem Ort wohnen, wo es einen Angestellten am Empfang und weitere Angestellte in der Nähe gab.

Ich gab den Versuch auf, meine verworrenen Haare mit dem kleinen Kamm zu kämmen, ging zurück in das Zimmer, machte es mir auf dem Stuhl bequem und schaltete, da ich weder Papier noch Stift besaß, den Computer ein, um eine Liste der Dinge aufzustellen, die ich sofort erledigen musste.

Ich hatte kein Geld, keine Kleider, keine Kreditkarten, keinen Führerschein – all das war in Flammen aufgegangen. Ich würde mir Geld leihen müssen, bis ich Ersatz für meine Kreditkarten und meinen Führerschein erhielt. Die Frage war: Wen konnte ich mit meiner Bitte um eine milde Gabe beglücken?

Ich besaß Freunde in Atlanta, und ich besaß, über das ganze Land verteilt, Schulfreunde, die ich hätte anrufen können und von denen ich sofort Hilfe bekommen hätte. Ich strich sie dennoch von meiner Liste. Ich hatte einfach keine Lust, ihnen ausführlich erklären zu müssen, warum ich vorübergehend mittellos geworden war.

Pete war der Einzige in Atlanta, der über Andrea und den Grund meiner Anwesenheit in Oldham Bescheid wusste. Als ich den unbezahlten Urlaub genommen hatte, um hierher zu fahren, hatte ich den Kollegen und Freunden zur Erklärung lediglich mitgeteilt: »Leute, es ist persönlich.«

Vermutlich dachten alle, dass Ellie eine komplizierte Geschichte mit einem Typen angefangen hatte und nun versuchte, mit ihm ins Reine zu kommen.

Pete? Die Vorstellung, wie ein hilfloses weibliches Geschöpf vor ihm als dem strahlenden Retter dazustehen, störte mich. Ich beschloss, erst in letzter Instanz auf ihn zurückzugreifen.

Ganz bestimmt hätte ich Joan Lashley St. Martin anrufen können, aber ihre Überzeugung, dass Rob Westerfield unschuldig an Andreas Tod sei, ließ mich zögern, von ihr Hilfe zu erbitten.

Marcus Longo? Natürlich, dachte ich! Er wird mir aus der Klemme helfen, und binnen einer Woche werde ich es ihm zurückzahlen.

Ein Tablett mit Frühstück wurde gebracht und eine Stunde später, buchstäblich unberührt, wieder abgeholt. Haben Sie schon einmal ein Krankenhaus erlebt, in dem man heißen Kaffee bekommt?

Der Arzt kam, schaute sich meine mit Brandblasen bedeckten Füße an, erklärte, ich könne ab sofort nach Hause gehen, und verschwand wieder. In meiner Vorstellung sah ich mich schon in Krankenhauskleidung durch Oldham humpeln und um eine milde Gabe bitten. In genau diesem psychologisch ungünstigen Moment tauchte Officer White auf, begleitet von einem Mann mit kantigem Gesicht, den er als Detective Charles Bannister von der Polizeidienststelle Oldham vorstellte. Hinter ihnen betrat ein Krankenpfleger mit Klappstühlen das Zimmer, sodass ich mir denken konnte, dass es sich nicht um einen aufmunternden Kurzbesuch am Bettrand handeln würde.

Bannister fragte mich nach meinem Befinden und äußerte die Hoffnung, dass ich mich so gut wie möglich von dem Schrecken erholt hätte.

Ich hatte sofort das Gefühl, dass er sich hinter der Maske der Freundlichkeit einen Plan zurechtgelegt hatte und dass dieser weniger freundlich war.

Ich erklärte ihm, ich fühle mich einigermaßen gut und sei dankbar, noch am Leben zu sein, eine Feststellung, die er mit einem Kopfnicken zur Kenntnis nahm. Ich fühlte mich an einen Professor vom College erinnert, in dessen Philosophiekurs ich gesessen hatte. Dieser pflegte besonders dumme Bemerkungen seitens der Studenten mit todernstem Gesichtsausdruck und einem ähnlichen Kopfnicken zu quittieren.

Es bedeutete so etwas wie: »Wie lange soll ich mir diesen Quatsch eigentlich noch anhören?«

Ich brauchte nicht lange, um zu kapieren, dass Detective Bannister nur ein Ziel hatte: Er war entschlossen, seine Theorie zu beweisen, dass ich mir die Geschichte mit dem Einbrecher in der Wohnung ausgedacht hatte. Er drückte es nicht so direkt aus, aber das Drehbuch, nach dem sich alles abgespielt hatte, sah in seinen Augen etwa so aus: Nachdem sie von dem angeblichen Eindringling erfahren habe, sei Mrs. Hilmer ziemlich nervös gewesen. Sie hätte sich daraufhin eingebildet, ihr sei jemand zur Bibliothek und wieder zurück gefolgt. Mit verstellter Stimme hätte ich dann bei ihr angerufen und sie gewarnt, ich sei psychisch labil.

An dieser Stelle funkelte ich ihn empört an, sagte aber nichts.

Nach Auffassung von Detective Bannister hatte ich das Feuer gelegt, um Aufmerksamkeit und Sympathie für mich zu erwirken, während ich öffentlich Rob Westerfield beschuldigen konnte, mir nach dem Leben zu trachten.

»Sie waren in höchster Gefahr, bei lebendigem Leibe zu verbrennen, aber nach Aussage des Nachbarn, der Sie aus dem Gebäude hat kommen sehen, trugen Sie einen Computer, einen Drucker, ein Handy und eine große, schwere Reisetasche. Die meisten Leute, die sich in einem Flammeninferno befinden, fangen nicht erst an, ihre Sachen zu packen, Miss Cavanaugh.«

»In dem Augenblick, als ich die Tür zum Treppenhaus erreichte, ging die Wand an dem einen Ende des Wohnzimmers in Flammen auf. Der Tisch, auf dem sich diese Sachen befanden, wurde hell erleuchtet. Sie bedeuten mir sehr viel, daher habe ich sie noch mitgenommen.«

»Warum waren sie Ihnen so wichtig, Miss Cavanaugh?«

»Das werde ich Ihnen sagen, Detective Bannister.« Der Computer lag immer noch auf meinem Schoß, und ich zeigte auf ihn. »Das erste Kapitel des Buches, das ich gerade über Rob Westerfield schreibe, befindet sich in diesem Computer. Seitenweise Auszüge und Zitate, die ich aus dem Protokoll des Westerfield-Prozesses abgeschrieben habe, befinden sich ebenfalls darin. Ich habe keine Back-ups gemacht, und ich besitze keinerlei Kopie davon an einem anderen Ort.«

Seine Miene blieb ungerührt, aber ich bemerkte, dass Officer Whites Mund sich zu einer dünnen, ärgerlichen Linie verzog.

»Ich habe meine Handynummer auf das Schild geschrieben, das ich vor dem Eingang von Sing Sing trug. Ich bin sicher, er hat Ihnen davon erzählt.« Ich machte eine Bewegung mit dem Kopf in Richtung von White. »Ich habe auch schon einen sehr interessanten Anruf von jemandem erhalten, der Westerfield im Gefängnis gekannt hat. Dieses Handy ist meine einzige Chance, mit ihm in Kontakt zu bleiben. Ansonsten hätte ich erst darauf warten müssen, mir ein neues zu kaufen und die Nummer übertragen zu lassen. Was die schwere Reisetasche angeht: Sie ist im Schrank. Möchten Sie ihren Inhalt einsehen?«

»Ja, das würde ich gerne.«

Ich stellte den Computer auf den Boden und stand auf.

»Ich werde sie holen«, sagte er.

»Es ist mir lieber, sie nicht aus der Hand zu geben.«

Ich versuchte, nicht zu humpeln, als ich durch das Zimmer lief. Ich zog die Schranktür auf, holte die Tasche heraus, trug sie zurück, stellte sie vor meinen Stuhl und öffnete den Reißverschluss.

Ich spürte, mehr als dass ich sah, wie die beiden Männer zusammenzuckten, als sie die Schlagzeile »SCHULDIG« zu Gesicht bekamen.

»Es wäre mir lieber gewesen, Ihnen all dies nicht zeigen zu müssen.« Heftig stieß ich die Worte hervor, während ich Zeitung für Zeitung aus der Tasche holte und auf den Fußboden warf.

»Meine Mutter hat all diese Zeitungen ihr Leben lang aufgehoben.« Ich mühte mich nicht, meinen Zorn zu verbergen. »Sämtliche Zeitungsberichte, angefangen von der Entdeckung der Leiche meiner Schwester bis zum Urteilsspruch für Rob Westerfield. Es ist keine besonders *angenehme* Lektüre, wohl aber eine *interessante*, und ich möchte sie auf keinen Fall verlieren.«

Ich hatte die letzte Zeitung auf den Boden geworfen. Für das Prozessprotokoll brauchte ich beide Hände. Ich zeigte ihnen das Deckblatt. »Ebenfalls eine interessante Lektüre, Detective Bannister«, sagte ich.

»Das glaub ich gern«, antwortete er mit unbewegtem Gesicht. »Befindet sich noch etwas in der Tasche, Miss Cavanaugh?«

»Falls Sie damit gerechnet haben, eine Flasche Spiritus und eine Schachtel Streichhölzer zu finden, haben Sie Pech gehabt.« Ich holte das lederne Köfferchen hervor und öffnete es. »Bitte schauen Sie es sich an.«

Er warf einen Blick auf den Inhalt und reichte mir das Köfferchen zurück. »Tragen Sie immer Ihren Schmuck zusammen mit Zeitungen in einer Reisetasche mit sich herum, Miss Cavanaugh, oder nur, wenn Sie befürchten, es könnte ein Feuer ausbrechen?«

Er erhob sich, und White sprang sofort auf. »Sie werden noch von uns hören, Miss Cavanaugh. Kehren Sie nach Atlanta zurück, oder bleiben Sie noch länger in unserer Gegend?«

»Ich werde in der Gegend bleiben und Ihnen meine neue Adresse mitteilen. Ich fände es wünschenswert, wenn die Polizei meinen neuen Aufenthaltsort besser überwachen könnte, als sie es bei Mrs. Hilmers Haus getan hat. Meinen Sie, dass das möglich wäre?«

Auf Officer Whites Wangen bildeten sich rote Flecken. Ich wusste, dass er vor Wut kochte und dass ich ungerecht war, aber in diesem Moment war mir das egal.

Bannister reagierte nicht, sondern drehte sich wortlos auf dem Absatz um und verließ das Zimmer mit White an seinen Fersen.

Ich blickte ihnen nach. Der Krankenpfleger trat ein, um die Klappstühle zu holen. Er riss die Augen auf, als er mich erblickte, das Prozessprotokoll auf dem Schoß, das Schmuckköfferchen in der Hand, die Reisetasche und die verstreuten Zeitungen vor mir auf dem Boden.

»Kann ich Ihnen beim Einsammeln helfen?«, fragte er. »Oder soll ich Ihnen etwas bringen? Sie wirken, als ob Sie sich geärgert hätten.«

»Ich habe mich geärgert«, bestätigte ich. »Und Sie könnten mir wirklich etwas bringen. Gibt es eine Cafeteria in diesem Krankenhaus?«

»Ja. Eine richtig gute sogar.«

»Hätten Sie vielleicht die Güte …« Ich machte eine Pause, weil ich mich kurz vor einem hysterischen Anfall befand. »Hätten Sie vielleicht die Güte, mich auf eine Tasse sehr heißen Kaffee einzuladen?«

26

Eine halbe Stunde später genoss ich gerade den letzten Schluck des ausgezeichneten Kaffees, den mir der Pfleger freundlicherweise spendiert hatte, als sich ein weiterer, diesmal sehr überraschender Besucher einfand. Mein Vater.

Die Tür stand halb offen. Er klopfte und trat ein, ohne auf eine Antwort zu warten. Wir starrten uns an, und ich bekam eine trockene Kehle.

Sein dunkles Haar war silberweiß geworden. Er war etwas dünner, hielt sich aber immer noch so aufrecht wie früher. Eine Brille hob seine scharfen blauen Augen hervor, und in seine Stirn hatten sich tiefe Furchen eingegraben.

Meine Mutter ermahnte ihn immer: »Ted, ich weiß, es ist dir nicht bewusst, aber hör auf, die Stirn in Falten zu legen, wenn du dich konzentrierst. Du wirst aussehen wie eine Backpflaume, wenn du älter wirst.«

Er sah absolut nicht aus wie eine Backpflaume. Er war immer noch ein gut aussehender Mann und hatte diese gewisse Ausstrahlung von innerer Kraft nicht verloren.

»Hallo, Ellie«, sagte er.

»Hallo, Dad.«

Ich konnte mir unschwer ausmalen, woran er dachte, als er mich musterte, gehüllt in einen billigen Krankenhausbademantel, die Haare verfilzt, die Füße dick verbunden. Sicherlich nicht an den leuchtenden Christbaumstern aus dem Lied von Andreas Spieldose.

»Wie geht es dir, Ellie?«

Ich hatte den tiefen Klang seiner Stimme vergessen. Es war der Klang von ruhiger Autorität, vor dem Andrea und ich als Kinder so viel Respekt gehabt hatten. Wir fühlten uns davon beschützt, und zumindest mir flößte er Ehrfurcht ein.

»Danke, es geht mir sehr gut.«

»Ich bin sofort hergekommen, als ich von dem Brand bei Mrs. Hilmer gehört habe und man mir erzählt hat, du seist in der Wohnung gewesen.«

»Du hättest dich nicht zu bemühen brauchen.«

Er war bei der Tür stehen geblieben. Jetzt machte er sie zu und trat zu mir. Er ging vor mir in die Hocke und wollte meine Hände ergreifen. »Ellie, um Himmels willen, du bist meine Tochter. Was glaubst du, wie ich mich gefühlt habe, als ich erfahren habe, dass du nur knapp dem Tod entgangen bist?«

Ich zog meine Hände zurück. »Ach, darüber wird man bald anders reden. Die Polizei glaubt, ich hätte das Feuer selbst gelegt. Ihrer Meinung nach wollte ich in der Öffentlichkeit Aufmerksamkeit und Mitgefühl erregen.«

Er war schockiert. »Das ist ja lächerlich.«

Er war mir so nahe gekommen, dass ich einen Hauch vom Duft seines Rasierschaums erhaschte. Täuschte ich mich, oder war es derselbe Duft, den ich in Erinnerung hatte? Er trug Hemd und Krawatte mit einem dunkelblauen Jackett und grauen Hosen. Mir fiel ein, dass es Sonntagmorgen war und er sich wahrscheinlich gerade für die Kirche fein gemacht hatte, als er von dem Feuer hörte.

»Ich weiß, dass du es gut meinst«, sagte ich, »aber mir wäre es wirklich am liebsten, wenn du mich in Ruhe lassen würdest. Ich brauche nichts von dir, und ich will auch nichts von dir.«

»Ellie, ich habe mir deine Website angeschaut. Westerfield ist gefährlich. Ich mache mir wirklich sehr große Sorgen um dich.«

Nun, zumindest hatte ich eines mit meinem Vater gemeinsam. Wir waren beide davon überzeugt, dass Westerfield ein Mörder war.

»Ich kann auf mich selbst aufpassen. Das tue ich schon seit geraumer Zeit.«

Er erhob sich. »Das ist nicht meine Schuld, Ellie. Du hast dich geweigert, mich zu besuchen.«

»Ja, das habe ich, du kannst also ruhigen Gewissens gehen. Ich halte dich nicht auf.«

»Ich bin hergekommen, um dich einzuladen, um dich *anzuflehen*, bei uns zu wohnen. Dann könnte ich dich beschützen. Falls du dich erinnerst: Ich war fünfunddreißig Jahre lang bei der staatlichen Polizei.«

»Ich erinnere mich. Du sahst blendend aus in deiner Uniform. Ach ja, ich habe dir doch geschrieben und dir dafür gedankt, dass du Mutters Urne in Andreas Grab hast beisetzen lassen, oder nicht?«

»Ja, das hast du.«

»Auf dem Totenschein war als Todesursache ›Leberzirrhose‹ angegeben, aber ich glaube, die richtige Diagnose wäre ›gebrochenes Herz‹ gewesen.«

»Ellie, deine Mutter hat mich verlassen.«

»Meine Mutter hat dich abgöttisch geliebt. Du hättest abwarten können. Du hättest ihr nach Florida folgen und sie zurückholen, *uns* zurückholen können. Aber das wolltest du nicht.«

Mein Vater langte in seine Tasche und zog seine Brieftasche hervor. Ich hatte schon Angst, er würde versuchen, mir Geld anzubieten, aber meine Befürchtung war grundlos. Er entnahm der Brieftasche eine Visitenkarte und legte sie auf das Bett. »Du kannst mich jederzeit anrufen, Ellie, Tag und Nacht.«

Dann ging er hinaus, doch der schwache Duft seines Rasierschaums schien noch länger im Raum zu schweben. Ich hatte vergessen, dass ich manchmal auf dem Rand der Badewanne gesessen und mich mit ihm unterhalten hatte, während er sich rasierte. Ich hatte vergessen, dass er sich manchmal umgedreht, mich hochgehoben und sein Gesicht, das voll mit Rasierschaum war, gegen meines gerieben hatte.

Die Erinnerung war so stark, dass ich unwillkürlich meine Wange mit der Hand berührte, als ob ich erwartete, die Reste der feuchten Schaumflocken zu spüren. Meine Wangen waren tatsächlich feucht, aber es waren meine Tränen, die ich, zumindest in diesem Moment, nicht länger zurückhalten konnte.

27

ZWEIMAL VERSUCHTE ICH in der folgenden Stunde, Marcus Longo zu erreichen. Dann fiel mir ein, dass er irgendwann erwähnt hatte, seine Frau würde ungern allein fliegen. Es war gut möglich, dass er nach Denver geflogen war, um sie abzuholen, und dabei die Gelegenheit nutzte, sein erstes Enkelkind ein weiteres Mal anzuhimmeln.

Die Krankenschwester steckte den Kopf zur Tür herein und erinnerte mich daran, dass ich bis Mittag Zeit hätte, das Krankenhaus zu verlassen. Um halb zwölf war ich kurz davor zu fragen, ob es im Krankenhaus eine Stelle für Sozialfälle gebe, aber dann rief Joan an.

»Ellie, ich habe gerade gehört, was passiert ist. Um Himmels willen, wie geht es dir? Kann ich etwas für dich tun?«

All mein anfänglicher Stolz, ihre Hilfe abzulehnen, weil sie nicht daran glaubte, dass Rob Westerfield eine mordende Bestie war, schmolz dahin. Ich brauchte sie, und ich wusste nur zu gut, dass sie genauso ehrlich von seiner Unschuld überzeugt war wie ich von seiner Schuld.

»Du kannst wirklich eine ganze Menge für mich tun«, sagte ich. Meine Stimme zitterte, so erleichtert war ich, dass sich jemand meiner annahm. »Du könntest ein paar Sachen zum Anziehen für mich auftreiben. Du könntest kommen und mich abholen. Du könntest mir helfen, eine Unterkunft zu finden. Du könntest mir etwas Geld leihen.«

»Du kannst erst mal bei uns wohnen …«, begann sie.

»Abgelehnt. Nein. Das ist weder eine gute noch eine sichere Lösung, für keinen von uns. Am Ende geht dein Haus auch noch in Flammen auf, bloß weil ich mich dort aufhalte.«

»Ellie, du glaubst doch nicht etwa, dass jemand das Feuer absichtlich gelegt hat, um dich zu töten?«

»Doch, genau das glaube ich.«

Sie dachte einen Moment über diese Neuigkeit nach, und ganz sicher dachte sie auch an ihre drei Kinder. »Aber wo wärst du denn in Sicherheit, Ellie?«

»Am liebsten würde ich in ein Gasthaus gehen. Ein Motel wäre mir nicht so angenehm, wegen der separaten Eingänge.« Dann fiel mir etwas ein. »Und vergiss das Parkinson Inn. Es ist ausgebucht.« Außerdem begegnet man dort den Westerfields, dachte ich.

»Mir fällt da etwas ein, was passen könnte«, sagte Joan. »Außerdem habe ich eine Freundin, die in etwa deine Größe und dein Gewicht hat. Ich rufe sie an, um ein paar Kleider auszuleihen. Was hast du für eine Schuhgröße?«

»Dreiundvierzig, aber ich glaube nicht, dass ich schon den Verband von den Füßen abnehmen kann.«

»Leo hat fünfundvierzig. Wenn es dir nichts ausmacht, ein Paar von seinen Freizeitschuhen zu tragen, dann müssten die fürs Erste reichen.«

Es machte mir nichts aus.

In weniger als einer Stunde war Joan da, in der Hand einen Koffer mit Unterwäsche, Schlafanzug, Strümpfen, Hose, einem Pullover, einer warmen Jacke, Handschuhen, den Freizeitschuhen und ein paar Toilettenartikeln. Ich zog mich an, und die Schwester brachte mir noch einen Gehstock, der mir das Gehen erleichtern sollte, bis die Brandblasen an meinen Füßen verheilt wären. Vor dem Verlassen des Krankenhauses hatte man im Verwaltungsbüro widerstrebend eingewilligt, von einer sofortigen Zahlung abzusehen, nachdem ich ihnen zugesichert hatte, ihnen eine Kopie meiner Krankenversicherungskarte zufaxen zu lassen.

Endlich saßen wir in Joans Geländewagen. Meine Haare hatte ich geglättet und zurückgestrichen, sie wurden im Nacken von einem Gummiband gehalten, das ich mir bei der Schwesternstation besorgt hatte. Ein flüchtiger Blick in den Spiegel überzeugte mich davon, dass sie einigermaßen ordentlich aussahen. Die geliehenen Kleider passten recht gut, und obwohl die Schuhe breit und unelegant aussahen, schützten sie wenigstens meine schmerzenden Füße.

»Ich habe ein Zimmer für dich im Hudson Valley Inn reserviert«, sagte Joan. »Es ist ungefähr eine Meile von hier entfernt.«

»Wenn es dir nichts ausmacht, würde ich gerne vorher zu Mrs. Hilmers Haus fahren. Mein Auto steht immer noch dort – zumindest hoffe ich, dass es noch dort steht.«

»Wer sollte es weggeschafft haben?«

»Niemand wird es weggeschafft haben. Nur – ich hatte es direkt an der Garage abgestellt. Und ich bete zu Gott, dass keine Balken oder Trümmer draufgefallen sind.«

Von dem Gebäude mit der angenehmen Wohnung, die mir Mrs. Hilmer so großzügig zur Verfügung gestellt hatte, stand keine Wand mehr aufrecht. Das Gelände ringsum war mit Bändern abgesperrt, und ein Polizist stand Wache.

Drei Männer in Gummistiefeln waren damit beschäftigt, die Trümmer genauestens zu untersuchen, offensichtlich in dem Bemühen, den Brandherd zu finden. Sie sahen kurz auf, als wir näher kamen, fuhren dann aber in ihrer Arbeit fort.

Erleichtert stellte ich fest, dass mein Auto etwa zehn Meter in Richtung von Mrs. Hilmers Haus weggeschoben worden war. Wir stiegen aus, um es uns anzusehen. Es war ein gebrauchter BMW, den ich vor zwei Jahren gekauft hatte, das erste halbwegs anständige Auto, das ich mir angeschafft hatte.

Natürlich war es von oben bis unten mit schwarzem Ruß überzogen, und auf der Beifahrerseite hatte der Lack ein paar Blasen geworfen, dennoch fand ich, dass ich Glück gehabt hatte. Immerhin blieb mir noch mein fahrbarer Untersatz, auch wenn ich ihn zunächst nicht benutzen konnte.

Meine Handtasche war im Schlafzimmer geblieben. Unter anderem hatte sie meinen Schlüsselbund enthalten.

Der wachhabende Polizist trat zu uns. Er war noch sehr jung und überaus höflich. Als ich ihm erklärte, dass ich keinen Schlüssel mehr zu dem Auto besäße und erst Kontakt mit BMW aufnehmen müsse, um einen Ersatz zu bekommen, versicherte er mir, dass der Wagen auf dem Gelände sicher sei. »In den nächsten Tagen wird ständig einer von uns hier sein.«

Um herauszufinden, ob ihr mir das Feuer in die Schuhe schieben könnt?, fragte ich mich und dankte ihm.

Das bisschen Erleichterung, das ich gespürt hatte, als ich mich anzog und mit Joan das Krankenhaus verließ, war verflogen, als wir zu ihrem Auto zurückliefen. Es war ein wunderschöner klarer Herbsttag, aber um uns herum war die Luft von Brandgeruch geschwängert. Ich hoffte inständig, dass er sich verziehen würde, bevor Mrs. Hilmer zurückkam. Dabei fiel mir ein, dass ich noch etwas zu erledigen hatte: Ich musste sie anrufen und mit ihr reden.

Ich stellte mir die Unterhaltung mit ihr vor.

»Es tut mir wirklich Leid, dass wegen mir Ihre Gästewohnung abgebrannt ist. Es soll nicht wieder vorkommen.«

Ich hörte Kirchenglocken in der Ferne und fragte mich, ob mein Vater zur Messe gegangen war, nachdem er mich besucht hatte – er, seine Frau und sein Sohn, der Basketball-Star. Ich hatte seine Visitenkarte weggeworfen, als ich meine Sachen im Krankenzimmer zusammengepackt hatte, und dabei hatte ich gesehen, dass er immer noch in Irvington lebte. Demnach müsste er immer noch Gemeindemitglied der Kirche Mariä unbefleckte Empfängnis sein, in der ich getauft worden war.

Meine Taufpaten, die Barrys, die meinen Eltern tätige Hilfe für meine Erziehung im Glauben und für mein geistiges Wohlbefinden leisten sollten, waren enge Freunde meines Vaters gewesen. Dave Barry war ein Kollege von der staatlichen Polizei und musste mittlerweile ebenfalls pensioniert sein. Ob er oder seine Frau Nancy sich manchmal nach mir erkundigten? »Ach übrigens, Ted, hast du etwas von Ellie gehört?«

Oder war ich ein unangenehmes Kapitel, über das tunlichst nicht geredet wurde? Jemand, bei dessen Erwähnung man nur kurz den Kopf schüttelte und seufzte. *»Das ist eines dieser traurigen Dinge im Leben, die nicht zu ändern sind. Man muss sich damit abfinden und weiterleben.«*

»Du sagst gar nichts mehr, Ellie«, meinte Joan, als sie den Motor anließ. »Wie fühlst du dich jetzt?«

»Viel besser, als ich dachte«, versicherte ich. »Du bist wirklich ein Engel, und mit dem Geld, das du mir freundlicherweise leihen wirst, lade ich dich jetzt zum Essen ein.«

Wie ich mich sofort überzeugen konnte, war das Hudson Valley Inn der perfekte Ort für meine Zwecke. Es war ein dreistöckiges viktorianisches Herrenhaus mit breitem Vorbau, und sobald wir das Vestibül betreten hatten, wurden wir von einer älteren Angestellten am Empfang prüfend in Augenschein genommen.

Joan überreichte ihre Kreditkarte und erklärte, ich hätte mein Portemonnaie verloren und es würde ein paar Tage dauern, bevor ich Ersatz für meine Karten erhalten würde. Dieser Umstand bewirkte, dass Mrs. Willis, die Empfangsdame, mich sofort in ihr Herz schloss. Nachdem sie sich vorgestellt hatte, wusste sie zu berichten, dass sie vor sieben Jahren im Bahnhof ihr Portemonnaie neben sich auf die Bank gelegt hatte.

»Ich blätterte die Zeitung um«, erinnerte sie sich, »und in diesen Bruchteilen von Sekunden war es verschwunden. So ein Ärger. Ich saß völlig auf dem Trockenen. Ich war hilflos. Und bevor ich überhaupt meine fünf Sinne wieder beisammen hatte und anrufen konnte, hatte schon jemand auf meine Karte dreihundert Dollar abgehoben, und dann …«

Vielleicht wegen dieser gemeinsamen Erfahrung überließ sie mir ein anscheinend besonders begehrtes Zimmer. »Vom Preis her ist es ein Einzelzimmer, aber in Wirklichkeit ist es eher eine kleine Suite mit einer getrennten Sitzecke und einer kleinen Küchenzeile. Und vor allem hat man einen wunderbaren Blick auf den Fluss.«

Wenn es etwas auf der Welt gibt, was ich liebe, dann ist es ein Ausblick auf einen Fluss. Warum das so ist, fällt nicht schwer zu begreifen. Ich wurde in einem Haus in Irvington mit Blick auf den Hudson gezeugt und verbrachte dort meine ersten fünf Lebensjahre. Ich erinnere mich, dass ich, als ich noch sehr klein war, immer einen Stuhl ans Fenster schob und mich darauf stellte, um den schimmernden Strom betrachten zu können.

Joan und ich stiegen langsam die zwei Treppen zu meinem Zimmer hinauf, stellten fest, dass es genau das war, was ich suchte, und legten mit derselben Langsamkeit wieder den Weg hinunter und in das kleine Speisezimmer im hinteren Teil des Gasthauses zurück. Dort angekommen, hatte ich das Gefühl, die Brandblasen an meinen Füßen hätten sich verzehnfacht.

Eine Bloody Mary und ein Club-Sandwich taten ihren Dienst, um mein Lebensgefühl wieder halbwegs ins Lot zu bringen.

Als wir beim Kaffee angekommen waren, setzte Joan eine ernste Miene auf und sagte: »Ellie, es fällt mir schwer, davon anzufangen, aber es muss sein. Leo und ich waren gestern Abend auf einer Cocktailparty. Alle Leute reden über deine Website.«

»Und?«

»Einige Leute finden sie schlicht und einfach unmöglich«, berichtete sie. »Ich weiß, legal spricht nichts dagegen, dass du sie unter Rob Westerfields Namen eingetragen hast, aber viele Leute sind der Meinung, das sei unfair und völlig unnötig.«

»Schau nicht so bekümmert«, sagte ich. »Ich habe nicht die Absicht, den Boten für die schlechte Nachricht zu bestrafen, und es interessiert mich, was die Leute darüber sagen. Was gibt es noch für Reaktionen?«

»Dass es nicht richtig war, diese Verbrecherfotos von ihm auf der Website zu bringen. Dass die Beschreibung von Andreas Verletzungen aus dem Obduktionsbericht eine brutale Lektüre abgibt.«

»Es war ein brutales Verbrechen.«

»Ellie, du hast mich gebeten, dir zu sagen, was die Leute reden.«

Joan blickte so unglücklich drein, dass ich mich schämte. »Entschuldige. Ich weiß, dass es dir schwer fällt.«

Sie zuckte die Achseln. »Ellie, ich selbst glaube, dass Will Nebels Andrea ermordet hat. Die Hälfte der Leute in der Stadt glaubt, dass Paulie Stroebel schuldig ist. Und viele andere sind der Meinung, dass Rob Westerfield, selbst wenn er schuldig sein sollte, seine Strafe abgesessen hat und nun auf Bewährung entlassen worden ist, und dass du das akzeptieren müsstest.«

»Joan, wenn Rob Westerfield seine Schuld eingestanden und ehrliche Reue gezeigt hätte, dann würde ich ihn zwar immer noch hassen, aber es hätte keine Website gegeben. Ich verstehe zwar, dass die Leute so denken, aber ich kann jetzt nicht mehr zurück.«

Sie reichte ihre Hand über den Tisch, und ich ergriff sie. »Ellie, es gibt noch eine andere Sympathiewelle, und zwar für die alte Mrs. Westerfield. Ihre Haushälterin erzählt jedem, der es hören will, wie sehr die Website sie mitgenommen hat und wie sehr sie sich wünscht, du mögest sie wenigstens so lange wieder schließen, bis es einen neuen Prozess mit einem neuen Urteil gibt.«

Ich dachte an Dorothy Westerfield, diese elegante Frau, wie sie meiner Mutter am Tage der Beerdigung ihr Beileid bekundet hatte und wie mein Vater sie des Hauses verwiesen hatte. Er hatte damals ihr Mitgefühl nicht ertragen können, und jetzt konnte ich mir nicht erlauben, mich von Mitgefühl für sie fortreißen zu lassen.

»Lassen wir dieses Thema lieber fallen«, sagte ich. »Wir werden uns nicht einig werden.«

Joan lieh mir dreihundert Dollar, und uns gelang beiden ein aufrichtiges Lächeln, als ich die Rechnung beglich. »Ist zwar eher symbolisch«, sagte ich, »aber jetzt geht es mir besser.«

Wir verabschiedeten uns im Vestibül an der Eingangstür. »Du Ärmste musst dich jetzt immer die Treppe hinaufquälen«, meinte sie mit besorgter Miene.

»Es lohnt sich, allein schon wegen des Blicks. Und ich kann mich auf mein Werbegeschenk stützen.« Um meine Worte zu unterstreichen, tippte ich den Gehstock ein paar Mal auf den Boden.

»Ruf mich an, wenn du etwas brauchst. Ansonsten werde ich mich morgen wieder melden.«

Ich zögerte, noch einmal eine Sache zur Sprache zu bringen, in der wir uns nicht einig waren, aber es gab da noch etwas, was ich sie fragen musste. »Joan, ich weiß, dass du diesen Anhänger, von dem ich sicher weiß, dass Andrea ihn getragen hat, nie zu Gesicht bekommen hast, aber hast du noch Kontakt zu irgendwelchen Mädchen, die mit dir und Andrea auf der Schule waren?«

»Natürlich. Und nach allem, was in letzter Zeit passiert ist, werden sie sich garantiert bei mir melden.«

»Könntest du sie direkt fragen, ob eine von ihnen irgendwann diesen Anhänger, den ich dir beschrieben habe, an Andrea bemerkt hat? Golden, herzförmig, Verzierungen am Rand, in der Mitte kleine blaue Steine und auf der Rückseite ›A‹ und ›R‹, die Initialen von Andrea und Rob, eingraviert.«

»Ellie ...«

»Joan, je öfter ich darüber nachdenke, desto sicherer bin ich mir, dass Rob nur aus einem einzigen Grund wieder in die Garage zurückgekehrt ist, nämlich, weil er auf keinen Fall zulassen konnte, dass der Anhänger an Andreas Leiche gefunden würde. Ich muss herausfinden, warum, und es würde mir ein Stück weiterhelfen, wenn irgendjemand bestätigen könnte, dass es ihn gegeben hat.«

Joan machte keine weiteren Einwände. Sie versprach mir, sich nach dem Anhänger zu erkundigen, und verließ mich, um nach Hause zu fahren und sich wieder ihrem normalen Leben mit Ehemann und Kindern zu widmen. Ich humpelte die Treppe hinauf in mein Zimmer, mich dabei fest auf den Gehstock stützend, schloss die Tür hinter mir ab, zog vorsichtig die Schuhe aus und ließ mich auf das Bett sinken.

Ich wurde vom Telefon geweckt. Zu meinem Erstaunen

war es im Zimmer bereits dunkel. Ich rappelte mich auf, tastete nach dem Lichtschalter und warf einen Blick auf die Uhr, während ich den Hörer auf dem Nachttisch aufnahm.

Es war acht Uhr. Ich hatte sechs Stunden geschlafen. »Hallo.« Meine Stimme klang benommen.

»Ellie, ich bin's, Joan. Es ist etwas Schlimmes passiert. Die Haushälterin der alten Mrs. Westerfield ist heute Nachmittag in Stroebels Feinkostgeschäft gegangen und hat Paulie angeschrien, er solle endlich zugeben, dass er Andrea getötet hätte. Sie hat gesagt, es sei seine Schuld, dass die Westerfields diese unerträglichen Qualen ausstehen müssten.

Ellie, vor einer Stunde hat sich Paulie zu Hause im Badezimmer eingesperrt und sich die Pulsadern aufgeschlitzt. Er liegt im Krankenhaus auf der Intensivstation. Er hat so viel Blut verloren, dass sie zweifeln, ob er überleben wird.«

28

Im Wartezimmer vor der Intensivstation traf ich auf Mrs. Stroebel. Sie weinte leise, Tränen liefen ihr über die Wangen. Ihre Lippen waren fest zusammengepresst, als ob sie befürchte, dass sich eine Welle unbezähmbaren Schmerzes lösen würde, wenn sie sie öffnete.

Sie hatte ihren Mantel über die Schultern gelegt, und obwohl Jacke und Rock dunkelblau waren, sah ich dunkle Flecken darauf, die vermutlich von Paulies Blut stammten.

Eine breit gebaute, einfach gekleidete Frau um die fünfzig saß dicht neben ihr, wie um sie zu beschützen. Sie warf mir einen feindseligen Blick zu.

Ich war mir nicht sicher, wie Mrs. Stroebel reagieren würde. Immerhin war es meine Website gewesen, welche die verbale Attacke der Haushälterin von Mrs. Westerfield und Paulies Verzweiflungstat ausgelöst hatte.

Aber Mrs. Stroebel stand auf und kam mir durch das halbe Zimmer entgegen. »Sie wissen es, Ellie«, schluchzte sie. »Sie wissen, was sie meinem Sohn angetan haben.«

Ich umarmte sie. »Ja, das weiß ich, Mrs. Stroebel.« Ich blickte über ihren Kopf hinweg auf die andere Frau. Sie erriet meine stumme Frage und machte eine Handbewegung, die mir bedeuten sollte, man könne noch nicht sagen, ob Paulie durchkommen werde.

Dann stellte sie sich vor: »Ich bin Greta Bergner. Ich arbeite mit Mrs. Stroebel und Paulie im Laden. Ich dachte zuerst, Sie seien von der Presse.«

Während der folgenden zwölf Stunden saßen wir beisammen. Von Zeit zu Zeit standen wir auf, gingen in die Station und blieben am Eingang zu der Kammer stehen, in der Paulie lag, das Gesicht von einer Sauerstoffmaske bedeckt, Schläuche an den Armen, dicke Verbände an den Handgelenken.

In dieser langen Nacht konnte ich die allergrößte Verzweiflung auf dem Gesicht von Mrs. Stroebel ablesen, ich sah, wie ihre Lippen sich in stummem Gebet bewegten, und unvermittelt begann ich selbst zu beten. Zunächst war es ein instinktives, doch dann wurde es zu einem bewussten Gebet. *Wenn du Paulie am Leben lässt, dann werde ich versuchen, alles, was geschehen ist, zu akzeptieren. Vielleicht wird es mir nicht gelingen, aber ich schwöre, dass ich es versuchen werde.*

Draußen begannen einzelne Lichtstreifen die Dunkelheit zu durchdringen. Um Viertel nach neun betrat ein Arzt das Wartezimmer. »Paulies Zustand hat sich stabilisiert«, sagte er. »Er wird durchkommen. Sie sollten jetzt besser nach Hause gehen und etwas schlafen.«

Vom Krankenhaus nahm ich ein Taxi; unterwegs bat ich den Fahrer anzuhalten, damit ich mir die Morgenzeitungen holen konnte. Ich brauchte nur einen Blick auf die Titelseite der *Westchester Post* zu werfen, um froh darüber zu sein, dass Paulie Stroebel in der Intensivstation keine Zeitungen lesen konnte.

Die Schlagzeile lautete: »Mordverdächtiger begeht Selbstmordversuch«.

Der verbleibende Platz auf der Titelseite wurde von den Bildern dreier Personen eingenommen. Das linke Foto zeigte das ausgemergelte Gesicht von Will Nebels, der sich bemüht hatte, für die Kamera eine selbstsichere Miene aufzusetzen. Das rechte Bild zeigte eine Frau von etwa Mitte sechzig mit einem besorgten Gesichtsausdruck, der ihre strengen Züge betonte. Das mittlere Foto zeigte Paulie hinter der Ladentheke, ein Brotmesser in der Hand.

Das Bild war so zurechtgeschnitten worden, dass nur die Hand mit dem Brotmesser zu sehen war. Was sich darunter befand, fehlte, vielleicht ein Stück Baguette, das für ein Sandwich aufgeschnitten werden sollte. Er blickte mit zusammengezogenen Augenbrauen in die Kamera.

Ich vermutete, dass Paulie überrumpelt worden war, als dieser Schnappschuss gemacht wurde. Wie auch immer, das Bild vermittelte den Eindruck eines mürrischen Mannes mit einem beunruhigenden Blick, der eine Waffe in der Hand hielt.

Die Bildunterschriften bestanden aus Zitaten. Unter Nebels' Foto war zu lesen: »Ich wusste, dass er der Täter ist.« Die Frau mit den strengen Zügen hatte gesagt: »Er hat es mir gegenüber zugegeben.« Das Zitat von Paulie lautete: »Es tut mir so furchtbar Leid.«

Der Artikel befand sich auf Seite drei, aber ich musste die Lektüre abbrechen, weil das Taxi vor dem Gasthaus hielt. Einmal in meinem Zimmer angekommen, nahm ich mir die Zeitung sofort wieder vor.

Bei der Frau auf der Titelseite handelte es sich um Lillian Beckerson, die seit einunddreißig Jahren für Mrs. Dorothy Westerfield den Haushalt besorgte. »Mrs. Westerfield ist der edelste und großherzigste Mensch, dem ich je begegnet bin«, wurde sie in der Zeitung zitiert. »Ihr Ehemann war Senator der Vereinigten Staaten, und dessen Großvater war Gouverneur von New York. Seit mehr als zwanzig Jahren muss sie mit diesem Schandfleck auf dem guten Ruf der Familie leben. Und in dem Moment, wo ihr einziger

Enkel versucht, seine Unschuld zu beweisen, kommt diese Frau zurück, die als Kind im Zeugenstand gelogen hat, und versucht, ihn auf ihrer Website ein zweites Mal zu zerstören.«

Damit bin wohl ich gemeint, dachte ich.

»Gestern Nachmittag hat Mrs. Westerfield diese Website gesehen und geweint. Ich konnte es nicht mehr ertragen. Ich bin zu diesem Feinkostgeschäft gegangen und habe den Mann zur Rede gestellt und ihn aufgefordert, endlich die Wahrheit zu sagen und seine Tat einzugestehen. Wissen Sie, was er mir daraufhin geantwortet hat? ›Es tut mir Leid, es tut mir Leid.‹ Also, sagen Sie ehrlich, würde jemand so antworten, wenn er unschuldig wäre? Ich glaube nicht.«

Er würde, sofern er Paulie Stroebel heißt. Ich zwang mich weiterzulesen. Als Journalistin konnte ich leicht erkennen, dass Colin Marsh, der Kerl, der diesen Artikel geschrieben hatte, einer dieser Sensationsreporter war, die die Kunst beherrschen, viel sagende Zitate geschickt zu platzieren und zu manipulieren.

Er hatte Emma Watkins ausgegraben, die Beratungslehrerin, die im Prozess geschworen hatte, Paulie habe die Worte »Ich hab nicht geglaubt, dass sie tot ist« gebraucht, als die Klasse von der Tat unterrichtet worden war.

Miss Watkins hatte Marsh erzählt, dass ihr die Verurteilung von Rob Westerfield über all die Jahre immer Unbehagen bereitet habe. Sie hatte gesagt, Paulie sei jemand, der schnell in Aufregung gerate, und sie könne sich vorstellen, dass er völlig ausgerastet sei und blindlings zugeschlagen habe, als ihm klar wurde, dass Andrea sich über ihn lustig gemacht hatte mit ihrer Zusage, mit ihm zur Thanksgiving-Fete zu gehen.

Blindlings zugeschlagen. Was für eine feinfühlige Art, die Sache darzustellen, dachte ich.

Will Nebels, dieses erbärmliche Exemplar der menschlichen Gattung, dieser schmierige Typ, der es genoss, kleine Mädchen an sich zu drücken, kam mit größter Ausführlichkeit zu Wort. Mit noch mehr Ausschmückungen als in dem Fernsehinterview, das ich gesehen hatte, berichtete er Marsh, dass er Paulie in jener Nacht beobachtet habe, als er in die Garage gegangen sei, den Wagenheber in der Hand. Am Schluss äußerte er hingebungsvoll sein tiefes Bedauern, dass er den Schaden nie mehr würde gutmachen können, den er den Westerfields zugefügt habe, weil er seine Aussage erst jetzt gemacht habe.

Als ich den Artikel zu Ende gelesen hatte, schmiss ich die Zeitung auf das Bett. Ich war wütend und beunruhigt zugleich. Der Fall wurde in der Presse in eindeutiger Weise dargestellt, sodass immer mehr Leute zu der Ansicht kommen mussten, dass Rob Westerfield unschuldig sei. Ich musste mir eingestehen, dass selbst ich, hätte ich den Artikel unbeteiligt gelesen, zu der Überzeugung hätte gelangen können, dass die falsche Person verurteilt worden war.

Andererseits, wenn Mrs. Westerfield durch das, was sie auf meiner Website gelesen hatte, erschüttert worden war, dann würde diese ohne Zweifel auch eine Wirkung auf andere Menschen haben. Ich schaltete den Computer ein und machte mich an die Arbeit.

»In einem Akt fehlgeleiteter Loyalität ist die Haushälterin von Mrs. Dorothy Westerfield in Stroebels Feinkostgeschäft gestürmt und hat dort wüste Beschuldigungen auf Paulie Stroebel losgelassen. Wenige Stunden später hat Paulie, ein sanfter Mensch, der bereits wegen der mithilfe der Westerfieldschen Geldmaschine in die Welt gesetzten Lügen unter größtem innerem Stress stand, versucht, sich das Leben zu nehmen.

Ich empfinde Mitgefühl mit Mrs. Dorothy Westerfield, die von allen als eine wahrhaft edelmütige Frau bezeichnet wird, wegen des großen Schmerzes, den sie durch das Verbrechen ihres Enkels erleiden musste. Vielleicht wird es ihr leichter fallen, sich damit abzufinden, wenn sie ihrerseits dafür Sorge trägt, dass der stolze Name der Familie auch bei zukünftigen Generationen hohen Respekt genießen wird.

Dazu bedarf es nur einer Willenserklärung, ihr großes Vermögen in eine wohltätige Stiftung umzuwandeln. Diese würde kommenden Generationen von Studenten ein Studium ermöglichen und der medizinischen Forschung Mittel zur Verfügung stellen, mit deren Hilfe das Leben vieler Menschen gerettet werden könnte. Dieses Vermögen einem Mörder zu vermachen, würde die Tragödie vergrößern, deren Opfer vor mehr als zwanzig Jahren meine Schwester gewesen ist und die gestern um ein Haar auch Paulie Stroebel das Leben gekostet hätte.

Soviel ich gehört habe, hat sich ein Aktionskomitee ›Gerechtigkeit für Rob Westerfield‹ gebildet.

Ich fordere dazu auf, dem Aktionskomitee ›Gerechtigkeit für Paulie Stroebel‹ beizutreten.

Mrs. Dorothy Westerfield, Sie zuerst!«

Nicht schlecht, dachte ich, als ich den Text auf die Website übertrug. Ich hatte gerade den Computer abgeschaltet, als mein Handy klingelte.

»Ich hab die Zeitungen gelesen.« Sofort erkannte ich die Stimme. Es war der Mann, der neulich behauptet hatte, zusammen mit Rob Westerfield im Gefängnis gewesen zu sein und gehört zu haben, dass er sich zu einem weiteren Mord bekannt hatte.

»Ich habe gehofft, Sie würden sich wieder melden.« Ich bemühte mich, meine Stimme gelassen klingen zu lassen.

»Soweit ich sehe, hat Westerfield es geschafft, diesen Schwachkopf Stroebel alt aussehen zu lassen.«

»Er ist kein ›Schwachkopf‹«, zischte ich.

»Ganz, wie Sie wünschen. Mein Angebot steht: Fünftausend Dollar, und ich gebe Ihnen den Vornamen von dem Typen, den Westerfield umgebracht haben will.«

»Nur den Vornamen?«

»Mehr weiß ich nicht. Tut mir Leid.«

»Können Sie mir nicht noch mehr sagen? Ich meine, wann es passiert ist, wo es passiert ist?«

»Ich weiß nur den Vornamen, und ich muss das Geld bis Freitag haben.«

Heute war Montag. Dreitausend Dollar hatte ich auf einem Sparkonto in Atlanta, und den Rest würde ich, auch wenn mir der Gedanke schwer fiel, von Pete leihen können, falls der Vorschuss für das Buch nicht bis Freitag eingetroffen sein sollte.

»Also, was ist?« Er klang ungeduldig.

Mit einiger Wahrscheinlichkeit war ich im Begriff, hereingelegt zu werden, dessen war ich mir bewusst, aber ich beschloss, es darauf ankommen zu lassen.

»Bis Freitag habe ich das Geld«, versprach ich.

29

Bis Mittwochabend hatte ich einigermaßen zur Normalität zurückgefunden. Ich besaß Kreditkarten, einen Führerschein und Geld. Ein Vorschuss auf das Buch war auf elektronischem Weg an eine Bankfiliale in der Nähe des Gasthofs überwiesen worden. Die Frau des Hausverwalters in Atlanta war in meine Wohnung gegangen, hatte einige Kleider für mich zusammengepackt und sie mir über Nacht zuschicken lassen. Die Blasen an meinen Füßen begannen abzuheilen, und ich hatte sogar die Zeit gefunden, mir die Haare schneiden zu lassen.

Das Wichtigste war, dass ich für den Donnerstagnachmittag in Boston einen Termin mit Christopher Cassidy vereinbart hatte, jenem Stipendiaten in Arbinger, der mit vierzehn Jahren von Rob Westerfield zusammengeschlagen worden war.

Ich hatte auch schon einen Artikel über den Vorfall mit Dr. Margaret Fisher auf die Website gesetzt, wonach ihr Rob Westerfield damals den Arm verdreht hatte und sie von seinem Vater fünfhundert Dollar erhalten hatte, damit sie keine Anzeige erstatte.

Den Text schickte ich ihr per E-Mail zu, bevor ich ihn auf der Website veröffentlichte. Sie gab nicht nur ihr Einverständnis, sondern äußerte auch ihre professionelle Meinung, dass es sich bei dem ungebremsten Ausbruch von Hass und Gewalt, den sie an ihm erlebt hatte, sehr gut um dieselbe Art von Reaktion gehandelt haben könnte, die ihn dazu getrieben hatte, Andrea zu erschlagen.

Auf der anderen Seite hatte Joan sich im Kreis von Andreas alten Freundinnen von der Highschool umgehört und berichtet, dass sich keine von ihnen daran erinnern könne, irgendeinen Anhänger an ihr gesehen zu haben, bis auf denjenigen, den sie von meinem Vater bekommen hatte.

Auf die Website hatte ich einen Kasten mit einer Beschreibung des Anhängers platziert, darunter die Bitte, mir jede etwa vorhandene Information zukommen zu lassen. Bis jetzt ohne Ergebnis. Eine Fülle von Reaktionen waren an meine E-Mail-Adresse geschickt worden. Einige lobten meine Aktion, andere sprachen sich vehement dagegen aus. Daneben bekam ich auch meinen Teil an durchgeknallten Typen ab. Zwei gestanden mir, den Mord begangen zu haben. Einer behauptete, Andrea sei noch am Leben und brauche dringend meine Hilfe.

In einem weiteren Teil der Zuschriften wurden Drohungen geäußert. Darunter war eine, die ich für authentisch hielt. Darin hieß es, der Schreiber sei sehr enttäuscht, dass ich dem Feuer entkommen sei. Er fügte hinzu: »Nettes Nachthemd – von L. L. Bean, nicht wahr?«

Hatte der Schreiber das Feuer vom Wald aus beobachtet, oder war es womöglich der nächtliche Besucher, der vielleicht im Schrank das Nachthemd auf dem Bügel gesehen hatte, als er in der Wohnung gewesen war? Jede dieser Möglichkeiten war beunruhigend, nein, eigentlich waren beide in höchstem Maße beängstigend, wie ich mir ehrlicherweise eingestehen musste.

Ich telefonierte mehrmals am Tag mit Mrs. Stroebel, und als sich Paulies Zustand zu bessern begann, war von Mal zu Mal eine größere Erleichterung bei ihr zu spüren. Allerdings kamen neue Sorgen auf. »Ellie, wenn es einen neuen Prozess gibt, und Paulie muss noch einmal aussagen, dann befürchte ich, dass er sich wieder etwas antun wird. Er hat mir gesagt: ›Mama, ich kann mich vor Gericht nicht so ausdrücken, dass sie mich verstehen werden. Ich habe mir nur Sorgen darüber gemacht, dass Andrea mit Rob Westerfield zusammen war. Ich habe ihr nicht gedroht.‹«

Sie fügte noch hinzu: »Meine Freunde haben mich angerufen. Sie haben Ihre Website gesehen. Alle haben gesagt, wir könnten von Glück reden, dass wir eine Fürsprecherin wie Sie hätten. Ich habe Paulie davon erzählt. Er würde sich freuen, wenn Sie ihn besuchen würden.«

Ich versprach, am Freitag zu kommen.

Abgesehen von ein paar Besorgungen war ich im Gasthaus geblieben, hatte an meinem Buch gearbeitet und mir die Mahlzeiten aufs Zimmer bringen lassen. Aber am Mittwochabend um sieben Uhr beschloss ich, das Abendessen unten einzunehmen.

Das Speisezimmer hatte eine gewisse Ähnlichkeit mit demjenigen im Parkinson Inn, strahlte jedoch eine etwas gediegenere Atmosphäre aus. Die Tische waren weiter voneinander entfernt, und die Tischtücher waren weiß statt rot-weiß kariert. Im Parkinson hatte in der Mitte des Tisches eine gemütliche, dicke Kerze gestanden und nicht, wie hier, eine dezente schmale Vase mit Blumen. Die Gäste waren deutlich älter – gesetzte, reifere Jahrgänge, nicht die lärmenden Tischrunden, die das Parkinson Inn bevölkerten.

Das Essen jedoch war genauso gut, und zwischen Lammbraten und Schwertfisch entschied ich mich erst nach langem Überlegen für das, wonach mir wirklich der Sinn stand, nämlich Lamm.

Ich holte ein Buch, das ich schon seit einiger Zeit lesen wollte, aus meiner Tasche und genoss während der folgenden Stunde eine meiner Lieblingsbeschäftigungen – ein gutes Essen zusammen mit einem guten Buch. Ich war vollkommen in die Geschichte versunken, und als die Bedienung den Tisch abgeräumt hatte und mich ansprach, zuckte ich zusammen und blickte sie erstaunt an.

Ich war mit Kaffee einverstanden und lehnte einen Nachtisch ab.

»Der Herr am Nachbartisch würde Sie gerne zu einem Drink einladen.«

Ich glaube, ich wusste schon, dass es Rob Westerfield war, bevor ich den Kopf wandte. Er saß zwei Meter von mir entfernt mit einem Glas Wein in der Hand. Er hob es zu einem spöttischen Gruß und lächelte.

»Er hat mich gefragt, ob ich Ihren Namen wüsste, Miss. Ich habe ihn genannt, und er hat Ihnen dies geschrieben.«

Sie überreichte mir eine Karte, auf der in geprägten Lettern Westerfields vollständiger Name prangte, Robson Parke Westerfield. *Mein Gott, er fährt wirklich alles auf*, ging mir durch den Kopf, als ich die Karte umdrehte.

Auf der Rückseite stand: »Andrea war hübsch, aber du bist eine echte Schönheit.«

Ich stand auf, ging an seinen Tisch, zerriss die Karte und ließ die Stücke in sein Weinglas fallen. »Vielleicht möchtest du mir auch den Anhänger schenken, den du an dich genommen hast, nachdem du sie ermordet hast«, sagte ich.

Seine kobaltblauen Augen weiteten sich, der spöttische Ausdruck verschwand. Für einen Moment glaubte ich, er würde aufspringen und sich auf mich stürzen, wie er es vor Jahren bei Dr. Fisher in dem Restaurant getan hatte. »Dieser Anhänger hat dir wohl große Sorgen gemacht, stimmt's?«, fragte ich. »Ich habe den Eindruck, er macht dir immer noch Sorgen, und ich werde herausfinden, warum.«

Die Bedienung stand zwischen den Tischen und machte

ein bestürztes Gesicht. Offensichtlich hatte sie Westerfield nicht gekannt, was darauf schließen ließ, dass sie noch nicht allzu lange in Oldham arbeitete.

Ich machte eine Kopfbewegung in seine Richtung. »Bitte bringen Sie Mr. Westerfield noch ein Glas Wein und setzen Sie es auf meine Rechnung.«

Irgendwann in der folgenden Nacht wurde die Alarmanlage an meinem Wagen außer Gefecht gesetzt und der Benzintank aufgebrochen. Eine äußerst wirkungsvolle Methode, den Motor eines Autos zu zerstören, besteht darin, Sand in den Tank zu füllen.

Die Polizei von Oldham meldete sich in Person von Detective White, als ich wegen des kaputten BMW anrief. Er ging zwar nicht so weit, mich zu fragen, woher ich den Sand hätte, versäumte jedoch nicht, mich darauf hinzuweisen, dass mittlerweile feststehe, dass das Feuer in Mrs. Hilmers Garage gelegt worden sei. Er sagte, die Überreste der mit Benzin getränkten Handtücher, die den Brand verursacht hätten, seien identisch mit den Handtüchern, die Mrs. Hilmer im Wäscheschrank in der Wohnung aufbewahrt hätte.

»Was für ein Zufall, finden Sie nicht, Miss Cavanaugh?«

30

Für meine Verabredung mit Christopher Cassidy in Boston nahm ich mir einen Mietwagen. Ich hatte eine Riesenwut, weil man mein Auto zerstört hatte, gleichzeitig war ich beunruhigt, weil ich das Gefühl hatte, dass noch ganz andere Dinge auf mich zukommen könnten. Ich hatte geglaubt, dass der nächtliche Einbrecher in der Wohnung hauptsächlich nach Material gesucht hatte, das ich eventuell für meine Website benutzen könnte. Jetzt fragte ich mich, ob er nicht in erster Linie auf geeignete Gegenstände aus war, mit denen er später jenes Feuer legen wollte, das mich beinahe das Leben gekostet hätte.

Natürlich war mir klar, dass Rob Westerfield dahinter steckte und dass er über Helfershelfer verfügte, die die Drecksarbeit für ihn erledigten, wie dieser Schlägertyp, der mich auf dem Parkplatz bei Sing Sing angegangen hatte. Mein Ziel war, vor der Öffentlichkeit zu beweisen, dass man bei Rob Westerfield ein wiederkehrendes Muster von Gewalttätigkeit aufzeigen könne, wenn man seinen Werdegang in den Jahren vor Andreas Tod betrachtete. Darüber hinaus glaubte ich, dass er die Absicht hatte, mich zum nächsten Opfer dieser Gewalttätigkeit zu machen.

Auch dieses Risiko musste ich auf mich nehmen, genauso wie das Risiko, bei der Zahlung von fünftausend Dollar für den Vornamen eines möglichen weiteren Opfers von Westerfield einem Betrug aufzusitzen.

Für einen guten Reporter ist es von größter Wichtigkeit, stets pünktlich zu sein. Ich war aufgehalten worden, weil ich meinen eigenen Wagen nicht benutzen konnte, bei der Polizei warten musste, bis mein Bericht aufgenommen worden war, und dann noch zur Mietwagenagentur gehen musste. Dennoch wäre ich immer noch früh genug zu meiner Verabredung gekommen, wenn mir nicht das schlechte Wetter einen Strich durch die Rechnung gemacht hätte.

Die Wettervorhersage hatte starke Bewölkung und möglicherweise leichten Schneefall am Abend prophezeit. Der leichte Schneefall begann fünfzig Meilen vor Boston; das Ergebnis waren rutschige Straßen und kriechender Verkehr. Ungeduldig schaute ich immer wieder auf die Uhr am Armaturenbrett, während der Verkehr sich fortschleppte und die Minuten verrannen. Christopher Cassidys Sekretärin hatte mich noch ermahnt, pünktlich zu sein, da er an diesem Tag sehr viele Termine habe und am Abend zu einer Geschäftsreise nach Europa abreisen wollte.

Als ich atemlos in seinem Büro anlangte, war es vier Minuten vor zwei Uhr, dem vereinbarten Termin. Während der wenigen Minuten, die ich in dem hübsch eingerichteten Empfangsraum saß, musste ich meine ganze Kraft zusammennehmen, um mich wieder zu sammeln. Ich war aufgeregt und konfus, außerdem spürte ich Kopfschmerzen aufsteigen.

Um punkt zwei trat Cassidys Sekretärin ein, um mich zu seinem persönlichen Arbeitszimmer zu führen. Während ich ihr folgte, ließ ich im Geist alles Revue passieren, was ich über Cassidy in Erfahrung gebracht hatte. Ich wusste bereits, dass er als Stipendiat an der Arbinger Academy gewesen war und dass er später eine eigene Firma gegründet hatte. Im Internet hatte ich weiter herausgefunden, dass er das College in Yale als Klassenbester absolviert hatte. Danach hatte er seinen Master an der Harvard Business School gemacht und war von so vielen wohltätigen Vereinen mit Ehrungen bedacht worden, dass man davon ausgehen musste, dass er ein großzügiger Spender war.

Er war zweiundvierzig Jahre alt, verheiratet, hatte eine fünfzehnjährige Tochter und war ein begeisterter Sportler.

Offensichtlich ein Überflieger.

Sobald ich das Zimmer betreten hatte, stand er von seinem Schreibtisch auf, kam auf mich zu und streckte mir die Hand entgegen. »Freut mich, Sie kennen zu lernen, Miss Cavanaugh. Darf ich Ellie sagen? Ich habe ein Gefühl, als ob wir uns schon kennen würden. Nehmen Sie doch bitte Platz.« Er deutete auf eine Sitzgruppe am Fenster.

Ich entschied mich für die Couch. Er setzte sich auf den Rand des Sessels gegenüber. »Kaffee oder Tee?«, fragte er.

»Kaffee, bitte, schwarz«, antwortete ich dankbar. Eine Tasse Kaffee würde meinem Kopf gut tun und mir vielleicht helfen, klar zu denken.

Er griff zum Telefonhörer. Während er mit seiner Sekretärin sprach, hatte ich kurz die Gelegenheit, ihn näher zu betrachten; was ich sah, gefiel mir. Sein gut geschnittener dunkelblauer Anzug und das weiße Hemd waren konservativ, aber dafür fiel der rote Schlips mit den kleinen Golfschlägern etwas aus dem Rahmen. Er hatte breite Schultern, einen kräftigen, aber schlanken Körper, dichte dunkelbraune Haare und tief liegende braune Augen.

Es ging eine Ausstrahlung von knisternder Energie von ihm aus, und ich spürte, dass Christopher Cassidy ein Mensch war, der niemals Zeit vergeudete.

Auch jetzt kam er sofort zur Sache. »Craig Parshall hat

mich angerufen und mir gesagt, warum Sie mich sprechen wollen.«

»Dann wissen Sie bereits, dass Rob Westerfield aus dem Gefängnis entlassen wurde und vermutlich einen neuen Prozess bekommt.«

»Und dass er versucht, den Mord an Ihrer Schwester jemand anderem in die Schuhe zu schieben. Ja, das ist mir bekannt. Jemand anderem die Schuld zu geben für etwas, was man selbst getan hat, das ist ein alter Trick von ihm. Das hat er auch schon gemacht, als er vierzehn Jahre alt war.«

»Das ist genau die Art von Information, die ich auf meiner Website veröffentlichen möchte. Die Westerfields haben einen angeblichen Augenzeugen aufgetrieben, der für sie gelogen hat. Im Augenblick stehen ihre Chancen nicht schlecht, in einem zweiten Prozess einen Freispruch zu erwirken, und dann wird sein Strafregister bereinigt. Rob Westerfield wird zu einem Märtyrer werden, der über zwanzig Jahre für das Verbrechen eines anderen im Gefängnis verbracht hat. Das kann ich nicht zulassen.«

»Was wollen Sie von mir hören?«

»Mr. Cassidy«, begann ich.

»Alle Leute, die Westerfield verachten, nennen mich Chris.«

»Chris, wie ich von Craig Parshall gehört habe, hat Sie Westerfield ziemlich brutal zusammengeschlagen, als Sie beide im zweiten Jahr in Arbinger waren.«

»Wir waren beide gut im Sport. In der Schulmannschaft wurde ein Platz frei für einen Verteidiger. Wir haben uns beide dafür beworben, und ich wurde ausgewählt. Ich nehme an, dass ihm das zu schaffen gemacht hat. Ein oder zwei Tage später war ich gerade auf dem Weg von der Bücherei zum Schlafsaal. Ich trug einen Stapel Bücher auf den Armen. Er näherte sich von hinten und schlug mir ins Genick. Bevor ich reagieren konnte, lag ich am Boden, und er war über mir. Das Resultat: Meine Nase und mein Unterkiefer waren gebrochen.«

»Und niemand hat ihn aufgehalten?«

»Er hatte sich den Zeitpunkt genau ausgesucht. Er hat mich angegriffen, als niemand in der Nähe war, und später hat er behauptet, ich hätte angefangen. Zum Glück hatte ein älterer Schüler zufällig aus dem Fenster gesehen und mitbekommen, was passiert war. Natürlich wollte die Schule einen Skandal vermeiden. Die Westerfields gehörten schon seit Generationen zu den großen Geldspendern. Mein Vater war eigentlich entschlossen, Anzeige zu erstatten, aber dann wurde ihm ein Vollstipendium für meinen Bruder angeboten, der damals in der achten Klasse war, falls er davon Abstand nehmen würde. Heute bin ich sicher, dass die Westerfields dieses so genannte Stipendium bezahlt haben.«

Der Kaffee wurde gebracht. Noch nie hatte etwas so gut geschmeckt. Cassidy machte ein nachdenkliches Gesicht, als er die Tasse zum Mund führte. Dann sagte er: »Zur Ehrenrettung der Schule muss ich sagen, dass Rob gezwungen wurde, am Ende des Schuljahres die Schule zu verlassen.«

»Darf ich diese Geschichte auf meiner Website zur Sprache bringen? Ihr Name würde meinem Anliegen eine Menge an zusätzlicher Glaubwürdigkeit verschaffen.«

»Selbstverständlich. Ich erinnere mich genau an die Zeit, als Ihre Schwester ermordet wurde. Ich habe sämtliche Berichte über den Prozess gelesen, wegen Westerfield. Ich wünschte mir damals, ich könnte als Zeuge vor Gericht aussagen, was für ein bestialischer Mensch er ist. Ich habe eine Tochter, die so alt ist wie Ihre Schwester, als sie ermordet wurde. Wenn ich mir vorstelle, was Ihr Vater damals durchmachen musste, was Ihre ganze Familie durchmachen musste ...«

Ich nickte. »Es hat uns als Familie zerstört.«

»Das wundert mich nicht.«

»Hatten Sie engeren Kontakt mit ihm auf der Schule, bevor er Sie überfallen hat?«

»Ich war der Sohn eines Kochs in einem Schnellimbiss. Er war ein Westerfield. Er interessierte sich nicht für mich, bis ich ihm im Weg war.«

Cassidy warf einen Blick auf seine Armbanduhr. Es wurde Zeit, ihm zu danken und zu gehen. Aber ich hatte noch eine Frage, die ich ihm unbedingt stellen wollte. »Was war in seinem ersten Jahr? Hatten Sie viel mit ihm zu tun?«

»Eigentlich nicht. Wir hatten verschiedene Interessen. Er ging zur Theatergruppe und trat in einigen Aufführungen auf. Ich habe sie gesehen, und ich muss zugeben, dass er viel Talent hatte. In keinem der Stücke spielte er die Hauptrolle, aber für eine der Rollen wurde er zum besten Schauspieler gekürt; das hat ihn wahrscheinlich eine Weile zufrieden gestellt.«

Cassidy stand auf, und widerwillig erhob ich mich ebenfalls. »Sie waren sehr freundlich«, begann ich, aber er unterbrach mich.

»Mir fällt da gerade noch etwas ein. Westerfield hat es offensichtlich genossen, im Rampenlicht zu stehen, und er wollte auf diese Erfolgsmomente nicht mehr verzichten. In dem Stück hatte er eine dunkelblonde Perücke getragen, und damit wir nicht vergaßen, wie gut er gewesen war, ist er auch später manchmal damit herumgelaufen. Dann legte er sich manche Redewendungen der Figur zu; ich erinnere mich, dass er sogar mit dem Namen der Figur unterschrieben hat, wenn er in der Klasse Zettel in Umlauf gab.«

Ich musste daran denken, wie Rob Westerfield gestern Abend im Gasthaus der Bedienung den Eindruck vermittelt hatte, dass er mit mir flirten wolle. »Er spielt auch heute noch allen etwas vor«, sagte ich.

Ich aß irgendetwas auf die Schnelle und saß um halb vier wieder im Auto. Es schneite immer noch, und der schleppende Verkehr ließ erwarten, dass die Rückfahrt nach Oldham sich noch viel länger hinziehen würde als die Hinfahrt. Ich hatte mein Handy griffbereit neben mich gelegt, um den Anruf des Mannes, der mit Westerfield im Gefängnis gesessen hatte, nicht zu verpassen.

Er hatte darauf bestanden, sein Geld bis Freitag zu bekommen. Inzwischen hatte ich das Gefühl, dass seine Information sehr wichtig sein könnte, und ich hoffte, dass er seine Meinung nicht geändert hatte.

Es war schon halb zwölf Uhr nachts, als ich endlich das Gasthaus erreichte. Kaum war ich in meinem Zimmer, klingelte das Handy. Es war der Anruf, auf den ich gewartet hatte, aber die Stimme klang diesmal unruhig. »Hören Sie, ich glaube, ich werde verfolgt. Gut möglich, dass ich hier nicht mehr lebend rauskomme.«

»Wo sind Sie?«

»Hören Sie zu. Kann ich mich darauf verlassen, dass Sie mir das Geld später geben, wenn ich Ihnen den Namen nenne?«

»Ja, darauf können Sie sich verlassen.«

»Westerfield denkt bestimmt, dass ich zu einer Gefahr für ihn werden könnte. Er hat von Geburt an immer im Geld geschwommen. Ich hab nie etwas gehabt. Falls ich hier rauskomme und Sie mir das Geld geben, dann hab ich wenigstens etwas. Wenn ich es nicht schaffe, dann werden Sie vielleicht dafür sorgen, dass er wegen Mordes verknackt wird.«

Jetzt war ich überzeugt, dass er es ehrlich meinte und tatsächlich etwas wusste. »Ich schwöre Ihnen, dass Sie Ihr

Geld bekommen werden. Und ich schwöre Ihnen, dass ich Westerfield drankriegen werde.«

»Westerfield hat Folgendes zu mir gesagt: ›Ich hab Phil totgeschlagen, und das war ein gutes Gefühl.‹ Haben Sie das? *Phil* – das ist der Name.«

Er hatte aufgelegt.

31

Rob Westerfield war neunzehn Jahre alt, als er Andrea ermordete. Innerhalb von acht Monaten war er verhaftet, angeklagt, verurteilt und ins Gefängnis geschickt worden. Obwohl er sich bis zu seiner Verurteilung gegen Kaution auf freiem Fuß befunden hatte, konnte ich mir nicht vorstellen, dass er es in diesen acht Monaten gewagt haben könnte, noch einen weiteren Menschen umzubringen.

Das bedeutete, dass der frühere Mord zweiundzwanzig bis siebenundzwanzig Jahre zurückliegen musste. Ich musste also diese fünf bis sechs Jahre seines Lebens unter die Lupe nehmen und nach einer Verbindung zwischen ihm und einem toten Mann suchen, dessen Vorname Phil war.

Es war schwer, sich vorzustellen, dass Rob mit dreizehn oder vierzehn einen Mord begangen haben könnte. Oder vielleicht doch? Immerhin war er erst vierzehn gewesen, als er Christopher Cassidy hinterrücks überfallen hatte.

Ich ging die betreffenden Jahre im Kopf durch. Zuerst war er eineinhalb Jahre in Arbinger in Massachusetts gewesen, dann ein halbes Jahr auf der Bath Public School in England, zwei Jahre auf der Carrington Academy in Maine und etwa ein Semester in Willow, einem unauffälligen College in der Nähe von Buffalo. Die Westerfields besaßen ein Haus in Vail und ein weiteres in Palm Beach. Auch dort musste sich Rob aufgehalten haben. Außerdem war er vermutlich bei Klassenfahrten im Ausland gewesen.

Das ergab eine ganze Menge Orte, die ich bei der Suche abdecken musste. Mir war klar, dass ich Hilfe benötigte.

Marcus Longo war fünfundzwanzig Jahre lang Detective im Büro des Bezirksstaatsanwalts von Westchester County gewesen. Wenn ich jemandem zutraute, den Mord an einem Mann aufzuspüren, von dem nur der Vorname bekannt war, dann ihm.

Zum Glück erreichte ich ihn und nicht seinen Anrufbeantworter. Wie ich vermutet hatte, war er nach Colorado geflogen, um seine Frau abzuholen. »Wir sind noch ein paar Tage länger geblieben, um uns einige Häuser anzuschauen«, erklärte er. »Ich glaube sogar, wir haben das Richtige gefunden.«

Dann änderte sich sein Ton. »Ich wollte Ihnen gerade von dem Baby erzählen, aber das kann warten. Soviel ich weiß, sind eine ganze Menge Dinge passiert seit meiner Abreise.«

»Das stimmt, Marcus. Kann ich Sie zum Mittagessen einladen? Ich muss Sie wegen einiger Dinge um Rat bitten.«

»Die Beratung ist gratis. Außerdem lade *ich* Sie zum Essen ein.«

Wir trafen uns im Depot Restaurant in Cold Spring. Bei Club-Sandwiches und Kaffee berichtete ich ihm über die ereignisreiche Woche, die ich hinter mir hatte.

Er unterbrach mich regelmäßig mit Fragen.

»Glauben Sie, dass das Feuer gelegt worden ist, um Sie zu erschrecken oder um Sie tatsächlich umzubringen?«

»Ich bin mehr als nur erschrocken; ich wusste nicht, ob ich mit dem Leben davonkommen würde.«

»Gut. Und Sie sagen, die Polizei von Oldham glaubt, Sie hätten das Feuer selbst gelegt?«

»Officer White hat mir die größtmöglichen Schwierigkeiten gemacht.«

»Ein Cousin von ihm arbeitete zu meiner Zeit im Büro des Staatsanwalts. Er ist jetzt Richter und Mitglied im selben Country Club wie Robs Vater. Fairerweise muss man sagen, dass er immer davon überzeugt war, dass Paulie Stroebel der Täter gewesen ist. Ich bin ziemlich sicher, dass er derjenige ist, der White gegen Sie aufgestachelt hat. Diese Website ist eine riesige Provokation für jeden, der mit den Westerfields gut steht.«

»Das sehe ich als Erfolg an.«

Ich schaute mich um, um sicherzugehen, dass niemand uns zuhörte. »Marcus ...«

»Ellie, ist Ihnen bewusst, dass Sie sich andauernd im Lokal umsehen? Suchen Sie jemanden?«

Ich erzählte ihm von der Begegnung mit Rob Westerfield im Gasthaus. »Er kreuzte erst auf, als ich fast fertig mit dem Essen war«, sagte ich. »Ich bin sicher, dass ihn jemand angerufen und ihm einen Tipp gegeben hat.«

Ich ahnte, dass Marcus mich als Nächstes ermahnen würde, vorsichtig zu sein, oder mich bitten würde, keine weiteren brisanten Dinge auf der Website zu veröffentlichen. Ich ließ es nicht so weit kommen.

»Marcus, ich habe einen Anruf von jemandem bekommen, der mit Rob zusammen im Gefängnis war.« Ich erzählte ihm, dass der Anrufer eine Geldsumme für seine Information verlangt hatte, und berichtete dann von dem gestrigen Anruf.

Er hörte schweigend zu und sah mir dabei aufmerksam in die Augen.

Dann fragte er: »Und Sie glauben diesem Kerl, stimmt's?«

»Marcus, am Anfang habe ich damit gerechnet, dass mir jemand nur eine Geschichte erzählt, um mir fünftausend Dollar aus der Tasche zu ziehen. Aber gestern – das war etwas anderes. Dieser Typ hatte Angst um sein Leben. Er hat mir den Namen verraten, weil er sich an Westerfield rächen wollte.«

»Sie haben gesagt, dass er sich auf das Schild bezogen hat, das Sie vor dem Gefängnis getragen haben.«

»Ja.«

»Sie gehen davon aus, dass es ein ehemaliger Häftling ist und dass er am selben Tag entlassen worden ist. Sie waren doch nur einen Tag dort, ist das richtig?«

»Ja, das ist richtig.«

»Ellie, dieser Typ könnte auch ein Angestellter sein, der in das Gefängnis rein- oder rausging, während Sie draußen standen. Mit Geld kann man sich nicht nur Gefälligkeiten von anderen Gefangenen kaufen, sondern auch von den Wärtern.«

Daran hatte ich bisher nicht gedacht. »Ich hatte gehofft, Sie könnten eine Liste der Gefangenen bekommen, die einen Tag nach Westerfield entlassen worden sind. Dann könnte man nachprüfen, ob einem von ihnen irgendetwas zugestoßen ist.«

»Das werde ich tun. Ellie, Sie sind sich schon darüber im Klaren, dass es sich auch um einen Spinner handeln kann, der nur mit Ihnen spielt?«

»Ich weiß, aber daran glaube ich nicht.« Ich zückte mein Notizbuch. »Ich habe eine Liste von allen Schulen aufgestellt, die Rob Westerfield besucht hat, sowohl hier als auch in England, dazu noch die Orte, wo die Familie Häuser besitzt. Es gibt bestimmt Datenbanken, in denen man ungeklärte Mordfälle heraussuchen kann, die sich vor zweiundzwanzig bis siebenundzwanzig Jahren ereignet haben.«

»Ja, natürlich.«

»Gibt es eine für Westchester County?«

»Ja.«

»Haben Sie Zugang zu den Daten, oder können Sie jemand anderen damit beauftragen?«

»Ja.«

»Dann dürfte es nicht allzu schwierig sein, herauszufinden, ob es ein Mordopfer mit dem Namen Phil gibt?«

»Das müsste möglich sein.«

»Am sinnvollsten ist es wohl, in einer Datenbank über ungeklärte Verbrechen zu recherchieren für die Gebiete, in denen Westerfield Schulen besucht oder sich länger aufgehalten hat.«

Er schaute auf die Liste. »Massachusetts, Maine, Florida, Colorado, New York, England.« Er pfiff. »Das ist nicht gerade wenig. Ich werde sehen, was ich tun kann.«

»Noch eine Sache. Da wir die Art und Weise, wie Rob Westerfield vorgeht, kennen: Gibt es eine Datenbank mit gelösten Mordfällen, aus der man einerseits einen Phil als Opfer und andererseits einen im Gefängnis sitzenden Täter, der seine Unschuld beteuert, heraussuchen könnte?«

»Ellie, neunzig Prozent der Täter, die hinter Gittern sitzen, behaupten, jemand anders habe es getan. Lassen Sie uns erst mal mit den ungelösten Mordfällen anfangen und sehen, wie weit wir damit kommen.«

»Morgen werde ich die Geschichte von Christopher Cassidy auf meiner Website publizieren. Niemand wird Cassidys Glaubwürdigkeit infrage stellen, deshalb wird seinem Bericht ein großes Gewicht zukommen. Bis zur Carrington Academy hab ich's noch nicht geschafft. Ich werde versuchen, für Montag oder Dienstag einen Termin dort zu bekommen.«

»Schauen Sie in den Schülerlisten nach für die Jahre, die Westerfield dort gewesen ist«, sagte Marcus, der gerade der Bedienung ein Zeichen gab.

»Daran habe ich auch gedacht. Auf einer der Schulen könnte es einen Phil gegeben haben, der mit Westerfield in Berührung gekommen ist.«

»Das eröffnet wieder weitere Möglichkeiten«, sagte Marcus besorgt. »Die Schüler an diesen Schulen kommen aus dem ganzen Land. Um Rache zu nehmen, könnte Westerfield einem von ihnen bis nach Hause gefolgt sein.«

Ich hab Phil totgeschlagen, und das war ein gutes Gefühl.

Wo waren die Menschen, die Phil geliebt hatten, überlegte ich. Trauerten sie immer noch um ihn? Natürlich taten sie das.

Die Bedienung legte die Rechnung vor Marcus auf den Tisch. Ich wartete, bis sie wieder gegangen war, bevor ich sagte: »Was Arbinger betrifft, kann ich den Mann anrufen, mit dem ich schon gesprochen habe. Er war ziemlich hilfsbereit. Wenn ich nach Carrington und zum Willow College fahre, werde ich nach den Studenten aus Westerfields Zeit fragen. Philip ist als Name nicht so verbreitet.«

»Ellie, Sie sagten vorhin, Sie glauben, dass Rob Westerfield einen Tipp bekommen hat, als Sie beim Abendessen im Gasthaus saßen?«

»Ja.«

»Und Sie sagten auch, dass Ihr Informant behauptet hat, man würde ihm nach dem Leben trachten?«

»Ja.«

»Rob Westerfield befürchtet, dass Ihre Website seine Großmutter dazu bewegen könnte, ihr Vermögen für wohltätige Zwecke zu stiften. Jetzt könnte er zusätzlich befürchten, dass Sie ein anderes Verbrechen aufdecken, das ihn wieder ins Gefängnis bringen würde. Ist Ihnen eigentlich klar, in was für einer prekären Situation Sie sich befinden?«

»Es ist mir vollkommen klar, nur weiß ich nicht, was ich daran ändern kann.«

»Verdammt noch mal, Ellie, natürlich wissen Sie das! Ihr Vater war Polizist. Er ist jetzt im Ruhestand. Sie könnten bei ihm wohnen. Er könnte Ihr Leibwächter sein. Glauben Sie mir, Sie brauchen einen. Und noch etwas: Wenn an der Geschichte von diesem Kerl etwas dran ist und Ihr Vater mithelfen könnte, Westerfield wieder ins Gefängnis zu bringen, dann würde ihm das auch dabei helfen, einen Schlussstrich unter diese ganze Geschichte zu ziehen. Ich glaube nicht, dass Ihnen bewusst ist, wie sehr ihn all das belastet.«

»Hat er mit Ihnen gesprochen?«

»Ja.«

»Marcus, Sie meinen es gut«, sagte ich, als wir uns vom Tisch erhoben, »aber ich glaube, Sie verstehen eines nicht. Mein Vater hat seinen Schlussstrich unter die ganze Geschichte gezogen, indem er uns gehen ließ und nie den geringsten Versuch unternommen hat, uns zurückzuholen. Meine Mutter hat sich das gewünscht und darauf gewartet, aber er hat keinen Schritt getan. Wenn er Sie das nächste Mal anruft, dann richten Sie ihm aus, er soll seinem Sohn beim Basketballspielen zuschauen und mich in Ruhe lassen.«

Marcus umarmte mich zum Abschied auf dem Parkplatz. »Ich rufe Sie an, sobald ich die ersten Ergebnisse habe«, versprach er.

Ich fuhr zurück zum Gasthaus. Mrs. Willis saß am Empfang. »Ihr Bruder erwartet Sie in der Glasveranda«, sagte sie.

32

Er stand am Fenster und sah hinaus, den Rücken mir zugewandt. Er war gut ein Meter neunzig, größer, als ich gedacht hatte, als ich ihn im Fernsehen gesehen hatte. Er trug khakifarbene Hosen, Turnschuhe und sein Schulsakko. Er hatte die Hände in den Hosentaschen vergraben und tippte mit dem rechten Fuß. Ich hatte den Eindruck, dass er nervös war.

Er musste meine Schritte gehört haben, denn er wandte sich um. Wir sahen einander an.

»*Du wirst sie nie verleugnen können*«, pflegte meine Großmutter scherzhaft zu meiner Mutter über Andrea zu sagen. »*Sie wird zu einem Ebenbild von dir heranwachsen.*«

Wenn sie zugegen gewesen wäre, hätte sie dasselbe über uns sagen können. Zumindest dem Aussehen nach würden wir einander nie verleugnen können.

»Hallo, Ellie. Ich bin dein Bruder, Teddy.« Er kam mir entgegen, die Hand ausgestreckt.

Ich ignorierte sie.

»Kann ich dich ganz kurz sprechen?« Seine Stimme hatte noch keine männliche Tiefe, aber sie klang gut. Seine Miene hatte etwas Besorgtes, zugleich aber Entschlossenes.

Ich schüttelte den Kopf und wandte mich zum Gehen.

»Du bist meine Schwester«, sagte er. »Du könntest mir wenigstens fünf Minuten zugestehen. Vielleicht würdest du mich sogar mögen, wenn du mich näher kennen lernst.«

Ich drehte mich zu ihm um. »Teddy, du bist sicherlich ein netter junger Mann, aber ganz bestimmt hast du etwas Besseres zu tun, als deine Zeit mit mir zu verschwenden. Ich weiß, dass dein Vater dich hergeschickt hat. Er will einfach nicht verstehen, dass ich nie mehr wieder etwas von ihm hören oder sehen will.«

»Er ist auch dein Vater. Ob du es glaubst oder nicht, er hat nie aufgehört, dein Vater zu sein. Er hat mich nicht geschickt. Er weiß gar nicht, dass ich hier bin. Ich bin hergekommen, weil ich dich kennen lernen wollte. Ich wollte dich immer schon kennen lernen.«

Es lag etwas Appellierendes in seiner Stimme. »Könnten wir nicht kurz ein Glas Wasser oder irgendwas anderes zusammen trinken?«

Ich schüttelte den Kopf.

»Bitte, Ellie.«

Vielleicht war es die Art, wie er meinen Namen sagte, oder weil es mir einfach allgemein schwer fällt, grob und kaltschnäuzig zu sein. Dieser Junge hatte mir nichts getan.

Ich hörte mich sagen: »In der Eingangshalle steht ein Getränkeautomat.« Ich begann, nach meinem Geldbeutel zu kramen.

»Lass nur. Was möchtest du?«

»Einfach Wasser, kein Sprudel.«

»Ich auch. Ich bin gleich wieder da.« Sein Lächeln war schüchtern und erleichtert zugleich.

Ich nahm auf einem hell gemusterten s-förmigen Korbsofa Platz und suchte nach einer Möglichkeit, ihn so bald wie möglich wieder loszuwerden. Ich hatte nicht die geringste Lust, mir einen Sermon darüber anzuhören, was für einen großartigen Vater wir hätten und dass ich die Vergangenheit ruhen lassen sollte.

Vielleicht war er wirklich ein großartiger Vater für zwei seiner Kinder, für Andrea und für dich, dachte ich, aber mich hat er wohl versehentlich übersehen.

Teddy kam mit zwei Flaschen Mineralwasser zurück. Ich erriet seine Gedanken, als seine Augen zwischen Sofa und Sessel hin und her wanderten. Er traf die richtige Entscheidung und wählte den Sessel. Ich hätte nicht gewollt, dass er so dicht bei mir säße. Fleisch von meinem Fleisch, Knochen von meinem Knochen, ging mir durch den Kopf. Nein, das bezieht sich auf Adam und Eva, nicht auf Geschwister.

Halbgeschwister.

»Ellie, hättest du einmal Lust, bei einem Basketballspiel zuzuschauen?«

Es war nicht gerade das, was ich erwartet hatte.

»Ich meine, können wir nicht einfach Freunde sein? Ich habe immer gehofft, du würdest uns irgendwann besuchen, aber wenn du das nicht willst, dann könnten wir uns vielleicht einfach gelegentlich treffen, du und ich. Ich hab letztes Jahr dein Buch gelesen, über diese Fälle, die du bearbeitet hast. Es hat mir sehr gefallen. Ich würde mich gerne mit dir darüber unterhalten.«

»Teddy, im Moment bin ich wahnsinnig beschäftigt, und …«

Er unterbrach mich: »Jeden Tag lese ich deine Website. So, wie du über Westerfield schreibst, muss ihn das zur Weißglut reizen. Ellie, du bist meine Schwester, und ich will nicht, dass dir etwas zustößt.«

Ich wollte sagen: »Bitte nenn mich nicht deine Schwester«, aber die Worte erstarben mir auf den Lippen. Stattdessen sagte ich: »Bitte mach dir keine Sorgen um mich. Ich kann auf mich selbst aufpassen.«

»Kann ich dir nicht helfen? Heute Morgen habe ich in der Zeitung darüber gelesen, was sie mit deinem Auto gemacht haben. Und wenn jemand bei dem Auto, das du jetzt fährst, an den Rädern oder an der Bremse fummelt? Ich kenne mich mit Autos aus. Ich könnte deines untersuchen, bevor du irgendwohin fährst, und ich könnte dich auch in meinem eigenen Wagen herumfahren.«

Er wirkte so aufrichtig besorgt um mich, dass ich unwillkürlich lächeln musste. »Teddy, du musst in die Schule gehen, und bestimmt hast du auch eine Menge Basketball zu trainieren. Und jetzt muss ich mich langsam an die Arbeit machen.«

Wir erhoben uns gleichzeitig. »Wir sehen uns sehr ähnlich«, sagte er.

»Das ist mir auch aufgefallen.«

»Es war schön, mit dir zu reden. Ellie, ich werde dich nicht länger aufhalten, aber ich möchte dich bald wiedersehen.«

Hätte dein Vater doch nur die gleiche Hartnäckigkeit gehabt, dachte ich. Doch dann ging mir durch den Kopf, dass dieser Junge vermutlich nicht zur Welt gekommen wäre, wenn er sie gehabt hätte.

Ich arbeitete ein paar Stunden an dem Artikel über Christopher Cassidys Geschichte für die Website. Als ich mit dem Ergebnis zufrieden war, schickte ich ihn per E-Mail an sein Büro, um seine Zustimmung einzuholen.

Um vier Uhr rief Marcus Longo an. »Ellie, die Westerfields haben es Ihnen nachgemacht. Sie haben eine Website eingerichtet: ak-gerecht-rob.com.«

»Lassen Sie mich raten, wofür das steht: ›Aktionskomitee Gerechtigkeit für Rob‹.«

»Ganz genau. Soweit ich sehe, haben sie in allen Zeitungen von Westchester Anzeigen geschaltet, die darauf hinweisen. Die Strategie läuft im Wesentlichen darauf hinaus, rührende Geschichten über Leute zu präsentieren, die zu Unrecht wegen irgendwelcher Verbrechen verurteilt wurden.«

»Um dann einen Zusammenhang mit Rob Westerfield herzustellen, den Unschuldigsten von allen.«

»Sie haben's erraten. Aber sie haben auch versucht, Geschichten über Sie auszugraben, und dabei sind sie bei einer ziemlich unangenehmen Sache fündig geworden.«

»Was für eine Sache?«

»Das Fromme-Center, eine psychiatrische Einrichtung.«

»Darüber habe ich mal eine Undercover-Story gemacht. Das war die reinste Klitsche zum Abzocken. Hat irrsinnige Gelder vom Staat Georgia erhalten, und das ohne einen einzigen voll ausgebildeten Psychiater oder Psychologen unter den Mitarbeitern.«

»Waren Sie dort als Patientin?«

»Wie kommen Sie denn darauf? Natürlich nicht.«

»Hat es ein Foto von Ihnen gegeben, auf dem Sie im Fromme-Center auf einem Bett liegen, mit angeschnallten Armen und Beinen?«

»Ja, das wurde aufgenommen, um zu illustrieren, was dort vor sich ging. Nachdem Fromme geschlossen und die Patienten in andere Einrichtungen verlegt worden waren, haben wir einen Folgeartikel gemacht über die Art und Weise, wie die Menschen dort manchmal tagelang in Fesseln gehalten wurden. Warum?«

»Das Foto ist auf der Westerfield-Website.«

»Ohne Erklärung?«

»Mit der Unterstellung, Sie seien dort zwangsweise untergebracht gewesen.« Nach einer Pause fuhr er fort: »Ellie, überrascht es Sie, dass diese Leute mit schmutzigen Tricks arbeiten?«

»Ich wäre eher überrascht, wenn das Gegenteil der Fall wäre. Ich werde den vollen Artikel, mit Text und Foto, auf meine Website setzen. Als Überschrift setze ich darüber: ›Neueste Westerfield-Lüge‹. Aber mir ist auch klar, dass eine ganze Menge Leute, die sich seine Website ansehen, nicht unbedingt auch meine lesen.«

»Und umgekehrt. Das ist mein nächster Punkt. Ellie, haben Sie vor, irgendetwas über diesen weiteren möglichen Mord auf der Website zu veröffentlichen?«

»Ich bin mir nicht sicher. Auf der einen Seite könnte es jemand lesen, der mir Informationen über ein weiteres Mordopfer liefern könnte. Andererseits würde ich damit Rob Westerfield selbst einen Hinweis geben und ihm möglicherweise helfen, die Spuren zu verwischen.«

»Oder jemanden beseitigen zu lassen, der ihm als Zeuge gefährlich werden kann. Sie müssen sehr vorsichtig vorgehen.«

»Das könnte bereits passiert sein.«

»Genau. Lassen Sie mich wissen, wie Sie sich entscheiden.«

Ich wählte mich ins Internet ein und suchte die neue Website des »Aktionskomitee Gerechtigkeit für Robson Westerfield« heraus.

Als Aufmacher der sorgfältig gestalteten Seite diente ein Zitat von Voltaire: *Es ist besser, einen Schuldigen laufen zu lassen, als einen Unschuldigen zu verurteilen.*

Direkt über dem Zitat war das Foto eines ernst und nachdenklich blickenden Rob Westerfield platziert worden. Darunter folgten Artikel über Menschen, die tatsächlich für die Verbrechen anderer im Gefängnis gesessen hatten. Sie waren gekonnt geschrieben und drückten mächtig auf die Tränendrüsen. Vermutlich war Jake Bern als Autor dafür gewonnen worden.

Der Abschnitt mit den Personalien stellte die Westerfields als gewissermaßen zum amerikanischen Uradel gehörende Familie heraus. Es gab Bilder von Rob als Baby mit seinem Großvater, dem Senator der Vereinigten Staaten, und als Neun- oder Zehnjährigen mit seiner Großmutter bei der Eröffnung eines neuen Westerfield-Kinderheims. Es gab Aufnahmen von ihm mit seinen Eltern an Bord der *Queen Elizabeth II.* und in weißer Tenniskleidung im Everglades Club.

Die Botschaft sollte vermutlich lauten, es sei unter der Würde dieses privilegierten jungen Mannes, einem anderen Menschen das Leben zu nehmen.

Ich selbst war der Star auf der folgenden Seite der Website. Auf dem Bild lag ich ausgestreckt mit festgeschnallten Armen und Beinen auf einem Bett im Fromme-Center und trug eines dieser grässlichen Nachthemden, die den Patienten aufgezwungen wurden. Eine dünne zerschlissene Decke bedeckte mich zur Hälfte.

Die Bildunterschrift lautete: »Die Zeugin, deren Aussage zur Verurteilung von Robson Westerfield führte.«

Ich schloss die Website. Ich habe eine Angewohnheit, die ich von meinem Vater übernommen habe. Wenn er wirklich wütend über etwas war, biss er sich immer auf den rechten Mundwinkel.

Genau das tat ich gerade.

Eine halbe Stunde saß ich nur da und versuchte, mich wieder zu beruhigen. Ich überlegte hin und her und suchte nach einer Möglichkeit, wie ich Westerfields angebliches Geständnis eines weiteren Mordes öffentlich bekannt geben könnte.

Marcus Longo hatte davon gesprochen, dass es wegen der vielen möglichen Orte schwierig sei, nach einem unaufgeklärten Mord zu fahnden, den Rob Westerfield begangen haben könnte.

Die Website war international.

Würde ich jemanden in Gefahr bringen, wenn ich den Namen des Opfers nennen würde?

Der unbekannte Anrufer befand sich jedenfalls bereits in Gefahr, und er war sich dessen auch bewusst.

Schließlich verfasste ich nur einen einfachen Aufruf.

»Vor zweiundzwanzig bis siebenundzwanzig Jahren hat Rob Westerfield mutmaßlich ein weiteres Verbrechen begangen. Es wird bezeugt, dass er im Gefängnis im Drogenrausch wörtlich gesagt hat: ›*Ich habe Phil totgeschlagen, und das war ein gutes Gefühl.*‹

Falls jemand nähere Informationen über dieses Verbrechen besitzt, möge er mir ein E-Mail an folgende Adresse schicken: ellie1234@mediaone.net. Vertraulichkeit und Belohnung werden zugesichert.«

Ich sah den Text noch einmal durch. Rob Westerfield wird ihn sicherlich lesen, dachte ich. Und wenn es außer dem unbekannten Anrufer noch weitere Personen gibt, deren Wissen ihm gefährlich werden könnte?

Es gibt zwei Dinge, die man als investigativer Reporter nicht tut: seine Quellen preisgeben und unschuldige Menschen in Gefahr bringen.

Ich speicherte den Aufruf ab, ohne ihn zu veröffentlichen.

33

Am Freitagabend war ich endgültig am Ende und rief Pete Lawlor an.

»Ihr Anruf wird an die Mailbox weitergeleitet …«

»Dies ist Ihre ehemalige Mitarbeiterin, die sich nach Ihrem gegenwärtigen Befinden, Ihren Aussichten auf neue Arbeit und Ihrer Gesundheit erkundigen möchte«, sagte ich. »Über einen Rückruf würde ich mich freuen.«

Eine halbe Stunde später rief er an. »Sie müssen große Sehnsucht danach haben, mit jemandem zu reden.«

»Die hab ich. Deshalb bin ich auf Sie gekommen.«

»Danke.«

»Darf ich fragen, wo Sie sich gerade befinden?«

»In Atlanta. Packe meine Sachen.«

»Das bedeutet, dass eine Entscheidung gefallen ist.«

»Ja. Ein Traumjob. Sitz ist New York, aber mit viel Reisen verbunden. Reportagen von den Brennpunkten in aller Welt.«

»Welche Zeitung?«

»Falsch. Ich bin im Begriff, ein Fernsehstar zu werden.«

»Mussten Sie zehn Pfund abnehmen, bevor Sie engagiert wurden?«

»Ist mir ganz neu, dass Sie auch grausam sein können.«

Ich musste lachen. Sich mit Pete zu unterhalten war, wie

wenn ein Lichtstrahl von amüsanter, alltäglicher Realität in mein immer surrealer werdendes Leben einfiel. »Ist das ein Scherz, oder haben Sie wirklich einen Job beim Fernsehen?«

»Es ist wirklich so. Beim Packard-Kabelfernsehen.«

»Packard. Das ist ja toll.«

»Es ist ein relativ neues Kabelnetz, wächst aber schnell. Ich war eigentlich schon entschlossen, den Job in L. A. anzunehmen, obwohl er nicht ganz das war, was ich mir gewünscht hatte, aber dann sind die Fernsehleute auf mich zugekommen.«

»Wann fangen Sie an?«

»Mittwoch. Ich bin gerade mit der Weitervermietung der Wohnung beschäftigt und fange an, die Sachen zusammenzupacken, die ich im Auto mitnehme. Am Sonntagnachmittag will ich rauffahren. Gehen wir Dienstag essen?«

»Natürlich. Es tut gut, Ihre melodiöse Stimme zu hören …«

»Noch nicht einhängen. Ellie, ich habe mir Ihre Website angesehen.«

»Nicht schlecht, oder?«

»Wenn dieser Typ so ist, wie Sie ihn beschreiben, dann spielen Sie mit dem Feuer.«

Habe ich schon, dachte ich. »Bitte sagen Sie mir jetzt nicht, ich soll vorsichtig sein.«

»Gut, ich werde es nicht sagen. Melde mich am Montagnachmittag.«

Ich setzte mich wieder vor den Computer. Es war fast acht Uhr, und ich hatte ununterbrochen gearbeitet. Ich bestellte etwas beim Zimmerservice, und während ich wartete, machte ich ein paar Dehnungsübungen und dachte nach.

Das Gespräch mit Pete hatte mich, wenigstens für den Augenblick, aus jener eng begrenzten Gedankenwelt gerissen, in der ich mich in letzter Zeit fast ausschließlich bewegt hatte. In den letzten Wochen hatte ich in einer Welt gelebt, in der Rob Westerfield die Zentralfigur gewesen war. Jetzt dachte ich nur für einen Augenblick über diese Zeit hinaus, die Zeit, in der sein zweiter Prozess stattfinden würde und in der ich vor der Öffentlichkeit das wahre Ausmaß seiner gewalttätigen Natur aufdecken würde.

Ich würde sämtliche grausamen und gemeinen Taten, die er begangen hatte, ausgraben und veröffentlichen. Vielleicht würde ich imstande sein, einem unbekannten Mord, den er begangen hatte, auf die Spur zu kommen. Ich würde seine traurige, schmutzige Geschichte in meinem Buch erzählen. Aber danach würde es Zeit für mich werden, mein weiteres Leben in die Hände zu nehmen.

Pete hatte damit schon begonnen – ein neuer Lebensmittelpunkt in New York, ein neuer Job in einer anderen Medienbranche.

Ich verschränkte die Hände hinter dem Kopf und begann, den Oberkörper in die eine, dann in die andere Richtung zu drehen. Meine Nackenmuskulatur war verspannt, es tat gut, sie ein bisschen zu dehnen. Was nicht so gut tat, war die verblüffende Erkenntnis, dass ich Pete Lawlor schrecklich vermisste und dass ich nicht mehr nach Atlanta zurückkehren wollte, wenn er nicht mehr dort wäre.

Am Samstagmorgen rief ich Mrs. Stroebel an. Sie berichtete, dass Paulie nicht mehr auf der Intensivstation sei und wahrscheinlich nach dem Wochenende entlassen würde.

Ich versprach ihr, ihn etwas später, so gegen drei Uhr, im Krankenhaus zu besuchen. Als ich das Zimmer betrat, saß

Mrs. Stroebel neben Paulies Bett. An ihrer sorgenvollen Miene konnte ich sofort ersehen, dass es ein Problem gab.

»Um die Mittagszeit hat er hohes Fieber bekommen. In einem seiner Arme ist eine Infektion aufgetreten. Der Doktor hat mir gesagt, es würde schon wieder gut werden, aber ich weiß nicht, Ellie, ich mach mir solche Sorgen.«

Ich blickte auf Paulie. Seine Arme waren immer noch mit dicken Verbänden umwickelt und über Schläuche mit mehreren an Ständern aufgehängten Infusionsflaschen verbunden. Er war sehr bleich und bewegte unruhig den Kopf von einer Seite auf die andere.

»Er bekommt Antibiotika und etwas zur Beruhigung«, erklärte Mrs. Stroebel. »Das Fieber macht ihn so unruhig.«

Ich holte mir einen Stuhl und setzte mich zu ihr.

Paulie begann, etwas zu murmeln. Er öffnete blinzelnd die Augen.

»Ich bin da, Paulie«, sagte Mrs. Stroebel sanft. »Und Ellie Cavanaugh ist auch da. Sie kommt dich besuchen.«

»Hallo, Paulie.« Ich stand auf und lehnte mich nach vorne, damit er mich sehen konnte.

Seine Augen glänzten im Fieber, aber er versuchte zu lächeln. »Ellie, du hältst zu mir.«

»Darauf kannst du dich verlassen.«

Er schloss die Augen wieder. Kurz darauf begann er, unzusammenhängende Worte hervorzustoßen. Ich hörte ihn Andreas Namen flüstern.

Mrs. Stroebel rang unaufhörlich die Hände. »Er spricht von nichts anderem. Es bedrückt ihn so sehr. Er hat furchtbare Angst, dass er wieder vor Gericht muss. Niemand kann begreifen, wie sehr ihn das beim ersten Mal mitgenommen hat.«

Ihre Stimme war lauter geworden, und ich merkte, dass Paulie sehr erregt war. Ich drückte ihre Hand und nickte zum Bett hin. Sie begriff sofort, was ich ihr bedeuten wollte.

»Natürlich wird es nicht so weit kommen, Ellie, und das haben wir Ihnen zu verdanken«, sagte sie in zuversichtlichem Ton. »Paulie weiß das. Die Leute kommen in den Laden und erzählen mir, dass sie Ihre Website gesehen haben, in der Sie beweisen, was für ein schlechter Mensch Rob Westerfield ist. Paulie und ich haben uns die Website letzte Woche angesehen. Es hat uns sehr glücklich gemacht.«

Paulie schien sich etwas zu beruhigen. Er flüsterte: »Aber Mama … wenn ich es vergesse, und …«

Mrs. Stroebel schien plötzlich sehr nervös. »Nicht mehr reden, Paulie«, sagte sie abrupt. »Schlaf jetzt. Du musst dich ausruhen.«

»Mama …«

»Paulie, du musst jetzt still sein.« Sie legte sanft aber bestimmt die Hand auf seinen Mund.

Ich hatte das deutliche Gefühl, dass Mrs. Stroebel meine Anwesenheit jetzt unangenehm war. Daher erhob ich mich, um zu gehen.

»Mama …«

Mrs. Stroebel sprang sofort ebenfalls auf und versperrte den Weg zum Bett, als ob sie befürchtete, ich könnte Paulie zu nahe kommen.

Ich konnte mir nicht vorstellen, was sie in solche Unruhe versetzte. »Richten Sie Paulie noch einen Gruß von mir aus«, sagte ich hastig. »Ich rufe Sie morgen an, um zu fragen, wie es ihm geht.«

Paulie hatte wieder zu reden begonnen, er warf sich ruhelos hin und her und murmelte unzusammenhängend.

»Danke, Ellie. Auf Wiedersehen.« Mrs. Stroebel drängte mich jetzt zur Tür.

»Andrea …«, rief Paulie laut, »*geh nicht mit ihm aus*!«

Ich wirbelte herum.

Paulies Stimme war immer noch deutlich zu verstehen, aber sie klang jetzt ängstlich und bettelnd. »Mama, und wenn ich es vergesse und ihnen doch etwas über den Anhänger erzähle, den sie getragen hat? Ich will versuchen, nichts zu sagen, aber wenn ich es vergesse, dann muss ich doch nicht ins Gefängnis, oder?«

34

»Es gibt eine Erklärung. Bitte glauben Sie mir. Es ist nicht das, was Sie denken«, schluchzte Mrs. Stroebel, als wir im Flur vor Paulies Zimmer standen.

»Wir müssen miteinander reden, und Sie müssen absolut aufrichtig zu mir sein«, sagte ich. Dazu bestand jedoch im Augenblick keine Möglichkeit – Paulies Arzt war am Ende des Ganges aufgetaucht und kam auf uns zu.

»Ellie, ich rufe Sie morgen an«, versprach sie. »Ich kann jetzt nicht, es wird mir alles zu viel.« Sie wandte sich mit einem verzweifelten Kopfschütteln ab, sichtlich darum kämpfend, ihre Fassung wiederzugewinnen.

Nachdenklich fuhr ich zum Gasthaus zurück. War es möglich, war es auch nur entfernt möglich, dass ich mich die ganze Zeit geirrt hatte? War Rob Westerfield – und damit auch seine ganze Familie – tatsächlich das Opfer eines furchtbaren Justizirrtums?

Er verdrehte mir den Arm.... Er näherte sich von hinten und schlug mir ins Genick.... Er sagte: »Ich habe Phil totgeschlagen, und das war ein gutes Gefühl.«

Paulie hatte als Antwort auf den verbalen Angriff der Haushälterin sich selbst etwas angetan, nicht jemand anderem.

Ich konnte nicht glauben, dass Paulie der Mörder von

Andrea war, aber ich war jetzt sicher, dass Mrs. Stroebel ihn damals daran gehindert hatte, etwas zu sagen, was er wusste.

Der Anhänger.

Als ich auf den Parkplatz des Gasthauses fuhr, dachte ich über die niederschmetternde Ironie der Situation nach. Niemand, wirklich niemand glaubte daran, dass Rob Westerfield Andrea einen Anhänger geschenkt hatte und dass sie ihn in der Tatnacht getragen hatte.

Und jetzt war die Existenz dieses Anhängers ausgerechnet von dem Menschen bestätigt worden, der die größte Angst davor hatte, öffentlich zuzugeben, dass er von ihm gewusst hatte.

Ich stieg aus und sah mich um. Es war Viertel nach vier, und die Schatten waren lang und schräg geworden. Die Restsonne trat nur noch ab und zu hinter den Wolken hervor, und in den Bäumen zerrte ein leichter Wind an den trockenen Blättern. Sie erzeugten ein raschelndes Geräusch vom Zufahrtsweg her, und in meiner aufgewühlten Verfassung meinte ich, Schritte zu hören.

Der Parkplatz war beinahe voll, und ich erinnerte mich, dass mir am Nachmittag beim Weggehen Vorbereitungen für einen Hochzeitsempfang aufgefallen waren. Um einen freien Platz zu finden, musste ich um die Kurve bis in den hinteren Teil fahren, den man vom Gasthaus aus nicht einsehen konnte. Es schien allmählich zu einem chronischen Zustand zu werden, dieses Gefühl, jemand warte draußen auf mich, jemand belauere mich.

Ich fing nicht an zu rennen, aber ich bewegte mich doch rasch an einer Reihe von geparkten Autos entlang auf das Sicherheit bietende Gasthaus zu. Als ich an einem alten Lieferwagen vorbeikam, ging plötzlich die Tür auf, ein Mann sprang heraus und versuchte, mich am Arm zu packen.

Ich rannte los, kam aber nicht sehr weit, da ich über einen der übergroßen Mokassins stolperte, die ich mir wegen der Verbände an den Füßen gekauft hatte.

Ich verlor einen Schuh, merkte, dass ich vornüberfiel, versuchte verzweifelt, mein Gleichgewicht wiederzuerlangen, aber es war schon zu spät. Meine Handflächen und mein Körper fingen den Sturz auf, und für einen Moment blieb mir buchstäblich die Luft weg.

Der Mann hatte sich sofort neben mich auf ein Knie herabgelassen. »Nicht schreien«, sagte er beschwörend. »Ich werde Ihnen nichts tun; bitte nicht schreien!«

Ich hätte gar nicht schreien können. Ebenso wenig hätte ich ihm entkommen und zum Gasthaus rennen können. Mein ganzer Körper zitterte nach dem harten Aufprall auf dem asphaltierten Boden. Mit offenem Mund holte ich in tiefen, bibbernden Zügen Atem.

»Was ... wollen ... Sie?« Zumindest diese wenigen Worte brachte ich heraus.

»Ich will mit Ihnen reden. Ich hätte Ihnen eine E-Mail schicken können, aber die hätte vielleicht jemand abgefangen. Ich möchte Ihnen Informationen über Rob Westerfield verkaufen.«

Ich sah ihn an. Sein Gesicht war dem meinigen sehr nahe. Er war vielleicht Anfang vierzig, mit dünnen, nicht besonders gepflegten Haaren. Sein Blick schweifte immer wieder nervös in alle Richtungen, als ob er ständig darauf gefasst sei, die Flucht ergreifen zu müssen. Er trug einen sichtlich abgetragenen Lumberjack und Jeans.

Während ich mich hochrappelte und wieder auf die Füße kam, hob er meinen Mokassin auf und überreichte ihn mir. »Ich werde Ihnen nichts tun«, wiederholte er. »Es ist gefährlich für mich, wenn man uns zusammen sieht. Hören Sie zu. Wenn Sie nicht an der Sache interessiert sind, dann bin ich sofort wieder weg.«

Es war vielleicht nicht vernünftig, aber aus irgendeinem Grund glaubte ich ihm. Wenn er mich hätte töten wollen, hätte er jede Gelegenheit dazu gehabt.

»Sind Sie bereit, mir zuzuhören?«, fragte er ungeduldig.

»Schießen Sie los.«

»Würden Sie sich für ein paar Minuten in meinen Wagen setzen? Ich möchte hier nicht gesehen werden. Die Westerfields haben überall ihre Leute in dieser Stadt.«

Das dachte ich zwar auch, aber in seinen Wagen steigen wollte ich trotzdem nicht. »Sagen Sie es mir hier draußen.«

»Ich hab was, womit man Westerfield ein Verbrechen anhängen könnte, das er vor Jahren begangen hat.«

»Wie viel wollen Sie?«

»Tausend Dollar.«

»Was haben Sie auf Lager?«

»Ihnen ist ja bekannt, dass Westerfields Großmutter vor ungefähr fünfundzwanzig Jahren fast erschossen wurde. Sie haben darüber in Ihrer Website geschrieben.«

»Ja.«

»Mein Bruder Skip ist für diesen Job in den Knast gegangen. Zwanzig Jahre hat er gekriegt. Er ist gestorben, als er die Hälfte hinter sich hatte. Hat's nicht ausgehalten. Er war schon immer etwas kränklich.«

»Ihr Bruder war derjenige, der auf Mrs. Westerfield geschossen hat und in ihr Haus eingebrochen ist?«

»Ja, aber es war Westerfield, der alles geplant hat und meinen Bruder und mich engagiert hat, um den Job zu erledigen.«

»Warum hat er das getan?«

»Westerfield steckte tief im Drogensumpf. Deshalb hat er das College sausen lassen. Er schuldete einigen Leuten eine Menge Kohle. Er kannte das Testament seiner Großmutter. Sie wollte ihm hunderttausend Dollar direkt hinterlassen. Sobald sie abkratzte, würde er es kriegen. Er hat uns zehntausend Dollar versprochen, wenn wir den Job machen.«

»War er damals in jener Nacht dabei?«

»Machen Sie Witze? Er war in New York beim Abendessen, mit seinen Eltern. Er wusste genau, wie er sich da raushält.«

»Hat er Ihren Bruder oder Sie bezahlt?«

»Vor dem Job hat er meinem Bruder seine Rolex als Sicherheit gegeben. Dann hat er sie als gestohlen gemeldet.«

»Warum?«

»Um seine Spuren zu verwischen, nachdem mein Bruder verhaftet wurde. Westerfield hat behauptet, er hätte uns in einer Bowling-Halle am Abend, bevor die Alte erledigt werden sollte, kennen gelernt. Er hat gesagt, Skip hätte die ganze Zeit auf seine Uhr geschaut, deshalb hätte er sie in seinem Beutel verstaut, als er mit dem Spielen anfing. Er hat den Bullen erzählt, dass die Uhr nicht mehr da gewesen sei, als er sie später wieder aus dem Beutel holen wollte, und dass wir ebenfalls verschwunden waren. Er hat geschworen, das wäre das einzige Mal gewesen, dass er Skip oder mich gesehen hätte.«

»Wie hätten Sie das von seiner Großmutter wissen können, wenn er Ihnen nichts erzählt hat?«

»In der Zeitung war vorher ein großer Artikel über sie gestanden. Sie hat einen Neubau für ein Krankenhaus gestiftet oder so was.«

»Wie wurden Ihr Bruder und Sie geschnappt?«

»Ich bin nicht geschnappt worden. Mein Bruder wurde am nächsten Tag verhaftet. Er war vorbestraft, und es machte ihn nervös, dass er die Alte erledigen sollte. Das war zwar der eigentliche Auftrag, aber Westerfield wollte es wie einen Einbruch aussehen lassen. Rob hat uns die Zahlen für den Safe nicht verraten, weil nur die Familie sie kannte und ihn das sofort verdächtig gemacht hätte. Er sagte zu Skip, er solle ein Messer und ein Stemmeisen mitnehmen und damit den Safe bearbeiten, damit es so aussehen würde, als ob er versucht hätte, ihn aufzubrechen, und es nicht geschafft hätte. Aber Skip hat sich an der Hand geschnitten und den Handschuh ausgezogen, um sie abzuwischen. Und dabei muss er den Safe berührt haben, weil die Bullen seinen Fingerabdruck auf ihm gefunden haben.«

»Danach ist er nach oben gegangen und hat Mrs. Westerfield niedergeschossen.«

»Ja. Aber niemand konnte mir nachweisen, dass ich dabei war. Ich hab Schmiere gestanden und den Wagen gefahren. Skip hat mir gesagt, ich solle meinen Mund halten. Er hat den Kopf hingehalten, und Westerfield ist ungeschoren davongekommen.«

»Genau wie Sie.«

Er zuckte die Achseln. »Ja, ich weiß.«

»Wie alt waren Sie damals?«

»Sechzehn.«

»Wie alt war Westerfield?«

»Siebzehn.«

»Hat Ihr Bruder nicht versucht, Westerfield mit hineinzuziehen?«

»Doch, natürlich. Aber niemand hat ihm geglaubt.«

»Da bin ich mir nicht sicher. Seine Großmutter hat ihr Testament geändert. Die hunderttausend Dollar direktes Vermächtnis wurden rausgestrichen.«

»Gut. Sie haben Skip dazu überredet, auf Mordversuch zu plädieren, was ihm zwanzig Jahre eingebracht hat. Er hätte bis zu dreißig bekommen können, aber er war bereit, sich schuldig zu bekennen, wenn er maximal zwanzig kriegen würde. Der Staatsanwalt hat dem Handel zugestimmt, damit die alte Westerfield nicht als Zeugin vor Gericht erscheinen musste.«

Der letzte Rest Sonne war hinter den Wolken verschwunden. Ich war immer noch etwas benommen von dem Sturz, und jetzt begann ich auch noch zu frösteln.

»Wie heißen Sie?«, fragte ich.

»Alfie. Alfie Leeds.«

»Alfie, ich glaube Ihnen«, sagte ich. »Aber ich weiß nicht, warum Sie mir das alles erzählen. Es hat nie den kleinsten Beweis gegeben, dass Rob Westerfield in die Tat verwickelt war.«

»Ich kann beweisen, dass er mit drinsteckte.«

Alfie griff in seine Innentasche und zog ein zusammengefaltetes Blatt Papier hervor. »Dies ist die Kopie der Planskizze, die Rob Westerfield uns gegeben hat, damit mein Bruder in das Haus gelangen konnte, ohne die Alarmanlage auszulösen.«

Aus einer anderen Tasche holte er eine kleine Taschenlampe.

Der Parkplatz war kein geeigneter Ort, um einen Plan zu studieren. Ich sah mir den Mann noch einmal an. Er war ein paar Zentimeter kleiner als ich, und er wirkte nicht besonders stark. Ich beschloss, es darauf ankommen zu lassen. »Gut, ich werde in den Wagen steigen, aber nur auf den Fahrersitz.«

»Ganz wie Sie wollen.«

Ich öffnete die Fahrertür und spähte hinein. Es war niemand zu sehen. Die Rückbank war umgelegt, auf der Ladefläche standen einige Farbkübel, Malerplanen und eine Leiter. Er lief um das Auto herum zur Beifahrerseite. Ich setzte mich hinter das Lenkrad, schloss die Tür aber nicht ganz. Falls es doch eine Falle war, konnte ich immer noch schnell wieder aus dem Auto springen.

Bei meiner Arbeit als Reporterin war es schon einige Mal vorgekommen, dass ich mich mit dubiosen Typen an Orten verabredet hatte, die ich unter normalen Umständen nicht aufgesucht hätte. Als Folge davon hatte ich einen gesunden Selbsterhaltungstrieb entwickelt. Und im Moment betrachtete ich mich als vollkommen sicher, abgesehen davon, dass ich es mit einem Mann zu tun hatte, der an einem Mordkomplott teilgenommen hatte.

Als wir beide im Auto saßen, überreichte er mir das Papier. Im matten Licht der Taschenlampe erkannte ich auf der Planskizze das Westerfieldsche Haus mit der Auffahrt. Sogar die Garage mit dem Versteck war verzeichnet. Darunter war die Anordnung der Räume im Innern genau wiedergegeben.

»Sehen Sie, hier ist die Alarmanlage eingezeichnet und der Code, um sie abzuschalten. Rob hat nicht befürchtet, dass die abgeschaltete Alarmanlage den Verdacht auf ihn lenken könnte, weil eine Menge von Handwerkern und Angestellten den Code ebenfalls kannten. Hier ist der Grundriss des Erdgeschosses, die Bibliothek mit dem Safe, die Treppe zum Schlafzimmer der Alten und der Bereich hinter der Küche, wo die Wohnung des Dienstmädchens war.«

Ein Name stand unter der Skizze. »Wer ist Jim?«, fragte ich.

»Der Typ, der das Ganze aufgezeichnet hat. Westerfield hat Skip und mir gesagt, es wäre jemand, der manchmal in dem Haus zu tun hatte. Wir haben ihn nie gesehen.«

»Hat Ihr Bruder diesen Plan nie der Polizei gezeigt?«

»Er wollte ihn benutzen, aber der Anwalt, den sie ihm gegeben haben, hat gesagt, das könne er vergessen. Er meinte, Skip habe keinen Beweis, dass er ihn von Westerfield hätte, und allein die Tatsache, dass er überhaupt in seinem Besitz sei, lasse Skip schlecht aussehen. Er sagte, die Tatsache, dass der Safe im Erdgeschoss war und der Weg zum Schlafzimmer der Alten so deutlich eingezeichnet ist, würde nur als Beweis dienen, dass Skip geplant hatte, sie zu töten.«

»Dieser Jim hätte die Aussagen Ihres Bruders bestätigen können. Hat man versucht, ihn ausfindig zu machen?«

»Ich glaube nicht. Ich habe diesen Plan all die Jahre über aufgehoben, und als ich jetzt Ihre Website sah, hab ich gedacht, dies könnte eine weitere Sache sein, die Sie untersuchen und Westerfield anhängen könnten. Sind wir im Geschäft? Geben Sie mir tausend Dollar dafür?«

»Wie kann ich sicher sein, dass Sie sich die Geschichte nicht selbst ausgedacht haben, um mir Geld abzuluchsen?«

»Können Sie nicht. Geben Sie wieder her.«

»Alfie, wenn der Anwalt diesen Jim ausfindig gemacht hätte, dem Staatsanwalt von ihm erzählt hätte und ihm die Planskizze gezeigt hätte, dann wären sie gezwungen gewesen, die Sache genauer zu untersuchen. Ihr Bruder wäre wegen seiner Bereitschaft zu kooperieren womöglich mit einem milderen Urteil davongekommen, und Westerfield hätte unter Umständen für sein Verbrechen büßen müssen.«

»Ja, aber da war noch ein anderes Problem. Westerfield hat uns beide für diesen Job engagiert. Der Anwalt hat meinem Bruder gesagt, falls die Bullen Westerfield verhaften, könnte er seinerseits versuchen, mit der Staatsanwaltschaft ins Geschäft zu kommen, und ihnen verraten, dass ich auch mit drinsteckte. Skip war fünf Jahre älter als ich und fühlte sich schuldig, weil er mich da mit hineingezogen hatte.«

»Na gut, jedenfalls ist für Sie wie auch für Rob die Geschichte inzwischen verjährt. Aber noch eins: Sie sagen, dies hier ist eine Kopie des Originals. Wo ist das Original?«

»Der Anwalt hat es zerrissen. Er hat gesagt, er wolle verhindern, dass es in falsche Hände gerät.«

»Er hat es zerrissen!«

»Er wusste nicht, dass Skip eine Kopie gemacht hatte und sie mir gegeben hat.«

»Ich möchte sie haben«, sagte ich. »Ich kann Ihnen das Geld morgen früh geben.«

Wir gaben uns die Hand. Seine Haut fühlte sich etwas klebrig an, aber auch rau und schwielig, woraus ich entnahm, dass Alfie regelmäßig einer schweren, harten Arbeit nachging.

Er faltete das Blatt sauber zusammen und steckte es in seine Innentasche, und ich konnte mir nicht verkneifen, noch zu sagen: »Es ist einfach unbegreiflich, dass der Anwalt Ihres Bruders mit einem Beweismittel wie diesem in der Hand nicht versucht hat, mit dem Staatsanwalt ins Geschäft zu kommen. Es wäre nicht schwierig gewesen, einen Angestellten namens Jim aufzuspüren, der diese Skizze angefertigt hat. Die Polizei hätte ihn verhört und wäre auf Rob gestoßen, und Sie wären vor ein Jugendstrafgericht gekommen. Ich frage mich, ob der Anwalt Ihres Bruders nicht von den Westerfields gekauft worden ist.«

Er grinste, wobei eine Reihe ungepflegter Zähne sichtbar wurde. »Er arbeitet inzwischen für sie. Es ist dieser Hamilton, der jetzt die ganze Zeit im Fernsehen verkündet, er würde einen neuen Prozess und einen Freispruch für Rob erreichen.«

35

In meinem Zimmer fand ich eine Nachricht vor. Ich sollte Mrs. Hilmer zurückrufen. Seit dem Brand hatte ich schon mehrmals mit ihr telefoniert, und es war einfach wunderbar, wie sie sich mir gegenüber verhalten hatte. Ihre einzige Sorge war mein Wohlergehen, und sie zeigte sich erschüttert, dass ich um ein Haar dem Feuer zum Opfer gefallen wäre. Man hätte meinen können, ich hätte ihr einen Gefallen getan, indem ich den Grund dafür geliefert hatte, dass ihre Garage samt Wohnung in Schutt und Asche gelegt worden war. Wir verabredeten uns für Sonntag zum Abendessen.

Ich hatte gerade erst eingehängt, als Joan anrief. Ich hatte auch mit ihr telefoniert, aber wir hatten uns unter der Woche nicht gesehen, und es war mir unangenehm, dass ich ihr das geliehene Geld und die Kleider noch nicht zurückgegeben hatte. Ich hatte die Hosen, Pullover und Jacke reinigen und die Unterwäsche waschen lassen, und außerdem hatte ich eine Flasche Sekt für Joan und Leo gekauft und eine weitere für die Freundin, deren Kleider ich getragen hatte.

Natürlich rief Joan nicht aus diesem Grund an. Sie, Leo und die Kinder wollten zum Abendessen ins Il Palazzo gehen und fragten an, ob ich Lust hätte mitzukommen.

»Gute Pasta, gute Pizza, ein tolles Lokal«, schwärmte sie. »Ich glaube, es würde dir wirklich gefallen.«

»Du brauchst es gar nicht anzupreisen. Ich hätte große Lust mitzukommen.«

Ich hatte wirklich das Bedürfnis auszugehen. Nach meiner Begegnung auf dem Parkplatz mit Alfie beherrschte mich der Gedanke an all die Menschen, deren Leben durch Rob Westerfield und das Vermögen der Familie zerstört oder beschädigt worden war.

In erster Linie Andrea, natürlich. Dann Mutter. Dann Paulie, der so große Angst davor hatte, man könnte ihn dazu bringen, zuzugeben, dass er etwas über den Anhänger wusste. Was auch immer das sein sollte, ich war mir absolut sicher, dass er nichts mit dem Mord an Andrea zu tun hatte.

Mrs. Stroebel, diese so hart arbeitende und anständige Frau, musste man ebenfalls zu Westerfields Opfern rechnen. Sie hatte sicher furchtbare Angst ausgestanden, als Paulie während des Prozesses als Zeuge befragt wurde. Angenommen, man hätte meiner Aussage, Rob habe Andrea einen Anhänger geschenkt, nur etwas mehr Glauben geschenkt und Paulie wäre darüber vor Gericht befragt worden. Er hätte sich leicht selbst beschuldigen können.

Alles, was Alfie Leeds mir erzählt hatte, schien mir glaubwürdig. Sein Bruder war ohne Zweifel ein potenzieller Mörder gewesen. Er war bereit gewesen, Mrs. Westerfield umzubringen, und hatte sie in dem Glauben zurückgelassen, sie sei tot. Dennoch hätte auch er Anspruch auf einen Anwalt gehabt, der ihn wirklich vertrat. Der Verteidiger, der ihm zugewiesen worden war, hatte sich von den Westerfields kaufen lassen.

Ich konnte mir lebhaft vorstellen, dass dieser William Hamilton, Doktor der Rechte, den Fall als seine große Chance betrachtet hatte, ganz nach oben zu kommen.

Wahrscheinlich war er zu Robs Vater gegangen, hatte ihm die Planskizze gezeigt und war für seine Mitarbeit angemessen entlohnt worden.

Auch Alfie war ein Opfer. Sein älterer Bruder hatte ihn geschützt, und er war mit seinen Schuldgefühlen zurückgeblieben, weil er keinen Weg gefunden hatte, Rob Westerfield das Verbrechen anzuhängen. Und er war all die Jahre auf einem Beweismittel sitzen geblieben, weil er davor zurückschreckte, damit zur Polizei zu gehen.

Am meisten litt ich unter dem Gedanken, dass Rob Westerfield, wäre er des geplanten Mordes an seiner Großmutter überführt worden, Andrea niemals kennen gelernt hätte.

Darüber hinaus befand sich jetzt noch ein weiterer Name auf der Liste der Leute, denen ich das Handwerk legen wollte: William Hamilton, Esquire.

Wie auch immer, das waren die traurigen und zornigen Gedanken, die mir durch den Kopf gingen, als Joan anrief. Ich konnte wirklich ein bisschen Erholung gebrauchen. Wir verabredeten uns für sieben Uhr im Il Palazzo.

Du siehst überall Feinde, versuchte ich mich zu beruhigen, als ich die kurze Strecke bis zum Stadtzentrum fuhr. Ich hatte das Gefühl, von einem Auto verfolgt zu werden. Vielleicht sollte ich Officer White anrufen, dachte ich sarkastisch. Er macht sich solche Sorgen um mich. Bestimmt würde er sofort mit Blaulicht und Sirene anrücken.

Ach, lass ihn in Ruhe, sagte ich streng zu mir selbst. Er ist ehrlich davon überzeugt, ich sei nur in diese Stadt gekommen, um Unruhe zu stiften, und außerdem von der Tatsache besessen, dass Rob Westerfield frei herumläuft.

Na gut, Officer White, in diesem Punkt bin ich vielleicht etwas fanatisch, aber ich habe mir jedenfalls nicht die Füße versengt und mein Auto ruiniert, nur um zu beweisen, dass ich Recht habe.

Joan, Leo und ihre drei Söhne saßen an einem Ecktisch, als ich das Il Palazzo betrat. Ich erinnerte mich vage an Leo. Er war in die letzte Klasse an der Oldham-Highschool gegangen, als Joan und Andrea im zweiten Jahr waren.

Wenn Leute aus jener Zeit mich zum ersten Mal wiedersehen, denken sie unweigerlich zuerst an Andreas Tod. Entweder sie machen dann darüber eine Bemerkung, oder sie sind sichtlich darum bemüht, das Thema zu umschiffen.

Die Art, wie Leos Begrüßung ausfiel, gefiel mir. »Ich kann mich gut an dich erinnern, Ellie. Ein paar Mal warst du mit Andrea bei Joan, als ich vorbeikam. Du warst ein ernstes kleines Mädchen.«

»Jetzt bin ich ein ernstes *großes* Mädchen«, antwortete ich.

Ich mochte ihn sofort. Er war gut ein Meter achtzig groß, kräftig gebaut und besaß hellbraunes Haar und intelligente dunkle Augen. Sein Lächeln ähnelte demjenigen von Joan, es war voller Herzlichkeit. Man fasste sofort Vertrauen zu ihm. Ich wusste, dass er Börsenmakler war, deshalb nahm ich mir vor, mich an ihn zu wenden, falls ich irgendwann einmal zu Geld kommen sollte. Ich war mir sicher, auf seinen Rat, wie ich es am besten anlegen sollte, voll vertrauen zu können.

Die Jungen waren zehn, vierzehn und siebzehn Jahre alt. Der älteste, Billy, war im letzten Jahr an der Highschool und erzählte mir sofort, dass seine Basketballmannschaft gegen die von Teddy gespielt habe.

»Teddy und ich haben uns darüber unterhalten, auf welches College wir gehen wollen, Ellie«, sagte er. »Wir bewerben uns beide für Dartmouth und Brown. Ich hoffe nur, dass wir auf demselben landen. Er ist ein netter Typ.«

»Ja, das ist er«, stimmte ich zu.

»Du hast mir gar nicht erzählt, dass du ihn kennen gelernt hast«, sagte Joan.

»Er kam kurz beim Gasthaus vorbei, und wir haben ein paar Minuten miteinander gesprochen.«

Ein zufriedener Ausdruck erschien auf ihrem Gesicht. Ich wollte gerade sagen, dass die große Feier zur Wiedervereinigung der Familie Cavanaugh noch nicht bevorstehe, aber da wurden die Speisekarten gebracht, und Leo war klug genug, das Thema zu wechseln.

Als Teenager habe ich ziemlich oft Kinder gehütet, und ich bin immer gern mit ihnen zusammen gewesen. In meinem Job in Atlanta bekam ich Kinder nicht gerade oft zu sehen. Deshalb war es eine wahre Freude für mich, mit diesen drei Jungen zusammenzusitzen. Während sie ihre Muscheln und Pasta aßen, erzählten sie mir von ihren Aktivitäten, und ich versprach Sean, dem Zehnjährigen, bei Gelegenheit mit ihm Schach zu spielen.

»Ich bin gut«, warnte ich ihn.

»Aber ich bin besser«, gab er zurück.

»Das werden wir dann schon sehen.«

»Wie wär's morgen? Morgen ist Sonntag, da sind wir zu Hause.«

»Tut mir Leid, aber morgen habe ich schon so viel vor. Aber bald, ich versprech's dir.« Dabei fiel mir etwas ein, und ich wandte mich an Joan. »Ich hab vergessen, den Koffer mit den Sachen, die ich zurückgeben wollte, ins Auto zu stellen.«

»Bring ihn doch morgen vorbei, dann können wir eine Partie spielen«, schlug Sean vor.

»Jetzt iss erst mal«, sagte Joan. »Wie wär's mit Brunch um halb zwölf?«

»Hört sich gut an«, sagte ich.

Die Bar im Il Palazzo befand sich direkt neben dem Eingangsbereich, durch eine Glaswand vom Speisesaal abgetrennt. Beim Hineingehen hatte ich nicht auf die dort sitzenden Leute geachtet. Aber während des Essens war mir aufgefallen, dass Joan manchmal mit besorgtem Blick an mir vorbeischaute.

Wir tranken gerade unseren Kaffee, als ich den Grund für ihre Besorgnis erfuhr.

»Ellie, Will Nebels sitzt schon die ganze Zeit an der Bar, schon bevor du gekommen bist. Jemand muss ihn auf dich aufmerksam gemacht haben. Jetzt ist er auf dem Weg zu unserem Tisch, und so, wie er aussieht, ist er ziemlich besoffen.«

Die Warnung kam zu spät. Ich spürte zwei Arme, die sich um meinen Hals legten, und einen feuchten Kuss auf der Wange. »Die kleine Ellie, das gibt's doch nicht, die kleine Ellie Cavanaugh. Weißt du noch, wie ich deine Wippe repariert habe, Schätzchen? Dein Daddy war nicht so geschickt mit den Händen. Deine Mama hat mich andauernd angerufen: ›Will, dies muss repariert werden, das muss repariert werden. Will ...‹«

Er küsste mich am Ohr und im Nacken.

»Lass sie sofort los«, sagte Leo scharf. Er war aufgesprungen.

Ich hatte keine Möglichkeit zu entkommen. Nebels lehnte mit vollem Gewicht über mir. Seine Arme drückten auf meine Schultern; seine Hände glitten abwärts, tasteten unter meinem Pullover.

»Und die süße kleine Andrea. Mit eigenen Augen habe ich gesehen, wie dieser Schwachkopf mit dem Wagenheber in der Hand in die Garage gegangen ist ...«

Ein Kellner zerrte von der einen Seite an ihm, Leo und Billy von der anderen. Ich versuchte verzweifelt, sein Gesicht wegzuschieben, aber es gelang mir nicht. Er küsste meine Augen. Und dann presste er seinen feuchten, nach Bier riechenden Mund auf meine Lippen. Durch meinen verzweifelten Kampf geriet der Stuhl ins Wanken. Ich hatte wahnsinnige Angst, dass ich mit dem Kopf auf den

Boden aufschlagen und er mich unter sich begraben würde.

Aber jetzt waren Männer von den umliegenden Tischen herbeigeeilt, und starke Hände fingen den Stuhl auf, bevor er zu Boden ging.

Dann wurde Nebels mit Gewalt weggezogen und der Stuhl wieder aufgerichtet. Ich verbarg mein Gesicht in den Händen. Zum zweiten Mal innerhalb weniger Stunden zitterte ich so heftig, dass ich nicht imstande war, auf die besorgten Fragen zu antworten, die von allen Seiten an mich gerichtet wurden. Haarklammern hatten sich gelöst, und ein Teil meiner Haare fiel mir offen über die Schultern. Ich spürte, wie Joan sanft darüber strich, und wünschte, sie möge aufhören – ich konnte im Moment keinerlei Zärtlichkeit ertragen. Vielleicht bemerkte sie es, denn sie zog ihre Hand wieder zurück.

Ich hörte, wie der Chef des Lokals Entschuldigungen stammelte. Das nützt mir jetzt auch nicht mehr viel, dachte ich. Du hättest schon lange aufhören müssen, diesem Säufer noch weiter Alkohol auszuschenken.

Dieser kurze, wütende Gedanke genügte, um mich wieder zur Besinnung zu bringen. Ich hob den Kopf und begann, mir die Haare aus dem Gesicht zu streichen. Dann blickte ich in die besorgten Gesichter rings um den Tisch und zuckte die Achseln. »Alles in Ordnung«, sagte ich.

Als ich Joan anblickte, war mir völlig klar, was sie dachte. Sie hätte es genauso gut in alle Richtungen ausposaunen können.

»Ellie, begreifst du jetzt, was ich dir über Will Nebels erzählt habe? Er hat zugegeben, in jener Nacht in Mrs. Westerfields Haus gewesen zu sein. Wahrscheinlich war er betrunken. Was glaubst du, hätte er getan, wenn er mitbekommen hätte, wie Andrea allein in die Garage ging?«

Eine halbe Stunde später, nach einer frischen Tasse Kaffee, bestand ich darauf, allein nach Hause zu fahren. Unterwegs fragte ich mich dann allerdings, ob das nicht wieder leichtsinnig von mir gewesen war. Diesmal war ich sicher, dass man mir folgte, und ich wollte auf keinen Fall noch einmal allein auf dem Parkplatz aus dem Wagen steigen müssen. Daher bog ich, beim Gasthaus angekommen, nicht ab, sondern fuhr weiter und rief die Polizei von meinem Handy aus an.

»Wir schicken einen Streifenwagen«, sagte der Dienst habende Beamte. »Wo sind Sie genau?«

Ich sagte es ihm.

»Gut. Fahren Sie zurück und biegen Sie in die Einfahrt vom Gasthaus. Wir werden direkt hinter dem Wagen sein, der Sie verfolgt. Steigen Sie unter keinen Umständen aus dem Auto, bevor wir nicht bei Ihnen sind.«

Ich fuhr langsamer, und der Wagen hinter mir verlangsamte ebenfalls seine Fahrt. Jetzt, wo ich wusste, dass bald ein Streifenwagen auftauchen würde, war ich froh, dass mein Verfolger immer noch da war. Ich wollte, dass die Polizei herausfand, wer in dem Auto saß und warum er mir gefolgt war.

Ich näherte mich wieder dem Gasthaus. Ich bog in die Einfahrt, aber das Auto hinter mir fuhr weiter. Kurze Zeit später sah ich das Blaulicht und hörte die Polizeisirene aufheulen.

Ich fuhr rechts heran und brachte den Wagen zum Stehen. Zwei Minuten später sah ich den Streifenwagen, jetzt ohne Blaulicht, hinter mir in die Einfahrt biegen. Ein Beamter stieg aus und trat an die Fahrertür meines Wagens. Als ich das Fenster hinuntergleiten ließ, sah ich, dass er grinste.

»Man ist Ihnen tatsächlich gefolgt, Miss Cavanaugh. Der Bursche sagt, er sei Ihr Bruder und er wollte bloß sicher sein, dass Sie unbehelligt nach Hause kommen.«

»Das ist doch … Er soll mich in Ruhe lassen und nach Hause fahren!«, sagte ich. Aber dann fügte ich doch hinzu: »Aber richten Sie ihm trotzdem ein Dankeschön von mir aus, bitte.«

36

Ich hatte vor, Marcus Longo am Sonntagmorgen anzurufen, aber er kam mir zuvor. Als das Telefon um neun Uhr klingelte, saß ich an meinem Computer, mit meiner zweiten Tasse Kaffee neben mir auf dem Tisch.

»Ich habe Sie als Frühaufsteherin in Verdacht, Ellie«, sagte er. »Hoffentlich liege ich damit richtig.«

»Eigentlich bin ich heute eher spät aufgestanden«, sagte ich. »Sieben Uhr.«

»Das ist ungefähr, was ich erwartet habe. Ich habe inzwischen mit der Verwaltung von Sing Sing gesprochen.«

»Um zu fragen, ob irgendetwas darüber bekannt ist, dass ein kürzlich entlassener Gefangener oder ein Wärter einen tödlichen Unfall hatte?«

»Genau.«

»Und, haben Sie etwas herausbekommen?«

»Ellie, Sie waren am ersten November in Sing Sing. Herb Coril, ein Häftling, der eine Zeit lang im selben Block wie Westerfield gesessen hat, wurde an diesem Morgen entlassen. Er wohnte erst in einer Unterkunft in Lower Manhattan. Seit Freitagabend wird er vermisst.«

»Der letzte Anruf war am Freitag ungefähr um halb elf«, sagte ich. »Wer auch immer der Mann war, er hatte jedenfalls Angst um sein Leben.«

»Wir können nicht sicher sein, dass es dieselbe Person ist, und es ist durchaus möglich, dass Coril sich einfach nicht an die Auflagen gehalten hat und abgetaucht ist.«

»Was glauben Sie?«, fragte ich.

»Ich glaube nicht an Zufälle, besonders nicht in so einem Fall.«

»Das sehe ich genauso.«

Ich berichtete Marcus von meiner Begegnung mit Alfie.

»Ich kann nur hoffen, dass diesem Alfie nichts zustößt, bevor er Ihnen die Planskizze überreicht«, sagte Marcus grimmig. »Die ganze Geschichte wundert mich überhaupt nicht. Wir haben alle geglaubt, dass Westerfield hinter der Sache steckte. Ich kann mir vorstellen, was das für Sie bedeutet.«

»Sie meinen, dass Rob im Gefängnis gesessen und Andrea nicht kennen gelernt hätte? Ich muss tatsächlich immerzu daran denken, der Gedanke quält mich.«

»Ihnen ist doch wohl klar, dass Sie auch mit der Kopie des Plans und einer Aussage von Alfie keine Verurteilung von Westerfield erreichen werden? Alfie war selbst beteiligt, und die Skizze wurde von einem gewissen Jim unterzeichnet, von dem noch nie jemand gehört hat.«

»Ich weiß.«

»Die Verjährungsfrist für diese Tat ist für alle Beteiligten abgelaufen – für Westerfield, für Alfie und für diesen Jim, wer auch immer das ist.«

»Vergessen Sie Hamilton nicht. Falls ich beweisen kann, dass er ein Beweisstück vernichtet hat, das seinem Mandanten eine geringere Strafe eingebracht hätte, weil es Westerfields Beteiligung belegt hätte, dann wäre er ein Fall für die Anwaltskammer.«

Ich versprach Marcus, ihm die Planskizze zu zeigen, sobald sie in meinem Besitz wäre. Dann hängte ich ein und versuchte weiterzuarbeiten. Es ging jedoch nur zäh voran, und ich war nicht sehr viel weiter gekommen, als ein Blick auf die Uhr mir zeigte, dass es an der Zeit war, zum Brunch bei Joan aufzubrechen.

Diesmal vergaß ich nicht, den Koffer und die Plastikhüllen von der Reinigung mit Hosen, Pullover und Jacke mitzunehmen.

Schon bevor ich mich dem Franziskanerkloster in Graymoor näherte, hatte ich beschlossen, auf dem Weg zu Joan dort anzuhalten. Während der vergangenen Woche war immer wieder eine zuvor vergessene Erinnerung aufgetaucht. Ich war mit meiner Mutter nach Andreas Tod dort gewesen. Sie hatte Pater Emil angerufen, einen Priester, den sie kannte. Sie hatten sich im Saint Christopher's Inn verabredet, wo er an jenem Tag zu tun hatte.

Saint Christopher's Inn befindet sich auf dem Gelände des Klosters und ist das Heim der Fratres für bedürftige Männer, Alkoholiker und Drogenabhängige. Ich entsann mich undeutlich, dass ich bei einer Frau gesessen hatte, wahrscheinlich einer Sekretärin, während meine Mutter im Büro gewesen war. Dann hatte uns Pater Emil in die Kirche geführt.

Ich erinnerte mich, dass in der Kirche auf der einen Seite ein Buch aufgelegen hatte, in das man seine Fürbitten schreiben konnte. Mutter hatte etwas in das Buch geschrieben und dann den Stift an mich weitergegeben.

Dorthin wollte ich zurückkehren.

Der Mönch, der mich einließ, stellte sich als Bruder Bob vor. Er fragte nicht nach meinen Wünschen. Die Kirche war leer, und er blieb an der Tür stehen, als ich für ein paar Minuten niederkniete. Dann blickte ich mich um und entdeckte das Pult mit dem großen Buch.

Ich ging hinüber und nahm den Stift in die Hand.

Mit einem Mal fiel mir ein, was ich damals geschrieben hatte: *Bitte mach, dass Andrea wieder zurückkommt.*

Dieses Mal konnte ich meine Tränen nicht zurückhalten.

»In dieser Kirche wurden schon viele Tränen vergossen.« Bruder Bob stand neben mir.

Wir redeten eine Stunde lang miteinander. Als ich bei Joan anlangte, war ich wieder einigermaßen mit Gott versöhnt.

Joan und ich waren unterschiedlicher Meinung über Will Nebels' Auftritt vom Vorabend.

»Ellie, er war einfach sturzbesoffen. Und wenn Leute zu viel getrunken haben, dann sagen sie oft etwas, was sie eigentlich nicht preisgeben wollten. Worauf ich hinaus will: In diesem Fall ist es eher die Wahrheit als eine Lüge, die ihnen herausrutscht.«

Ich musste zugeben, dass Joan in diesem Punkt Recht hatte. Ich hatte schon über zwei Fälle geschrieben, in denen der Mörder nur geschnappt wurde, weil er sich mit Scotch oder Wodka betrunken und irgendjemandem sein Herz ausgeschüttet hatte, der dann sofort die Polizei verständigt hatte.

»Ich sehe es etwas anders«, erklärte ich ihr und Leo. »Für mich ist Will Nebels einfach ein feiger, kaputter Typ, der sich allem und jedem anpassen kann, wenn man es von ihm verlangt. Wie eine Puddingmasse, die jede Form annimmt, in die man sie gießt. Immerhin war er nicht zu besoffen, um sich zu erinnern, dass er meine Wippe repariert hat und dass mein Vater nicht besonders geschickt mit den Händen war.«

»Es stimmt, was Ellie sagt«, meinte Leo. »Nebels ist nicht so primitiv, wie er auf den ersten Blick erscheint.« Aber dann fügte er hinzu: »Das heißt natürlich nicht, dass Joan nicht auch Recht hat. Wenn Nebels tatsächlich gesehen hat, dass Paulie Stroebel in der Tatnacht in die Garage gegangen ist, dann ist er schlau genug, um zu wissen, dass die Sache verjährt ist und er nichts riskiert, wenn er dabei ein bisschen Geld für sich herausschlägt.«

»Nur ist das Ganze nicht auf seinem Mist gewachsen«, sagte ich. »Sie waren es, die auf ihn zugegangen sind. Er war bereit, die Geschichte zu erzählen, die sie verlangten, und dafür haben sie ihn bezahlt.«

Ich rückte meinen Stuhl ab. »Der Brunch war wunderbar«, sagte ich, »und jetzt hätte ich Lust, eine Partie Schach gegen Sean zu gewinnen.«

Eine Weile blieb ich noch vor dem Fenster stehen. Dies war der zweite strahlende Sonntagnachmittag, an dem ich in diesem Zimmer stand, genau um dieselbe Uhrzeit. Wieder nahm mich die wunderbare Aussicht auf den Fluss und die Berge gefangen.

In meiner Welt, die alles andere als friedlich war, bedeutete der Anblick dieser friedlichen Landschaft eine wahre Labsal.

Ich gewann die erste Partie, Sean die zweite. Wir verabredeten, »möglichst bald« eine Revanche zu veranstalten.

Bevor ich zurückfuhr, rief ich das Krankenhaus an und sprach mit Mrs. Stroebel. Paulies Fieber war gesunken, er fühlte sich sehr viel besser. »Er will mit Ihnen reden, Ellie.«

Vierzig Minuten später saß ich an seinem Bett. »Du siehst schon viel besser aus als gestern«, sagte ich.

Er war immer noch sehr bleich, aber seine Augen waren klar. Er lag halb aufgerichtet, mit einem zusätzlichen Kissen unter dem Kopf. Er lächelte verhalten. »Ellie, Mama hat mir erzählt, du wüsstest, dass ich den Anhänger auch gesehen habe.«

»Wann hast du ihn gesehen, Paulie?«

»Ich hab bei der Tankstelle gearbeitet. Am Anfang sollte ich nur die Autos waschen und reinigen, wenn sie fertig repariert waren. Als ich einmal Robs Wagen gereinigt habe, fand ich den Anhänger in der Ritze vom Vordersitz. Das Kettchen war gerissen.«

»Du meinst, an dem Tag, an dem Andreas Leiche gefunden wurde?« Aber das ergibt keinen Sinn, dachte ich. Wenn Rob an jenem Morgen wegen des Anhängers noch einmal zurückgekehrt ist, dann hätte er ihn nie im Wagen liegen gelassen. Oder konnte er wirklich so dumm gewesen sein?

Paulie blickte zu seiner Mutter. »Mama?«, fragte er Hilfe suchend.

»Ist schon gut, Paulie«, sagte sie begütigend. »Du hast eine Menge Medikamente bekommen, und es ist nicht einfach, alles im Kopf zu behalten. Mir hast du erzählt, dass du den Anhänger zweimal gesehen hast.«

Ich warf einen scharfen Blick auf Mrs. Stroebel, um zu prüfen, ob sie versuchte, ihn zu beeinflussen. Aber Paulie nickte.

»Stimmt, Mama. Ich hab ihn im Wagen gefunden. Das Kettchen war gerissen. Ich habe ihn Rob gegeben, und er hat mir dafür zehn Dollar Trinkgeld gegeben. Die habe ich zu dem Geld getan, das ich für das Geschenk für deinen fünfzigsten Geburtstag gespart habe.«

»Ja, ich erinnere mich, Paulie.«

»Wann war Ihr fünfzigster Geburtstag, Mrs. Stroebel?«, fragte ich.

»Das war am ersten Mai, im Mai, bevor Andrea starb.«

»Im Mai, bevor Andrea starb!« Ich war schockiert. Dann hatte er den Anhänger gar nicht für sie gekauft, dachte ich. Irgendein Mädchen hatte ihn im Auto verloren, und er hat die Initialen eingravieren lassen und ihn dann Andrea geschenkt.

»Paulie, weißt du noch, wie der Anhänger aussah?«, fragte ich.

»Ja. Er war schön. Er hatte die Form eines Herzens, er war golden, und darauf waren kleine blaue Edelsteine.«

Das entsprach genau der Beschreibung, die ich vor Gericht abgegeben hatte.

»Paulie, hast du den Anhänger irgendwann wiedergesehen?«, fragte ich.

»Ja. Andrea war so lieb zu mir. Sie ist zu mir gekommen und hat mir gesagt, wie gut ich im Football sei und dass die Mannschaft meinetwegen gewonnen hätte. Und danach habe ich mir überlegt, sie zu fragen, ob sie mit mir zu der Fete gehen wolle.

Ich bin zu eurem Haus gegangen und hab gesehen, wie sie durch den Wald lief. Vor dem Haus von Mrs. Westerfield hab ich sie eingeholt. Sie trug den Anhänger, und in dem Moment wusste ich, dass sie ihn von Rob geschenkt bekommen hatte. Er ist ein böser Mensch. Er hat mir dieses Riesentrinkgeld gegeben, aber er ist trotzdem böse. Sein Wagen hatte ständig Beulen, weil er so schnell fuhr.«

»Hast du ihn an dem Tag gesehen?«

»Ich hab Andrea gefragt, ob ich mit ihr sprechen könne, aber sie hat gesagt, nicht jetzt, weil sie in Eile sei. Ich bin zurück in den Wald gegangen und hab gesehen, wie sie in die Garage gegangen ist. Ein paar Minuten später ist Rob gekommen und hineingegangen.«

»Sag Ellie, wann das war, Paulie.«

»Das war eine Woche, bevor Andrea in der Garage ermordet wurde.«

Eine Woche vorher.

»Dann hab ich noch mal mit ihr gesprochen, ein paar Tage, bevor sie starb. Ich hab ihr gesagt, Rob sei ein schlechter Mensch und sie solle sich nicht mit ihm in der Garage treffen und ich wüsste genau, dass ihr Vater sehr böse werden würde, wenn er erfahren würde, dass sie mit ihm dorthin gegangen sei.«

Paulie sah mir gerade in die Augen. »Dein Vater ist immer so nett zu mir gewesen, Ellie. Er hat mir immer Trinkgeld gegeben, wenn ich den Tank voll gemacht habe, und er hat sich immer mit mir über Football unterhalten. Er war sehr nett.«

»Als du Andrea vor Rob gewarnt hast, war das, als du sie gefragt hast, ob sie mit dir zur Fete geht?«

»Ja, und sie hat gesagt, sie würde mit mir gehen, und ich musste ihr versprechen, deinem Vater nichts über Rob zu erzählen.«

»Und du hast den Anhänger nie wieder gesehen?«

»Nein, Ellie.«

»Und du bist nie wieder zur Garage gegangen?«

»Nein, Ellie.«

Paulie schloss die Augen. Ich merkte, dass er sehr erschöpft war. Ich legte meine Hand auf die seine.

»Paulie, ich möchte, dass du dir keine Sorgen mehr machst. Alles wird gut werden, das verspreche ich dir, und ich werde dafür sorgen, dass jeder erfährt, wie nett und freundlich und gut du bist. Und klug bist du auch. Schon als Kind hast du gewusst, wie verdorben und schlecht Rob Westerfield war. Viele Leute in der Stadt können ihn nicht einmal heute durchschauen.«

»Paulie denkt mit seinem Herzen«, sagte Mrs. Stroebel sanft.

Paulie öffnete die Augen. »Ich bin so müde. Hab ich dir alles über den Anhänger erzählt?«

»Ja, Paulie.«

Mrs. Stroebel begleitete mich zum Aufzug. »Ellie, sogar beim Prozess haben sie noch alles versucht, um Paulie den Mord an Andrea in die Schuhe zu schieben. Ich hatte solche Angst. Deshalb habe ich ihm eingeschärft, er dürfe nie etwas über den Anhänger sagen.«

»Ich verstehe.«

»Ich hoffe, dass Sie mich verstehen. Ein besonderes Kind wie Paulie muss sein Leben lang beschützt werden, auch als Erwachsener. Sie haben den Anwalt von Westerfield im Fernsehen erlebt, als er allen Leuten angekündigt hat, er werde in einem neuen Prozess beweisen, dass Paulie Andrea ermordet hat. Können Sie sich vorstellen, dass Paulie vor Gericht steht, und dieser Mann bombardiert ihn mit Fragen?«

Dieser Mann. William Hamilton, Esquire.

»Nein, das will ich mir lieber nicht vorstellen.«

Ich küsste sie auf die Wange. »Paulie kann von Glück reden, dass er Sie hat, Mrs. Stroebel.«

Sie blickte mir in die Augen. »Er kann von Glück reden, dass er Sie hat, Ellie.«

37

Um sieben Uhr war ich auf dem Weg zum Abendessen bei Mrs. Hilmer. Das bedeutete, dass ich an unserem alten Haus vorbeifahren musste. Heute Abend war es hell erleuchtet, und mit dem Mond, der über den dahinter liegenden Wäldern schien, hätte es die Titelseite einer Zeitschrift zieren können. Es war das Haus, von dem Mutter geträumt hatte, ein perfektes Beispiel für ein liebevoll restauriertes und ausgebautes Farmhaus.

Die Fenster meines Zimmers befanden sich über der Eingangstür, und ich sah den Umriss einer Person, die zwischen beiden hin- und herlief. Die Keltons, das Ehepaar, das jetzt das Haus besaß, waren etwa Anfang fünfzig. Sie waren die Einzigen, die ich am Abend des Brandes dort gesehen hatte, aber vielleicht hatten sie Kinder, die damals nicht aufgewacht waren, als die Feuerwehr mit Sirene anrückte. Ich fragte mich, ob derjenige, der jetzt in meinem Zimmer schlief, es auch so liebte, früh am Morgen wach zu werden und vom Bett aus den Sonnenaufgang zu erleben, so wie ich es getan hatte.

Auch Mrs. Hilmers Haus war hell erleuchtet. Ich bog in die Auffahrt ein, die jetzt nur noch zum Haus führte. Im Licht der Scheinwerfer tauchten die verkohlten Überreste von Garage und Wohnung auf. Aus irgendeinem Grund musste ich an die Kerzenhalter und die dekorative Obstschale denken, die den Esstisch in der Wohnung geziert hatten. Sicherlich waren es keine wirklichen Wertgegenstände gewesen, aber sie waren mit Geschmack und Sorgfalt ausgesucht worden.

Alles in der Wohnung war sorgfältig ausgesucht worden. Falls Mrs. Hilmer sich zu einem Neubau entschließen sollte, dann würde es viel Zeit und Mühe kosten, gerade für solche Gegenstände einen Ersatz zu finden.

Mit diesem Gedanken betrat ich ihr Haus und setzte zu Entschuldigungen an, aber sie schnitt mir das Wort ab. »Hören Sie bitte auf, sich wegen der Garage Gedanken zu machen«, seufzte sie, als sie meinen Kopf zu sich hinunterzog, um mir einen Kuss zu geben. »Ellie, das Feuer ist vorsätzlich gelegt worden.«

»Ich weiß. Sie glauben doch nicht, dass ich es gelegt habe?«

»Um Himmels willen, nein! Ellie, als ich zurückgekommen bin, tauchte Brian White hier auf und beschuldigte Sie ziemlich unverblümt, eine Pyromanin zu sein. Ich habe ihm daraufhin ordentlich den Kopf gewaschen. Und, falls Sie das erleichtert: Er hat mir auch mehr oder weniger zu verstehen gegeben, ich hätte mir nur eingebildet, bei der Fahrt zur Bibliothek von einem Auto verfolgt worden zu sein. Auch darüber habe ich ihm meine Meinung gesagt. Aber ein Gedanke macht mir sehr zu schaffen, Ellie: dass der Unbekannte, der in die Wohnung eingedrungen ist, während Sie bei mir zum Abendessen waren, tatsächlich Handtücher gestohlen hat, um es später so aussehen zu lassen, als ob Sie das Feuer gelegt hätten.«

»Ich habe jeden Tag frische Handtücher aus dem Wäscheschrank genommen. Mir ist nicht aufgefallen, dass fünf oder sechs Badetücher gefehlt haben.«

»Wie auch? Die Fächer waren voll gestopft. Es hat mal

eine Zeit gegeben, in der ich an keinem Sonderangebot vorbeigehen konnte, und jetzt habe ich genug Handtücher bis in alle Ewigkeit. Kommen Sie, das Essen ist fertig, und Sie müssen hungrig sein. Gehen wir gleich zu Tisch.«

Es gab Garnelen auf kreolische Art, gefolgt von einem grünen Salat. Es war köstlich. »Zweimal gutes Essen an einem Tag«, sagte ich. »Heute werde ich wirklich verwöhnt.«

Ich erkundigte mich nach ihrer Enkelin und erfuhr, dass ihr gebrochenes Handgelenk gut verheilte.

»Es war schön für mich, die Zeit mit Janey zu verbringen, und das neue Baby ist wirklich süß. Aber, Ellie, eines kann ich Ihnen sagen, nach einer Woche bin ich gerne wieder nach Hause gefahren. Der Geist ist willig, aber es ist schon etwas länger her, dass ich um fünf Uhr morgens aufstehen musste, um ein Fläschchen anzuwärmen.«

Sie erzählte mir, dass sie sich meine Website angesehen hätte, und ich sah ihr an, dass bei ihr auch das kleinste Mitgefühl für Rob Westerfield verflogen war. »Als ich diesen Bericht über die Psychologin gelesen habe, der Rob damals im Restaurant den Arm verdreht hat, war ich wirklich schockiert. Janey hat auch als Bedienung gearbeitet, als sie auf dem College war, und allein der Gedanke, irgendein Rüpel hätte sie so grob misshandelt, hat mich wütend gemacht.«

»Warten Sie ab, es werden bald noch ganz andere Dinge über ihn zu lesen sein. Zum Beispiel hat er einen Mitschüler schwer verprügelt, als er erst in der zweiten Klasse einer Privatschule war.«

»Die ganze Geschichte wird immer schlimmer. Mir ist das Herz gebrochen, als ich das mit Paulie hörte. Wie geht es ihm?«

»Wieder besser. Ich habe ihn heute Nachmittag besucht.« Ich zögerte zunächst, weil ich mir nicht sicher war, ob ich ihr anvertrauen sollte, was Paulie mir über den Anhänger erzählt hatte. Aber dann beschloss ich, alles zu erzählen. Mrs. Hilmer war absolut vertrauenswürdig, und sie war ein gutes Stimmungsbarometer für die Meinung der Leute im Ort. Sie hatte wohl ebenfalls geglaubt, der Anhänger sei ein Hirngespinst von mir gewesen. Es würde interessant und hilfreich sein, zu erfahren, wie sie jetzt auf die Geschichte reagierte.

Ihr Tee kühlte ab, während sie zuhörte, und ihre Miene wurde ernst. »Ellie, es ist kein Wunder, dass Mrs. Stroebel nicht gewollt hat, dass Paulie über den Anhänger redet. Diese Geschichte hätte leicht gegen ihn selbst gewendet werden können.«

»Ich weiß. Paulie hat zugegeben, dass der Anhänger in seinem Besitz gewesen ist, dass er ihn Rob gegeben hat, dass es ihn erschüttert hat, als er ihn Andrea hat tragen sehen, und dass er ihr bis zur Garage gefolgt ist.« Ich machte eine Pause und blickte sie an. »Mrs. Hilmer, glauben Sie, dass es sich auf diese Weise abgespielt hat?«

»Was ich glaube, ist, dass Rob Westerfield mit all seinem Geld im Rücken nicht nur ein gewissenloser, sondern auch ein besonders schäbiger Schuft ist. Er hat Andrea ein Schmuckstück geschenkt, das vermutlich ein anderes Mädchen in seinem Wagen verloren hat. Bestimmt hat er den Anhänger zu einer von diesen Shopping Malls getragen, hat ein paar Dollar bezahlt, um die Initialen gravieren zu lassen, und hat hinterher einen riesigen Auftritt damit hingelegt.«

»Ich habe schon überlegt, ob man versuchen könnte herauszufinden, wo er es hat gravieren lassen, aber nach all den Jahren ist das wohl aussichtslos. Diese Art von Auftrag ist in den Juwelierläden in den Shopping Malls das Alltäglichste von der Welt.«

»Dann wissen Sie also noch gar nicht, was Sie mit der Information über den Anhänger anfangen werden?«

»Nein. Ich war so froh, dass meine Erinnerung an den Anhänger sich bestätigt hat, dass ich darüber noch gar nicht nachgedacht habe. Der Anhänger ist eine zweischneidige Sache, vor Gericht könnte er Paulie mehr schaden als nützen.«

Ich berichtete Mrs. Hilmer von Alfie und der Planskizze.

»Wir alle hatten das Gefühl, dass Rob irgendetwas mit dem Überfall auf Mrs. Westerfield zu tun hatte«, sagte sie mit einem Gesichtsausdruck, in dem sich Mitgefühl und Abscheu mischten. »Mrs. Westerfield ist eine freundliche, vornehme und kultivierte Dame. Dass ihr einziger Enkel geplant haben soll, sie zu ermorden, geht über jede Vorstellungskraft. Ich habe sie manchmal zusammen mit Rob in der Stadt gesehen, bevor er verhaftet wurde. Er kümmerte sich immer überaus zuvorkommend um sie. Wie kann ein Mensch sich so verstellen!«

»Diese Geschichte wird zusammen mit der Planskizze im Internet erscheinen, wenn Alfie einverstanden ist«, sagte ich. »Wenn Mrs. Westerfield erst die Skizze sieht, wird sie vielleicht endgültig überzeugt sein.«

Als ich ihr den Auftritt des betrunkenen Will Nebels im Restaurant beschrieb, war sie hell empört. »Sie wollen mir doch nicht erzählen, dass man einen solchen Menschen in einem neuen Prozess als glaubwürdigen Augenzeugen betrachten würde?«

»Nicht unbedingt glaubwürdig, aber dennoch könnte er großen Schaden anrichten, indem er die öffentliche Meinung gegen Paulie aufbringt.«

Ungeachtet ihres Protests deckten wir gemeinsam den Tisch ab und räumten die Küche auf. »Haben Sie vor, die Garage mit der Wohnung wieder aufzubauen?«, fragte ich.

Sie räumte gerade den Geschirrspüler ein und musste lächeln. »Ellie, was ich Ihnen jetzt sage, darf der Versicherung nicht zu Ohren kommen, aber dieser Brand kommt mir eigentlich sehr gelegen. Ich bin gut versichert gewesen, und jetzt habe ich dort, wo die Garage stand, ein freies Grundstück mit Baugenehmigung zur Verfügung. Janey würde sehr gerne in dieser Gegend wohnen. Sie findet, dass es der ideale Ort wäre, um ihr Baby großzuziehen. Ich werde ihnen das Grundstück überlassen, sie werden bauen, und dann werde ich meine Familie gleich nebenan haben.«

Ich lachte. »Sie haben mich wirklich sehr erleichtert.« Ich legte das Geschirrtuch zusammen. »Und jetzt muss ich aufbrechen. Morgen fahre ich zur Carrington Academy in Maine, um noch mehr Dinge aus Rob Westerfields glorreicher Vergangenheit auszugraben.«

»Janey und ich haben die Zeitungsartikel und das Prozessprotokoll durchgelesen. Das gibt einem eine Vorstellung, wie schrecklich diese Zeit für Ihre ganze Familie gewesen sein muss.« Mrs. Hilmer begleitete mich zur Haustür, wo ich meine Lederjacke aus der Garderobe holte.

Während ich sie zuknöpfte, fiel mir ein, dass ich sie nicht danach gefragt hatte, ob ihr der Name Phil etwas sage.

»Mrs. Hilmer, als Rob Westerfield im Gefängnis unter Drogen stand, hat er angeblich davon gesprochen, einen Mann namens Phil erschlagen zu haben. Haben Sie je davon gehört, dass irgendjemand aus dieser Gegend mit diesem Namen spurlos verschwunden ist oder ermordet wurde?«

»Phil«, wiederholte sie und schaute angestrengt an mir vorbei ins Leere. »Es gab einen Phil Oliver, der einen Riesenstreit mit den Westerfields hatte, als die seinen Pachtvertrag nicht verlängern wollten. Aber der ist weggezogen.«

»Wissen Sie, was aus ihm geworden ist?«

»Nein, aber das lässt sich herausfinden. Er und seine Familie hatten ein paar gute Freunde hier, die wahrscheinlich immer noch Kontakt zu ihm haben.«

»Könnten Sie das für mich herausfinden?«

»Natürlich.«

Sie öffnete die Haustür, hielt jedoch inne. »Irgendetwas hab ich gehört oder gelesen über einen jungen Phil, der vor einer Weile gestorben ist ... Ich weiß nicht mehr, wo ich das gehört habe, aber es war etwas sehr Trauriges.«

»Mrs. Hilmer, bitte denken Sie nach. Es ist äußerst wichtig.«

»Phil ... Phil ... Ach, Ellie, ich komm einfach nicht drauf.«

Es half nichts, ich musste mich fürs Erste damit zufrieden geben. Aber beim Abschied drang ich noch einmal in sie, nicht krampfhaft zu versuchen, sich an den Zusammenhang zu erinnern, sondern mehr ihr Unterbewusstsein arbeiten zu lassen.

Allmählich zog sich das Netz um Rob Westerfield zu. Das spürte ich in den Knochen.

Der Fahrer des Wagens, von dem ich heute Abend verfolgt wurde, ging wesentlich unauffälliger zu Werke, als Teddy es getan hatte. Er fuhr ohne Licht. Ich bemerkte ihn erst, als ich anhalten musste, um den Verkehr vorbeizulassen, bevor ich in die Einfahrt zum Gasthaus einbiegen konnte und er gezwungen war, direkt hinter mir anzuhalten.

Ich drehte mich um und versuchte, das Gesicht des Fahrers zu erkennen. Es war ein großer, dunkler Wagen. Teddy konnte es nicht sein.

Dann tauchte ein Auto aus der Einfahrt des Gasthauses auf und beleuchtete mit seinen Scheinwerfern das Gesicht in dem Wagen hinter mir.

Heute Abend war es mein Vater, der sichergehen wollte, dass ich heil zum Gasthaus zurückgelangte. Für den Bruchteil einer Sekunde sahen wir uns in die Augen, dann bog ich in die Einfahrt ab, und er fuhr weiter geradeaus.

38

ALFIE RIEF MICH am Montagmorgen um sieben Uhr an. »Wollen Sie die Planskizze immer noch haben?«

»Ja. Meine Bank ist in Oldham-Hudson in der Main Street. Ich werde um neun Uhr dort sein, dann können wir uns um fünf nach neun auf dem Parkplatz treffen.«

»Okay.«

Als ich die Bankfiliale verließ, fuhr er vor und parkte neben meinem Auto. Von der Straße aus konnte man nicht sehen, was sich abspielte.

Er ließ die Fensterscheibe herunter. »Geben Sie mir das Geld.«

Ich überreichte es ihm.

Er zählte nach und sagte: »Gut, hier ist die Planskizze.«

Ich sah sie mir genau an. Bei Tageslicht betrachtet, erschien mir der Gedanke noch grausiger, dass sie von dem siebzehnjährigen Enkel des potenziellen Opfers in Auftrag gegeben worden war. Ich war bereit, jeden Betrag für Alfies Einverständnis zu zahlen, sie auf meiner Website zu veröffentlichen.

»Alfie, wie Sie wissen, ist die Sache inzwischen verjährt. Sie werden keine Schwierigkeiten bekommen, auch wenn die Polizei davon erfährt. Andrerseits, wenn ich diesen Plan auf meiner Website zeige und dazu schreibe, was Sie mir erzählt haben, dann könnte das den Ausschlag dafür geben, ob Mrs. Westerfield ihr Vermögen Rob hinterlässt oder ob sie es lieber für wohltätige Zwecke stiftet.«

Ich stand neben seinem Lieferwagen. Er saß drinnen, die Hand am Steuer. Man sah ihm an, was aus ihm geworden war: ein hart arbeitender Mann, dem das Leben nicht viel gegönnt hatte.

»Hören Sie, mir ist es noch lieber, der Westerfield sitzt mir im Nacken, als dass ich mir vorstellen muss, wie er im großen Geld schwimmt. Machen Sie nur, ich geb Ihnen meinen Segen.«

»Sind Sie sicher?«

»Ja. Ich glaube, das bin ich Skip schuldig.«

Nach der Erfahrung auf der Fahrt nach Boston, als ich im Verkehr stecken geblieben war, hatte ich diesmal reichlich Zeit für die Fahrt nach Maine zur Carrington Academy eingeplant, wo ich mit Jane Bostrom verabredet war.

Daher kam ich früh genug in Rockport an, um noch bei einem Coffeeshop Station zu machen. Ich genehmigte mir ein geröstetes Käse-Sandwich und eine Cola und fühlte mich danach gerüstet, das Gespräch mit ihr aufzunehmen.

Man begleitete mich zu ihrem Zimmer, wo sie mich freundlich, aber reserviert begrüßte. Ich ahnte, dass es schwierig werden würde, von ihr die gewünschten Informationen zu bekommen. Sie stand hinter ihrem Schreibtisch und bot mir den davor stehenden Stuhl an. Wie viele leitende Angestellte verfügte sie auch über eine Sitzecke für Besucher mit einer Couch und mehreren Sesseln, aber ich wurde nicht eingeladen, dort Platz zu nehmen.

Sie war jünger, als ich erwartet hatte, etwa fünfunddreißig, mit dunklen Haaren und großen grauen Augen, die etwas misstrauisch zu blicken schienen. Ich hatte noch unser kurzes Telefongespräch im Ohr, und ich hatte das Gefühl, dass sie stolz auf ihre Schule war und nicht zulassen würde, dass irgendeine Journalistin sie wegen eines einzelnen Schülers in den Schmutz ziehen würde.

»Dr. Bostrom«, begann ich, »lassen Sie mich die Karten offen auf den Tisch legen. Rob Westerfield hat seine beiden letzten Schuljahre in Carrington verbracht. Er wurde aus seiner früheren Schule rausgeworfen, weil er einen anderen Schüler hinterrücks überfallen und verprügelt hat. Als sich dieser Zwischenfall ereignete, war er vierzehn Jahre alt.

Mit siebzehn hat er geplant, seine Großmutter zu ermorden. Es wurden drei Schüsse auf sie abgegeben, und sie hat nur durch ein Wunder überlebt. Mit neunzehn hat er meine Schwester erschlagen. Im Moment gehe ich Hinweisen nach, wonach es möglicherweise noch einen weiteren Menschen gibt, den er umgebracht hat.«

Ich beobachtete, wie ihr Gesichtsausdruck wechselte. Sie schien jetzt erschrocken, geradezu bestürzt. Es dauerte eine geraume Zeit, bevor sie anfing zu sprechen. »Miss Cavanaugh, diese Informationen über Rob Westerfield sind in höchstem Maße erschreckend, aber Sie müssen sich über eines im Klaren sein. Ich habe seine Akte hier auf meinem Tisch, und darin steht absolut nichts, was darauf hindeuten würde, dass es ein ernsteres Problem mit seinem Verhalten gegeben hätte, während er hier bei uns war.«

»Es fällt mir schwer, zu glauben, dass er mit dieser gewalttätigen Vergangenheit imstande gewesen sein soll, zwei Jahre durchzuhalten, ohne durch ein größeres Vergehen aufzufallen. Darf ich fragen, wie lange Sie schon hier in Carrington arbeiten, Dr. Bostrom?«

»Fünf Jahre.«

»Dann ist das Einzige, worauf Sie sich stützen können, eine Schülerakte, die womöglich gesäubert worden ist.«

»Ich stütze mich auf die Akte, die ich hier vorliegen habe.«

»Darf ich fragen, ob die Westerfields der Carrington Academy irgendwelche größeren Spenden haben zukommen lassen?«

»In der Zeit, als Rob hier Schüler war, haben sie gespendet, um die Sporthalle zu renovieren und neu auszustatten.«

»Ich verstehe.«

»Ich weiß nicht, worauf Sie hinauswollen, Miss Cavanaugh. Bitte versuchen Sie zu verstehen, dass viele unserer Schüler harte Zeiten durchgemacht haben und Führung und Einfühlungsvermögen benötigen. Manche unter ihnen waren Streitobjekte in heftigen Scheidungskämpfen. Bei anderen ist ein Elternteil eines Tages einfach aus ihrem Leben verschwunden. Sie machen sich keine Vorstellung davon, wie sehr das Selbstwertgefühl eines Kindes dadurch Schaden nehmen kann.«

O doch, ich mache mir sehr wohl eine Vorstellung davon, dachte ich. Ich verstehe das sogar sehr gut.

»Einige unserer Schüler sind junge Menschen, die weder in der Lage sind, mit Gleichaltrigen auszukommen, noch mit Erwachsenen.«

»Das scheint auch Rob Westerfields Problem gewesen zu sein«, sagte ich. »Aber unglücklicherweise für uns, die es betrifft, hat seine Familie immer versucht, seine Untaten zu vertuschen und alle Schwierigkeiten mit Geld aus dem Weg zu räumen.«

»Sie müssen wissen, dass wir sehr großen Wert auf Disziplin legen. Wir sind der Auffassung, dass die Stärkung des Selbstwertgefühls ein wichtiger Schritt zur Heilung einer emotionalen Störung ist. Wir erwarten von unseren Schülern, dass sie sich um gute schulische Leistungen bemühen, sich an sportlichen oder anderen Aktivitäten beteiligen und freiwillig an den verschiedenen sozialen Programmen teilnehmen, die unsere Schule unterstützt.«

»Und Sie wollen mir erzählen, dass Rob Westerfield all diese Aufgaben mit Feuereifer bewältigt hat?«

Ich hätte mir auf die Zunge beißen mögen. Jane Bostrom war bereit gewesen, mir dieses Interview zu gewähren, und sie antwortete auf meine Fragen. Dennoch war inzwischen klar: Falls es irgendwelche größeren Probleme mit Rob Westerfield an dieser Schule gegeben hatte, dann waren sie jedenfalls nicht in seiner Akte vermerkt.

»Rob Westerfield hat diese Aufgaben offenbar zur Zufriedenheit der Schulleitung bewältigt«, sagte sie trocken.

»Gibt es eine Liste aller Schüler für die Zeit, in der er hier war?«

»Natürlich.«

»Kann ich sie sehen?«

»Zu welchem Zweck?«

»Dr. Bostrom, Rob Westerfield hat im Gefängnis, als er unter Drogen stand, einem Mitgefangenen etwas anvertraut. Er soll gesagt haben: ›Ich habe Phil totgeschlagen, und es war ein gutes Gefühl.‹ Da er zuvor an der ersten Privatschule bereits einen Mitschüler angegriffen hat, wäre es durchaus denkbar, dass er in der Zeit, in der er hier war, mit einem Schüler zusammengetroffen ist, dessen Name Phil oder Philip war.«

Ihre Miene verdüsterte sich zusehends, während sie über die ganze Tragweite dessen, was ich gesagt hatte, nachdachte. Schließlich erhob sie sich.

»Miss Cavanaugh, Dr. Douglas Dittrick ist schon seit vierzig Jahren in Carrington. Ich werde ihn bitten, zu uns zu stoßen. Außerdem werde ich bitten, dass man uns die Schülerlisten für die betreffenden Jahre heraussucht. Ich denke, wir gehen besser hinüber in das Konferenzzimmer. Dort wird es einfacher sein, die Listen auszubreiten und sorgfältig durchzugehen.«

Dr. Dittrick ließ mitteilen, dass er mitten im Unterricht sei und in etwa einer Viertelstunde bei uns sein werde. »Er ist ein großartiger Lehrer«, sagte Jane Bostrom, als wir begannen, die Listen durchzugehen. »Ich glaube, selbst wenn das Dach einstürzte, würde er sich nicht vom Fleck rühren, bis er seine Stunde beendet hätte.«

Sie schien sich jetzt in meiner Nähe wohler zu fühlen und zeigte sich sehr hilfsbereit. »Wir sollten auch nach ›Philip‹ als zweitem Vornamen, nicht nur als dem ersten Vornamen suchen«, meinte sie. »Viele unserer Schüler werden mit dem zweiten Vornamen gerufen, wenn sie nach ihrem Vater oder Großvater benannt sind.«

Die Liste der eingeschriebenen Schüler während Rob Westerfields Zeit in Carrington umfasste rund sechshundert Namen. Wie mir bald auffiel, war Philip kein so häufiger Vorname. Die gängigsten, James, John, Mark und Michael, tauchten regelmäßig in der Liste auf.

Dazu eine ganze Menge anderer Namen: William, Hugo, Charles, Richard, Henry, Walter, Howard, Lee, Peter, George, Paul, Lester, Ezekiel, Francis, Donald, Alexander …

Und dann der erste Philip.

»Hier ist einer«, sagte ich. »Er war im ersten Jahr, als Westerfield im zweiten war.«

Jane Bostrom stand auf und blickte mir über die Schulter. »Er ist Mitglied in unserem Beirat«, sagte sie.

Ich suchte weiter.

Professor Dittrick betrat den Raum, noch mit seiner Robe bekleidet. »Was ist denn so wichtig, Jane?«, fragte er.

Sie erklärte es ihm und stellte mich vor. Dittrick war um

die siebzig, von mittlerer Größe, mit einem gelehrten Gesicht und einem festen Händedruck.

»Natürlich erinnere ich mich an Westerfield. Nur zwei Jahre nach seinem Abschluss hat er dieses Mädchen umgebracht.«

»Das war Miss Cavanaughs Schwester«, sagte Dr. Bostrom schnell.

»Das tut mir aufrichtig Leid, Miss Cavanaugh. Es war eine furchtbare Tragödie. Und jetzt versuchen Sie herauszufinden, ob es in seiner Zeit bei uns jemanden mit dem Namen Phil gab, der Opfer eines Mordes geworden ist.«

»Ja. Es klingt vielleicht weit hergeholt, aber es ist eine Möglichkeit, die ich in Betracht ziehen muss.«

»Natürlich.« Er wandte sich an Dr. Bostrom. »Jane, Sie sollten vielleicht nachsehen, ob Corinne frei hat, und sie bitten herzukommen. Vor fünfundzwanzig Jahren war sie zwar noch nicht Leiterin der Theatergruppe, aber sie hat damals schon mitgewirkt. Vielleicht kann sie die Programmhefte von den Vorstellungen mitbringen, in denen Westerfield mitgespielt hat. Ich erinnere mich dunkel, dass irgendetwas komisch war an der Art, wie er im Programm aufgeführt wurde.«

Corinne Barsky kam nach zwanzig Minuten. Eine lebendige, schlanke Frau um die sechzig, mit dunklen, hellwachen Augen und einer vollen, warmen Stimme. Unter dem Arm trug sie die gewünschten Programmhefte.

Mittlerweile hatten wir zwei Schüler mit Philip als erstem Vornamen herausgefiltert und einen mit Philip als zweitem Vornamen.

Der erste, den wir gefunden hatten, war zurzeit, wie Dr. Bostrom mir schon gesagt hatte, Mitglied im Beirat der Schule. Dr. Dittrick konnte sich erinnern, dass der Schüler mit Philip als zweitem Vornamen vor zwei Jahren auf dem zwanzigjährigen Klassentreffen anwesend war.

Damit blieb nur noch einer übrig. Dr. Bostroms Sekretärin suchte im Computer nach seinem Namen. Er lebte in Portland, Oregon, und entrichtete jährlich Beiträge für den Fonds der Ehemaligen. Die letzte Summe war im Juni überwiesen worden.

»Tut mir Leid, dass ich Ihre Zeit verschwendet habe«, entschuldigte ich mich. »Ich würde gerne noch einen kurzen Blick in diese Programmhefte werfen, und dann sind Sie mich los.«

Bei allen Aufführungen hatte Rob Westerfield die männliche Hauptrolle gespielt. »Ich habe ihn deutlich in Erinnerung«, sagte Corinne Barsky. »Er war wirklich begabt. Sehr von sich eingenommen, sehr arrogant gegenüber den andern Schülern, aber ein guter Schauspieler.«

»Hat es denn keine Probleme mit ihm gegeben?«, fragte ich.

»O doch, ich kann mich an einen Streit mit dem damaligen Leiter erinnern. Er wollte nicht mit seinem eigenen Namen, sondern mit seinem Bühnennamen, wie er es nannte, aufgeführt werden. Der Leiter hat das abgelehnt.«

»Wie lautete dieser Bühnenname?«

»Warten Sie, ich werde versuchen, mich daran zu erinnern.«

»Corinne, hat es nicht auch eine Riesenaufregung wegen Rob Westerfield und einer Perücke gegeben?«, fragte Dr. Dittrick. »Ich habe da so etwas in Erinnerung.«

»Er wollte eine Perücke tragen, die er an seiner früheren Schule in einer Vorstellung benutzt hatte. Auch das hat der Leiter ihm nicht gestattet. Während der Aufführungen kam Rob dann mit Perücke aus der Garderobe und hat sie erst im letzten Augenblick, bevor er auf die Bühne ging, abgelegt. Ich habe gehört, dass er die Perücke manchmal auch auf dem Campus trug. Er hat zwar jedes Mal Nachsitzen dafür kassiert, aber er hörte trotzdem nicht damit auf.«

Dr. Bostrom sah mich an. »Das stand nicht in seiner Akte«, sagte sie.

»Die Akte wurde natürlich gesäubert«, sagte Dr. Dittrick unwillig. »Was meinen Sie, woher wir sonst das Geld für die totale Renovierung der Sporthalle bekommen hätten? Direktor Egan brauchte nur bei Westerfields Vater anzurufen und anzudeuten, dass sich Rob auf einer anderen Schule vielleicht wohler fühlen würde.«

Dr. Bostrom blickte beunruhigt zu mir. »Keine Angst. Ich werde nicht darüber schreiben«, sagte ich.

Ich suchte nach meiner Handtasche und fischte mein Handy heraus. »Ich bin gleich weg«, versprach ich, »aber ich möchte noch einen Anruf machen, bevor ich gehe. Ich habe kürzlich mit einem ehemaligen Mitschüler von Westerfield in Arbinger gesprochen, Christopher Cassidy. Er ist derjenige, den Rob damals zusammengeschlagen hat. Mr. Cassidy hat mir erzählt, dass Rob manchmal den Namen einer Figur benutzt hat, die er auf der Bühne gespielt hat. Und er wollte herausfinden, welcher Name das war.«

Ich suchte die Nummer heraus und tippte sie ein.

»Cassidy Investment«, meldete eine kurz angebundene Stimme.

Ich hatte Glück. Christopher Cassidy war zurück von seiner Reise, und ich wurde direkt zu ihm durchgestellt. »Ich habe nachgeforscht«, sagte er mit triumphierender Stimme. »Ich hab den Namen gefunden, den Westerfield benutzt hat, er ist aus einem der Stücke, in denen er gespielt hat.«

»Jetzt erinnere ich mich an den Namen«, sagte Corinne Barsky aufgeregt.

Cassidy befand sich in Boston, Barsky nur zwei Meter von mir entfernt in Maine. Aber sie sagten es gleichzeitig.

»Es war Jim Wilding.«

Jim, schoss es mir durch den Kopf. Rob hatte die Planskizze selbst gezeichnet!

»Ellie, ich muss einen anderen Anruf entgegennehmen«, entschuldigte sich Cassidy.

»Tun Sie das. Das war alles, was ich wissen wollte.«

»Was Sie über mich für die Website geschrieben haben, ist sehr gut. Sie können es veröffentlichen, ich stehe tausendprozentig dahinter.«

Er legte auf.

Corinne Barsky hatte eines der Programmhefte aufgeschlagen. »Das dürfte Sie interessieren, Miss Cavanaugh«, sagte sie. »Der damalige Leiter ließ im Programmheft alle Mitwirkenden in der Besetzungsliste neben ihrem Namen unterschreiben.«

Sie hielt mir das Heft vor die Augen und zeigte auf eine Stelle. Mit herausforderndem Schwung hatte Rob Westerfield neben seinem Namen mit »Jim Wilding« unterschrieben.

Ich starrte lange darauf. »Ich brauche eine Kopie davon«, sagte ich. »Und passen Sie bitte gut auf das Original auf. Es wäre mir am liebsten, Sie würden es in einen Safe schließen.«

Zwanzig Minuten später saß ich in meinem Wagen und verglich die Unterschrift auf der Planskizze mit derjenigen in dem Programmheft.

Ich bin kein Experte für Handschriften, aber Duktus und Gestalt des Namenszugs »Jim« schienen mir in beiden Dokumenten identisch zu sein.

Ich trat die lange Rückfahrt nach Oldham an, innerlich jubelnd über die Aussicht, demnächst beide nebeneinander im Internet abbilden zu können.

Mrs. Dorothy Westerfield würde gezwungen sein, der

Wahrheit ins Auge zu blicken. Ihr Enkel hatte ihre Ermordung geplant.

Ich muss zugeben, ich genoss die angenehme Aussicht, dass ich in absehbarer Zeit einige wohltätige Einrichtungen, Krankenhäuser, Bibliotheken und Universitäten sehr, sehr glücklich machen würde.

39

Gewöhnlich liegt mein Handy immer auf dem Kissen neben mir. Am Dienstagmorgen wurde ich von seinem Klingeln geweckt. Während ich ein schläfriges »Hallo« von mir gab, schaute ich auf meine Armbanduhr und stellte erschrocken fest, dass es schon neun Uhr war.

»Wohl gestern Nacht zu lange gefeiert?«

Es war Pete.

»Mal sehen«, sagte ich. »Ich bin von Maine nach Massachusetts gefahren und dann quer durch den ganzen Staat New York. Es war die aufregendste Nacht meines Lebens.«

»Vielleicht sind Sie zu müde, um nach Manhattan zu kommen.«

»Vielleicht versuchen Sie gerade, sich aus einer Einladung nach Manhattan herauszureden«, unterstellte ich. Ich war jetzt wach und beinahe enttäuscht und verärgert.

»Ich wollte gerade vorschlagen, dass ich nach Oldham fahre, Sie abhole und wir uns dann ein Lokal zum Abendessen suchen.«

»Das ist etwas anderes«, sagte ich fröhlich. »Mir fällt da ein tolles Lokal ein, das nur eine Viertelstunde vom Gasthaus entfernt ist.«

»Jetzt arbeitet Ihr Kopf wieder richtig. Sagen Sie mir, wie ich zu Ihnen komme.«

Ich beschrieb den Weg, was seine Anerkennung hervorrief. »Ellie, Sie sind eine der wenigen Frauen, die ich kenne, die imstande ist, eine brauchbare Wegbeschreibung zu liefern. Hab ich Ihnen das beigebracht? Sie brauchen nicht zu antworten. Ich werde so um sieben Uhr da sein.«

Klick.

Ich rief den Zimmerservice an, duschte, wusch meine Haare und rief bei einem in der Nähe gelegenen Maniküresalon an, um einen Termin für den Nachmittag zu bekommen. Ich hatte mir bei meinem Sturz auf dem Parkplatz mehrere Fingernägel abgebrochen und wollte sie wieder in Ordnung bringen lassen.

Ich nahm mir sogar die Zeit, meine beschränkte Kleiderauswahl in Augenschein zu nehmen und mich für den braunen Hosenanzug mit dem mit Webpelz besetzten Kragen und Manschetten zu entscheiden. Der Anzug war ein spontaner Kauf beim Schlussverkauf im letzten Jahr gewesen, immer noch teuer, obwohl er um die Hälfte herabgesetzt war. Außerdem hatte ich ihn noch nicht getragen.

Der Abend mit Pete schien mir die richtige Gelegenheit für die Premiere zu sein.

Es war ein tröstlicher Gedanke, sich auf etwas am Ende des Tages freuen zu können. Ich ahnte, dass es mir nicht leicht fallen würde, den Nachmittag damit zu verbringen, Alfies Bericht über den Einbruch aufzuschreiben und die Planskizze mit Rob Westerfields Verwendung des Namens Jim an der Schule in Verbindung zu bringen.

Nicht leicht, weil ich immer noch unter dem Eindruck der unerträglichen Gewissheit stand, dass Andrea Rob Westerfield nicht kennen gelernt hätte, wenn er wegen dieses Verbrechens verurteilt worden wäre.

Er hätte im Gefängnis gesessen. Sie wäre erwachsen geworden und aufs College gegangen und hätte, wie Joan, wahrscheinlich geheiratet und Kinder bekommen. Mutter und Daddy würden immer noch in diesem schönen Farmhaus wohnen. Daddy würde es mittlerweile auch ins Herz geschlossen und eingesehen haben, was für eine großartige Idee es gewesen war, es zu kaufen.

Ich wäre in einem glücklichen Heim aufgewachsen und auf das College gegangen. Dass ich damals Journalistik als Studium wählte, hatte nichts mit Andreas Tod zu tun, daher würde ich wahrscheinlich in einem ähnlichen Job arbeiten. Es war der Beruf, der meinen Wünschen am meisten entgegenkam. Vermutlich wäre ich, genau wie jetzt, noch nicht verheiratet. Ich glaube, für mich hatte der Beruf immer schon Priorität vor einer festen Partnerschaft.

Wenn Rob verurteilt worden wäre, dann hätte ich nicht mein Leben lang meiner Schwester und allem, was ich verloren hatte, nachtrauern müssen.

Selbst wenn ich es schaffte, seine Großmutter und den Rest der Welt von seiner Schuld zu überzeugen, würde er trotzdem ungeschoren davonkommen. Das Verbrechen war inzwischen verjährt.

Und selbst wenn seine Großmutter ihr Testament änderte, besäße sein Vater immer noch sehr viel Geld, jedenfalls sehr viel für normale Begriffe, und Rob könnte ein angenehmes Leben führen.

In einem zweiten Prozess könnte Will Nebels' Lügenmärchen so viel Eindruck auf die Geschworenen machen, dass sie Westerfield möglicherweise freisprechen würden.

Dann würde sein Strafregister getilgt werden.

Ich hab Phil totgeschlagen, und es war ein gutes Gefühl.

Es gab nur einen Weg, Rob Westerfield wieder hinter Gitter zu bringen: Ich musste Phil ausfindig machen, diesen anderen Menschen, dessen Leben er auf dem Gewissen hatte. Zum Glück gab es für Mord keine Verjährungsfrist.

Gegen halb vier war ich so weit, dass ich alles auf die Website übertragen konnte: die Geschichte, wie Christopher Cassidy von Rob Westerfield in Arbinger zusammengeschlagen wurde; Robs Beharren auf dem Namen »Jim« wegen der Figur, die er auf der Bühne gespielt hatte; Robs Rolle beim Mordkomplott gegen seine Großmutter.

Ich schrieb, dass William Hamilton, Esq., in jenem Prozess als Pflichtanwalt des Angeklagten fungierte und dass er das Original mit der Planskizze, das den Nachweis für Westerfields Beteiligung geliefert hätte, zerstört habe. Am Ende des Artikels bildete ich die Planskizze und das Programmheft nebeneinander ab. Auf dem Bildschirm stach die Übereinstimmung der beiden Unterschriften noch mehr ins Auge.

Ich warf einen letzten zufriedenen Blick auf den Artikel, dann drückte ich die nötigen Tasten, und einen Augenblick später stand alles auf meiner Website.

40

Es war Viertel vor fünf, als ich wieder vor dem Eingang des Gasthauses stand. Die zig Milliarden Dollar schwere Kosmetikindustrie würde Pleite gehen, wenn sie von Leuten wie mir abhinge. Das bisschen Schminkzeug, das ich mein Eigen genannt hatte, war beim Brand verloren gegangen. Einen oder zwei Tage danach hatte ich in einem Drugstore Puder und Lippenstift gekauft, aber jetzt war es an der Zeit gewesen, auch andere Dinge wie Wimperntusche und Rouge zu ersetzen.

Obwohl ich bis neun Uhr in der Früh geschlafen hatte, fühlte ich mich müde und wollte ein Nickerchen machen, bevor es Zeit würde, sich für den Abend mit Pete herzurichten.

So musste es sich wohl anfühlen, wenn man die Ziellinie vor Augen hat. Der Marathonläufer hat den größten Teil hinter sich und weiß, dass er das Ziel bald erreicht hat. Ich hatte gehört, dass es einen Moment gibt, in dem der Läufer ein paar Sekunden lang das Tempo verzögert und sich sammelt, um dann den Endspurt zum Sieg einzulegen.

Genauso fühlte ich mich. Rob Westerfield war angeschlagen, und ich war davon überzeugt, dass ich kurz davor stand, zu erfahren, was er diesem Phil angetan hatte und wo es geschehen war. Wenn ich damit Recht hatte, dann würde ihn das ins Gefängnis zurückbringen.

Ich hab Phil totgeschlagen, und es war ein gutes Gefühl.

Und dann, wenn er der wirklichen Gerechtigkeit zugeführt werden würde, wenn das »Aktionskomitee Gerechtigkeit für Rob Westerfield« sich aufgelöst haben würde und schnell in Vergessenheit geriete, dann würde ich endlich, wie ein frisch geschlüpftes Küken, meine ersten zögernden Schritte in die Zukunft machen können.

Den heutigen Abend würde ich mit jemandem verbringen, den ich gerne sehen wollte und der mich gerne sehen wollte. Wohin würde das Ganze führen? Ich wusste es nicht, ich dachte nicht so weit in die Zukunft. Aber zum ersten Mal in meinem Leben begann ich, mich auf die Zukunft zu freuen, nachdem ich meine Schulden gegenüber der Vergangenheit beinahe abgetragen hatte. Es war ein hoffnungsvolles, befriedigendes Gefühl.

Ich betrat das Gasthaus und stieß auf meinen Bruder Teddy, der im Eingangsbereich auf mich wartete.

Diesmal lächelte er nicht. Er wirkte nervös, aber auch entschlossen, und seine Begrüßung fiel ziemlich abrupt aus. »Ellie, komm rein. Ich muss mit dir reden.«

»Ich habe Ihren Bruder aufgefordert, in der Glasveranda auf Sie zu warten, aber er hatte Angst, er könnte Sie verpassen«, sagte Mrs. Willis.

Sie haben vollkommen Recht, ich hätte ihn wirklich verpasst, dachte ich. Ich wäre wie ein Pfeil die Treppe hinaufgeschossen, wenn ich gewusst hätte, dass er auf mich wartete.

Ich wollte nicht, dass sie mithörte, was er mir sagen wollte, deshalb ging ich ihm voraus zur Glasveranda. Diesmal schloss er die Tür hinter sich. Wir standen uns gegenüber und sahen einander an.

»Teddy«, begann ich. »Hör mal zu. Ich weiß, dass du es

gut meinst. Ich weiß auch, dass dein Vater es gut meint. Aber ihr könnt mir nicht andauernd hinterherfahren. Es geht mir gut, und ich kann auf mich selbst aufpassen.«

»Nein, das kannst du nicht!« Seine Augen blitzten, und in diesem Moment sah er meinem Vater so ähnlich, dass ich mich in unser Esszimmer zurückversetzt fühlte, damals, als Daddy zu Andrea sagte, *er verbiete ihr ein für alle Mal, noch irgendeinen Kontakt mit Rob Westerfield zu haben.*

»Ellie, wir haben gesehen, was du heute Nachmittag auf der Website veröffentlicht hast. Daddy ist außer sich vor Sorge. Er meint, dass die Westerfields jetzt alles daransetzen werden, dich zu stoppen, und dass ihnen dies auch gelingen wird. Er sagt, du seist eine sehr große Gefahr für sie geworden und damit hättest du dich selbst in große Gefahr gebracht. Ellie, das kannst du Daddy nicht antun. Und mir auch nicht.«

Er war so aufgewühlt, so leidenschaftlich, dass er mir Leid tat. Ich legte meine Hand auf seinen Arm. »Teddy, es war nicht meine Absicht, dich oder deinen Vater zu beunruhigen. Ich tue nur, was ich tun muss. Ich weiß nicht, auf wie viele verschiedene Arten ich dir das noch erklären soll, aber bitte lass mich einfach in Ruhe. Du bist dein ganzes Leben ohne mich ausgekommen, und dein Vater ist schon seit sehr langer Zeit ohne mich ausgekommen. Was soll das alles? Ich habe neulich schon versucht, dir zu sagen, dass du mich nicht *kennst*. Du hast keinen Grund, dir meinetwegen Sorgen zu machen. Du bist ein lieber Junge, aber lassen wir es einfach dabei bewenden.«

»Ich bin nicht nur irgendein Junge. Ich bin dein Bruder. Ob es dir passt oder nicht, ich bin dein Bruder. Und hör auf, immer ›dein Vater‹ zu sagen. Du denkst, du weißt über alles Bescheid, Ellie, aber das stimmt nicht. Dad hat nie aufgehört, dein Vater zu sein. Er hat immer über dich gesprochen, und ich wollte immer alles über dich wissen. Er hat mir erzählt, was für ein tolles kleines Kind du warst. Du weißt davon nichts, aber bei der Abschlussfeier in deinem College saß er im Publikum. Er hat die *Atlanta News* abonniert, als du dort angefangen hast, und er hat jeden Artikel gelesen, den du je geschrieben hast. Also hör auf zu sagen, er sei nicht dein Vater.«

Ich wollte es nicht hören. Ich schüttelte nur noch den Kopf. »Teddy, du verstehst einfach nicht. Als meine Mutter und ich nach Florida gegangen sind, hat er uns einfach ziehen lassen.«

»Er hat mir erzählt, dass du das glaubst, aber es ist nicht wahr. Er hat euch nicht einfach ziehen lassen. Er wollte, dass ihr zurückkommt. Er hat versucht, euch zurückzuholen. Die wenigen Male, die du ihn besucht hast, nachdem er und deine Mutter sich getrennt hatten, hast du kein Wort mit ihm geredet und dich sogar geweigert zu essen. Was sollte er denn tun? Deine Mutter hat ihm gesagt, es wäre zu viel Trauer da, um es zusammen noch aushalten zu können, und sie wolle nur die guten Tage in Erinnerung behalten und ein neues Leben anfangen. Und das hat sie auch getan.«

»Woher weißt du das alles?«

»Weil ich ihn danach gefragt habe. Weil ich Angst hatte, dass er einen Herzanfall bekommt, als er die letzten Sachen auf deiner Website gesehen hat. Er ist siebenundsechzig Jahre alt, Ellie, und er leidet unter hohem Blutdruck.«

»Weiß er, dass du hier bist?«

»Ich habe ihm gesagt, dass ich zu dir fahre. Ich bin gekommen, weil ich dich bitten will, zu uns nach Hause mitzukommen, und wenn du das nicht willst, dann wenigstens hier auszuziehen und an einen Ort zu ziehen, von dem niemand außer uns etwas weiß.«

Er war so aufrichtig, so besorgt, so um mich bemüht, dass ich ihn fast umarmt hätte. »Teddy, es gibt Dinge, die du nicht verstehst. Ich wusste, dass Andrea an jenem Abend vielleicht weggegangen war, um sich mit Rob Westerfield zu treffen, und ich habe nichts davon gesagt. Mit diesem Vorwurf werde ich mein Leben lang weiterleben müssen. Und wenn Westerfield jetzt seinen neuen Prozess bekommt, dann wird er vielleicht eine Menge Leute davon überzeugen können, dass Paulie Stroebel Andrea umgebracht hat. Ich habe sie nicht retten können, aber ich muss versuchen, Paulie zu retten.«

»Dad hat mir gesagt, es sei seine Schuld gewesen, dass Andrea sterben musste. Er ist zu spät nach Hause gekommen. Einer seiner Kollegen hatte sich verlobt, und zur Feier des Tages ist er mit ihm ein Bier trinken gegangen. Er hatte Verdacht geschöpft und befürchtete, dass Andrea sich immer noch heimlich mit Westerfield traf. Er hat mir gesagt, wenn er an jenem Abend früher nach Hause gekommen wäre, hätte er ihr nie erlaubt, zu Joan zu gehen. Und dann wäre sie nicht in dieser Garage gewesen, sondern zu Hause, in Sicherheit.«

Er schien an das zu glauben, was er mir sagte. War meine Erinnerung denn vollkommen verzerrt? Nicht vollkommen. So einfach war es nicht. Aber war mein unermessliches Schuldgefühl – »Wenn Ellie uns doch etwas gesagt hätte« – vielleicht nur ein Teil des gesamten Bildes? Meine Mutter hatte Andrea nach Einbruch der Dunkelheit allein aus dem Haus gehen lassen. Mein Vater hatte den Verdacht gehabt, dass Andrea immer noch Kontakt zu Rob hatte, sie jedoch deswegen nicht zur Rede gestellt. Meine Mutter wollte unbedingt in diese damals noch ländliche und einsame Gegend ziehen. Mein Vater war wohl zu streng zu Andrea gewesen; seine Versuche, sie zu beschützen, hatten sie erst rebellisch gemacht. Ich war die Eingeweihte, die von den geheimen Treffen wusste.

Hatten wir drei uns bewusst dafür entschieden, Schuld

und Trauer fest in unserem Innern einzuschließen, oder hätte es für uns nicht auch eine andere Möglichkeit gegeben?

»Ellie, meine Mutter ist eine sehr nette Dame. Sie war Witwe, als sie Dad kennen lernte. Sie weiß, was es bedeutet, jemanden zu verlieren. Sie würde dich gerne kennen lernen. Sie würde dir gefallen.«

»Teddy, ich verspreche dir, ich werde sie irgendwann kennen lernen.«

»Irgendwann *bald*.«

»Sobald ich mit dieser Sache fertig bin. Es wird nicht mehr lange dauern.«

»Wirst du mit Dad reden? Wirst du ihm eine Chance geben?«

»Wenn das hier vorbei ist, dann werde ich mit ihm zusammen essen gehen oder so etwas. Ich versprech's dir. Und übrigens, heute Abend gehe ich mit Pete Lawlor aus, jemand, mit dem ich in Atlanta zusammen gearbeitet habe. Ich möchte, dass keiner von euch mir folgt. Er wird mich hier abholen und nachher wieder sicher hier absetzen, großes Ehrenwort.«

»Dad wird erleichtert sein, wenn er das erfährt.«

»Teddy, ich muss jetzt auf mein Zimmer. Ich muss noch ein paar Anrufe erledigen, bevor ich ausgehe.«

»Ich habe alles gesagt, was ich sagen wollte. Das heißt, vielleicht doch nicht. Es gibt da noch etwas, was Dad zu mir gesagt hat, was du wissen solltest. Er hat gesagt: ›Ich habe eines von meinen kleinen Mädchen verloren. Ich will nicht noch das andere verlieren.‹«

41

Wenn überhaupt so etwas wie ein Hauch von Romantik über unserer Verabredung geschwebt hatte, dann wurde er jedenfalls rasch beiseite geschoben. Petes Begrüßung bestand aus einem »Sie sehen toll aus«, begleitet von einem flüchtigen Kuss auf die Wange.

»Und Sie sehen unglaublich herausgeputzt aus. Sie sehen aus, als ob sie einen fünfzehnminütigen Großeinkauf bei Bloomingdale's gewonnen hätten«, sagte ich.

»Zwanzig Minuten«, korrigierte er. »Ich hab Hunger, Sie nicht?«

Ich hatte einen Tisch bei Cathryn's reserviert, und als wir auf dem Weg dorthin waren, sagte ich: »Eine große Bitte.«

»Raus damit.«

»Ich möchte heute Abend nicht über das reden, was ich in den letzten Wochen gemacht habe. Sie haben sich die Website angesehen, also wissen Sie sowieso, was alles passiert ist. Ich habe das Bedürfnis, für ein paar Stunden Abstand von all dem zu gewinnen. Heute Abend ist *Ihr* Abend. Erzählen Sie mir, wo Sie überall gewesen sind, seit wir uns das letzte Mal in Atlanta gesehen haben. Ich möchte alles wissen über die Bewerbungsgespräche, die Sie geführt haben. Und ich will wissen, warum Sie mit Ihrem neuen Job so zufrieden sind. Sie können mir sogar erzählen, ob es Sie große Mühe gekostet hat, sich für diese sehr schöne und offensichtlich neue rote Krawatte zu entscheiden.«

Pete hob fragend eine Augenbraue, eine typische Angewohnheit von ihm. »Meinen Sie das ernst?«

»Absolut.«

»In dem Moment, wo ich sie sah, wusste ich, dass ich die Krawatte unbedingt haben musste.«

»Sehr gut«, ermunterte ich ihn. »Erzählen Sie mehr.«

Im Restaurant studierten wir die Speisekarte, bestellten geräucherten Lachs und Pasta mit Meeresfrüchten und einigten uns auf eine Flasche Pinot Grigio. »Gut, dass wir beide dieselben Vorspeisen mögen«, sagte Pete. »Das macht die Wahl des Weines einfacher.«

»Als ich das letzte Mal hier war, hab ich Lammbraten bestellt«, sagte ich.

Er schaute mich an.

»Es macht mir Spaß, Sie zu irritieren«, gab ich zu.

»Das merkt man.«

Beim Essen begann er dann, über sich zu reden. »Ellie, mir war klar, dass es mit der Zeitung zu Ende gehen würde. Das passiert mit jedem Familienunternehmen, wenn die neue Generation nur noch am Geld interessiert ist. Um ehrlich zu sein, habe ich schon früher mit dem Gedanken gespielt wegzugehen. In diesem Geschäft muss man sich beizeiten nach anderen Möglichkeiten umsehen, es sei denn, man hat gute Gründe, bei ein- und demselben Unternehmen zu bleiben.«

»Warum sind Sie dann nicht schon früher gegangen?«

Er schaute mich an. »Diese Frage will ich jetzt nicht beantworten. Jedenfalls, als die Sache unausweichlich wurde, war ich mir über eins im Klaren. Ich wollte entweder bei einer soliden Tageszeitung unterkommen – wie der *New York Times*, der *L. A. Times*, der *Chicago Tribune* oder dem

Houston Chronicle – oder etwas ganz anderes ausprobieren. Die Angebote von den Zeitungen waren da, aber dann tauchte dieses ›ganz andere‹ auf, und ich habe mich darauf gestürzt.«

»Ein neuer Kabelfernsehsender.«

»Genau. Ich bin von Anfang an dabei. Es ist natürlich nicht ohne Risiko, aber gewichtige Investoren haben sich engagiert, um das Ganze auf die Beine zu stellen.«

»Sie haben gesagt, dass es mit vielen Reisen verbunden ist?«

»Mit ›viel‹ habe ich so viel gemeint, wie ein Moderator reisen muss, wenn er an einer größeren Geschichte dran ist.«

»Sie wollen mir doch nicht erzählen, dass Sie als Moderator auftreten werden!«

»Vielleicht klingt ›Moderator‹ ein bisschen bombastisch. Ich gehöre zur Nachrichtenredaktion. Kurz, treffend und ohne Umschweife, so will man es heute haben. Vielleicht wird es funktionieren, vielleicht auch nicht.«

Ich dachte darüber nach. Pete war klug, hatte Präsenz und brachte die Sachen rasch auf den Punkt. »Ich denke, Sie könnten es wirklich schaffen«, sagte ich.

»Ihre Versuche, mich mit Lob zu überschütten, sind geradezu rührend, Ellie. Treiben Sie es bitte nicht zu weit. Es könnte mir sonst zu Kopf steigen.«

Ich ignorierte die Bemerkung. »Dann werden Sie also in New York stationiert sein und dorthin ziehen?«

»Bin ich schon. Ich habe eine Wohnung in SoHo gefunden. Nichts Außergewöhnliches, aber für den Anfang reicht es.«

»Bedeutet das nicht eine riesige Veränderung für Sie? Ihre gesamte Familie wohnt in Atlanta.«

»Meine Großeltern lebten alle in New York. Ich habe sie als Kind oft besucht.«

»Ach so, ich verstehe.«

Wir warteten schweigend, während der Tisch abgeräumt wurde. Dann, nachdem wir Espresso bestellt hatten, sagte Pete: »Also gut, Ellie, bis jetzt haben wir nach Ihren Regeln gespielt. Jetzt bin ich an der Reihe. Ich möchte alles erfahren, was in letzter Zeit in Ihrer Sache passiert ist, und zwar wirklich *alles*.«

Mittlerweile war auch ich bereit, darüber zu reden, und so erzählte ich ihm alles, auch von Teddys Besuch. Als ich meinen Bericht beendet hatte, sagte Pete: »Ihr Vater hat Recht. Sie sollten zu ihm ziehen oder sich zumindest nicht direkt in Oldham aufhalten.«

»Vermutlich hat er wirklich Recht«, gab ich widerstrebend zu.

»Ich muss morgen früh zu einem Gespräch mit dem Vorstand von Packard Cable nach Chicago. Ich werde bis Samstag weg sein. Ellie, bitte fahren Sie doch nach New York und bleiben Sie in meiner Wohnung. Sie können auch von dort aus mit Marcus Longo, Mrs. Hilmer und Mrs. Stroebel in Kontakt bleiben, und Sie können Ihre Website ebenso gut von dort aus weiterführen. Gleichzeitig würden Sie aber in Sicherheit sein. Wollen Sie das für mich tun?«

Ich musste zugeben, dass der Vorschlag vernünftig war. »Gut, für ein paar Tage, bis ich herausfinde, wo ich bleiben kann.«

Pete fuhr mich zurück zum Gasthaus, ließ den Wagen in der Einfahrt stehen und begleitete mich bis in den Eingangsbereich. Am Empfang saß der Nachtportier. »Hat irgendjemand nach Miss Cavanaugh gefragt?«, fragte ihn Pete.

»Nein, Sir.«

»Irgendwelche Nachrichten?«

»Mr. Longo und Mrs. Hilmer haben angerufen.«

»Danke.«

Am Fuß der Treppe legte er die Hände auf meine Schultern. »Ellie, ich weiß, dass Sie die Sache auf eigene Faust zu Ende bringen wollten, und ich habe das verstanden. Aber jetzt können Sie nicht mehr alleine weitermachen. Sie brauchen jetzt uns.«

»Uns?«

»Ihren Vater, Teddy, mich.«

»Sie haben mit meinem Vater gesprochen, stimmt's?«

Er tätschelte meine Wange. »Natürlich habe ich das.«

42

In dieser Nacht schlief ich unruhig. Ich wurde von einem Angsttraum geplagt. Andrea schlich durch den Wald. Ich versuchte, sie zurückzurufen, aber sie hörte mich nicht, und ich sah voller Verzweiflung, wie sie am Haus der alten Mrs. Westerfield vorbeirannte und in der Garage verschwand. Ich versuchte, ihr eine Warnung zuzurufen, aber auf einmal tauchte Rob Westerfield auf und scheuchte mich fort.

Ich wachte vom schwachen Geräusch meiner eigenen Stimme auf, die gequält um Hilfe rief. Es hatte gerade zu dämmern begonnen, und ich sah, dass ein weiterer grauer, bewölkter, kalter Tag anbrach, wie sie für Anfang November typisch sind.

Schon als Kind empfand ich die ersten beiden Novemberwochen als bedrückend, im Gegensatz zur zweiten Monatshälfte, in der die festliche Stimmung von Thanksgiving in der Luft lag. Aber die ersten beiden Wochen schienen immer endlos lang und eintönig. Seit Andreas Tod waren sie außerdem für immer verbunden mit der Erinnerung an die letzten Tage, die wir zusammen verbracht hatten. Bis zu ihrem Todestag blieben nur noch ein paar Tage.

Mit diesen Gedanken lag ich wach in meinem Bett und

sehnte mich nach ein oder zwei weiteren Stunden Schlaf. Der Traum war nicht besonders schwer zu deuten. Einerseits stand Andreas Todestag bevor, und andererseits wusste ich nur zu gut, dass Rob Westerfield außer sich vor Wut sein musste über die letzten Informationen auf meiner Website. Beides lag mir auf der Seele.

Ich musste äußerst vorsichtig sein.

Um sieben Uhr rief ich den Zimmerservice an; dann begann ich an meinem Buch zu arbeiten. Um neun Uhr duschte ich, schlüpfte in meine Kleider und rief Mrs. Hilmer an.

Entgegen alle Vernunft hoffte ich, dass sie sich daran erinnert hatte, warum ihr der Name »Phil« im Gedächtnis geblieben war und sie mir das gestern mitteilen wollte. Aber selbst als ich sie jetzt danach fragte, schien es mir fast ausgeschlossen, dass ihr irgendetwas eingefallen sein könnte, was mit Rob Westerfields grausiger Prahlerei in Zusammenhang stünde.

»Ellie, ich konnte an nichts anderes mehr denken als an diesen Namen«, sagte sie seufzend. »Ich habe Sie gestern Abend angerufen, um Ihnen zu sagen, dass ich mit meiner Freundin gesprochen habe, die noch Kontakt zu Phil Oliver hat. Ich habe Ihnen davon erzählt. Phil Oliver ist der Mann, dem der Pachtvertrag nicht verlängert wurde und der deswegen einen ziemlich heftigen Streit mit Rob Westerfields Vater hatte. Meine Freundin hat mir erzählt, er sei jetzt in Florida und es gehe ihm recht gut, aber er sei immer noch sehr verbittert über die Art und Weise, wie man ihn behandelt hatte. Er liest Ihre Website regelmäßig und ist begeistert davon. Er sagt, wenn Sie die Absicht hätten, eine weitere Website zu eröffnen, um der Öffentlichkeit mitzuteilen, was für eine Art von Mensch Robs Vater sei, dann sei er gerne bereit, sich mit Ihnen zu unterhalten.«

Interessant, dachte ich, aber keine Information, die mir momentan weiterhilft.

»Ellie, was auch immer ich über einen Phil gehört oder gelesen habe – das Einzige, was ich sicher weiß, ist, dass es erst vor kurzem gewesen sein muss. Und, falls Ihnen das weiterhilft – es hat mich traurig gemacht.«

»Traurig?«

»Ellie, ich weiß, dass Sie damit nicht viel anfangen können, aber ich werde es weiter versuchen. Sobald mir etwas eingefallen ist, werde ich Sie sofort anrufen.«

Mrs. Hilmer hatte mich über den Anschluss des Gasthauses angerufen. Ich hatte keine Lust, ihr zu erklären, dass ich im Begriff war auszuziehen, und ebenso wenig wollte ich etwas über Pete und seine Wohnung in New York verbreiten. »Mrs. Hilmer, Sie haben doch meine Handynummer, oder?«

»Ja, die haben Sie mir gegeben.«

»Ich werde in nächster Zeit viel unterwegs sein. Könnten Sie mich unter dieser Nummer anrufen, wenn Ihnen der Zusammenhang wieder einfällt?«

»Ja, natürlich.«

Der Nächste auf meiner Liste war Marcus Longo. Ich hatte gleich den Eindruck, dass er etwas gedämpft klang, und ich hatte Recht.

»Ellie, was Sie gestern auf Ihrer Website publiziert haben, wird eine massive Klage von Westerfield und seinem Anwalt William Hamilton nach sich ziehen.«

»Gut. Sollen sie nur klagen. Ich kann es gar nicht erwarten, gegen sie anzutreten.«

»Ellie, man hat nicht automatisch Erfolg vor Gericht, nur weil man Recht hat. Die Rechtslage kann manchmal sehr vertrackt sein. Die Zeichnung, die Ihrer Meinung nach ein Beweisstück für die Beteiligung von Rob Westerfield an dem Mordversuch an seiner Großmutter darstellt, wurde Ihnen von dem Bruder des Mannes, der auf sie geschossen hat, übergeben. Und er gibt zu, dass er der Fahrer des Fluchtautos war. Damit taugt er wohl kaum zum Kronzeugen. Wie viel haben Sie ihm für diese Information gezahlt?«

»Tausend Dollar.«

»Ist Ihnen klar, wie das vor Gericht aussehen würde? Wenn nicht, will ich es Ihnen gerne erklären. Sie haben sich mit einem Schild vor Sing Sing aufgestellt. Sie veröffentlichen einen Aufruf auf der Website. Das bedeutet so viel wie: ›Jeder, der von einem Verbrechen weiß, das Rob Westerfield begangen haben könnte, hat die Möglichkeit, ein bisschen Kohle zu machen.‹ Dieser Typ könnte alles von vorne bis hinten frei erfunden haben.«

»Glauben Sie das?«

»Was ich glaube, spielt keine Rolle.«

»O doch, das tut es, Marcus. Glauben Sie, dass Rob Westerfield dieses Verbrechen geplant hat?«

»Ja, aber das habe ich schon immer geglaubt. Das hat nichts zu tun mit der Verleumdungsklage in Millionenhöhe, die Sie vielleicht erwartet.«

»Sollen sie klagen. Ich hoffe, sie werden es tun. Ich hab ein paar tausend Dollar auf der Bank, ein Auto mit Sand im Tank, das wahrscheinlich einen neuen Motor benötigt, und ich werde vielleicht ein bisschen Geld mit meinem Buch verdienen. Sollen sie ruhig versuchen, mir das wegzunehmen.«

»Es ist Ihre Entscheidung, Ellie.«

»Noch etwas, Marcus. Ich ziehe heute hier aus und werde in der Wohnung eines Freundes wohnen.«

»Hoffentlich nicht hier in der Nähe.«

»Nein, in Manhattan.«

»Das erleichtert mich sehr. Weiß Ihr Vater davon?«

Falls nicht, werden Sie es ihm sicherlich mitteilen, dachte ich. Ich fragte mich, wie viele von meinen Freunden in Oldham mit meinem Vater in Kontakt standen. »Ich bin mir nicht sicher«, sagte ich aufrichtig. Immerhin war es möglich, dass Pete ihn gestern Abend sofort angerufen hatte, nachdem wir uns verabschiedet hatten.

Ich wollte Marcus gerade fragen, ob bei seiner Suche nach einem Mordopfer mit dem Namen Phil etwas herausgekommen sei, aber er kam mir mit der Antwort zuvor. »Bis jetzt Fehlanzeige, nichts, was Westerfield mit einem anderen Verbrechen in Verbindung bringen würde«, sagte er. »Aber es gibt noch eine ganze Menge durchzuforsten. Wir haben die Suche jetzt auch auf den Namen ausgedehnt, den Rob an der Schule verwendet hat.«

»Jim Wilding?«

»Ja.«

Wir verabredeten, uns gegenseitig auf dem Laufenden zu halten.

Ich hatte seit Sonntagnachmittag nicht mit Mrs. Stroebel gesprochen. Ich rief das Krankenhaus an in der Hoffnung zu erfahren, dass Paulie mittlerweile entlassen worden sei, aber er war immer noch dort.

Mrs. Stroebel war bei ihm. »Es geht ihm viel besser, Ellie. Ich bin immer um diese Zeit bei ihm, danach bin ich im Laden und komme gegen Mittag zurück. Zum Glück ist Greta da. Sie haben sie an dem Tag kennen gelernt, als Paulie eingeliefert wurde. Sie ist so ein guter Mensch. Ohne sie könnte ich den Laden dichtmachen.«

»Wann wird Paulie nach Hause gehen können?«

»Ich glaube morgen, aber Ellie, er möchte Sie noch einmal sehen. Er versucht die ganze Zeit, sich an etwas zu erinnern, was Sie zu ihm gesagt haben und das nicht gestimmt hat. Er möchte das richtig stellen, aber er weiß nicht mehr, um was es ging. Verstehen Sie – er hatte damals so viele Medikamente bekommen.«

Ich war betroffen. Etwas, was *ich* gesagt hatte? Du lieber Himmel, war Paulie wieder verwirrt, oder wollte er gar etwas zurücknehmen, was er gesagt hatte? Ich war froh, dass ich die Geschichte mit dem Anhänger und Rob noch nicht auf die Website gesetzt hatte.

»Ich könnte vorbeikommen und ihn besuchen«, bot ich an.

»Warum kommen Sie nicht so um ein Uhr? Dann werde ich auch da sein, und ich glaube, dass er sich dann wohler fühlt.«

Wohler fühlt, dachte ich, oder etwa, damit du ihn daran hindern kannst, etwas zu sagen, was ihn beschuldigen könnte? Nein, das glaubte ich nicht. »Ich werde kommen, Mrs. Stroebel«, sagte ich. »Wenn ich vor Ihnen da bin, werde ich auf Sie warten, bevor ich zu Paulie gehe.«

»Danke, Ellie.«

Es klang so viel Dankbarkeit darin, dass ich mich für den Gedanken schämte, sie wolle Paulie möglicherweise daran hindern, aufrichtig zu mir zu sein. Schließlich war sie es gewesen, die mir Paulies Wunsch mitgeteilt hatte, und im Moment setzte sich ihr Tagesablauf ausschließlich aus den Stunden im Laden und den Besuchen am Krankenbett ihres Sohnes zusammen. Gott bewahrt das geschorene Lamm vor dem kalten Wind. Und er tut solches am wirkungsvollsten, wenn er jemandem wie Paulie eine Mutter wie Anja Stroebel schickt.

Ich brachte es fertig, zwei Stunden zu arbeiten, dann wechselte ich zu Rob Westerfields Website. Das Bild, wie ich gefesselt auf dem Bett lag, wurde immer noch gezeigt, und das »Aktionskomitee Gerechtigkeit für Rob Westerfield«

wies ein paar Namen mehr auf. Dagegen war keinerlei Versuch unternommen worden, meinen Artikel über Robs Verwicklung in den Mordversuch an seiner Großmutter zu widerlegen.

Daraus zog ich den Schluss, dass ich Verwirrung in den Reihen der Gegner gestiftet hatte. Sie waren noch am Überlegen, was nun weiter geschehen sollte.

Um elf Uhr klingelte das Telefon. Es war Joan. »Möchtest du mit mir zu Mittag essen, so um eins?«, fragte sie. »Ich muss ein paar Besorgungen machen, und gerade ist mir aufgefallen, dass ich praktisch bei dir vorbeikomme.«

»Ich kann nicht. Ich habe schon versprochen, Paulie um ein Uhr im Krankenhaus zu besuchen«, sagte ich, um dann zögernd hinzuzufügen: »Aber, Joan …«

»Was ist los, Ellie? Ist alles in Ordnung?«

»Ja, mir geht es gut. Joan, du hast mir erzählt, dass du die Todesanzeige für meine Mutter aufgehoben hast, die mein Vater in die Zeitung gesetzt hat.«

»Ja. Ich wollte sie dir noch zeigen.«

»Ist es sehr umständlich, sie herauszusuchen?«

»Nein, kein Problem.«

»Dann würde ich dich bitten, sie am Empfang für mich zu hinterlegen, wenn du am Gasthaus vorbeikommst. Ich würde sie sehr gerne sehen.«

»Wird bestens erledigt.«

Als ich beim Krankenhaus anlangte, herrschte in der Eingangshalle ein eifriges Kommen und Gehen. Ich bemerkte eine Gruppe von Reportern und Kameraleuten, die am anderen Ende des Raums standen, und wandte ihnen rasch den Rücken zu.

Eine Frau, die neben mir in der Warteschlange stand, um einen Besucherpass zu erhalten, erzählte mir, was geschehen war. Mrs. Dorothy Westerfield, die Großmutter von Rob, sei nach einem Herzanfall in die Notaufnahme eingeliefert worden.

Ihr Anwalt habe eine Pressemitteilung herausgegeben mit dem Inhalt, dass Mrs. Westerfield am vergangenen Abend zum bleibenden Gedenken an ihren verstorbenen Gatten, Senator Pearson Westerfield, ihr Testament geändert habe und ihr Vermögen einer wohltätigen Stiftung hinterließ, welche beauftragt sei, es innerhalb von zehn Jahren zu verteilen.

Weiterhin sei mitgeteilt worden, einzige Ausnahmen seien kleine Vermächtnisse an ihren Sohn, einige Freunde und langjährige Angestellte. Ihrem Enkel hinterließe sie lediglich einen Dollar.

»Sie ist sehr klug gewesen, wissen Sie«, vertraute mir die Frau an. »Ich hab zugehört, als die Journalisten miteinander sprachen. Neben ihren Anwälten hatte sie ihren Pfarrer, einen befreundeten Richter und einen Psychiater als Zeugen dafür aufgeboten, dass sie bei klarem Verstand war und genau wusste, was sie tat.«

Sicher ahnte meine klatschsüchtige Gesprächspartnerin nicht, dass meine Website vermutlich für die Testamentsänderung wie auch den Herzanfall verantwortlich war. Für mich war es ein zweischneidiger Sieg. Ich dachte an die liebenswürdige, beeindruckende Frau, die am Tage von Andreas Begräbnis gekommen war, um ihr Beileid zu bekunden.

Erleichtert atmete ich auf, als ich in den Aufzug gelangt war, ohne dass mich einer der Reporter erkannt und mit dem Ereignis in Zusammenhang gebracht hätte.

Mrs. Stroebel wartete im Gang auf mich. Zusammen betraten wir Paulies Zimmer. Die Verbände an den Armen waren jetzt wesentlich kleiner. Sein Blick war klarer, und sein

Lächeln war herzlich. »Meine Freundin Ellie«, sagte er. »Auf dich kann ich mich verlassen.«

»Ja, Paulie, das kannst du.«

»Ich möchte nach Hause. Ich habe es satt, hier zu liegen.«

»Das ist ein gutes Zeichen, Paulie.«

»Ich möchte wieder arbeiten. Waren heute viele Kunden zum Mittagessen da, als du gegangen bist, Mama?«

»Ziemlich viele«, sagte sie sanft, mit einem zufriedenen Lächeln.

»Du solltest nicht so viel Zeit hier verbringen, Mama.«

»Das muss ich auch nicht mehr, Paulie. Du wirst bald wieder zu Hause sein.« Sie blickte zu mir. »Es gibt im Geschäft ein kleines Zimmer hinter der Küche. Greta hat dort ein Sofa und einen Fernseher aufgestellt. Paulie kann bei uns bleiben, so viel in der Küche arbeiten, wie er sich selbst zutraut, und sich dazwischen ausruhen.«

»Klingt gut«, sagte ich.

»Paulie, jetzt sag uns, was du auf dem Herzen hast wegen des Anhängers, den du in Rob Westerfields Wagen gefunden hast«, ermutigte ihn seine Mutter.

Ich hatte nicht die leiseste Ahnung, was nun kommen würde.

»Ich hab den Anhänger gefunden und ihn Rob gegeben«, sagte Paulie langsam. »Das hab ich dir erzählt, Ellie.«

»Ja.«

»Das Kettchen war gerissen.«

»Das hast du mir auch erzählt, Paulie.«

»Rob hat mir zehn Dollar Trinkgeld gegeben, und ich habe es zu dem Geld getan, das ich für deinen Geburtstag gespart habe, Mama.«

»Das stimmt, Paulie. Das war im Mai, ein halbes Jahr vor Andreas Tod.«

»Ja. Und der Anhänger hatte die Form eines Herzens,

und er war golden mit schönen blauen Edelsteinen in der Mitte.«

»Ja«, sagte ich aufmunternd.

»Ich hab gesehen, wie Andrea ihn getragen hat, und ich bin ihr zur Garage gefolgt und habe gesehen, wie Rob auch reingegangen ist. Später habe ich ihr gesagt, dass ihr Vater böse sein würde, und dann hab ich sie gefragt, ob sie mit mir zum Tanzen geht.«

»Das ist genau, was du mir letztes Mal erzählt hast, Paulie. Genau so ist es passiert, nicht wahr?«

»Ja, aber irgendetwas war falsch. *Du*, Ellie, hast etwas gesagt, was falsch war.«

»Lass mich nachdenken.« Ich versuchte, das Gespräch zu rekonstruieren, so gut ich konnte. »Das Einzige, woran ich mich erinnere und was du eben noch nicht erwähnt hast, ist, dass ich davon gesprochen habe, dass Rob noch nicht einmal einen neuen Anhänger für Andrea gekauft hat. Er hat die Initialen ihrer Vornamen, Rob und Andrea, auf einen Anhänger eingravieren lassen, den vermutlich irgendein anderes Mädchen in seinem Auto verloren hatte.«

Paulie lächelte. »Das ist es, Ellie. Das ist es, woran ich versucht habe, mich zu erinnern. Rob hat die Initialen nicht auf den Anhänger eingravieren lassen. Sie waren schon darauf, als ich ihn gefunden habe.«

»Paulie, das ist nicht möglich. Ich weiß, dass Andrea Rob Westerfield nicht vor Oktober kennen gelernt hat. Und du hast den Anhänger im Mai gefunden.«

Seine Miene blieb fest. »Ellie, ich erinnere mich genau. Ich bin sicher. Ich hab sie gesehen. Die Initialen waren schon auf dem Anhänger. Es war nicht ›R‹ und ›A‹. Es war ›A‹ und ›R‹. ›A. R.‹, in sehr schöner Schrift.«

43

Ich verliess das Krankenhaus mit dem Gefühl, dass die Ereignisse außer Kontrolle geraten waren. Alfies Geschichte und die Planskizze auf meiner Website hatten allem Anschein nach den erwünschten Effekt gehabt: Rob Westerfield war von dem Erbe seiner Großmutter ausgeschlossen worden. Indem sie das getan hatte, hätte Mrs. Westerfield ebenso gut vor der ganzen Welt verkünden können: »Ich glaube, dass mein einziger Enkel einen Anschlag auf mein Leben geplant hat.«

Diese furchtbare Einsicht und bittere Entscheidung waren ohne Zweifel die Ursache für ihren schweren Herzanfall. Mit zweiundneunzig Jahren schien es mir sehr unwahrscheinlich, dass sie ihn überleben würde.

Erneut musste ich an die ruhige, würdevolle Art denken, mit der sie unser Haus verlassen hatte, als mein Vater sie aufgefordert hatte zu gehen. Es war das erste Mal gewesen, dass sie wegen ihres Enkels Schande ertragen musste. Oder doch nicht das erste Mal? Schließlich war Arbinger die Schule gewesen, die auch ihr Ehemann, der Senator, besucht hatte. Es schien mir zweifelhaft, dass sie nichts von den Gründen erfahren hatte, aus denen Rob die Schule verlassen musste.

Sie hatte ihr Testament geändert und dafür gesorgt, dass

die Entscheidung juristisch unanfechtbar war. Für mich stand damit fest, dass sie nicht nur davon überzeugt war, dass Rob einen Anschlag auf ihr eigenes Leben angezettelt hatte, sondern auch, dass er für Andreas Tod verantwortlich war.

Und das brachte mich wieder auf den Anhänger.

Auf dem Anhänger waren bereits die Initialen »A« und »R« eingraviert, bevor Rob Andrea kennen gelernt hatte.

Die Tatsache war so verblüffend, war so weit entfernt von allem, was ich gedacht hatte, dass ich sie, nachdem ich Paulie verlassen hatte, in Gedanken erst eine Weile ruhen lassen musste, bevor ich mich an sie gewöhnt hatte.

Der graue Morgen war in einen ebenso grauen Nachmittag übergegangen. Das Auto stand am äußersten Ende des Besucherparkplatzes, und ich schritt rasch aus, den Mantelkragen hochgeschlagen, um mich vor dem feuchten, kalten Wind zu schützen.

Als ich das Gelände des Krankenhauses verließ, spürte ich aufkommende Kopfschmerzen, die ich darauf zurückführte, dass es mittlerweile halb zwei war und ich seit Viertel nach sieben nichts gegessen hatte.

Ich fing an, nach einem Coffeeshop oder Restaurant Ausschau zu halten, und fuhr an mehreren vorbei, die eigentlich ganz ordentlich aussahen. Der Grund, aus dem ich sie alle verworfen hatte, wurde mir erst bewusst, als ich eine weitere Imbissstube vorbeiziehen ließ. Der Gedanke, mich in Oldham in der Öffentlichkeit zu zeigen, gab mir das Gefühl, verwundbar und ausgeliefert zu sein.

Ich fuhr zurück zum Gasthaus, froh, wieder dort zu sein, und gleichzeitig begierig, meine Zelte abzubrechen und in die Anonymität von Manhattan zu entschwinden. Mrs. Willis saß am Empfang und überreichte mir einen Umschlag. Die Todesanzeige, die Joan für mich hinterlegt hatte.

Ich nahm sie mit auf mein Zimmer, rief den Zimmerservice an, bestellte ein Club-Sandwich und Tee und setzte mich in den Sessel mit Blick auf den Hudson. Es war die Art von Aussicht, die Mutter geliebt hätte, das aus dem Nebel aufragende Steilufer und das graue, ruhelos dahinströmende Wasser.

Der Umschlag war zugeklebt. Ich riss ihn auf.

Joan hatte die Anzeige aus den *Westchester News* ausgeschnitten. Der Text lautete:

> Cavanaugh: Genine (geb. Reid) in Los Angeles, Ca., im Alter von einundfünfzig Jahren. Geliebte frühere Ehefrau von Edward und treu sorgende Mutter von Gabrielle (Ellie) und der verstorbenen Andrea. Sie war aktiv in ihrer Kirchengemeinde tätig, und sie schuf ein glückliches und schönes Heim für ihre Familie. Wir werden sie immer vermissen, immer lieben, immer in Erinnerung behalten.

Mutter war also nicht die Einzige gewesen, die sich an die guten Jahre erinnerte, dachte ich. Ich hatte meinem Vater ein paar dürre Zeilen geschickt, um ihm Mutters Tod mitzuteilen und ihn zu fragen, ob ihre Urne in Andreas Grab beigesetzt werden könne.

Ich hatte mich so sehr in meinem eigenen Schmerz eingeschlossen, dass mir gar nicht in den Sinn gekommen war, die Nachricht von ihrem Tod könnte ihn tief treffen.

Ich fasste den Entschluss, dass das Essen mit meinem Vater, das ich Teddy versprochen hatte, eher früher als später stattfinden würde. Ich legte den Zeitungsausschnitt in meinen Koffer. Ich wollte gleich meine Sachen packen und so schnell wie möglich abreisen. In diesem Moment klingelte mein Handy.

Mrs. Hilmer war am Apparat. »Ellie, ich bin mir

nicht sicher, ob Ihnen das weiterhilft, aber ich erinnere mich jetzt, wo dieser Name Phil in letzter Zeit aufgetaucht ist.«

»Und wo war das, Mrs. Hilmer? Wo haben Sie ihn gesehen?«

»Es war in einer von den Zeitungen, die Sie mir gegeben haben.«

»Sind Sie sicher?«

»Ganz sicher. Ich erinnere mich daran, weil ich es gelesen habe, als ich bei meiner Enkelin war. Das Baby hat geschlafen, und ich habe die Zeitungen nach Namen von Leuten durchgesehen, die immer noch in der Gegend wohnen und mit denen Sie vielleicht reden wollen. Und Ellie – wie ich Ihnen schon neulich bei unserem Abendessen erzählt habe –, als ich die Artikel über den Prozess las, kam die ganze Geschichte wieder hoch, und ich musste weinen. Und dann habe ich etwas über Phil gelesen, und das war auch sehr traurig.«

»Aber Sie wissen nicht mehr genau, worum es dabei ging?«

»Sehen Sie, Ellie, deswegen glaube ich, dass es vermutlich nicht der richtige Phil sein kann, selbst wenn ich die betreffende Stelle in der Zeitung wieder finden würde.«

»Warum glauben Sie das?«

»Weil Sie nach einem Mann suchen, der Phil genannt wird. Ich aber habe etwas gelesen über ein junges *Mädchen*, das gestorben ist und von seiner Familie ›Phil‹ genannt wurde.«

Ich habe *Phil* totgeschlagen, und das war ein gutes Gefühl.

Du lieber Gott, dachte ich, *hat er ein Mädchen gemeint*?

Ein junges Mädchen, das ermordet wurde.

»Mrs. Hilmer, ich werde alle Zeitungen Zeile für Zeile durchgehen.«

»Ich hab schon damit angefangen, Ellie. Ich rufe Sie an, sobald ich es gefunden habe.«

»Und ich rufe Sie an, wenn ich es finde.«

Ich drückte den roten Knopf, um das Gespräch zu unterbrechen, legte das Handy auf den Nachttisch und holte die Reisetasche. Ich öffnete den Reißverschluss, drehte sie um und schüttelte die vergilbten, zerknickten Zeitungen auf das Bett.

Ich suchte mir die erste beste heraus, setzte mich in den Sessel am Fenster und begann zu lesen.

Die Stunden verrannen. Von Zeit zu Zeit stand ich auf und dehnte mich. Um vier Uhr bestellte ich Tee. Tee macht munter. War das nicht der Werbeslogan einer Teefirma?

Er macht tatsächlich munter. Und er half mir, konzentriert zu bleiben.

Mit angespannter Aufmerksamkeit, Zeile für Zeile, las ich die Zeitungen durch, las noch einmal über jedes furchtbare Detail in den Artikeln über Andreas Tod und Rob Westerfields Prozess.

»A. R.« War der Anhänger am Ende völlig unwichtig? Nein. Ganz sicher nicht. Wenn er unwichtig wäre, dann wäre Rob niemals dieses Risiko eingegangen, um ihn zu holen.

War »A. R.«, das Mädchen, dem der hübsche Anhänger gehört hatte, vielleicht ein weiteres Opfer einer seiner mörderischen Wutanfälle?

Um sechs Uhr machte ich eine weitere Pause und schaltete die Nachrichten ein. Mrs. Dorothy Westerfield war um fünfzehn Uhr dreißig gestorben. Weder ihr Sohn noch ihr Enkel waren an ihrem Sterbebett gewesen.

Ich kehrte zu den Zeitungen zurück. Um sieben Uhr hatte ich die Stelle gefunden. Sie befand sich auf der Seite mit den Todes- und Gedenkanzeigen, in der Zeitung vom Tag des Begräbnisses von Andrea. Der Text lautete:

Rayburn, Amy P.
Wir gedenken heute deiner, wie an jedem Tag. Unsere kleine Phil, wir wünschen dir im Himmel alles Gute zum achtzehnten Geburtstag.
Mom und Dad

»A. R.« Standen die Initialen auf dem Anhänger für Amy Rayburn? Ihre mittlere Initiale war P. Konnte das Phyllis oder Philomena bedeuten, genannt Phil?

Paulie hatte den Anhänger Anfang Mai gefunden. Andrea war seit beinahe dreiundzwanzig Jahren tot. Wenn der Anhänger Amy Rayburn gehört hatte, war sie dann vor dreiundzwanzig und einem halben Jahr gestorben?

Ich rief Marcus Longo an, aber es meldete sich niemand. Ich konnte es kaum erwarten, dass er den Namen Amy Rayburn mit den aktenkundigen Mordfällen aus jenem Jahr abglich.

Ich hatte gesehen, dass sich in der Schublade des Nachttisches ein Telefonbuch von Westchester County befand. Ich holte es heraus, öffnete es und blätterte zum Buchstaben »R«.

Es waren nur zwei Rayburns aufgeführt. Der eine lebte in Larchmont, der andere in Rye Brook.

Ich wählte die Nummer in Larchmont. Die Stimme eines älteren Mannes meldete sich. Ich hatte keine Wahl, ich musste direkt zur Sache kommen. »Mein Name ist Ellie Cavanaugh«, sagte ich. »Ich muss unbedingt mit der Familie von Amy Rayburn sprechen, der jungen Frau, die vor dreiundzwanzig Jahren gestorben ist.«

»Aus welchem Grund?« Die Stimme war auf einen Schlag frostig geworden, und damit wusste ich, dass ich auf jemanden gestoßen war, der zumindest mit dem toten Mädchen verwandt war.

»Bitte beantworten Sie mir eine Frage«, sagte ich, »und

dann will ich gerne alle Ihre Fragen beantworten. Ist Amy einem Mord zum Opfer gefallen?«

»Wenn Sie nicht einmal das wissen, dann haben Sie überhaupt kein Recht, unsere Familie zu belästigen.«

Er hatte sofort aufgelegt.

Ich wählte die Nummer ein zweites Mal, diesmal sprang der Anrufbeantworter an. »Mein Name ist Ellie Cavanaugh«, sprach ich auf das Band. »Vor fast dreiundzwanzig Jahren wurde meine damals fünfzehnjährige Schwester erschlagen. Ich glaube, dass ich Beweise dafür habe, dass der Mann, der sie ermordet hat, auch für den Mord an Phil verantwortlich ist. Bitte rufen Sie mich zurück.«

Ich war gerade dabei, meine Handynummer zu hinterlassen, als am anderen Ende das Gespräch aufgenommen wurde. »Ich bin der Onkel von Amy Rayburn«, sagte er. »Der Mann, der sie umgebracht hat, hat dafür achtzehn Jahre im Gefängnis gesessen. Was zum Teufel soll das Ganze?«

44

Der Mann, den ich angerufen hatte, David Rayburn, war der Onkel der siebzehnjährigen Amy Phyllis Rayburn, die ein halbes Jahr vor Andrea ermordet worden war. Ich erzählte ihm von Andrea, von Rob Westerfields Geständnis gegenüber einem Mithäftling im Gefängnis, davon, dass Paulie den Anhänger in Robs Auto gefunden hatte und dass Rob zurückgekommen war, um ihn von Andreas Leiche zu nehmen.

Er hörte zu, stellte Fragen und sagte schließlich: »Mein Bruder ist der Vater von Phil. Das war Amys Rufname in der Familie und bei ihren Freunden. Ich schlage vor, dass ich ihn jetzt anrufe und ihm Ihre Telefonnummer gebe. Er wird mit Ihnen reden wollen.«

Dann fügte er noch hinzu: »Phil stand kurz vor ihrem Abschluss an der Highschool. Sie hatte sich erfolgreich für die Brown University beworben. Ihr damaliger Freund, Dan Mayotte, hat immer abgestritten, der Täter zu sein. Statt nach Yale zu gehen, musste er für achtzehn Jahre ins Gefängnis.«

Eine Viertelstunde später klingelte mein Handy. Es war Michael Rayburn, Phils Vater. »Mein Bruder hat mir von Ihrem Anruf erzählt«, sagte er. »Ich will gar nicht versuchen, die Gefühle zu beschreiben, die mich oder meine Frau in diesem Augenblick bewegen. Dan Mayotte und Phil kannten sich schon seit dem Kindergarten; wir haben ihm vertraut wie einem Sohn. Wir mussten uns mit dem Tod unseres einzigen Kindes abfinden, aber der Gedanke, dass Dan vielleicht zu Unrecht verurteilt wurde, ist fast unerträglich für uns. Ich bin Anwalt, Miss Cavanaugh. Was für Beweise haben Sie in der Hand? Mein Bruder hat von einem Anhänger gesprochen.«

»Mr. Rayburn, besaß Ihre Tochter einen herzförmigen, vergoldeten Anhänger mit blauen Halbedel- oder Edelsteinen auf der Vorderseite und ihren Initialen auf der Rückseite?«

»Warten Sie, ich gebe Ihnen meine Frau.«

Schon die ersten Worte von Phils Mutter klangen bewundernswert gefasst und selbstbeherrscht. »Ellie, ich erinnere mich noch gut daran, wie Ihre Schwester umgebracht wurde. Es war nur ein halbes Jahr, nachdem wir Phil verloren hatten.«

Ich beschrieb ihr den Anhänger.

»Das muss Phils Anhänger sein. Es war eines von diesen nicht sehr teuren Schmuckstücken, die man in jeder Shopping Mall bekommt. Sie liebte diese Art von Schmuck, sie besaß mehrere Goldkettchen und eine größere Sammlung von Stücken, die man daran hängen konnte. Meistens trug sie zwei oder drei zusammen. Ich weiß nicht, ob sie den Anhänger an dem Abend trug, an dem sie ermordet wurde. Ich habe ihn nie vermisst.«

»Glauben Sie, dass es ein Bild von Phil gibt, auf dem sie ihn trägt?«

»Sie war unser einziges Kind, deshalb haben wir sie sehr oft fotografiert«, sagte Mrs. Rayburn, und jetzt konnte ich ein unterdrücktes Weinen aus ihrer Stimme heraushören. »Sie liebte diesen Anhänger. Deshalb hatte sie ihn gravieren lassen. Ich bin sicher, dass ich ein Foto finden werde, auf dem sie ihn trägt.«

Ihr Ehemann übernahm wieder den Hörer. »Ellie, Sie haben meinem Bruder gesagt, der Häftling, der behauptet, Rob habe ihm gegenüber den Mord an meiner Tochter gestanden, sei nicht auffindbar.«

»Ja, das ist richtig.«

»Ich habe nie wirklich glauben können, dass Dan zu dieser äußersten Gewalt fähig sein könnte. Er war kein gewalttätiger Mensch, und ich weiß, dass er Phil liebte. Aber wenn ich richtig sehe, gibt es keine handfesten Beweise, die eine Verbindung zwischen Westerfield und dem Mord an Phil herstellen könnten.«

»Nein, die gibt es nicht, jedenfalls bis jetzt nicht. Vielleicht ist es zu früh, mit dem, was ich bisher weiß, zum Staatsanwalt zu gehen, aber wenn Sie mir von den Umständen erzählen, unter denen Ihre Tochter ermordet wurde, und warum Dan Mayotte beschuldigt und verurteilt wurde, dann könnte ich das auf meiner Website veröffentlichen und abwarten, ob dadurch noch mehr Einzelheiten auftauchen. Würden Sie das tun?«

»Ellie, seit dreiundzwanzig Jahren leben wir mit diesem Albtraum. Ich kann Ihnen jede Einzelheit darüber sagen.«

»Ich verstehe Sie sehr gut, glauben Sie mir. Der Albtraum, den meine Familie durchleiden musste, hat die Ehe meiner Eltern zerstört, hat meine Mutter schließlich das Leben gekostet, und mich selbst quält er seit über zwanzig Jahren. Daher verstehe ich, was Sie meinen, wenn Sie sagen, dass Sie ständig damit leben.«

»Ja. Es fing damit an, dass Dan und Phil Streit hatten und sich eine Woche lang nicht sahen. Er neigte dazu, eifersüchtig zu sein, und Phil hat uns erzählt, dass sie eine Woche vorher, als sie in einem Kino vor der Vorstellung noch Getränke und Süßigkeiten kauften, irgendein Kerl angesprochen hat und Dan wütend geworden ist. Sie hat den Kerl nie beschrieben oder seinen Namen erwähnt.

Sie und Dan haben danach eine Woche lang nicht miteinander gesprochen. Eines Tages ist sie mit einigen ihrer Freundinnen in der örtlichen Pizzastube gewesen. Dan kam etwas später mit ein paar Freunden herein und ist zu Phil gegangen. Sie haben miteinander gesprochen und haben wohl begonnen, sich wieder zu versöhnen. Die beiden liebten sich wirklich.

Aber dann hat Dan den Kerl gesehen, der im Kino mit Phil geflirtet hatte. Er stand an der Theke.«

»Hat Dan ihn beschrieben?«

»Ja. Gut aussehend, um die zwanzig Jahre alt, dunkelblondes Haar. Dan hat gesagt, er habe im Kino mitbekommen, wie er sich Phil gegenüber als Jim vorstellte.«

Jim!, dachte ich. Das musste also eine dieser Gelegenheiten gewesen sein, bei denen Rob Westerfield seine dunkelblonde Perücke trug und sich Jim nannte.

»Als Dan diesen Kerl in der Pizzastube wiedersah, kam seine ganze Eifersucht wieder hoch. Er sagte, er habe Phil beschuldigt, dass sie geplant hätte, sich dort mit ihm zu treffen. Sie habe das abgestritten und gesagt, sie hätte seine Anwesenheit nicht einmal bemerkt. Danach ist sie aufgestanden und hinausgegangen. Alle Anwesenden haben mitbekommen, dass sie und Dan sich gestritten hatten.

Phil trug an dem Abend eine neue Jacke. Als man sie fand, waren darauf Hundehaare, die von Dans irischem Setter stammten. Natürlich ist sie oft in seinem Auto gewesen, aber weil die Jacke ganz neu war, waren die Haare ein Beweis, dass sie noch in seinem Auto gewesen war, nachdem sie die Pizzastube verlassen hatte.«

»Hat Dan abgestritten, dass Phil in seinem Auto war?«

»Nein. Er hat gesagt, er habe sie überredet, einzusteigen und über die Sache zu sprechen. Aber als er sagte, dass er sich nicht vorstellen könne, dass Jim rein zufällig zur selben Zeit in der Pizzastube gewesen sei, wurde sie erneut wütend und stieg aus. Sie sagte, sie würde zurück zu ihren Freundinnen gehen und er könne ihr gestohlen bleiben. Seiner Aussage zufolge schlug sie die Wagentür zu und ging vom Parkplatz aus zum Restaurant zurück. Dan hat zugegeben, dass er wütend war. Er hat ausgesagt, dass er den Motor anließ und wegfuhr.

Phil ist nie mehr im Restaurant aufgetaucht. Als es langsam spät wurde und sie noch nicht nach Hause gekommen war, haben wir angefangen, bei den Freundinnen anzurufen, mit denen sie ausgegangen war.«

Mutter und Daddy riefen bei Andreas Freundinnen an …

»Sie haben uns gesagt, sie sei mit Dan zusammen. Zuerst waren wir natürlich erleichtert. Wir hielten große Stücke auf ihn und waren froh, dass sie sich wieder versöhnt hatten. Aber die Stunden vergingen, und als Dan endlich nach Hause kam, behauptete er, er habe Phil auf dem Parkplatz zurückgelassen und sie sei zum Restaurant zurückgegangen. Am nächsten Tag wurde ihre Leiche gefunden.«

Michael Rayburns Stimme brach. »Ihr Schädel war eingeschlagen. Das Gesicht war bis zur Unkenntlichkeit entstellt.«

Ich habe Phil totgeschlagen, und es war ein gutes Gefühl.

»Dan hat zugegeben, dass er wütend war, als sie aus seinem Auto gestiegen war. Er hat ausgesagt, er sei etwa eine Stunde lang herumgefahren, dann habe er den Wagen in der Nähe eines Sees abgestellt und sei dort eine lange Zeit einfach nur am Ufer gehockt. Aber es gab niemanden, der seine Geschichte bestätigen konnte. Niemand hatte ihn gesehen, und Phils Leiche wurde in einer bewaldeten Gegend gefunden, etwa eine Meile vom See entfernt.«

»Hat niemand anders diesen Jim in der Pizzastube gesehen?«

»Einige Leute konnten sich an einen Typen mit dunkelblonden Haaren erinnern. Aber offenbar hat er mit niemandem gesprochen, und niemand hat bemerkt, wann er gegangen ist. Dan wurde schuldig gesprochen und musste ins Gefängnis. Das hat seiner Mutter das Herz gebrochen. Sie hatte ihn allein aufgezogen. Leider ist sie viel zu jung gestorben und hat nicht mehr erlebt, dass er aus der Haft entlassen wurde.«

Meine Mutter ist ebenfalls zu jung gestorben, dachte ich.

»Wo ist Dan jetzt?«, fragte ich.

»Er hat seinen College-Abschluss im Gefängnis statt in Yale gemacht. Ich habe gehört, dass er als Berater für ehemalige Strafgefangene arbeitet. Ich habe im Innersten nie wirklich glauben können, dass er Phil so etwas hätte antun können. Wenn sich Ihre Theorie als richtig erweist, dann werde ich ihn um Verzeihung bitten müssen.«

Rob Westerfield ist ihm eine ganze Menge mehr schuldig als ein Wort der Verzeihung, dachte ich. Er schuldet ihm achtzehn Jahre – und das Leben, dass er eigentlich hätte leben sollen.

»Wann werden Sie das auf Ihrer Website veröffentlichen, Ellie?«, fragte Michael Rayburn.

»Sobald ich es aufgeschrieben habe. Das wird etwa eine Stunde in Anspruch nehmen.«

»Dann will ich Sie nicht länger aufhalten. Wir werden es uns dann anschauen. Bitte rufen Sie mich an, wenn neue Informationen auftauchen.«

Mir war bewusst, in welcher Gefahr ich bereits jetzt schwebte und dass es der pure Leichtsinn war, diesen neuen Angriff zu starten.

Aber es war mir egal.

Wenn ich an alle Opfer dachte, die auf Rob Westerfields Konto gingen, wurde ich rasend vor Wut.

Phil, ein Einzelkind.

Dan, dessen Leben zerstört wurde.

Die Rayburns.

Dans Mutter.

Robs Großmutter.

Unsere Familie.

Ich begann Phils Geschichte mit der Überschrift: »AN DIE STAATSANWALTSCHAFT VON WESTCHESTER, ZUR FREUNDLICHEN KENNTNISNAHME!«

Meine Finger flogen über die Tastatur. Um neun Uhr war ich fertig. Ich las den Text noch einmal durch und übertrug ihn mit grimmiger Befriedigung auf die Website.

Es wurde allmählich Zeit, aus dem Gasthaus auszuziehen. Ich schaltete den Computer aus, packte in fünf Minuten meine Sachen zusammen und ging nach unten.

Ich war gerade dabei, am Empfang meine Rechnung zu begleichen, als mein Handy klingelte.

Ich hatte mit Marcus Longo gerechnet, aber als ich mich meldete, hörte ich die Stimme einer Frau mit spanischem Akzent.

»Miss Cavanaugh?«

»Ja.«

»Ich habe Ihre Website gesehen. Mein Name ist Rosita Juarez. Ich war Haushälterin bei den Eltern von Rob Westerfield, bis er ins Gefängnis kam. Ich kenne ihn, seit er zehn Jahre alt ist. Er ist ein böser Mensch.«

Ich packte das Handy fester und presste es an mein Ohr.

Diese Frau war die Haushälterin gewesen in der Zeit, in der Rob die beiden Morde verübt hatte! Was wusste sie? Sie klang ängstlich. Bitte nicht auflegen, flehte ich in Gedanken.

Ich bemühte mich, mit ruhiger Stimme zu sprechen. »Ja, Rob ist wirklich ein böser Mensch, Rosita.«

»Er hat mich von oben herab behandelt. Er hat sich über meine Art zu reden lustig gemacht. Er ist immer gemein und unhöflich zu mir gewesen. Deswegen möchte ich Ihnen helfen.«

»Wie können Sie mir helfen, Rosita?«

»Sie haben Recht, Rob hat manchmal eine blonde Perücke getragen. Einmal hatte er sie auf und sagte zu mir: ›Mein Name ist Jim, Rosita. Das müssten selbst Sie sich merken können.‹«

»Sie haben gesehen, wie er die Perücke trug?«

»Ich habe die Perücke.« Eine Spur von Triumph klang in ihrer Stimme durch. »Seine Mutter hat sich immer furchtbar aufgeregt, wenn er die Perücke trug und sich Jim nannte, und eines Tages hat sie sie in den Müll geworfen. Ich weiß nicht, warum, aber ich habe sie wieder herausgeholt und mit nach Hause genommen. Ich wusste, dass sie viel Geld gekostet hatte, und dachte, ich könnte sie vielleicht verkaufen. Aber dann habe ich sie in eine Schachtel in einen Schrank getan, und ich hatte sie völlig vergessen, bis ich gelesen habe, was Sie darüber auf Ihrer Website geschrieben haben.«

»Rosita, ich würde diese Perücke gerne haben. Vielleicht kann ich sie Ihnen abkaufen?«

»Nein, Sie brauchen sie nicht zu bezahlen. Würde sie Ihnen dabei helfen, den Leuten zu beweisen, dass er dieses Mädchen, Phil, umgebracht hat?«

»Ich glaube schon. Wo wohnen Sie, Rosita?«

»In Phillipstown.«

Phillipstown war ein Ortsteil von Cold Spring, nicht mehr als zehn Meilen entfernt.

»Rosita, kann ich jetzt zu Ihnen kommen und die Perücke holen?«

»Ich weiß nicht.«

Ihre Stimme klang beunruhigt.

»Warum nicht, Rosita?«

»Weil sich meine Wohnung in einem Haus mit zwei Stockwerken befindet und meine Vermieterin alles mitkriegt. Ich möchte nicht, dass jemand Sie hier sieht. Ich habe Angst vor Rob Westerfield.«

Im Augenblick ging es mir nur darum, alles zu tun, um an die Perücke zu kommen. Später, wenn Rob des Mordes an Phil angeklagt werden würde, konnte ich immer noch versuchen, Rosita zu bewegen, als Zeugin aufzutreten.

Noch bevor ich ansetzte, sie zu überzeugen, kam sie mir mit einem Vorschlag zuvor: »Ich wohne nur ein paar Minuten vom Phillipstown Hotel entfernt. Wenn es Ihnen recht ist, könnte ich hinfahren, und wir könnten uns am Hinterausgang treffen.«

»Ich könnte in zwanzig Minuten dort sein«, sagte ich. »Nein, sagen wir eine halbe Stunde.«

»Ich werde dort sein. Wird die Perücke Rob wieder ins Gefängnis bringen?«

»Das glaube ich ganz bestimmt.«

»Das ist gut!«

In Rositas Stimme klang Befriedigung. Sie hatte eine Möglichkeit gefunden, sich an dem gemeinen Jungen zu rächen, dessen Beleidigungen und üble Späße sie fast ein Jahrzehnt lang über sich ergehen lassen musste.

Ich beeilte mich, meine Rechnung zu bezahlen, und lud rasch das Gepäck ins Auto.

Sechs Minuten später war ich auf dem Weg, den handfesten Beweis zu erlangen, dass Rob Westerfield eine dunkelblonde Perücke besessen und getragen hatte.

Ich hoffte, dass immer noch Erbgutspuren mit Robs DNS daran zu finden sein würden. Das würde den endgültigen Beweis dafür liefern, dass er die Perücke getragen hatte.

45

Kurz nach Einbruch der Dunkelheit war das leichte Nieseln in einen kalten, prasselnden Regen umgeschlagen. Die Scheibenwischerblätter an meinem Mietwagen hätten schon vor langer Zeit ausgewechselt werden müssen. Ich hatte kaum eine Meile zurückgelegt und musste mich äußerst konzentrieren, um die Straße zu erkennen.

Je weiter ich auf der Route 9 nach Norden fuhr, desto dünner wurde der Verkehr. Ein Blick auf das Armaturenbrett zeigte mir, dass die Außentemperatur rapide gesunken war, und dann verwandelte sich innerhalb weniger Minuten der Regen in Schneeregen. Eis begann sich an der Windschutzscheibe festzusetzen, es wurde immer schwieriger, weiter als ein paar Meter zu sehen. Ich war gezwungen, auf der rechten Spur zu bleiben und langsam zu fahren.

Während die Minuten dahinschwanden, wurde ich immer unruhiger, weil ich befürchtete, Rosita zu verpassen. Sie hatte so nervös geklungen, und ich glaubte nicht, dass sie längere Zeit auf mich warten würde, wenn ich nicht rechtzeitig auftauchte.

Ich richtete meine gesamte Aufmerksamkeit auf die Straße, sodass mir erst nach einer Weile auffiel, dass es einen Hügel hinaufging. Jetzt merkte ich auch, dass ich schon seit einiger Zeit keine Scheinwerfer aus der entgegengesetzten Richtung mehr gesehen hatte.

Ich warf einen Blick auf den Kilometerzähler. Das Phillipstown Hotel war nicht mehr als zehn Meilen vom Hudson Valley Inn entfernt, ich war jedoch schon zwölf Meilen gefahren, ohne an ihm vorbeigekommen zu sein. Ich musste also an irgendeiner Stelle von der Route 9 abgebogen sein. Die Straße, auf der ich mich befand, konnte unmöglich der Highway sein, sie war dafür viel zu schmal.

Ich überprüfte im Rückspiegel, ob sich Autos hinter mir befanden. Es waren keine Lichter zu sehen. Frustriert und voller Wut auf mich selbst trat ich voll auf die Bremse, was nicht sehr klug war, da der Wagen sofort ins Schleudern geriet. Ich konnte ihn jedoch noch abfangen und fuhr langsam an den rechten Straßenrand. Gerade hatte ich begonnen zu wenden, als hinter mir rote Blitzlichter auftauchten und ich von gleißenden Scheinwerfern geblendet wurde. Ich hielt an, und ein Van, den ich für ein Polizeiauto hielt, stoppte auf gleicher Höhe neben mir.

Gott sei Dank!, dachte ich. Ich ließ das Fenster hinuntergleiten, um den Polizeibeamten zu bitten, mir den Weg zum Phillipstown Hotel zu beschreiben.

Das Fenster des Vans glitt ebenfalls nach unten, und der Mann auf dem Beifahrersitz wandte mir sein Gesicht zu.

Obwohl kein Licht auf ihn fiel, erkannte ich sofort, dass es Rob Westerfield war und dass er eine dunkelblonde Perücke trug. Mit unverkennbar spanischem Akzent, die Stimme einer Frau nachäffend, blökte er spöttisch zu mir herüber: »Er war so gemein zu mir. Er hat sich über meine Art zu reden lustig gemacht. Er hat mir befohlen, ihn Jim zu nennen.«

Mein Herzschlag setzte aus. Ich begriff voller Entsetzen, dass es Rob gewesen war, der mich angerufen hatte und sich als Rosita ausgegeben hatte, um mich in eine Falle zu locken. Hinter ihm konnte ich gerade noch das Gesicht des Fahrers erkennen – es war der Mann, der mir auf dem Parkplatz in der Nähe von Sing Sing gedroht hatte.

Verzweifelt suchte ich nach einem Fluchtweg. An ihnen vorbei wenden konnte ich nicht. Der einzige Weg zu entkommen war, den Wagen wieder zurückzulenken und dann mit Vollgas auf der kleinen Straße weiterzufahren. Ich hatte keine Ahnung, wohin sie mich führen würde. Während ich beschleunigte, sah ich, dass sich zu beiden Seiten dichter Wald erstreckte und die Straße immer schmaler wurde. Die Antriebsräder rutschten durch, sodass der Wagen anfing, hin- und herzuschlingern.

Es war klar, dass ich ihnen nicht davonfahren konnte. Ich konnte nur beten, dass ich nicht in einer Sackgasse enden würde, sondern dass die Straße wieder auf einen Highway führte.

Sie hatten das Blitzlicht abgeschaltet, aber die blendenden Scheinwerfer schienen immer noch direkt in meinen Rückspiegel. Und dann begannen sie, ihr Spiel mit mir zu treiben.

Wie aus dem Nichts tauchten sie auf meiner linken Seite auf gleicher Höhe auf und fuhren mir dann mit voller Wucht in die Seite. Die hintere Seitentür bekam den Stoß ab, ich hörte, wie der Stahl knirschte, während der Wagen schleuderte und ich mit dem Kopf auf das Lenkrad schlug.

Als ich im Zickzackkurs von einer Seite auf die andere schlitterte, ließen sie sich zunächst wieder zurückfallen. Ich versuchte jetzt, die Mitte der Straße zu halten. Ich merkte, dass ich aus einer Platzwunde an der Stirn blutete, aber ich hielt das Lenkrad fest umklammert und schaffte es, auf der Straße zu bleiben.

Doch urplötzlich schoss der Van wieder an mir vorbei, zog nach rechts, fuhr mir in die linke Vorderseite und riss dabei den Kotflügel ab, der laut scheppernd und knirschend mitgeschleift wurde, während ich verzweifelt darum kämpfte, den Wagen auf der Straße zu halten. In Gedanken flehte ich, dass ich endlich an eine Kreuzung käme oder wenigstens ein anderes Auto aus der Gegenrichtung auftauchte.

Aber es waren keine anderen Autos zu sehen, und ich spürte, dass der dritte Angriff bevorstand. Sicherlich würden sie jetzt versuchen, mich endgültig von der Straße abzudrängen. Bei einer scharfen Kurve bremste der Van ab und wechselte ganz auf die linke Fahrbahn. Kurz zögerte ich, dann gab ich Gas, in der Hoffnung, mich noch einmal von ihnen absetzen zu können. Aber schnell holten sie mich ein, und der Van tauchte wieder auf gleicher Höhe an meiner Seite auf.

Für den Bruchteil einer Sekunde blickte ich nach links. Sie hatten das Innenlicht eingeschaltet, und ich sah, wie Rob mir mit einem Gegenstand zuwinkte.

Es war ein Wagenheber.

Mit einem letzten Satz vorwärts zog der Van auf die rechte Seite und zwang mein Auto von der Straße. Hilflos versuchte ich, dagegen zu lenken, aber ich merkte, wie die Reifen die Haftung verloren. Der Wagen drehte sich um die eigene Achse und schoss die abschüssige Böschung hinunter, auf eine Wand von Bäumen in hundert Meter Entfernung zu.

Ich klammerte mich am Lenkrad fest, als sich der Wagen mehrmals überschlug. Er landete wieder auf den Rädern und raste auf einen Baum zu. Im letzten Augenblick versuchte ich, mein Gesicht mit den Armen zu schützen.

Das Geräusch von zerdrücktem Stahl und splitterndem

Glas war ohrenbetäubend, und die plötzliche Stille, die danach folgte, war gespenstisch.

Ich spürte einen stechenden Schmerz in der Schulter. Meine Hände bluteten. Mein Kopf dröhnte. Aber ich spürte zugleich, dass ich wie durch ein Wunder nicht ernsthaft verletzt worden war.

Durch den Aufprall war die Fahrertür aufgesprungen, und von allen Seiten rieselte nasskalter Schnee herein. Vielleicht hatte das eisige Prickeln auf meinem Gesicht mich davor bewahrt, das Bewusstsein zu verlieren. Plötzlich war die Benommenheit weg, und ich hatte wieder einen klaren Kopf. Es war vollständig finster, und für ein paar Sekunden spürte ich eine unglaubliche Erleichterung. Ich stellte mir vor, dass sie mit angesehen hatten, wie mein Auto von der Straße abkam und gegen den Baum prallte, und dann weitergefahren waren, weil sie überzeugt waren, ich hätte nicht überlebt.

Dann jedoch merkte ich, dass ich nicht allein war. Ganz in der Nähe hörte ich schwere, tiefe Atemzüge, gefolgt von einem hohen erstickten Geräusch, das mir als Kind wie ein Kichern vorgekommen war.

Rob Westerfield war irgendwo da draußen in der Finsternis und wartete auf mich, so wie er vor fast dreiundzwanzig Jahren im Garagenversteck auf Andrea gewartet hatte.

Der erste Schlag des Wagenhebers verfehlte mich und krachte in die Kopfstütze hinter mir. Ich tastete nach dem Gurtschloss und schaffte es, mich vom Gurt zu befreien.

Als ich hastig auf den Beifahrersitz klettern wollte, sauste der Wagenheber ein zweites Mal nieder und schlug so dicht neben meinem Kopf ein, dass ich spürte, wie er mein Haar streifte.

Andrea, Andrea, so muss es für dich gewesen sein. O Gott, bitte … bitte hilf mir …

Ich glaube, wir hörten es gleichzeitig: ein Auto, das mit quietschenden Reifen durch die letzte Kurve fuhr. Die Scheinwerfer mussten das Wrack am Waldrand erfasst haben, denn es bog von der Straße ab und kam in rasender Fahrt die Böschung hinunter auf uns zu.

Die Silhouette von Rob Westerfield, den Wagenheber in der Hand, tauchte hell erleuchtet im Lichtkegel der Scheinwerfer auf. Aber auch auf mich fiel Licht, und er konnte jetzt genau sehen, wo ich mich befand.

Grinsend drehte er sich wieder zu mir um. Er beugte sich hinunter in den Wagen, bis sein Gesicht nur noch Zentimeter von meinem entfernt war. Ich versuchte verzweifelt, ihn wegzustoßen, als er den Wagenheber hob, um ihn auf meinen Kopf zu schmettern.

Das Aufheulen einer Sirene zerriss die Luft, als ich in letzter Verzweiflung meinen Kopf mit den Armen schützte und auf den Schlag wartete. Ich wollte die Augen schließen, aber es gelang mir nicht.

Ich hörte den Aufprall, bevor ich den Ausdruck von Schock und Schmerz auf Westerfields Gesicht sah. Der Wagenheber fiel ihm aus der Hand und landete neben mir auf dem Sitz, gleichzeitig wurde er plötzlich weggeschleudert und verschwand aus meinem Gesichtsfeld. Ungläubig starrte ich durch die leere Türöffnung.

Der Wagen, der die Böschung hinuntergefahren war, füllte jetzt die Stelle, an der Rob gestanden hatte. Der Fahrer hatte gesehen, was sich abspielte, und das einzig Mögliche getan, um mein Leben noch zu retten: Er war in Rob Westerfield hineingefahren.

Als die grellen Scheinwerfer der Streifenwagen die Szene taghell erleuchteten, blickte ich in die Gesichter meiner Retter.

Mein Vater hatte den Wagen gesteuert, der Rob Westerfield angefahren hatte. Mein Bruder saß neben ihm. Auf

Daddys Gesicht sah ich denselben Ausdruck abgrundtiefen Entsetzens, der auch damals zu sehen gewesen war, als er erfahren hatte, dass er sein kleines Mädchen verloren hatte.

Ein Jahr später

WENN ICH HEUTE zurückblicke, muss ich oft darüber nachdenken, wie nahe ich in diesem furchtbaren Augenblick daran war, dasselbe Schicksal wie meine Schwester zu erleiden. Seit ich das Gasthaus verlassen hatte, waren mir Dad und Teddy in größerem Abstand gefolgt. Sie hatten gesehen, dass ein Van, den sie für einen Polizeiwagen hielten, hinter mir hergefahren war, und angenommen, dass ich schließlich doch noch um Polizeischutz gebeten hatte.

Dann hatten sie mich jedoch aus den Augen verloren, als ich vom Highway abgebogen war, und Dad hatte die Polizei von Phillipstown angerufen, um sicherzugehen, dass der Van hinter mir geblieben war.

In diesem Moment hatte er erfahren, dass ich gar keinen offiziellen Begleitschutz erhalten hatte. Die Polizei hatte Dad die Stelle beschrieben, an der ich vermutlich falsch abgebogen war, und versprochen, so schnell wie möglich nachzukommen.

Dad erzählte mir, er sei aus der Kurve gekommen und habe gesehen, wie der Van mit voller Geschwindigkeit wegfuhr. Er habe gerade zur Verfolgung ansetzen wollen, als Teddy das Wrack meines Wagens bemerkte. Teddy – der Bruder, der nicht geboren wäre, wenn Andrea weitergelebt hätte – rettete mir das Leben. Oft muss ich über diese Ironie des Schicksals nachdenken.

Rob Westerfield brach sich beide Beine, als Dad ihn mit seinem Wagen umfuhr, aber sie waren rechtzeitig zu den zwei Prozessen, die auf ihn warteten, wieder heil.

Der Bezirksstaatsanwalt von Westchester County nahm sofort die Untersuchung im Mordfall von Phil wieder auf. Er erließ einen Durchsuchungsbefehl für Robs neue Wohnung, und dabei wurde ein Versteck mit Trophäen, Andenken an seine grauenhaften Verbrechen, entdeckt. Weiß der Himmel, wo er sie verborgen hatte, während er im Gefängnis gesessen hatte.

Er hatte ein Album mit Zeitungsausschnitten über Andrea und Phil angelegt, angefangen jeweils mit dem Tag, an dem ihre Leichen aufgefunden wurden. Die Ausschnitte waren chronologisch geordnet, und daneben waren Bilder von Andrea und Phil eingeklebt, Fotos von den Tatorten, von den Begräbnissen und von anderen Personen, die in die Tragödien verwickelt waren, darunter Paulie Stroebel und Dan Mayotte.

Auf jeder Seite hatte Rob eigene Bemerkungen hinzugefügt, grausame und sarkastische Kommentare über seine Handlungen und die Menschen, die er ins Unglück gestürzt hatte. Es gab ein Bild von Dan Mayotte im Zeugenstand, als er unter Eid aussagte, ein Mann mit dunkelblonden Haaren namens Jim habe im Vorraum des Kinos mit Phil geflirtet. Daneben hatte Rob geschrieben: »Ich habe sofort gemerkt, dass sie auf mich steht. Jim kriegt sie alle.«

Rob hatte die dunkelblonde Perücke getragen, als er mich verfolgt hatte. Der sprechendste Beweis für seine Schuld an Phils Tod jedoch war, dass er den Anhänger aufgehoben hatte; er hatte ihn auf die letzte Seite des Albums geklebt. Der Kommentar darunter lautete: »Danke, Phil. Andrea fand ihn ganz toll.«

Der Staatsanwalt beantragte beim Strafgericht, das Urteil über Dan Mayotte für null und nichtig zu erklären und einen neuen Prozess anzuberaumen: *Das Volk vs. Robson Westerfield*. Die Anklage lautete auf Mord.

Ich sah den Anhänger wieder, als er im Gerichtssaal gezeigt wurde, und dabei tauchte auch wieder die Erinnerung an die letzten gemeinsamen Augenblicke in Andreas Zimmer auf, als sie ihn, den Tränen nahe, angelegt hatte.

Dad saß neben mir im Gerichtssaal und legte seine Hand auf meine. »Du hattest Recht mit dem Anhänger, Ellie«, flüsterte er.

Ja, ich hatte Recht behalten, und am Ende habe ich mich mit der Tatsache abgefunden, dass ich – weil ich sah, wie sie ihn anlegte und daher vermutete, sie würde sich mit Rob im Versteck treffen – nicht sofort alles meinen Eltern erzählte. Vielleicht wäre es zu spät gewesen, um sie noch zu retten, aber für mich ist es an der Zeit, die Möglichkeit, dass es *nicht* zu spät gewesen sein könnte, auf sich beruhen zu lassen, und mich von diesem Gedanken, der mich so lange verfolgt hat, nicht mehr beherrschen zu lassen.

Robson Westerfield wurde wegen Mordes an Amy Phyllis Rayburn verurteilt.

In einem zweiten Prozess wurden Rob und sein Fahrer wegen versuchten Mordes an mir verurteilt.

Rob Westerfields Haftstrafen wurden zusammengezogen. Falls er noch einhundertdreizehn Jahre lebt, wird er wieder für eine Haftentlassung auf Bewährung infrage kommen. Als er nach dem zweiten Urteil aus dem Gerichtssaal geführt wurde, blieb er kurz stehen, um seine Armbanduhr mit der Uhr im Gerichtssaal zu vergleichen. Dann stellte er sie sorgfältig nach.

»Überflüssig«, kommentierte ich stumm. »Zeit spielt für dich keine Rolle mehr.«

Will Nebels wurde mit der neuen Beweislage konfrontiert und gab im Verhör zu, dass Hamilton ihm eine größere Summe angeboten hatte, falls er behaupte, gesehen zu haben, wie Paulie in die Garage gegangen sei. William Hamilton, dem die Anwaltslizenz entzogen wurde, sitzt jetzt selber eine Haftstrafe ab.

Mein Buch erschien bereits im Frühjahr und wurde ein Erfolg. Das andere Buch – die gesäuberte und geschönte Version von Rob Westerfields traurigem Leben – wurde zurückgezogen. Pete stellte mich der Führungsmannschaft von Packard Cable vor, und diese bot mir eine Anstellung als investigative Reporterin an. Es schien mir eine gute Möglichkeit für mein berufliches Fortkommen zu sein. Manche Dinge ändern sich eben nie. Pete ist wieder mein Vorgesetzter.

Aber das ist in Ordnung. Wir haben vor drei Monaten geheiratet, in der St. Christopher-Kirche im Kloster Graymoor. Dad trat als Brautführer auf.

Pete und ich haben ein Haus in Cold Spring mit Blick auf den Hudson gekauft. Wir verbringen unsere Wochenenden dort. Ich kann mich an der Aussicht nicht satt sehen – der majestätische Fluss, vom Steilufer gerahmt. Meine Seele hat endlich ihr Heim gefunden, das Heim, nach dem ich mich all die Jahre gesehnt habe.

Ich sehe Dad regelmäßig. Wir haben beide das Gefühl, dass wir die verlorene Zeit wieder aufholen müssen. Teddys Mutter und ich sind gute Freundinnen geworden. Manchmal besuchen wir alle zusammen Teddy in seinem College. Er spielt in der Basketballmannschaft von Dartmouth. Ich bin sehr stolz auf ihn.

Es hat lange gedauert, bis sich der Kreis geschlossen hat. Aber jetzt hat er sich geschlossen, und dafür bin ich zutiefst dankbar.

Danksagung

Diese Geschichte, in der Ich-Form geschrieben, war eine neuartige Reise für mich. Deshalb bin ich zutiefst dankbar für Ermutigung, Rat und Unterstützung meines langjährigen Lektors Michael Korda und seines Kollegen, Cheflektor Chuck Adams. *Mille grazie*, liebe Freunde.

Wie immer danke ich Eugene Winick und Sam Pinkus, meinen literarischen Agenten, für ihren ständigen Einsatz, ihre Hilfe und Freundschaft.

Lisl Cade, meine geschätzte Pressereferentin, war wie immer meine rechte Hand. Ich bleibe ihr zu Dank verpflichtet.

Mein Dank geht auch an die stellvertretende Leiterin der Satzredaktion Gypsy da Silva, mit der ich so viele Jahre zusammengearbeitet habe. Ein Kuss im Gedenken an Carol Catt, die wir schmerzhaft vermissen werden.

Meine Ehrerbietung an Sgt. Steven Marron und Detective Richard Murphy, ehemals beim New York Police Department, Büro des Bezirksstaatsanwalts von New York County, für Rat und Hilfe in Fragen der polizeilichen Ermittlungsarbeit.

Segenswünsche an meine Assistentinnen und Freundinnen Agnes Newton und Nadine Petry sowie an meine treue Gegenleserin, meine Schwägerin Irene Clark.

Judith Kelman, Autorin und Freundin, war ein weiteres Mal sofort zur Stelle, als ich sie um Hilfe bat. Ich danke dir, Judith.

Dank schulde ich auch Bruder Emil Tomaskovic und Bruder Bob Warren, Franziskanermönche in Graymoor, Garrison, New York, für ihre wertvolle Hilfe beim Entwerfen von Szenen für dieses Buch und für die wunderbare Arbeit, die sie und ihre Mitbrüder zugunsten derer verrichten, die unserer Hilfe am meisten bedürfen.

Die Liebe und Dankbarkeit, die ich für meinen Ehemann, John Conheeney, und unsere Kinder und Enkel empfinde, wächst und vervielfältigt sich immer noch. Sie sind es, um die sich alles in meinem Leben dreht.

Grüße an alle meine Freunde, die darauf gewartet haben, dass ich dieses Buch zu Ende schreibe, damit wir uns »bald treffen« können.

Ich bin jetzt so weit!